LA COUR DES GRANDES

Adèle Bréau vit à Paris. Elle a participé à la création de terrafemina.com, un site féminin qui parle aux femmes et sur lequel les femmes parlent... De cette expérience lui est venue l'envie d'écrire sur ces amazones qui jonglent entre leurs emplois du temps familiaux et professionnels en essayant de garder un équilibre amical et amoureux. *Je dis ça, je dis rien, et 200 autres expressions insupportables*, publié aux éditions Leduc en 2013, a été vendu à plus de 10 000 exemplaires.

ADÈLE BRÉAU

La Cour des grandes

ROMAN

JC LATTÈS

ISBN : 978-2-253-09861-4. – 1re publication LGF

À Menita

« Je parle pas de vous, le café est à Brooklyn, sois pas bête ! Non mais vous êtes chiants à vous identifier aux personnages. Puisque le type est roux ! »

Mes meilleurs copains,
Jean-Marie Poiré, 1989.

LA RENTRÉE

1

— Vous connaissez la légende des grains de riz ?

Mathilde était gentiment ivre, grisée par le rosé siroté à l'ombre du gros olivier sous lequel ils s'installaient chaque jour, du petit déjeuner aux soirées passées à jouer aux cartes, lorsque les enfants étaient enfin couchés. Éva et Alice se turent, intriguées.

— Non. C'est quoi ton truc, encore ?

— Il y a un proverbe qui raconte que si, pendant la première année de leur mariage, les couples remplissaient un bocal d'un grain de riz chaque fois qu'ils font l'amour, et en ôtaient ensuite un à chaque relation les années suivantes, ils n'auraient pas assez d'une vie pour vider le pot.

— T'as lu ça où ?

— Je sais plus, ça n'est pas la question. Vous pensez que c'est vrai ?

Elles étaient toutes les trois mariées. Éva depuis deux ans, Mathilde depuis plus de dix ;

quant à Alice, elle s'était séparée l'année précédente d'Adrien. Quoi qu'en dise chacun, et surtout chacune, trop officiellement indigné par son récent adultère pour l'admettre, ce dernier leur avait cruellement manqué durant ces semaines estivales qui les réunissaient chaque année. Lucie et Christophe, également absents, leur avaient manqué aussi, mais, enceinte de huit mois, et même si elle s'était posé la question, « la quatrième » avait préféré rester à proximité de la maternité.

— Bon, on se le fait, ce tarot ? C'est pas si souvent qu'on est cinq ! En plus, ce sera le dernier…, proposa Max.

— Tais-toi, on a dit qu'on n'en parlait pas ! le supplia Alice, faussement désespérée par cette fin de vacances étirées à l'infini, elle dont tous savaient qu'elle mourait d'envie de retrouver ses fourneaux chéris après un mois à lézarder au soleil ce qui, pour cette acharnée du boulot, était bien trop.

— OK, OK, on n'en parle pas, ricana Max, visiblement détendu lui aussi par les longues heures passées au soleil, l'après-midi consacré à jouer au ballon avec ses fils et les limoncellos qu'il se servait allègrement depuis qu'il était revenu de la cuisine.

— Vous parliez de quoi ?

— De riz ! répondit alors Éva en déposant un léger baiser sur les lèvres de Vincent, surpris à la fois par sa réponse et cette soudaine marque d'affection.

— Et dire qu'on se demande souvent ce que se racontent les bonnes femmes ! On se fait un monde de vos petites confidences, on pense que vous parlez de nous, de gosses, de cul… Eh bien, non. Ça papote féculents !

Toutes trois se regardèrent d'un air entendu, bien décidées à ne pas aborder le sujet du bocal afin de profiter pleinement de cette ultime soirée de bonheur avant le cauchemar du lendemain. Il faudrait alors fermer la maison, vider les placards, se répartir les restes, préparer les sandwichs, les valises, ramper sous les canapés pour récupérer les jouets, tétines, vieux bouts de pain, de sucettes, de peaux de saucissons laissés là par les petits qui dormaient pour l'heure sagement, encore inconscients du prochain retour à la réalité. On mettrait Théo et Martin, les fils de Mathilde et Max, encore endormis, dans la voiture familiale au lever du soleil. Alice prendrait la route, seule, pour retrouver enfin Laura, sa grande fille restée une semaine avec Adrien. Quant à Vincent et Éva, leurs hôtes, ils feraient un dernier tour du propriétaire avant de reprendre eux aussi l'autoroute encombrée qui les ramènerait à leur domicile parisien, puis dans leurs open space respectifs, dès le lendemain.

Il restait quelques heures au groupe de quadras enjoué pour profiter de ces derniers instants passés ensemble sans avoir à se soucier de l'organisation du quotidien.

— Max, tu donnes ?

Les cigales et le vent doux qui caressait leurs visages hâlés suffirent à éloigner la fugace image d'un Paris gris et angoissant qui s'imposait à eux chaque jour un peu plus alors que septembre venait de s'installer.

— J'appelle le roi de cœur !

— Pas sûr qu'il soit à cette table…, plaisanta Mathilde.

— Ah, c'est aimable ! répliqua Max, avant de lui jeter une olive, visant sans l'atteindre son décolleté bronzé.

— Raté !

— Elle me traite de raté, maintenant ! Non mais vous êtes témoins !

Tous sourirent, heureux de n'avoir plus à subir les engueulades homériques du couple, réconcilié par ces quelques semaines de légèreté. Du moins était-ce l'image qu'ils avaient décidé d'offrir en cet été, et c'était heureux pour chacun.

— En tous cas, j'y crois, moi, à l'histoire des grains de riz, murmura Mathilde à l'oreille d'Alice, concentrée sur son jeu – elle avait le roi de cœur, qu'elle jeta avec défi sur la table, provoquant les cris faussement outragés des autres joueurs – « c'est elle ! Encore ! Non mais Alice, pourquoi t'es toujours dans les bons coups ? » « Peut-être parce que je suis cocue pardi ! » « Oooh, t'es pas drôle ! » –, avant de se tourner vers sa voisine, et de lui répondre : « Évidemment qu'on n'aurait pas assez d'une vie, la question ne se pose même pas… »

*

Mathilde chuchotait. Parce qu'il était presque minuit, et que les enfants avaient été brutalement réveillés lorsque Max et elle les avaient sortis de l'auto avec les énormes valises, les trottinettes et les bouées canard. Lorsque le moteur s'était tu, ils avaient gémi en ouvrant leurs petits yeux, aveuglés par les réverbères agressifs de la rue Saint-Lazare. Puis ils s'étaient mis à pleurer devant la brutalité de ce débarquement nocturne.

De la chambre des enfants parfaitement rangée, Mathilde pouvait entendre Max jurer dans l'entrée. Il balançait sans ménagement les sacs ainsi que les petits tupperwares pleins de purées pour le lendemain, qu'elle allait retrouver dégueulant d'avoir été ainsi secoués. Mathilde détaillait les dessins d'enfants punaisés aux murs, la carte du monde magnétique, sa photo à elle que Théo avait absolument voulu accrocher près de son oreiller. Entre les deux lits s'entassaient les doudous mordillés, les livres d'aventure, les puzzles, les petites voitures, des morceaux de jouets trouvés dans des confiseries ou des boîtes de céréales. Au milieu de ce fatras, l'énorme monsieur Patate semblait régner sur son petit monde malgré des yeux énormes, une bouche rigolarde et une absence de jambes qui n'avaient jamais ému les garçons. Mathilde ouvrit la fenêtre pour qu'ils n'aient pas trop chaud, et ne fassent pas de cauchemars. Dehors, ça sentait encore l'été. Dans la cour, on entendait des bribes de conversation, des bruits de vaisselle qu'on lave avant d'aller se coucher, et le murmure lointain d'une chanson qu'elle et Max écoutaient souvent lorsque les enfants n'étaient pas encore nés.

Martin dormait déjà dans son lit à barreau. Théo, lui, était revenu des toilettes et s'était blotti en chien de fusil contre son ours préféré, assigné à résidence depuis le jour où ils avaient cru l'avoir définitivement perdu. Finalement, le petit garçon ne semblait pas si mécontent d'être rentré dans ses murs si c'était pour bénéficier de telles retrouvailles avec cet être cher.

Attendrie, Mathilde caressait distraitement les cheveux de son aîné en se remémorant ces vacances qui s'achevaient, et qu'elle avait préféré étendre jusqu'à l'extrême, quitte à vivre le calvaire de cette veille de rentrée déphasée, parmi les bagages, le linge sale, les factures qui s'étaient fatalement entassées, et l'atmosphère confinée d'un appartement qu'on n'avait pas ouvert pendant presque un mois. Il y a quelques heures encore, elle prenait son dernier bain dans la piscine du mas provençal des parents d'Éva, ainsi qu'elle le faisait depuis la fac. Depuis sa rencontre avec Éva, la quatrième de la bande qui leur avait été présentée par Alice.

Alice et Lucie étaient les amies historiques du quatuor. Depuis la maternelle, elles passaient leurs après-midi l'une chez l'autre puisque leurs mères étaient également amies. Le sort – ou la force de persuasion de Françoise, la mère de Lucie – avait ensuite voulu qu'elles ne soient jamais séparées de toute leur scolarité. En 6e5, elles avaient fait la connaissance de Mathilde, venue grossir les rangs de ce binôme qui, s'il fonctionnait bien, ne demandait pas mieux que de recruter du sang neuf ; parce qu'à deux on tourne vite en rond. Et puis, les histoires de garçons n'avaient pas tardé et elles n'avaient pas été trop de trois pour décortiquer les multiples micro-événements qui jalonnaient alors quotidiennement la vie amoureuse de chacune – vies amoureuses qu'elles traitaient avec le plus grand sérieux, évidemment. En première, Alice avait rencontré le bel Adrien, bassiste dans le groupe de rock du lycée, et n'en était pas revenue qu'un type pareil puisse s'intéresser à elle. Elle avait alors lié son sort à celui de ce bellâtre devenu dentiste depuis. Adrien avait pour meilleur ami Vincent, sur lequel les filles n'eurent même pas le temps de fantasmer puisqu'il était déjà en couple avec une certaine Éva. Très vite, Alice et Éva avaient sympathisé, et la petite bande avait accueilli avec bonheur l'étudiante en journalisme qui les abreuvait de potins, venant ainsi considérablement élargir le spectre conversationnel de ces jeunes femmes enfermées depuis tant d'années dans l'analyse exclusive de la gent masculine. Qu'elles n'avaient par ailleurs toujours pas comprise, s'enfonçant au contraire chaque jour davantage dans l'insondable mystère de ces êtres comme dans des sables mouvants à mesure qu'elles s'agitaient. Il était grand temps de passer à autre chose.

Depuis, Alice, Lucie et Éva étaient restées les meilleures amies de Mathilde. Les quatre filles avaient vécu ensemble une vingtaine mouvementée et follement joyeuse, puis elles avaient mûri côte à côte, étaient entrées en vie maritale et professionnelle comme on entre en religion. Leurs conversations avaient changé. Les récits hilarants de nuits d'amour ratées avec quelque enseignant de l'École de ski français ou compagnon d'amphithéâtre abordé à la machine à café avaient été remplacés par les anecdotes de boulot, les histoires de crèche, de nounou, d'époux parfois décevants, souvent irritants, et avaient tiré le rideau sur cette décennie d'insouciance qui s'en était allée sans prévenir – du moins était-ce l'impression qu'avait Mathilde au moment où elle tenait la main de son aîné dans la sienne. Quatre ans déjà. Il lui semblait pourtant qu'hier encore elle agrippait ses petits doigts boudinés pour l'aider à marcher. Le lendemain, il ferait son entrée en moyenne section, et elle son grand retour au bureau.

Elle prit une grande inspiration pour se donner du courage et affronter Max dont les soupirs irrités avaient laissé place à un silence suspect.

Les valises étaient éventrées dans l'entrée. Tout autour, des monceaux de vêtements qu'elle avait préalablement pliés jonchaient le parquet, comme s'ils étaient destinés à être vendus deux euros les dix dans un vide-grenier de quartier. Plus loin, sur le canapé, traînaient les chaussettes de Max. Auprès d'elles, leur propriétaire zappait machinalement, retrouvant en quelques minutes ses habitudes parisiennes, tel un alcoolique qui siroterait sans y penser un verre de vin après des mois d'abstinence. Mathilde décida pourtant de réprimer sa colère. Parce qu'il était minuit, parce qu'il avait conduit tout le chemin, refusant qu'elle prenne le volant malgré ses supplications mais surtout parce qu'ils étaient enfin parvenus, au terme de congés qu'ils avaient voulus reposants, à « se retrouver », ainsi que le recommandaient les conseillers conjugaux et les magazines féminins aux jeunes parents dans leur cas. Elle s'arma donc de courage et plongea les mains dans la montagne textile multicolore et malodorante qui la toisait avec défi.

— Tu fais quoi ?

— Je range les valises.

Max émit un autre soupir, plus sournois cette fois-ci.

— C'est con, va te coucher. Tu vas être crevée demain.

— Oui, mais si je vais me coucher, ça ne fait que repousser l'échéance. Ça n'est pas demain soir, après ma première journée de boulot, que j'aurai envie de m'y mettre. Quitte à me coucher à 2 heures du matin, je préfère m'en débarrasser. (Puis, plus bas, parce qu'elle ne pouvait s'en empêcher :) Qui va le faire, sinon ?

Max souleva un sourcil de manière presque imperceptible, mais Mathilde s'en rendit compte. Dix ans qu'elle connaissait son mari, dont les récentes difficultés professionnelles avaient exacerbé ces petits tics et défauts du quotidien. Avant les vacances, ceux-ci lui étaient même devenus insupportables. Et particulièrement cette attitude qui consistait à lui reprocher de tout faire, tout en ne faisant rien, sous prétexte qu'elle voulait tout régenter.

Lorsqu'elle avait rencontré Max, Mathilde était tout de suite tombée sous le charme de cet homme brillant – elle qui, au lycée et même plus tard, avait toujours eu du mal à trouver sa place entre les binoclardes du premier rang et les jolies filles sûres d'elles-mêmes. Max avait plein de copains dans la musique, le cinéma, la pub ou la restauration ; il connaissait les groupes musicaux qu'il était bon d'écouter avant tout le monde, s'habillait comme le recommandaient les magazines, parfois des mois après qu'il eut adopté un style. Et pourtant, il l'avait trouvée à son goût, elle, Mathilde, avec ses fesses un peu trop larges, ses cheveux plats et ses tailleurs synthétiques de *working girl* sans le sou. À l'époque, ils débutaient tous deux dans la vie active. Contrairement à sa bande de potes, Max avait raisonnablement opté pour la vie de bureau. Il bossait à la com' d'un grand groupe institutionnel et, s'il mettait son sens artistique en branle pour des campagnes qui se voulaient parfois amusantes, il évoluait malgré tout avec des types en costume et souliers vernis, mangeait à la cantine, badgeait matin et soir, achetait des places de ciné moins chères « via le CE » et, chaque jour de l'année, admirait de sa fenêtre anonyme le parvis de la Défense. Au début, il en avait été mortifié, d'autant que les vannes n'avaient pas manqué de fuser lorsque la bande avait compris que leur ami les rejoindrait désormais cravaté et peigné sur le côté pour l'apéro lors qu'eux-mêmes sirotaient leurs cocktails tendance en chemise en jean, baskets siglées et barbe fournie. Puis Max avait fini par apprécier cette vie dans l'open space, les objectifs, les tableaux Excel, les présentations PowerPoint. Il avait rapidement gravi les échelons grâce à son charme et sa créativité qui tranchait avec celle de ses collègues appliqués et souvent sans fantaisie. Et puis, un jour froid de mars, il avait été convoqué et on lui avait signifié son licenciement économique. Désolé, Max. Vraiment. Si j'avais pu faire quelque chose… Vous êtes brillant, vous retrouverez facilement du travail. Ce dont ni elle ni lui n'avaient douté. Les mois avaient passé. Les connaissances avaient promis de passer son CV. Attends, je connais plein de gens qui cherchent des mecs comme toi. J'ai un copain qui. L'oncle du beau-frère de mon cousin. Ils vont t'appeler c'est sûr. Les premiers temps, Max avait continué à emmener Martin à la crèche puis Théo à l'école, ce qui lui avait permis d'être sur le pied de guerre dès potron-minet. À 9 heures, il branchait chaque matin son ordinateur, se connectait aux réseaux professionnels, envoyait des candidatures, compulsait tous les conseils en recherche d'emploi.

Mais les fameux copains n'avaient jamais appelé, pas plus que les récepteurs anonymes des fameux CV électroniques n'avaient pris la peine d'expédier une quelconque réponse-type à ses demandes d'entretiens pourtant si pleines de son humour de jeune cadre dynamique.

Et puis Max avait rencontré Diego.

Le blanc avec le blanc. Les couleurs avec les couleurs. Le gris avec le noir. Et le bleu marine ? Et les rayures ? Les rayures blanc et bleu qui ont la même taille, on les met avec la couleur ? Le blanc ? Le marine ? Mathilde était penchée au-dessus des gros tas distincts qu'elle allait enfourner les uns après les autres dans la bouche béante de sa vaillante machine à laver. Les maillots encore humides, qu'elle avait pris soin de glisser dans un sac plastique, séchaient désormais sur le porte-serviette de la salle de bains, attendant tristement de rejoindre leur cellule hivernale avant d'être ressortis dans dix mois. Dans un siècle, songea Mathilde. Et elle repensa alors à ces doux après-midi crapuleux avec Max, à leur complicité retrouvée grâce aux litres de rosé engloutis sous le cagnard provençal, aux balades dans la garrigue, au marché du mercredi dans les odeurs de lavande, de melon et d'olives, au pastis, à Éva et Vincent, et à Alice et Laura, avec lesquels ils partageaient tout depuis tant d'années. Ils avaient retrouvé leur place sur la photo, redonné du sens à leur couple et décidé d'enfouir leurs obsessions professionnelles respectives.

Les dernières semaines qui avaient précédé les vacances, Mathilde avait bien cru qu'elle et Max allaient se séparer tant leurs rapports s'étaient tendus, faisant de leur quotidien un enfer et de leur vie sexuelle un lointain souvenir. Mais l'été avait fait son œuvre et c'était pleins d'espoirs et d'entente recouvrée qu'ils avaient rejoint un Paris encore empreint d'un parfum de liberté estivale. Cependant, elle redoutait le flot d'obligations et de tâches qui n'allait pas tarder à tomber avec la régularité des briquettes d'un Tetris perpétuel cherchant à les étouffer.

Théo photos d'identité, Martin chèque crèche, épilation rendez-vous, anniv' Alice, baby-sitter, Sandrine chèque emploi service, coiffeur, inscription gym, mail division Asie, produit vaisselle, couches, gynéco… Après une bonne heure passée à défaire et ranger les valises, Mathilde avait finalement intégré le lit conjugal et saisi son smartphone sur lequel elle établissait l'une de ses fameuses listes de tâches dont, chaque jour, elle tentait en vain de venir à bout. La rentrée était l'un des temps forts de l'année. Entre les impératifs scolaires, la reprise des réunions et la mise en place d'un planning dans lequel elle s'efforçait de caser quelques sorties entre copines et des moments à deux avec Max pour « pimenter leur quotidien », selon l'expression de Lucie, les semaines qui s'annonçaient allaient être harassantes. Elle avait bien fait de se reposer. Enfin, si l'on pouvait appeler « se reposer » le fait de s'occuper de deux enfants de moins de quatre ans à plein temps. Elle avait observé Alice et Laura, qui avait eu quinze ans cet été, et comparé avec effarement leur conception du farniente et la sienne. La mère et la fille se levaient vers 10 heures lors que Mathilde avait déjà petit-déjeuné deux fois, donné un biberon à 7, un chocolat chaud et des tartines à 8, joué avec des cubes, regardé un DVD, pris une douche, et piaffait en attendant que sa vieille copine se lève enfin pour faire ce fameux footing qu'elle lui avait promis la veille.

Mais elle les avait aimées, ces vacances en famille avec ses trois hommes. Et ces siestes passionnées avec Max, lorsqu'ils partaient se reposer tous les deux pendant que les garçons dormaient. Elle était bronzée et, ainsi bruni, son corps ne lui apparaissait plus comme cet ennemi qui l'éloignait de Max. Elle aurait voulu une dernière fois jouir de ces retrouvailles, et sentir à nouveau sur la sienne la peau du père de ses enfants, les râles dans son cou, et la sueur les souder comme avant. Avant les enfants, les listes de courses, le chômage de Max et ce parvis de la Défense qu'elle retrouverait le lendemain. Au fond de sa gorge, elle avait cette boule d'angoisse qui, en CE1 déjà, l'empêchait de déglutir et de respirer les veilles de rentrée. Elle devait jouir pour retrouver une dernière fois la garrigue, les cigales et l'insouciance de ces quelques semaines d'été volées au quotidien. Elle posa ses lunettes sur sa table de chevet, lissa sa nuisette et se tourna vers Max, mutine, galvanisée par cet air qu'elle avait entendu plus tôt dans la cour, et qu'ils écoutaient ensemble lorsqu'ils s'étaient rencontrés. Le ventre plat, musclé même, par les heures passées à la salle de sport parce qu'il fallait bien s'occuper, son sexe moulé dans un boxer blanc, les jambes écartées sur la couette parce qu'il faisait si chaud, Max dormait, le visage écrasé par son iPad.

Mathilde soupira, éteignit la lumière, posa un baiser sur sa joue et se serra contre lui, agrippée à son corps rassurant. Parce qu'elle avait peur.

Mais soudain, elle fondit sur son portable pour régler son réveil sur 6 h 30, ouvrit à nouveau sa liste, ajouta « acheter jolie lingerie », parcourut une dernière fois quelques-unes des centaines de photos qu'elle avait prises cet été, et sombra enfin, pour quelques heures seulement, dans un sommeil agité.

L'année commençait.

2

Dans le miroir de la salle de bains, Éva regardait son ventre désespérément plat. Creux, presque. Et ses seins fermes, hauts, que la plupart de ses copines lui enviaient ; celles qui, après plusieurs grossesses, avaient peu à peu fait le deuil de leurs poitrines d'adolescentes. Pourtant, que n'aurait-elle donné pour les sentir gonfler, ressentir cette douleur particulière, premier signe d'une maternité à venir, ainsi que le lui avaient appris les « décembrettes » et consorts des forums de grossesse en ligne.

Cela faisait maintenant près de deux ans qu'avec Vincent ils essayaient en vain de faire un enfant. Au début, elle ne s'était pas posé de questions. Après son mariage en grande pompe dans le mas familial, elle avait arrêté la pilule – à l'ancienne donc ; puisque, consciencieuse, elle avait voulu tout faire dans les règles. À l'école déjà, elle rendait toujours ses circulaires dans les temps, ne pipait mot en cours et tenait dur comme fer à donner toute satisfaction à ses professeurs et ses parents, qu'elle adulait. Surtout son père, éminent éditorialiste dans un quotidien renommé, auquel elle vouait une telle passion qu'elle avait elle aussi embrassé une carrière de journaliste avec plus ou moins de succès.

Après une semaine de noces superbes et ensoleillées, ponctuées des traditionnelles vidéos de copines la montrant un brin éméchée en Angleterre, les photos révélant ses attentats vestimentaires passés, des discours ratés de témoins avinés et du plongeon final à poil, aux lueurs de l'aube, dans la piscine, elle avait jeté sa pilule dans la petite corbeille en osier de sa chambre de jeune fille après des années de bons et loyaux services.

Dans la vie d'Éva, tout avait toujours bien fonctionné. Elle avait eu son bac avec mention Bien, été reçue à Sciences Po puis en école de journalisme du premier coup – même son permis de conduire, pour lequel elle ne semblait pourtant pas avoir de prédispositions particulières, elle l'avait finalement décroché sans encombre l'été de ses dix-huit ans grâce à la mansuétude d'un inspecteur à la veille de son départ en retraite. Éva avait alors le cul bordé de nouilles, c'était bien connu. Tout ce qu'elle touchait se transformait en or, et plus personne ne s'étonnait qu'elle trouve un billet de 50 euros dans la rue en allant acheter son pain le matin. C'était Éva ; c'était comme ça. Si elle se défendait d'avoir autant de chance (par modestie autant que superstition), la jeune femme avait elle-même logiquement pensé que sa bonne étoile lui offrirait une grossesse superbe le mois suivant son mariage. C'était certain.

Cependant, quatre semaines après la fête, ses règles étaient revenues. Très déçue, elle avait boudé la soirée entière alors que Vincent la taquinait, se moquant de son impatience de petite fille gâtée par la vie. Les mois suivants, toujours rien. Puis, lorsque Mathilde était tombée enceinte de Martin, Éva n'avait pas réussi à s'en réjouir. À peine était-elle parvenue à faire semblant, murmurant un « félicitations » de circonstance, rageant intérieurement devant cette injustice. Mathilde avait déjà un enfant ! Si l'une des deux « méritait » de tomber enceinte, c'était elle.

La culpabilité et l'obsession finirent par se mêler, sapant peu à peu son moral de jeune mariée. Déprimée, elle passait ses journées sur les forums de discussion à échanger avec les autres femmes dans son cas, et ne pensait plus qu'à ça. Sexuellement, sa vie de couple était devenue un enfer. Les jours d'ovulation, elle se jetait sur Vincent avec agressivité, et attendait ensuite impatiemment, sans prendre aucun plaisir, qu'il ait enfin éjaculé, lui injectant la divine semence qui allait enfin la délivrer de ce calvaire que la vie lui infligeait. Alors seulement, elle se détendait un peu et redevenait pour un moment la jeune femme joyeuse et cynique que le brillant avocat d'affaires avait épousée.

Et chaque mois, le manège recommençait.

Au bureau, elle évitait toute conversation pour ne plus avoir à subir les sempiternelles questions de ses collègues qu'elle s'était mis à haïr pour leur indiscrétion. Bah alors, vous n'avez pas envie de nous faire un petit ? Quand est-ce que tu tombes enceinte ? Ah, je vois que tu ne prends pas de sushis, tu ne nous cacherais pas quelque chose, hein ? Non, connasse, je préfère les brochettes. ET JE SUIS STÉRILE, aurait-elle aimé répondre pour leur clouer définitivement le bec et leur passer l'envie de s'immiscer dans l'intimité de son utérus.

Après un an d'une interminable attente, elle s'était décidée à pousser la porte d'un spécialiste de la fertilité, malgré sa honte devant cet aveu de faiblesse, ou tout au moins de non-perfection. Attendre un an était fréquent, avait-il déclaré, et rares étaient les femmes à tomber enceintes immédiatement après l'arrêt de la pilule, surtout quand elles la prenaient depuis des années comme elle. Pourtant, elle s'en fichait ! Elle voulait tomber enceinte maintenant, un point c'est tout ! Avoir le ventre rond, acheter des bodys, des pyjamas, des turbulettes et des gigoteuses, avoir une fille comme Harper Beckham, déambuler avec une Bugaboo rue des Martyrs en allant acheter des légumes bio pour en faire des purées, s'ennuyer au parc, se mettre au tricot, regarder *Les Maternelles* et déplorer la dure vie de mère de famille en même temps que toutes les jeunes femmes de son âge dont on aurait dit qu'elles s'étaient donné le mot pour la narguer, sur Facebook, avec les photos écœurantes de leurs bambins qu'elle exécrait. Bref, Éva était capricieuse et elle ne comprenait pas pourquoi ce médecin, contrairement à son père, était incapable d'accéder immédiatement à ses desiderata. Il devait bien y avoir une solution express, un médicament, quelque chose !

Il accepta finalement d'accélérer le processus en lui donnant un traitement qui, selon lui, ne s'imposait pas forcément à ce stade. Depuis lors, elle se gavait d'hormones, était d'une humeur exécrable, fondait en larmes pour un rien, dévalisait chaque mois la pharmacie en tests d'ovulation et de grossesse. Pendant ce temps, Vincent passait de plus en plus de temps au cabinet, si bien que, ce mois-ci, il avait eu l'outrecuidance d'accepter une mission à l'étranger aux dates clés de potentielle conception, pourtant affichées avec ostentation sur le frigo de la cuisine. Depuis, Éva refusait de lui adresser la parole alors qu'il avait prolongé son séjour en Allemagne pour raisons professionnelles, avait-il dit, argument qui l'avait peu intéressée tant elle était focalisée sur son dessein, oubliant d'être jalouse ou inquiète de ce peu d'enthousiasme de son mari à l'appeler ou la retrouver malgré la dispute.

Dans le miroir, elle était maigre, constellée des traces de piqûres qu'elle s'infligeait. Et triste. Sous ses yeux, deux cernes grisâtres disaient tout son mal-être. Quant aux ridules précoces dont sa peau d'ancienne fumeuse était déjà largement striée, elles s'étaient creusées.

Le téléphone sonna, c'était le bureau.

— Yo, t'es toujours en arrêt maladie ?

Sabine, sa plus proche collègue au service divertissement, l'avait grillée, elle en était certaine. Elle mentit pourtant, sachant bien que, dans l'entreprise, il était préférable de ne se fier à personne, ainsi que le lui avait maintes fois répété son papounet chéri.

— Oui, je ne vais toujours pas mieux, mentit-elle. Et toi ça va ? Pas trop dur le rythme ?

— Ben si, tu rigoles ! Avec ton absence, ils ont augmenté le rythme par journaliste. T'imagines ! C'était bien la peine de faire une école pour zapper les sources et pomper des brèves AFP. Ils sont sur les chiffres du Web à fond et parlent même de supprimer la version papier. Heureusement qu'on est sur du « porteur ».

Lorsqu'elle avait été embauchée, Éva avait d'abord travaillé au service Livres de ce grand hebdomadaire qu'elle lisait chaque semaine depuis qu'elle était toute petite, avant d'être intégrée à la rubrique télé, laquelle s'était rapidement muée en fourre-tout destiné à recevoir des news people, eldorado des annonceurs dans un secteur en difficulté où plus grand monde ne prenait la peine de se rendre au kiosque, préférant se gaver de presse gratuite dans le métro ou d'articles rapidement avalés à l'heure du déjeuner sur Internet. Elle avait eu l'espoir de changer les choses. Mais aujourd'hui, elle passait ses journées derrière un écran, et traitait de la misérable existence devenue business de starlettes de télé-réalité. Chaque jour, elle dépérissait dans le bruit affolé des claviers, se convainquant sans le faire qu'elle allait enfin envoyer quelques candidatures pour recouvrer la joie de se rendre chaque matin au boulot. Merde, Éva, quitte à être payée une misère en faisant du journalisme, amuse-toi ! Sinon ça ne vaut pas le coup. Les paroles de Lucie résonnaient souvent à son oreille. Pourtant, cet enfant qui refusait d'arriver l'avait figée dans une inertie dont elle ne parvenait plus à sortir.

Rien que d'y penser, elle eut un haut-le-cœur et se dit que, décidément, il était hors de question qu'elle retourne à la rédaction cette semaine. Voir la sale tête de Cyril, son nouveau « boss » – ainsi qu'on appelait aujourd'hui un patron pour faire plus jeune et international –, son crâne dégarni, ses petits yeux sournois et ses discours moralisateurs sur la mort de la presse, lui filait une nausée qu'elle eût préféré ressentir pour une autre raison.

De toute façon, l'arrêt maladie pour état grippal que lui avait fait Michèle, son ancienne amie du lycée devenue depuis obstétricienne et accessoirement son médecin traitant officieux, courait jusqu'à la fin de la semaine. On était jeudi, jour de sortie, elle n'allait pas se coltiner toute cette chienlit sous la verrière angoissante de l'open space alors que la Sécu lui offrait l'occasion inespérée de se refaire une santé à coups de cocktails de fin de semaine et de balades dans une capitale encore ensoleillée.

— Sabine, je vais devoir te laisser, je suis crevée. Tu préviens Langue de bœuf que je suis encore clouée au lit ? À moins qu'il préfère que je vienne tous vous refiler mes microbes et réduire son effectif d'esclaves ?

— Je lui dis. Mais reviens vite, je me meurs quand tu n'es pas là. Les filles de la mode partent déjeuner tous les midis entre elles sans jamais me le proposer. Du coup, je fais le tour du quartier avec un sandwich et je dépense une blinde dans les magasins pour me donner une contenance. Ta grippe va me ruiner !

— Promis, je reviens lundi. Allez, courage ! Bisous.

Elle raccrocha et fonça vers la salle de bains se préparer pour son déjeuner avec Michèle, qu'elle gaverait certainement de questions médicales comme elle le faisait avec Doctissimo, lequel ne pouvait, lui, s'en plaindre.

3

— Dépêche-toi, il est déjà là depuis des heures et il a l'air d'une humeur de chien ! Il t'attend.

Alice venait d'arriver en trombe au restaurant après être tombée dans les inévitables embouteillages matinaux alors qu'elle avait déposé Laura à son nouveau lycée. Cette semaine, l'adolescente, prunelle de ses yeux, dormait chez elle après une semaine de vacances passés avec Adrien, son ex-mari, avec lequel elle entretenait des rapports tendus après qu'il l'eut quittée pour une très jeune femme. Depuis un an, elle subissait donc les joies et les emmerdes d'une garde partagée sur laquelle le juge n'avait pas encore statué, le divorce n'étant toujours pas prononcé. Surtout, elle devait ponctuellement endurer les comptes rendus de Laura lui narrant les merveilleux après-midi passés avec sa « belle-mère » dépensière et encline à la couvrir de cadeaux pour ainsi lui faire oublier que, par sa faute, ses parents n'étaient plus ensemble.

Pourtant, ils s'étaient aimés, et ils étaient bien le dernier couple que leurs amis eussent imaginé se séparer. Ils avaient tous les deux choisi de n'avoir qu'un seul enfant, tant Laura les avait comblés dès le premier regard. Bébé, elle avait peu pleuré, avait marché et parlé tôt, n'était jamais tombée malade et les avait toujours accompagnés dans leurs nombreux voyages aux quatre coins du monde sans émettre la moindre protestation en avion. Leur complicité à tous les trois faisait des envieux et elle-même se disait chaque jour qu'une telle harmonie ne pourrait pas durer.

S'attendant ainsi perpétuellement à un coup du destin, Alice n'avait pas été étonnée lorsque, un matin, alors qu'elle ramassait pour la cinq millième fois de sa vie les vêtements d'Adrien dispersés tout autour du lit et jusque dans l'entrée, elle était tombée sur une note d'hôtel. Oui, comme dans les films. C'est d'une banalité affligeante, avait-elle concédé à ses amies qui ne voulaient pas y croire, mais bien réel. Adrien s'était envoyé une pétasse rencontrée lors d'une de ces sorties hebdomadaires « entre potes » qu'elle tolérait avec confiance tant elle les pensait soudés et à l'abri d'une incartade vaudevillesque de ce type. La fille était tombée dingue de lui, et l'avait abreuvé de messages Facebook ainsi qu'Alice le découvrit par la suite, en enquêtant fiévreusement après sa découverte. Elle s'appelait Juliette, posait avec une chapka sur sa photo de profil, faisait mille fautes d'orthographe à la seconde et collait des smileys partout. Elle avait 857 amis, 1 032 photos, la plupart d'elle-même et prises par elle-même, cartonnait à Candy Crush et postait depuis plusieurs semaines des statuts qui se voulaient mystérieux mais que, à la lueur de sa découverte, Alice ne comprit que trop bien.

Quant à leurs échanges de messages privés, qu'elle se résolut à lire après être allée dégueuler son désespoir dans les toilettes dont ce salaud n'avait, une fois de plus, pas rabattu la lunette, il y faisait le joli cœur : tour à tour distant ou drôle, rentrant dans le jeu puéril de cette gamine qui lui disait qu'il était le plus beau, le plus fort et le plus viril des hommes tandis qu'elle-même, après quinze ans de quotidien, l'abreuvait plus souvent de reproches concernant ses oublis, son désordre ou sa paresse que de compliments ébahis. Alors voilà, il n'y avait donc aucune solution pour qu'un couple dure ? Une jeunesse aux seins pommelés et à la peau immaculée venait vous chatouiller la libido endormie et cela suffisait à effacer des années de complicité, de joies partagées et de deuils surmontés ensemble, d'avenir rêvé à deux, de sexe haletant – remplacé il est vrai, peu à peu, par une gentille routine tendre mais agréable et qui lui convenait, à elle ?

Elle était partie trois jours. À Deauville, avec sa Twingo. Elle avait envoyé un texto à

Adrien pour lui demander de prendre soin de Laura pendant quelque temps, qu'elle reviendrait, qu'elle lui expliquerait. Elle avait pris une chambre avec vue sur mer au Normandy, tapant sans scrupules dans ce compte commun devenu grotesque – car qu'avaient-ils vraiment de commun aujourd'hui, elle qui l'aimait comme au premier jour et lui qui se laissait séduire en discothèque par une aspirante cover-girl pour *Entrevue* ? Des heures entières, elle avait regardé la mer, arpenté les Planches vides et si romantiques, sur lesquelles seuls quelques retraités et touristes amoureux échoués bravaient la fine pluie normande qui n'avait cessé de tomber pendant son séjour. Elle avait mangé seule aux Vapeurs, leur restaurant, des plateaux de fruits de mer abondamment arrosés du vin blanc sec qu'il commandait toujours pour elle. Comment allait-elle faire sans lui ? Après toutes ces années fusionnelles, saurait-elle commander seule son vin, remplir sa déclaration d'impôts, dormir de l'autre côté du lit, recevoir leurs amis, élever leur enfant ?

Il y avait eu de longs épisodes de sanglots bruyants dans les draps épais du palace Barrière, d'où elle pensait ne jamais pouvoir sortir. Elle avait réfléchi, aussi. Beaucoup. Pouvait-elle lui pardonner ? De nombreuses femmes faisaient ça, surtout du temps de sa grand-mère, où l'on ne se séparait pas sur un coup de tête ni pour un coup de canif viril dans le contrat – non mais les hommes ont des besoins ma chérie il faut que tu t'y fasses. Pourtant, chaque fois qu'elle éventualisait cette décision, elle repensait aux petites phrases qu'il avait dites à cette Juliette. À leur évocation, elle fermait les yeux avec force et sentait les pointes si douloureuses de la jalousie et du désespoir s'enfoncer dans sa chair. « J'ai envie de te lécher », « Ton corps est le plus beau que j'aie jamais touché », « Je veux sentir ma grosse bite en toi. Tu l'aimes toujours, dis ? », « Oui, tu as la plus belle bite du monde. » Et elle avait vomi les fruits de mer, claqué lc reste du compte commun au Casino, au milieu de vieux briscards du poker auxquels elle avait failli céder, et repris le chemin de Paris après avoir demandé à Lucie, sa meilleure amie, de garder Laura pour la soirée et à Adrien, mort d'inquiétude, de lui réserver la sienne.

La scène avait été atroce tant elle avait eu l'impression de rejouer un mauvais film français de seconde partie de soirée. Il avait tout d'abord nié, puis pleuré, puis l'avait engueulée pour avoir fouillé dans ses affaires – non mais tu te rends compte ma pauvre tu es complètement folle aller sur mon compte Facebook de toute façon tu as toujours été d'une jalousie maladive il faut te faire soigner. Ils avaient parlé toute la nuit, sangloté, bu beaucoup, fumé à s'en éclater les poumons et fait une dernière fois l'amour, intensément, elle couverte de morve, de regrets et de ressentiments, cramponnée à ce torse si familier dont elle savait que jamais plus elle ne le serrerait à nouveau dans ses bras, le nez plongé dans ses cheveux drus, pendant qu'il la prenait avec force, poussant des grognements désespérés qu'elle ne lui avait plus connus depuis des années.

Au matin, elle lui avait demandé de partir. Il avait alors docilement rempli un *week-ender* American Apparel de quelques boxers, chemises et chaussettes, pris son iPad, sa trousse de toilette et son casque de scooter. Et puis voilà. Il était parti, la laissant seule dans le silence de cet appartement qu'ils avaient choisi ensemble, refait ensemble, décoré ensemble, habité ensemble et que, désormais, il hanterait de son fantôme. Il repasserait plus tard prendre le reste de ses affaires, quand elle ne serait pas là. Ils devaient aussi trouver un moment pour parler à Laura. Et puis, le silence.

Après trois jours loin des cuisines, elle était retournée avec plaisir au restaurant. Elle avait même subi avec bonheur les célèbres colères de Fred, le chef, tant l'adrénaline de son boulot et la précision des gestes exécutés avec passion lui faisaient oublier, pour la journée du moins, son triste sort de maman célibataire quittée pour une nymphette. Depuis, elle s'était investie plus que de raison dans son travail, avait encore gravi les échelons – Fred l'avait récemment nommée seconde de cette belle table passée une étoile que le Tout-Paris fréquentait chaque jour davantage. Alice adorait son travail et si, depuis la fameuse nuit, elle n'avait pu se résoudre à accueillir un homme dans son lit, elle avait acquis un certain équilibre qui lui faisait dire qu'aujourd'hui elle était heureuse – elle avait même réussi à éviter psy et antidépresseurs, contrairement à la plupart de ses copines gavées au Xanax et autres Lexomil qu'elles consommaient comme des M&M's.

Elle fonça donc vers les fourneaux, enfilant prestement son uniforme, prête à subir la volée de bois vert qu'après tout elle avait méritée.

— Putain, mais t'étais où ?

Fred était rouge d'excitation mais elle sentit vite qu'il ne l'engueulerait pas plus que ça. Elle était sa chouchoute, tout le monde le savait et, plus d'une fois, elle s'était épanchée après le service, la nuit, devant une bonne bouteille de vin débouchée pour l'occasion, lui racontant son quotidien de mère célibataire et les agissements pitoyables de son ex. De son côté, il restait résolument secret, n'évoquait jamais une quelconque conquête féminine ou masculine, et gardait son passé mystérieux, si bien que la vie privée de Frédéric Bardin demeurait, pour l'ensemble de ses collaborateurs, une énigme.

— *Sorry*, j'ai été prise dans les embouteillages. Ça a été la merde au lycée de Laura, ils avaient mal enregistré son inscription. Du coup, j'ai dû re-remplir mille et un papiers administratifs et les supplier de la garder. D'ailleurs, j'ai promis à la secrétaire une table pour elle et son mec à la date de son choix.

— Ben voyons. On verra plus tard. Mets-toi au boulot plutôt que de raconter des niaiseries de bonne femme !

Bourru, Fred se donnait des airs de vieil ours misogyne qui ne lui ressemblaient guère et auxquels elle s'était habituée. Et puis, dans le domaine de la gastronomie, ils n'étaient pas nombreux à faire une place en cuisine à une femme, et encore moins à la nommer seconde. Elle salua sa brigade, déjà affairée devant les fourneaux rutilants, retroussa ses manches, mit son portable en silencieux et commença sa ronde. Plus petits, les dés. Les tomates, plonge-les dans l'eau glacée après les avoir pochées. Elles seront plus faciles à émonder… Elle y allait de son petit conseil de pro avec chacun, sans jamais élever la voix mais en restant ferme, ce qui faisait d'elle un chef apprécié de tous.

Dans son bureau vitré, Fred triait des papiers lorsque le téléphone sonna. Après quelques minutes, il surgit et beugla d'une voix forte :

— Alice, pour toi ! C'est la télé ! (Avant de grommeler :) C'est quoi encore, ces conneries ?

4

Les cernes creusés et la robe de chambre Kenzo à moitié ouverte sur ses seins outrageusement gonflés par la montée de lait, Lucie était penchée sur Lou, sa petite dernière, née une semaine plus tôt. Si elle avait déjà eu deux filles quatre et six ans auparavant, la jeune femme semblait avoir tout oublié des rituels de la petite enfance, et n'en menait pas large face au poupon rougeaud tout juste sorti de son corps meurtri, et manifestement pas encore très à l'aise dans son nouveau quotidien à 20 °C. Elle venait de lui donner le bain, la savonnant à sec ainsi que les sages-femmes de l'Hôpital américain le lui avaient montré – quelle drôle d'idée, avait-elle pensé, n'osant contrarier ces matrones autoritaires, elle qui, pourtant, n'hésitait jamais à tancer une serveuse trop lente ou une vendeuse jugée très sotte. Ensuite, elle l'avait plongée avec angoisse dans la baignoire pliante de la nursery, maintenant sa tête mollassonne, forçant ses sourires afin d'enrayer l'inévitable crise de larmes qui, à en juger par le visage de plus en plus rouge et grimaçant de la fillette, n'allait pas tarder à éclater, avant de l'enrouler prestement dans une adorable serviette à capuche et oreilles d'ours Baby Dior qui lui avait été offerte par Dieu sait qui. Ouf, elle était parvenue à ne pas noyer l'enfant en l'absence historique de Winnie, l'employée de maison de la famille, qui avait élevé les deux aînées tout en s'occupant du ménage, de la cuisine et des diverses activités obscures qu'impliquait la gestion quotidienne d'un appartement de 250 m^2 dans lequel s'ébrouaient deux enfants turbulentes et un couple en vue donnant réception plusieurs fois par semaine.

Alors qu'elle s'apprêtait à lui remettre sa couche, la fillette urina abondamment sur la précieuse serviette, délicieusement parfumée et repassée, que Lucie avait saisie sur la pile du placard immaculé de la nursery qu'ils avaient fait refaire à l'occasion de cette troisième naissance. Lucie épongea le pipi avec dégoût avant de la jeter dans le linge sale. Ce faisant, elle se saisit de la fillette à moitié endormie et la transporta jusque dans son dressing. Là, deux armoires et une ribambelle de petits casiers en bois peints (Middleton Pink de chez Farrow and Ball) renfermaient le trousseau de cette enfant de sept jours constitué des marques les plus onéreuses du marché – les vêtements cheap offerts par de vagues connaissances, et dont elle refusait de couvrir la chair de sa chair, seraient quant à eux offerts à Winnie ou à Marion, sa vendeuse à la boutique dont la sœur venait elle aussi d'accoucher. Il était d'ailleurs grand temps de l'appeler pour savoir comment tournait le magasin, et vérifier qu'elle s'en sortait en son absence.

Saisissant un body rose pâle, qu'elle recouvrit d'un charmant ensemble en cachemire rose poudré, Lucie décida qu'ainsi la petite était parfaite. D'ailleurs, n'avait-elle pas fermé les yeux avec bonheur, harassée par le stress de ce bain ? Elle la déposa dans son couffin Tartine et Chocolat et se saisit de son portable.

— Charlotte et Marguerite, bonjour ?

— Marion, c'est Lucie !

— Bonjour, Lucie. Comment allez-vous ? Vous êtes rentrée chez vous ? La petite va bien ?

— Oui, oui, tout est parfait ! Enfin, parfait… Winnie m'a fait faux bond ! Sa sœur est malade, ou sa tante, enfin je n'ai pas bien compris. Bref, elle n'est pas là, aujourd'hui ! Le jour de mon retour à la maison, tu te rends compte ! L'appartement est sens dessus dessous et Christophe a même dû emmener les filles à l'école ce matin. En taxi, évidemment… Devant chez Montessori, les jours de rentrée, c'est ingarable ! Enfin, c'est l'enfer ! La petite a pleuré toute la nuit. Elle mange non-stop, je suis éreintée ! Heureusement que la nounou est bookée à partir de ce soir ! C'est à se demander comment font les gens qui n'en ont pas ! Ces filles vous calent les petits en quinze jours et on n'en parle plus ! Sinon, comment recevoir, faire les courses, aller se faire épiler ? Bon, plus que quelques heures et je suis sauvée. Et toi, comment ça se passe ? Il y a du monde ?

— Je viens d'ouvrir. Mais avec la rentrée, je pense que les clientes ne débarqueront pas tout de suite. Je vois plein de mamans devant l'école qui papotent, et une tripotée qui s'est rabattue sur les terrasses de café pour commenter la composition des classes et se raconter leurs vacances.

— Bien. Écoute, aujourd'hui je suis bloquée mais je passerai demain. On a reçu les commandes de porte-tétines « j'aime ma maman » ?

— Oui, ils viennent de déposer le colis. Je m'apprêtais à l'ouvrir !

— Parfait. Tu m'en mets une dizaine dans un joli panier en osier à côté des petites trousses à couches Olympia. On les fait à combien, déjà ?

— 15 euros.

— Mmm, place-les près de la caisse à côté des serre-tête en Liberty et mets-les à 19, ils partiront comme des petits pains.

— Bien, Lucie ! C'est comme si c'était fait.

— Merci, Marion. Ah mais, au fait, ta sœur, comment ça se passe ?

— Très bien ! Oh, le petit est adorable, il fait déjà ses nuits, vous imaginez ? En rentrant de l'hôpital ! Pourtant, ça n'est pas là-bas qu'ils lui ont calé, vous pensez, l'hôpital public...

— Merveilleux… Allez, je vais te laisser, j'ai un monceau de choses à faire et j'ai un déjeuner. Bon courage, et s'il y a le moindre problème, n'hésite pas à m'appeler d'accord ?

— Merci, vous aussi ! À demain, Lucie. Et reposez-vous, surtout.

En même temps que Marion raccrochait, Lucie entendit le tintement mélodieux de la porte de la boutique annonçant une cliente, ce qui la rassura aussitôt, et la détendit après cette harassante matinée.

Charlotte et Marguerite était une de ces petites boutiques comme il en fleurissait chaque jour davantage dans le IXe arrondissement, et plus particulièrement la partie dite de South Pigalle, ainsi que l'appelaient avec snobisme les bobos qui avaient peu à peu investi l'îlot populaire au grand dam de ses habitants d'origine. On y vendait des petits vêtements de naissance en feutrine ou coton recyclé, à prix d'or bien évidemment, en même temps qu'une tripotée de gadgets et jouets pour familles bohèmes aisées préférant claquer 100 euros dans un vélo en bois sans pédales plutôt que 25 chez Decathlon pour un bicycle traditionnel jugé trop inélégant. Dans le petit magasin-bonbonnière de Lucie, on trouvait des sacs à dos pour enfants de quatre ans à 49 euros, des turbulettes pastel à motif étoilé à 185 euros pièce, quelques meubles en bois peint à 1000 euros et, bien sûr, des jouets vintage réédités qu'elle vendait trois fois le prix

Grande Récré à tous ces parents gagas en pantalon chino et boots Isabel Marant.

Le matin, quelques mamans du quartier, dont beaucoup ne travaillaient pas ou se targuaient de garder une activité – qui restait pour le moins obscure –, se réunissaient après le dépose-minute à l'école autour d'un café bien mérité aux terrasses alentour. Là, elles s'épanchaient sur leur quotidien, leurs compagnons forcément débordés, le karaté du grand, la prof de gym du petit, les coliques du dernier ou leurs dernières vacances à Formentera ou Ibiza. Encore belles et vêtues comme des lycéennes qui auraient gagné au Loto, ces princesses trendy vivaient le quotidien décrit dans leurs magazines préférés. Après leur débriefing matinal, et avant d'aller récupérer les enfants pour le déjeuner, elles étaient nombreuses à venir flâner chez Lucie, laquelle avait un don particulier pour recueillir les confidences, mais beaucoup moins pour tenir sa langue. Si bien que ses proches copines se gargarisaient ensuite de ses ragots de première fraîcheur, et savaient grâce à elle qui couchait avec qui, qui en avait une toute petite ou quel couple avait récemment pimenté sa vie sexuelle grâce à un gode ceinture et si je te dis qui c'est tu me croiras jamais. Lucie adorait sa vie, et son boulot. Christophe lui avait offert le magasin un an après la naissance de Marguerite, alors qu'elle sortait à peine de son baby blues – elle avait sombré dans une anorexie profonde et failli ne jamais reparaître à la surface de la planète – et de son édredon Ralph Lauren qu'elle n'avait plus quitté, tant son statut de maman sans activité la faisait se sentir minable dans les nombreux dîners qu'ils donnaient, et où certaines des femmes qu'ils recevaient brillaient dans leur domaine professionnel.

C'est ainsi que, grâce à l'aisance financière de Christophe et à l'instinct qu'il avait eu en lui proposant de tenir une boutique, elle avait peu à peu remonté la pente et regagné sa confiance perdue. Trois ans après l'ouverture du magasin, qui affichait de très bons chiffres – ce dont Christophe se contrefichait pas mal mais faisait la fierté de Lucie –, elle avait décidé qu'elle était prête pour une nouvelle grossesse, dont elle espérait ce fils qu'elle aurait tant aimé offrir à son époux. Las, la capricieuse génétique qui avait accablé même les Beckham leur fit don d'une nouvelle petite fille. La prochaine fois, elle aussi ferait appel à un spécialiste – il fallait bien que son argent serve à quelque chose que diable.

En attendant l'arrivée de Mary Poppins à midi, elle appela Mathilde, avec laquelle elle devait déjeuner.

— Oui ?

— Pourquoi tu chuchotes ?

— Je suis au bureau, articula-t-elle d'un ton qui signifiait qu'il était hors de question qu'elle s'exprime autrement que par de vagues borborygmes.

— Bon, OK. Tu me réponds par « oui » ou « non ».

— Oui.

— Tu peux toujours déjeuner avec moi ce midi ?

— Ooooooh oui !

— À ce point-là ? Vive la rentrée… Bon, tu peux bouger jusque chez Alice ou tu veux qu'on se recolle trois semaines de dépression en allant s'enfermer dans le Cojean troglodyte du métro de la Défense ?

— Rendez-vous dans Paris… aprèm. Oui !

— Génial, je l'appelle ! 13 heures ?

— Oui… À toute.

— À toute.

Elle raccrocha et envoya un texto à Alice. Inutile de l'appeler, elle ne répondait jamais pendant son service. Ensuite, elle prévint la standardiste du restaurant de sa venue. Celle-ci parut pour le moins contrariée par cette réservation de dernière minute – pour espérer trouver refuge dans cet établissement, mieux valait s'y prendre deux voire trois mois à l'avance – mais elle savait qu'elle ne pouvait rien refuser à Lucie, amie d'enfance d'Alice, et accessoirement cliente assidue et fort dépensière.

— C'est noté, madame Chevreux. 13 heures, une table pour deux.

— Pouvez-vous nous placer sur la petite table au centre, Sophie ?

Soupir imperceptible.

— Je vais essayer… Mais on a une équipe de TF1 qui vient déjeuner, je ne vous promets rien.

— Faites au mieux, je vous fais confiance, conclut fermement Lucie, sous-entendant par là qu'il était bien évidemment hors de question que ladite Sophie n'accède pas à ses exigences.

— À tout à l'heure, madame Chevreux. Ah, je vois que votre mari a également réservé une table pour 13 heures, je vous mets à la même ?

— Non, c'est inutile. Merci, Sophie. À tout à l'heure.

Ouf. Elle avait, espérait-elle, réussi à masquer sa surprise mais se sentait désemparée devant sa méconnaissance de l'emploi du temps de son mari. Avec qui déjeunait-il, d'abord ? Un client ? Une femme ? Une pute ?

Lucie sentit à nouveau poindre en elle le démon de la jalousie, celui qui, des années durant, lui avait pourri la vie, et avec la sienne celle de Christophe, a priori irréprochable. Elle se pensait guérie mais la sournoise folie tentait un retour par la petite porte. Elle décida pourtant de ne pas appeler Christophe. Elle pourrait, le cas échéant, le prendre en flagrant délit au restau – ce qui était totalement irrationnel, puisque s'il avait voulu se faire un midi à deux avec une éventuelle maîtresse il n'était pas assez idiot pour squatter le restaurant de la meilleure amie de son épouse, quand bien même celui-ci était *the place to be* du moment.

Quoi qu'il en soit, elle devait être irrésistible pour cette première « sortie après bébé », ce qui n'était pas gagné vu son état actuel, bien loin de la coquette perfection qu'elle avait l'habitude d'afficher. Ne te montre jamais à ton mari pas maquillée, lui avait souvent répété sa mère. Sois toujours parfaite, porte des sous-vêtements assortis même si tu sors acheter le pain, on ne sait jamais ce qui peut arriver, aie toujours le maillot parfaitement épilé… Mme Chevreux mère était de ces femmes toujours tirées à quatre épingles et qui en imposent. Lorsqu'elles étaient adolescentes, les amies de Lucie tremblaient lorsque Françoise rentrait dans l'immense appartement haussmannien qu'elles squattaient des heures entières avec ce bonheur coupable qu'offre le luxe. Françoise Chevreux, elle, les scrutait alors avec ce regard inquisiteur qui se glissait au-dessus de ses lunettes demi-lunes, et esquissait de petites moues désapprobatrices devant leurs jeans troués (exprès), leurs bottes Carolina, leurs Clarks, leurs ras du cou Agatha et leurs sacs en paille déchiquetés. Lucie, elle, portait toujours des fringues à la mode, celles qui coûtaient si cher qu'il leur fallait attendre que plus personne n'en veuille pour que leurs parents à elles acceptent de les leur offrir.

Forte de cette éducation à l'ancienne, Lucie ne retirait jamais ses Pierre Hardy quand elle rentrait du boulot, pas plus qu'elle ne troquait ses pantalons moulants et plutôt inconfortables pour un legging tout doux. Elle attendait au contraire son époux docilement, telle une geisha, assise sur le confortable canapé Roche Bobois, ses talons de douze élégamment croisés.

Ce matin pourtant, elle contempla le désastre dans le miroir. Si sa mère la voyait, elle l'enverrait illico chez Maniatis et lui infligerait un de ces sermons dont elle avait le secret. Quant à son ventre, elle avait beau subir sa troisième grossesse, jamais elle ne s'habituerait à ces jours qui suivent l'accouchement, pendant lesquels on a beau faire, ou n'avoir pris que cinq kilos, il ressemblait quoi qu'il arrive à une vieille baudruche en fin de vie. Floc floc. Elle le prit dans ses mains et le malaxa avec rage comme une pâte à tarte. Parviendrait-elle une fois de plus à récupérer sa légendaire silhouette de jeune fille ? Elle devait absolument entreprendre un plan « grands travaux ». Elle nota mentalement d'appeler son coach et sa coiffeuse, et de prendre rendez-vous au Ritz pour une séance « jeune maman » à 400 euros bien méritée mais, surtout, indispensable. Elle jeta au linge sale le harnais crotté, et se défit avec dégoût de sa culotte encombrée de l'énorme serviette hygiénique qu'elle devrait porter pour une semaine encore minimum de saignements post-délivrance. Encore un aspect de la maternité dont personne ne vous informe, pensa-t-elle. Non mais, franchement, quel traumatisme ! Et quelle inélégance. Beurk.

Deux heures plus tard, un maquillage *nude*, un brushing maison et une longue séance d'essayages qui faillit tourner à la crise de nerfs, elle était superbe. Contre toute attente – et grâce au cadeau de naissance de Françoise, une gaine dernière génération qui sculptait cruellement l'abdomen –, elle était entrée dans sa robe Carven et arborait une silhouette de jeune première. Il faisait encore chaud, elle avait donc opté pour des sandales dorées qui lui faisaient gagner dix bons centimètres et affinaient sa silhouette. Lucie s'avança alors vers la baby-sitter de fortune venue surveiller la petite dernière.

— Appelez-moi, Marie, s'il y a un problème. Je ne serai pas loin. Vous avez mon numéro de portable ? Donnez-moi aussi le vôtre.

Ployant sous le poids de sa timidité, la jeune fille avait sorti de son sac un smartphone customisé de petits diamants et breloques enfantines et observait Lucie avec la dévotion que les adolescentes portent aux starlettes de la chanson. Dans son regard, Lucie perçut la barrière invisible qui sépare les générations de femmes, dont elle n'avait eu conscience que le jour où, pour la première fois, elle avait fait garder Charlotte, son aînée. Elle n'était plus une jeune fille. Non, elle était devenue une maman, une « madame à quelle heure rentrez-vous, vous et votre mari ? ». Une femme qu'on vouvoie et qui a la drôle d'idée de sortir. Bref, une vieille en sandales dorées.

— Oui ? 06… ?

Lucie pressa la jeune femme.

— Euh… En fait, c'est 07 23 65…

07. Mon Dieu ! Elle avait cent ans. Il fallait qu'elle sorte. Et fonça donc vers le berceau après avoir enregistré le numéro sous le contact Machinebabysitter.

Lou dormait paisiblement, les poings serrés, en souriant aux anges. Quels qu'ils fussent, Lucie en était certaine, à ce moment précis c'est à elle-même que ce sourire s'adressait ; et son cœur, pourtant fort enrubanné par les conventions, fondit. Un instant seulement.

Puis, regardant sa montre, elle poussa un petit cri distingué, prit ses clés et fonça alors vers le garage pour retrouver avec bonheur sa Mini bleu Klein.

— *Back on tracks !*

Qu'il était bon de retrouver sa liberté après neuf mois de cohabitation !

5

La salle Pervenche leur avait été réservée. Mathilde, ordinateur portable sous le bras, iPhone dans la poche et badge harponné à la chemise, entra dans l'arène, la peur au ventre, comme chaque fois qu'elle se rendait à une grosse réunion avec les *big boss* de La Firme, ainsi qu'ils appelaient entre collègues le groupe de cosmétiques qui les employait. Heureusement, ça n'était pas à elle de présenter ce jour-là. Elle serait donc simple spectatrice et, pour qu'on ne dise pas qu'elle était passive, poserait deux ou trois questions bien senties et prendrait quelques notes afin de faire illusion. C'était la rentrée, ne l'oublions pas, et il lui était bien difficile de passer du jour au lendemain des cacahuètes apéritives et Campari de midi à l'hostilité réfrigérante d'une salle de « meeting ».

Romain, l'un de ses nombreux exécrables et misogynes collègues, faisait ses branchements. Il avait, paraît-il, terminé sa « pres' » à l'aube et n'avait pas dormi. Ce qui ne se voyait pas forcément car il ne lui paraissait ni plus ni moins antipathique et d'humeur chafouine que les autres jours.

— Putain, mais c'est quoi ces fils ? J'ai pas de connexion !

— Tu chopes pas le wifi ?

— Non, puisque je dis que je n'ai pas de connexion.

Connard.

— Branche-toi. Regarde, il y a un câble réseau, là.

— Ah oui. C'est bon.

De rien, enculé.

Concentré, ledit Romain vérifiait que son écran d'ordinateur était bien connecté à celui, immense, qui lui faisait face. Qu'il était loin le temps où l'on projetait des transparents sur des écrans tendus qu'on repliait avec difficulté une fois le tintouin terminé. Aujourd'hui, chaque salle disposait d'un plasma de la taille d'un écran de cinéma, incrusté dans le mur, sur lequel Mathilde rêvait, un jour, de mater tranquillement des épisodes de *Homeland* ou une rediffusion de *Koh-Lanta*.

Pour l'heure, ils étaient tous silencieusement penchés sur leurs BlackBerry, occupés à envoyer des mails plus ou moins professionnels, sans s'adresser la parole ni se jeter un coup d'œil. Certains avaient astucieusement ouvert leurs ordinateurs portables pour prétendument « prendre des notes de la réunion » mais aussi pour pouvoir tchater sur Skype avec leurs amis ou consulter les résultats du foot quand l'ennui se ferait sentir. Elle était idiote, elle aussi aurait dû faire pareil, d'autant qu'elle avait toujours ce problème de frigo vide à régler. Quelle mère était-elle pour avoir refilé des Savane suspects à ses fistons en guise de petit déjeuner équilibré pour la rentrée ? Compteur du jour : zéro légume, zéro fruit. Joli score. Cela dit, ils n'avaient pas paru mécontents lorsque, rongée par le remords, elle leur avait offert à chacun un grand chocolat au comptoir d'un bistrot où elle avait ses habitudes, pour qu'ils aient « quelque chose de chaud dans le ventre ».

10 h 03. Tout espoir n'était pas encore anéanti.

Sur le BlackBerry généreusement mis à sa disposition par La Firme, elle ouvrit une page de bloc-notes et continua sa liste : couches, cordons bleus, beurre, lait, saumon, lessive, PQ, canard WC, tampons, savon, ampoules, Pom'Potes, CAFÉ… avant de se rendre compte qu'elle partait dans tous les sens. Elle se reprit en visualisant mentalement les rayons du supermarché tels qu'elle les enchaînait habituellement. Légumes, céréales, frais, biscuits, pâtes… La vie quotidienne était une question d'organisation. Et la sienne plus qu'aucune autre. Depuis qu'elle était mère, Mathilde inventoriait tout et n'importe quoi, s'efforçant de formater sa nature profonde, celle qui l'avait fait vivre dix ans de célibat dans un studio sens dessus dessous où cohabitaient joyeusement culottes sales, Chipster mous et sachets de capotes. Aujourd'hui, elle se surprenait même, en pleine réunion, à cocher les cases d'un agenda virtuel afin de comptabiliser ses rapports sexuels avec Max et éviter, ainsi, que la lassitude et le train-train ne viennent, eux aussi, enterrer sournoisement cette vie intime qu'elle parvenait à maintenir à flots malgré l'érosion lente des années, les nuits sans sommeil, les cacas et les vomis nocturnes, la fatigue de son époux et ses capitons à elle.

— Messieurs, bonjour !

Le *big boss* venait de faire son entrée, tel un monarque de droit divin, et, selon son habitude, avait sciemment nié sa présence en ne s'adressant à l'assistance qu'au masculin. Il leva un sourcil narquois, se fendit d'un sourire mesquin à vomir et reprit :

— Et madame qui fait sa liste de courses.

Inutile de le reprendre, elle savait qu'une joute verbale avec cet odieux personnage venu des Pays-Bas pour redorer l'image de la marque était vaine, qu'elle perdrait à coup sûr à moins de lui balancer ses quatre vérités et de perdre cette place si chèrement acquise. Elle se contenta donc de sourire lâchement alors que cette tête à claque de Romain pouffait. Elle eut brusquement envie de couper sa putain de connexion Internet, sous la table, d'un bon coup de talon.

— Pourquoi sommes-nous là ? feignit de s'étonner le monarque.

— Euh… Je vais vous présenter les campagnes proposées par notre agence, ainsi que les résultats de nos études consommateurs, répondit le Romain, déjà abattu.

Il lui rappelait les heures les plus sombres de sa scolarité lorsqu'un prof tyrannique faisait régner la terreur. Le stylo pointé sur la liste des élèves, le bourreau gonflé de son petit lopin de pouvoir prenait alors un malin plaisir à laisser le suspense s'installer avant de plonger sadiquement dans le tas, et d'annoncer le nom du sacrifié du jour. « Je suis en début/fin d'alphabet », pensaient alors les heureux « A » ou « V » quelque chose. Mathilde, elle, était bien souvent tirée au sort, et contrainte d'aller se placer devant l'imposant tableau noir, le pull Benetton sanglé sur ses fesses pour en cacher la forme – on n'est pas tendre avec les silhouettes féminines, quand on a quatorze ans –, ses seins naissants planqués sous un large tee-shirt, prête à sécher devant la question-piège posée par l'enseignant frustré et cruel.

« Combien la Côte d'Ivoire compte-t-elle d'habitants, mademoiselle ? »

Euh…

Elle secoua la tête, encore traumatisée par ces séances de stress intensif dont elle pensait être totalement débarrassée une fois son baccalauréat en poche. Il aura fallu son embauche dans La Firme, et ces réunions dont elle avait horreur, pour que resurgissent ces angoisses de grande timide malgré son nouveau statut de mère, femme et salariée reconnue par ses pairs. Heureusement qu'elle n'était pas sur la sellette ce matin-là.

— Eh bien, monsieur Romain, nous sommes tout ouïe.

Deux heures plus tard, la présentation prenait fin. Ledit Romain avait subi son lot de sarcasmes. Les expressions grotesques et autres anglicismes propres à leur métier, et plus particulièrement à leur domaine dit du « market' », n'avaient cessé de fuser : « Trouvez-vous que le message est assez *concernant* ? », « Avez-vous suffisamment *brainstormé* avec les équipes ? Le projet me semble *confusant* en l'état. Je vous conseille de *revenir vers moi asap* avant le *copil* en reprenant tout *from scratch* », « Oui, c'est ma *deadline* sinon je donne le *lead* à l'équipe du 3e ». En bref, « y'a pu qu'à », avait conclu le *big boss*, narquois, laissant un Romain terrassé – et, malgré toutes les petitesses qu'il lui faisait subir quotidiennement, cela n'avait pas réjoui Mathilde, bien au contraire. Était-ce la perspective de connaître le même sort la semaine suivante, lorsque ce serait son tour de s'y coller, ou sa nature a priori profondément bonne qui la poussa à lancer un sourire bienveillant à son collègue ? Toujours est-il qu'il n'y répondit pas, préférant enrouler consciencieusement les fils de ses appareils en baissant les yeux avant de foncer vers son pré carré d'open space.

— Va te faire foutre ! grommela-t-elle.

12 h 05. C'était foutu pour la commande Monop' et, si elle ne voulait pas être en retard chez Alice puis à son rendez-vous dans Paris à 15 heures, elle devait se dépêcher. Rapidement, elle consulta les trente-deux mails atterris dans ses boîtes pro et perso pendant ces deux heures de déconnexion et ne put s'empêcher de jeter un coup d'œil aux photos de vacances qu'une vague copine de CM2 venait de poster sur Facebook. Puis elle saisit le sublime sac Jérôme Dreyfuss que ses copines lui avaient offert pour son anniversaire et se précipita vers les ascenseurs. À cette heure de pointe, dans l'entreprise, parcourir les douze étages qui la séparaient de la terre ferme pouvait prendre un temps considérable. Sans parler des rencontres désagréables qu'on pouvait y faire. Cette fois-ci encore, elle emprunta l'escalier.

Dehors, le vent soufflait et si le timide soleil de septembre se réverbérait dans les tours arrogantes du quartier des affaires, le spectacle des salariés déambulant sandwich à la main, dossiers sous le bras et bronzage inopportun sous leurs costumes trop étriqués – les barbecues… – ou leurs robes Zara de saisons précédentes lui colla un bourdon pas possible. Elle courut donc vers la galerie marchande et s'engouffra avec bonheur dans le métro, direction le IIe arrondissement.

Dans son wagon, les femmes finissaient de gros romans estivaux alors que les hommes étaient pour la plupart plongés dans leurs mails ou occupés à associer des bonbons psychédéliques avec des airs de zombies. Max aussi faisait ça, souvent, le soir, alors qu'elle tentait désespérément de l'impliquer dans l'organisation de leur vie de jeunes parents.

— La maîtresse a dit que Théo n'était pas très concentré en ce moment. Je pense qu'on devrait le coucher plus tôt. Qu'est-ce que t'en penses ?

— … Oui.

— Au fait, je ne t'ai pas dit ! Stéphanie a ENCORE cassé la machine à laver ! Non mais, tu y crois ! Elle prétend que ça n'est pas elle ! Il y en a marre qu'elle mente comme ça, nan ? Non ? Qu'est-ce que t'en penses ?

— Hein ?

— Putain, mais tu ne m'écoutes pas du tout ? Tu fais quoi ? Tu envoies des mails de boulot ?

— Si, je t'écoute : Stéphanie a cassé la machine. Qu'est-ce que tu veux que je te dise ? Tu veux la virer ? Je m'en fous, moi ; je la connais pas. C'est pour toi, c'est un peu chiant d'en trouver une autre non ?

— Comment ça, pour MOI ? Et toi, tu n'es pas concerné ?

— …

— C'est une blague ? Tu envoies des putains de briques sur des murs avec des enculés d'oiseaux ? Donc, moi, je suis la harpie qui parle de lessive, de nounou et de réunions de parents d'élèves et toi, le gentil petit garçon qu'on emmerde avec des conneries de bonne femme et qui attend que ça se passe ? Et si je disparaissais du jour au lendemain tu ferais quoi ? Hein ? Max ?

Depuis qu'elle était mère, la perspective de laisser les deux prunelles de ses yeux à son époux lui faisait froid dans le dos. Qu'adviendrait-il de ses petits garçons s'ils étaient soudain livrés à l'organisation, ou plutôt à la non-organisation de son mari ? Iraient-ils à l'école en tee-shirt quand il faisait dix degrés (« Tu les couvres trop, regarde y'a du soleil ! »), traverseraient-ils l'hiver la morve au nez sous prétexte que leur père ne connaissait toujours pas, au bout de cinq ans, le nom du pédiatre ? Dormiraient-ils sur les banquettes suspectes du Baron parce que leur géniteur n'avait aucun numéro de baby-sitter dans son portable (« ON a une baby pour samedi ? » « Je ne sais pas, peut-être faudrait-il que ON s'en soit chargé », répliquait-elle systématiquement) ? Comment ferait-il pour les courses, les gâteaux à apporter à l'école, les couches qu'il faut penser à racheter, les câlins dont elle abreuvait ses petits anges, les inscriptions au karaté, les RSVP aux goûters d'anniversaire, les fringues devenues trop petites mais qu'il persistait à leur enfiler lorsque, une fois l'an, elle partait en séminaire, et qu'elle les retrouvait hilares et aux anges mais le cheveu gras et le pantalon feu de plancher sanglé sur leurs petits ventres devenus forcément trop gros pour porter du… douze mois m'enfin Max !

— Quoi ? Si je fais tout mal, alors je ne fais rien !

Bien souvent, elle baissait la garde, se disant que chaque couple, ou plutôt chaque famille s'accommodait comme elle le pouvait du quotidien. Certes, Max avait développé une capacité hors norme à n'entendre aucun pleur nocturne – quand bien même celui-ci eût réveillé l'immeuble entier – mais il était là. Il adorait ses fils, et quand il les faisait tournoyer au-dessus de sa tête pour leur plus grande joie, manquant souvent de leur exploser le crâne sur la table basse, elle tremblait sans rien oser dire, tant ils semblaient heureux, tous les trois ; ses trois hommes. Quant à son décès brutal et soudain, elle évitait le plus souvent d'y penser, et s'était assurée de l'avenir des petits auprès de sa sœur, lui faisant jurer d'en prendre soin si un événement aussi malheureux devait se produire.

Palais Royal-Musée du Louvre. Alors que le flot de voyageurs se déversait sur le quai pour visiter le « plus beau musée du monde », ou du moins ses boutiques environnantes, elle se leva, préparant sa sortie deux stations plus loin afin de ne pas avoir à jouer des coudes lorsque ce serait son tour de descendre.

`J'arrive`, pianota-t-elle sur son smartphone à l'attention de Lucie.

Elle n'avait pas revu son amie depuis la naissance de Lou, cinq jours seulement auparavant, et s'étonna une nouvelle fois de l'énergie de cette femme dont l'apparente superficialité pouvait en exaspérer plus d'une, mais à laquelle on ne pouvait ôter son courage et sa capacité rare de se remettre de ses grossesses. Par ailleurs, sous ses couches de vêtements griffés et son corps parfait, Lucie cachait une générosité et un dévouement amical peu communs. Combien de fois n'avait-elle pas ouvert sa porte à Alice depuis qu'Adrien l'avait quittée, les recueillant, Laura et elle, pour les vacances et même à la tablée familiale pour Noël ? Telle une louve, elle défendait ses amies avec la hargne d'une mère lorsque quelqu'un osait s'attaquer à elles. Au lycée, face à la cruauté d'adolescents enivrés par un sadisme qu'ils découvraient, Lucie avait fait front, bataillant avec rage chaque fois que l'un d'entre eux s'était mal conduit avec Mathilde ou Alice. Leur génération se rappelait encore de Matthieu Gardon paradant dans les couloirs, un « J'ai une petite bite » inscrit au Tipp-Ex dégoulinant sur son sac à dos une journée entière après qu'il eut raconté à tout le lycée avec moult détails scabreux qu'Alice s'était donnée à lui en une nuit seulement, alors qu'il ne s'agissait que d'une pitoyable et ennuyeuse séance de caresses. Lucie n'avait jamais voulu reconnaître qu'elle était à l'origine de cet attentat à la fourniture scolaire. Pourtant, tout le monde avait remarqué sur ses mains parfaites ces étranges traînées de peinture blanche, et son sourire satisfait lorsque l'anecdote avait fait le tour des salles de classe, arrachant même un rictus à l'imperturbable M. Leibsir, professeur de mathématiques fossilisé depuis vingt-trois ans en ces murs ancestraux.

Pourtant, sous cette apparente perfection physique et cette volonté de tout contrôler, de l'image de son couple à la ligne de ses sourcils, en passant bien évidemment par ses trois grossesses qu'elle était parvenue à maîtriser, comme tout ce qu'elle entreprenait la concernant, la loyauté et l'espièglerie de Lucie ne sautaient pas aux yeux. Pour Lou, comme pour chacune de ses maternités, elle avait déambulé de cocktails en réceptions, et tenu boutique jusqu'à la veille de l'accouchement, toujours élégante, moulée dans de sublimes jupes crayon, perchée sur des talons vertigineux si bien que, souvent, on oubliait qu'elle était sur le point de donner naissance à un petit être. Mathilde, en revanche, avait pris plus de vingt kilos à chacune de ses grossesses et préféré cacher ce corps difforme sous d'inélégants vêtements amples qui n'avaient pas poussé Max plus que ça à maintenir leur rythme sexuel pendant cette période un peu particulière. Lucie, elle, lui avait confié avoir conservé des rapports normaux avec Christophe jusqu'au dernier mois, multipliant levrettes et fellations, certes, mais conservant ainsi une image d'elle-même plus proche de la femme que de, selon ses propres termes, la matrone prête à mettre bas. Pour sa seconde maternité, Mathilde s'était promis de calquer son comportement sur celui de son amie. En vain. Elle n'y arrivait pas. Pas plus que Max, d'ailleurs, qui ne semblait guère goûter au fameux fantasme de la femme enceinte – hormis les premiers mois où ses seins devenus plus gros l'avaient amusé, voire excité, jusqu'à ce que son abdomen les fasse paraître, par un obscur effet d'optique, plus petits encore qu'auparavant.

C'était décidé, elle passerait chez H&M lingerie dès aujourd'hui, en sortant de son déjeuner.

6

La salle de ce restaurant en vogue commençait à bruisser des premiers clients arrivés, qui pour leurs déjeuners d'affaire, qui pour des repas entre amis du même sexe. Plus rares étaient les couples illégitimes aspirant à se cacher dans ce lieu où l'on se pressait pour assister au spectacle donné par le Tout-Paris privilégié, venu pour être vu ou entretenir son réseau. Alice était allée s'assurer que chaque table était impeccable, bien alignée sur les coûteux carreaux de ciment qu'elle aimait tant, que chaque assiette était immaculée, avec sa serviette en lin gris et son verre bistrot, qu'aucune chaise n'était bancale. Les serveurs se tenaient prêts, souriants et tirés à quatre épingles, malgré un look branché qui, s'il l'avait d'abord agacée, avait fait ses preuves sur cette clientèle trentenaire huppée et aisée attirée comme des mouches par l'aspect à la fois tendance et gastronomiquement irréprochable de l'établissement. Alors, elle savourait ce moment où, à l'abri dans sa cuisine, elle qui n'aimait rien tant que travailler dans l'ombre, elle jetait un dernier coup d'œil aux préparations, donnant quelques conseils, goûtant une sauce ou félicitant un commis. Elle observait alors par le hublot de son antre les clients qui entraient dans l'arène, prêts à vivre ce moment que les magazines les plus critiques qualifiaient d'« exception ».

Quelques pubards et communicants avaient déjà investi les premières tables. Vêtus de chemises cintrées, de jeans ajustés et de barbes hirsutes ou savamment taillées, ils se croyaient originaux avec leurs coupes de hipsters de Brooklyn, tous la même, rasée sur les côtés et plaquée au gel sur le dessus. Les pires étaient ceux qui arboraient de ces moustaches grotesques dont ils pensaient sans doute qu'elle leur donnait un air d'artiste. Tous avaient le même smartphone hors de prix, dont l'écran s'était fêlé au bout de deux semaines parce qu'ils l'avaient prêté à leur descendance tout aussi tendance. Souvent, elle s'approchait de ces tablées d'hommes pour suivre discrètement leurs conversations et tâcher de percer ce mystère qui l'avait séparée d'Adrien et demeurait entier : que diable cherchaient-ils encore et encore, occupés à traquer la nymphette alors que leurs compagnes géraient cette petite vie de famille confortable qu'ils avaient acceptée, voire désirée ardemment ? Parfois, elle en avait surpris certains paradant devant leurs comparses, leur expliquant que telle ou telle stagiaire ou collaboratrice se mourait de désirs pour eux et qu'ils se la « feraient bien ». D'autres se targuaient de baiser en journée connaissances ou *escorts* abordées sur Internet pendant que la mère de leur progéniture, devenue trop génitrice pour susciter le désir, les attendait sagement à la maison.

— Elle est top avec les enfants, je te jure ! Je ne la quitterai jamais ! argumentaient-ils, aussi fiers que s'ils parlaient d'une employée qui, malgré son mauvais anglais ou une mise à niveau PowerPoint indispensable, leur était trop dévouée pour qu'ils s'en séparent.

Elle avait souvent eu envie d'intervenir, et de leur gueuler que cette femme-là avait peut-être envie, elle aussi, de se faire prendre dans un hôtel de luxe au milieu de l'après-midi. Que peut-être elle aussi bavait d'envie devant le petit stagiaire qu'elle imaginait la chevauchant dans les toilettes sinistres de sa boîte pendant que son gros mari riait crânement avec ses vieux copains dégarnis à l'heure du déjeuner. Que s'ils n'y mettaient pas du leur, ce serait peut-être eux qui, un jour, se retrouveraient, comme elle, sur le cul d'apprendre que leur moitié, celle qu'ils avaient manifestement négligée, avait préféré les coups de boutoir d'un vieil amoureux de CM2 retrouvé sur Facebook à leur tendresse condescendante.

Mais elle s'était tue, bien sûr, préférant imaginer que ça allait leur arriver, à ces porcs. Parce qu'il y avait forcément une justice n'est-ce pas ? Adrien lui manquait tant. Elle savait son aigreur, son agressivité, et le regard que, depuis la fameuse nuit, elle portait sur les hommes. Elle les avait aimés, pourtant, et souvent plus que de raison. Mais depuis la trahison, elle se méfiait de ces dangereux prédateurs.

— Alice, ta copine vient d'arriver. Ça n'est pas elle qui vient d'accoucher ? C'est dingue, elle a l'air de peser 300 grammes. Qu'est-ce que je l'envie !

Lucie. Alice n'avait pas eu le temps de passer à la clinique et s'en voulait. Du coup, elle avait claqué plus de 350 euros dans une combinaison pilote chez Bonpoint pour se faire pardonner. Elle passa en vitesse au vestiaire prendre le sublime paquet rose qui fleurait bon l'odeur si particulière que les vendeuses pschittaient sur ces petits vêtements vendus à prix d'or.

Elle salua quelques habitués avant de foncer vers Lucie.

— Hellooo ! Dis-moi, tu es sûre que t'as accouché ou tu avais mis un faux ventre comme Beyoncé ?

— Te fous pas de moi, je suis énorme !

— Énorme. C'est exactement le mot que je cherchais. Félicitations, ça me fait plaisir de te voir ! Tiens, pour la petite. Tu as une photo d'ailleurs ?

— Pas de photos avant qu'elle ait une tête normale, loi de Suri Cruise, bichette ! Non, je déconne, je veux bien t'en montrer à toi mais Instagram ne verra pas ma fille avant qu'elle ait recouvré une carnation humaine. On dirait un rôti.

Lucie lui tendit alors la photo d'un nourrisson tout ce qu'il y avait de plus nourrisson. Alice s'était d'ailleurs toujours demandé comment réagir face à ce flot de clichés de bébés que les parents de sa génération se collaient en permanence sous le nez, dans l'attente d'un compliment bien senti. Souvent, elle avait masqué une réaction de dégoût lorsque certains de ses amis avaient fièrement agité devant ses yeux la photo d'un énorme bouddha au triple menton qui aurait même passé à Éva l'envie d'enfanter. Ouf, Lou n'était pas repoussante. Juste froissée, rouge, et visiblement fâchée sous son ridicule bonnet de Cousteau rose, celui-là même que les sages-femmes vous forçaient à leur enfiler sous prétexte que les bébés pourraient attraper froid dans cet environnement moite maintenu à 35 degrés.

— Elle est TROP mignonne, se força-t-elle un peu trop mollement, rendant prestement à sa propriétaire son joujou à coque Marc Jacobs.

— Laisse tomber, poulette, c'est un bébé c'est tout. Mais elle a du potentiel, tu verras. Dans quelques semaines, Harper Beckham n'aura qu'à bien se tenir. C'est un peu comme après un lifting, on est persuadée que l'opération est ratée et qu'on est condamnée à jouer au masque de fer dans son appartement pour l'éternité. Et puis, finalement, paf, un beau matin, on a perdu dix ans et on retourne à La Palette. Loi de ma mère.

— Ta mère a le meilleur chirurgien de Paris, Lucie.

— Oui, et d'ailleurs, je ne vais pas tarder à lui passer un petit coup de fil si cet accordéon qui s'est formé sur mon ventre ne retourne pas rapidement dans son environnement naturel.

— Laisse le temps au temps ! Tu as accouché il n'y a même pas une semaine !

— Je sais, mais si tu voyais l'étendue des dégâts ! Je ne m'y ferai jamais ! Tu sais que j'ai tapé « people ligne après accouchement » dans Google cette nuit sur mon iPad alors que je donnais son biberon à la petite. Eh bien, figure-toi que beaucoup de stars ont déjà retrouvé leur corps de *teenager* en sortant de la clinique !

— Mais tu n'es pas une star, qu'est-ce que t'en as à foutre d'attendre une semaine avant de te faire ouvrir le bide ?

— Pas une star, *darling* ?

C'est ce qui était agréable avec Lucie. Elle avait beau crouler sous les euros, manger dans les meilleurs restaurants, remplir son double frigo chromé à La Grande Épicerie comme d'autres vont chez Lidl, faire rectifier son brushing chez Dessange pour aller grignoter avec des copines et porter des sous-vêtements assortis Aubade, elle savait se moquer d'elle-même, consciente de ses privilèges, dont elle faisait grassement profiter ses proches ou toute personne qu'elle prenait en affection. Si bien qu'on ne pouvait lui en vouloir. Et puis elle était drôle, ce qui ne gâchait rien.

Mathilde entra alors qu'Alice s'apprêtait à rejoindre ses fourneaux. Comme à son habitude, la malheureuse arborait un tailleur pantalon sans âme en tissu synthétique et trimballait, outre son énorme sac à main, une mallette d'ordinateur qui semblait peser le poids d'un âne mort.

— Salut, les meufs ! Pas mécontente de vous voir. Mais quelle HORREUR cette rentrée ! Cette année, c'est décidé, je démissionne !

— Tu dis ça à chaque rentrée et puis on ne te revoit plus jusqu'à Noël tellement tu es plongée dans tes dossiers.

— Non, non. Là, vraiment, je les hais. Tous. Je prends un billet pour Ibiza et j'ouvre une boutique de fringues en chanvre pour enfants de milliardaires désœuvrés.

— Bon, moi je vous laisse, sinon Fred va me tuer. On prend le café ensemble ?

— GRAVE ! répondirent-elles en chœur, conscientes du ridicule qu'il y avait à parler comme les jeunes, à leur âge – celui-là même qui faisait que, depuis quelques années, plus personne ne les appelait mademoiselle mais madame, même lorsqu'elles étaient « en civil », c'est-à-dire sans leur progéniture.

Mathilde balança son barda sous la table, sans se soucier de poser son sac à main à même le sol plutôt que de l'accrocher à un porte-sac, comme l'avait fait Lucie avec le sien. Mais elle se ravisa et en sortit son smartphone, qu'elle posa sur la table avant d'accrocher son sac au dossier de la chaise.

Et dire qu'elles avaient passé tant d'années, de mercredi après-midi et de vacances d'été sans cet engin de malheur, se contactant le soir après les cours grâce au gros téléphone fixe à roue du domicile familial, faisant dangereusement grimper les notes de téléphone (« Mais qu'est-ce que vous pouvez bien vous raconter ? Vous vous voyez déjà toute la journée à l'école ! »), bloquant la ligne des heures entières tandis que leurs pères tentaient désespérément de joindre la maison. L'été, séparées par ce satané mois d'août au cours duquel survenaient les aventures les plus incroyables de leur petite vie d'adolescentes – la perte du pucelage d'Éva avec un « mono » de colonie musicale, les dix patins en une soirée de Mathilde à l'UCPA à son fameux stage de tennis, la mort accidentelle de Catherine, la mère d'Alice… –, elles étaient alors coupées les unes des autres mais continuaient à se donner des nouvelles en langage codé sur des cartes postales ploucs qu'elles choisissaient avec soin dans les Maison de la presse de leurs lieux de villégiature. Un soir de déprime, Alice avait replongé dans sa boîte à souvenirs pour relire les lettres passionnées qu'Adrien et elle s'étaient envoyées aux prémices de leur relation, puis elle était tombée sur ces petites missives d'enfants qui se croyaient déjà adultes.

« *Salut, ça boume à l'UCPA. Le tennis, c'est top, il fait hyper beau je bronze beaucoup (je vais être noire gniark gniark !) et j'ai 1 000 trucs à te raconter (si tu vois ce que je veux dire). Vivement la rentrée (enfin pas trop vite non plus snif snif mon cœur saigne). Bisous Mathilde* » sur une carte postale « Vieux motard que jamais », superbement illustrée par un moutachu rigolard à califourchon sur un deux-roues pétaradant. Ou encore une obscure recette de crêpes, ou de kouign amann, lorsque Lucie donnait de ses nouvelles depuis sa résidence secondaire bretonne.

Puis, elles avaient eu dix-huit ans et les premiers Nokia avaient débarqué – ou le fameux Startac de Lucie, qu'elles s'étaient toutes promis de pouvoir s'offrir une fois qu'elles seraient adultes, ne sachant pas alors qu'un dénommé Steve Jobs allait rapidement changer la donne. « C'est un gadget », avaient-elles admis, trouvant presque plus amusant de se biper par Tatoo ou Tam-Tam. Puis le smartphone était entré dans leurs vies, devenant aussi indispensable qu'un membre de leur famille, et changeant surtout considérablement leur rapport au monde, à l'amitié et aux relations amoureuses. Les textos avaient affolé leurs années de fac (« Ahhhhhhh ! Il m'a répondu ! IL M'A RÉPONDU, JE TE DIS ! Je réponds QUOI ? Il faut absolument qu'on se voie pour y réfléchir ! ») et raccourci leurs nuits passées à scruter cet écran vide, en attente de la réponse d'un vague coup d'un soir qu'elles pensaient alors aimer pour l'éternité, et sans lequel leur week-end ne valait pas la peine d'être vécu, pas plus que leur vie d'ailleurs.

Devenues mères, Facebook et Instagram avaient sournoisement remplacé le téléphone, qu'elles n'utilisaient plus que rarement, bien trop occupées à travailler, lister leurs tâches de mères et épouses modèles ou lire les news du *Parisien* le soir dans leur lit, effondrées de fatigue. Et puis, téléphoner avec des enfants dans la pièce, c'était une horreur ; elles avaient essayé.

— J'en ai profité pour poser mon après-midi du coup, j'irai chercher les petits à l'école. La connasse qui devait me servir de nounou m'a plantée !

— Ah, toi aussi ! Tu sais que Winnie m'a également fait faux bond ! Sa sœur est malade, soi-disant !

— Ah bon ? Mais comment tu as fait avec Lou ?

— Oh, elle m'a envoyé une nièce, ou une cousine, je sais plus. Mais quand même, franchement !

Comme d'habitude, Mathilde prenait la mesure de leurs différences. Comme elle n'avait aucune autre solution que de sacrifier sa précieuse rentrée professionnelle pour rapatrier sa progéniture abandonnée, elle prenait le risque de se faire enterrer dès les premiers jours de l'année, alors que Lucie aurait toujours une armada de domestiques plus ou moins philippins prête à répondre à ses injonctions même à la dernière minute. Elle avait osé envoyer un message pour prévenir ses collègues, leur assurant qu'on pouvait toutefois la joindre par mail mais elle savait ce que ce type de comportement signifiait dans l'entreprise. Les femmes, pensait-on – et en particulier les mères –, étaient trop accaparées par leur seconde vie (entendez celle de génitrice) pour se donner à fond dans leur travail. De surcroît, elles devaient se rendre disponibles dès qu'un de leurs rejetons couvait une bronchiolite, une gastro ou faisait ses dents, s'absentant si souvent qu'il devenait de fait impossible de leur confier un poste à responsabilité. Elle se battait contre ce genre de clichés depuis des années, tentant de ne jamais trop évoquer ses deux trésors sur son lieu de travail, si bien que beaucoup de ses collaborateurs ne savaient même pas comment ils s'appelaient – et c'était tant mieux, puisqu'elle n'était pas spécialement friande de ces échanges de bonnes femmes devisant parcs, caca et garderie tandis que ses collègues masculins comparaient les résultats des équipes de foot. Jamais elle n'avait prétexté un problème familial pour s'absenter. Et elle prenait toujours soin de s'isoler pour appeler nounou, école ou pédiatre, ainsi que le faisaient ses collègues hommes, qu'elle soupçonnait toutefois de laisser ces déplaisantes tâches à leurs compagnes, raison pour laquelle elle ne les voyait pas non plus chuchoter à la pause clope pour expliquer que leur fils avait des boutons rouges cerclés de blanc sur le ventre. Pour la première fois, donc, elle avait dû avouer sa condition de mère désemparée, et quitter La Firme en plein remous. On ne lui pardonnerait pas, c'était certain, et ça la rendait malade. Elle décida de rappeler l'agence de nounou avant de passer commande, trop angoissée à l'idée de ce qui se passerait si, le lendemain, elle n'avait pas trouvé une solution.

— Tu m'excuses une seconde ? Je rappelle Babyzouzou.

— Fais-toi plaisir, je ne suis pas pressée.

— Oui, allô ? Mme Marsac à l'appareil. Mmm, oui…

Les salauds, ils me font attendre avec leur musique de merde.

— Bah, il y a que vous deviez me rappeler. La jeune fille que j'avais embauchée par votre intermédiaire m'a envoyé un texto incompréhensible insinuant qu'elle laissait tomber. Vous prévoyez quoi, dans ces cas-là ? Non je ne sais pas, à vrai dire je m'en fous. Non, je ne m'énerve pas. Disons que quand on passe par une agence c'est aussi pour avoir la garantie d'une sorte de service après-vente, non ? Oui, je sais bien que c'est la rentrée, justement ! Ah, non, non, je n'ai absolument aucune solution. Mes parents habitent en Auvergne, ceux de mon époux sont HS et, non, je ne peux pas poser « quelques RTT en attendant »… COMMENT ? Trois semaines ? Ah ! Donc vous n'avez aucune solution… Oui, vous l'avez déjà dit que c'est la rentrée. C'est ça, rappelez-moi. BONNE JOURNÉE !

Mathilde avait jeté son téléphone sur la nappe, faisant gicler quelques gouttes de Chateldeau sur son écran, et respirait bruyamment en serrant les poings.

— Bon, on va commander un peu de vin, si ça ne t'ennuie pas ? Personnellement, j'attends ce moment béni depuis 270 jours. Et toi, je pense que ça te fera le plus grand bien.

— Vas-y, commande ce que tu veux. Du blanc. Une bouteille.

Lucie commanda un grand cru au prix résolument indécent sachant que comme souvent elle l'inviterait, ce que Mathilde savait. Elle se débattrait pour la forme puis capitulerait en la remerciant avant de lui promettre des flacons de shampooing gratuits dont Lucie ne saurait que faire, mais qu'elle ferait semblant d'apprécier – ou qu'elle appréciait vraiment car, ainsi que l'avait expérimenté Mathilde, même les riches aiment les produits gratuits ; échantillons ou bricoles qu'ils auraient pu s'offrir en claquant des doigts. Et le simple fait de n'avoir pas payé pour ces objets même pas convoités les rendait en effet heureux.

Un hipster chaleureux leur apporta la bouteille, dont elles attendirent qu'il l'eût débouchée pour reprendre leur conversation, trop peu glamour pour être dévoilée ainsi à une personne du sexe opposé de moins de soixante ans. Mathilde en profita pour commander un tartare de bar au gingembre suivi de côtelettes d'agneau aux légumes oubliés. Quant à Lucie, c'était facile, elle prit l'entrée à « + 5 euros » – entre parenthèses –, soit les oursins du jour, suivis de la langouste grillée, beurre blanc et millefeuille de trois navets (« + 7 euros »). Ravi de ne pas avoir affaire à deux de ces radines qui s'en tiennent à un plat du jour chacune accompagné d'une carafe d'eau pour pouvoir se permettre de squatter une table aussi chère un lundi midi – dont Mathilde faisait habituellement partie lorsqu'elle n'était pas accompagnée de son généreux mécène –, le serveur partit tout guilleret annoncer sa commande en cuisine.

— Bon, reprenons. Tu n'as plus de nounou, c'est ça ?

— Non, la fille qui devait faire la sortie crèche-maternelle nous a plantés aujourd'hui ! Tiens, regarde son texto :

`Bonjour Madame. J pourrez pas garder les enfan finalement a cose de mon emploi du temps. Dsl. Olivia.`

— Euh… elle a quel âge ?

— Genre dix-neuf ans. Elle est née dans les années 90, imagine…

— Ah oui. Mais, chérie, si tu prends des enfants pour garder les tiens aussi…

— Je n'ai pas tes moyens, cocotte. Et je t'avoue qu'on a accepté ce que l'agence nous proposait compte tenu du fait que, comme d'habitude, on s'y est pris à la dernière minute. J'ai essayé de rappeler la fille pour lui demander des explications, et évidemment elle m'a filtrée ! Cette nouvelle génération textos, il leur faudrait une bonne séance chez Nadine de Rothschild. Nous, on n'aurait jamais fait ça.

— Non, parce que toi, tu aurais été obligée de donner les coordonnées du fixe familial et tes parents t'auraient écharpée. Là, elle peut te planter tranquille, raconter à sa mère que c'est toi qui l'as annulée et continuer à glander avec ses copines, ce qu'elle a manifestement décidé de faire de son année. Mais attends, tu veux que je demande à la nièce/sœur/cousine de Winnie si elle est intéressée ? Au moins pour te dépanner le temps que tu trouves quelqu'un ?

— Ce serait EXTRAORDINAIRE ! Tu bouleverserais ma vie ! Si je m'étais dit qu'un jour la perspective de dénicher une nounou me rendrait si euphorique, je me serais directement pendue avec mon fil de Minitel.

— Je te confirme ça dans la journée mais, à mon avis, ça peut s'arranger sans problème.

Alors qu'elle terminait sa phrase, et que Mathilde achevait son premier verre cul sec, trop heureuse de se débarrasser de ce problème qui lui pesait, le visage de Lucie avait soudain changé d'expression. Elle minaudait, souriant à un homme, très certainement, qui venait d'entrer dans le restaurant.

Mathilde se retourna. C'était Christophe, le mari de Lucie. Bel homme, quoique légèrement encombré par les kilos de grossesse que sa femme ne prenait pas mais qu'il semblait emmagasiner pour elle, il portait beau dans son costume Dior parfaitement ajusté.

— Ça va, mon amour, qu'est-ce que tu fais là ? Tu n'es pas avec la petite ?

— C'est plutôt à toi que je devrais poser la question ! Tu ne m'as pas dit que tu sortais déjeuner.

— Enfin, Luciole, je ne vais pas faire un agenda partagé avec toi pour que tu puisses viser tous mes déjeuners.

— Ah oui ? Et pourquoi pas ? Ce ne serait pas idiot, après tout. Mathilde, tu le fais avec Max, non ?

— Euh… oui, oui.

Mathilde n'aimait pas s'immiscer dans les histoires de couple, encore moins dans celles de Lucie, dont les crises de jalousie homériques étaient connues bien au-delà des frontières hexagonales. Combien de fois, en vacances, les avait-elle vus se déchirer, Lucie quittant la table après que Christophe eut soi-disant flirté avec une serveuse grecque ou une prof de tennis, s'enfermant ensuite de longues heures dans sa chambre d'hôtel avant de parvenir à se calmer. Elle la pensait guérie de ses excès mais, manifestement, il n'en était rien. Et, malgré les apparences, Lucie souffrait encore d'un sérieux manque de confiance en soi en dépit des regards ardents que lui jetaient la plupart des hommes de l'assemblée. C'était une ancienne grosse. « Grosse un jour, grosse toujours », répétait-elle souvent afin de justifier son anxiété à dépasser cette taille 34 si chèrement acquise, laquelle n'avait en fait jamais vraiment enterré l'adolescente boulotte que Lucie entrevoyait dans le miroir, tapie dans l'ombre de sa nouvelle silhouette.

— Tiens ! Salut, Mathilde, ça fait une paye qu'on ne vous a pas vus ! Vos vacances se sont bien terminées ?

— Génial ! Du coup j'ai un cafard noir et je viens noyer mon chagrin avec ma joyeuse copine en congé maternité express. On ne devrait jamais partir, c'est trop dur de revenir.

— Pas faux..., fit semblant de concéder Christophe, *work-addict* patenté qui n'en pensait pas un mot. On vous voit quand ? Vous voulez qu'on s'organise un petit week-end à la campagne avec les enfants pour se remonter le moral ?

— Oh, avec plaisir !

— Ton mari est toujours aussi nul au tennis ?

— Saloperie ! Je mets cinquante euros sur Max, gras du bide !

— Vendu ! Ce vieil ivrogne est incapable de tenir le rythme.

— C'est ce qu'on verra.

— Je vous laisse accorder vos agendas entre femmes ?

— Ce que tu peux être misogyne !

— Pas du tout, je suis ce qu'on appelle « de la vieille école ».

— Tu ne nous présentes pas ton amie ?

Lucie venait de les interrompre, manifestement pas encore sortie de sa folie passagère, braquant ses yeux sur la jolie femme qui accompagnait son époux pour un déjeuner en tête à tête.

— Oh, pardon, je manque à tous mes devoirs. Astrid Baron, notre nouvelle directrice financière. Mon épouse, Lucie.

— Bonjour, Lucie. J'ai beaucoup entendu parler de vous !

— Je ne peux pas en dire autant ! grommela-t-elle, alors que Mathilde lui collait un discret coup de pied sous la table.

— Mais, vous ne venez pas d'accoucher ?

— Si. Pourquoi, ça m'interdit d'avoir une vie sociale pour une durée indéterminée ?

— Chérie…

— Mais quoi ? Bon, de toute façon, Mathilde et moi devons parler. On se voit ce soir ? À moins que tu n'aies mieux à faire ?

— J'ai ma soirée au Racing avec Charcot ce soir, tu te souviens ?

— …

— Je ne rentrerai pas tard. Si tu veux, je peux filer directement après mon tennis ?

— …

— Je passe chez Lenôtre et on se fait un petit saumon-champagne en amoureux ?

— Comme tu veux.

— Allez, on fait comme ça, fit-il avec un entrain surjoué. Bonne journée, mon amour.

— À tout à l'heure. Au revoir, mademoiselle Baron.

— À bientôt, Lu… madame.

Pétasse.

— Nan mais tu es folle ou quoi ?

Mathilde tentait de signifier à son amie qu'elle venait de se couvrir de ridicule, et son grand patron de mari avec elle.

— Quoi ?

— Mais enfin, Lucie ! Tu as été odieuse avec cette pauvre fille. Tu t'es conduite comme une enfant capricieuse. Tu penses qu'il se la tape, c'est ça ?

— Évidemment ! POURQUOI aurait-il besoin de manger avec elle en tête à tête dans le meilleur restaurant de Paris, sinon ? Hein ? Et s'il ne se la tape pas, c'est qu'il en a envie, ce qui est PIRE !

— Je ne sais pas ; elle vient peut-être d'être embauchée dans sa boîte, et il aura voulu la mettre à l'aise pour être gentil, tu ne penses pas ?

— Elle a l'air bien à l'aise, cette catin.

— Tu arrêtes tout de suite ou je m'en vais ! Elle nous regarde. Alors souris et pense à autre chose, d'accord ? Et puis, tu as le mari le plus adorable et le plus amoureux qu'on puisse trouver intra-muros. Tu es gonflée !

— OK. Trêve pour le déjeuner, souffla Lucie entre ses dents, figée dans un sourire forcé. Et toi avec Max, ça roule ?

— Oui. L'été nous a fait du bien.

— Ça veut dire qu'il a de nouveau envie de toi ?

Mathilde rougit. Elle ne se souvenait pas avoir confié à son amie les récents problèmes sexuels qui avaient assombri le quotidien de son couple. Max avait eu des ennuis au boulot l'année précédente et, jour après jour, s'était éloigné. Quant à elle, on ne peut pas dire qu'elle ait fait montre d'un grand enthousiasme non plus, trop crevée par son travail, les couches, les cauchemars et autres réjouissances de la maternité. Jour après jour, ils avaient donc espacé leurs parties de jambes en l'air, lesquelles, il est vrai, étaient devenues plutôt plan-plan depuis les enfants – le missionnaire portait bien son nom. Pourtant, si Max ne la troussait plus sauvagement dans la salle de bains, le matin, alors qu'elle sortait de sa douche et se maquillait, nue, face au miroir, s'ils ne pouvaient plus non plus se jeter l'un sur l'autre dans le salon après s'être mutuellement masturbés de peur que les garçons ne débarquent à l'improviste, ils avaient toutefois continué à entretenir un rythme qui leur semblait « convenable », soit deux à trois fois par semaine selon leur énergie du moment. Était-ce « normal », deux à trois fois par semaine ? Des études prétendument sérieuses donnaient régulièrement les statistiques des couples français. Nombreux étaient ceux qui déclaraient copuler un jour sur deux, ce que Mathilde avait bien du mal à envisager. Ces gens ne connaissaient-ils ni la fatigue ni l'érosion du désir ? Comment parvenaient-ils, une fois le bain donné, le dîner des enfants préparé et tout le toutim, à maintenir cette flamme que tous les couples rêvent de garder intacte ?

Éplucher des légumes, les couper, les faire bouillir, les mixer pour le petit, pas pour le grand, faire cuire un steak haché, le mixer pour le petit, pas pour le grand, forcer le grand à le manger, le mettre au coin parce qu'il refuse, qu'il n'aime plus les steaks hachés de toute façon, sécher ses larmes, recommencer, éponger la purée du petit tombée par terre, le resservir, le faire manger, gueuler sur le grand parce qu'il gobe son Flanby à même ses mains, changer le petit qui a chié dans sa couche pendant le dîner – un clou chasse l'autre –, assister le grand dans sa toilette, garder son calme lorsqu'il joue au rasoir avec sa brosse à dents électrique, rire même, parce qu'il n'a pas à subir les humeurs d'une maman qui doit travailler pour lui offrir des steaks hachés, lui proposer de faire pipi, insister, coucher les deux, lire une histoire au grand, dire bonsoir à tout le monde, revenir parce que le grand réclame encore un bisou, l'engueuler lorsqu'il ressort pour faire pipi parce que finalement j'avais envie maman, sécher ses larmes, revenir pour un bisou, revenir parce que le petit veut un biberon d'eau, revenir encore une fois parce que Monsieur Petit Lapin a disparu mais maman qu'est-ce qu'on va devenir je te dis qu'il a DISPARU, jurer que non, il n'y a pas de monstre sous le lit, promettre que papa viendra leur faire un bisou quand il rentrera, expliquer que papa a beaucoup de travail, ce qui n'est pas le cas de maman bien sûr, non, qui aime tant éplucher les légumes, enfermer des couches crottées dans des sacs malodorants, éponger du vomi et vider le lave-vaisselle en rentrant le soir. Enfin, poser une fesse sur le canapé du salon pour s'enquérir du programme télé du jour parce qu'elle ne peut plus penser à rien, ni parler à quiconque d'ailleurs. Voir qu'il est déjà 9 heures, que Max va bientôt rentrer et s'enquérir du menu. Le rappeler parce que, comme tous les jours, il a cherché à la joindre pile pendant son marathon familial d'access prime-time, pour dire « rien du tout » ou « tu veux manger quoi ce soir ? », essayer de lui expliquer qu'elle s'en balance pas mal, qu'elle veut juste coucher les chiots et zoner sur Internet en se faisant les ongles de pieds. Que s'il n'était pas là, elle boulotterait des céréales à 22 heures après avoir passé deux trois coups de fil à des copines pour leur confier son désarroi. Se pousser finalement au cul pour voir ce qu'elle peut préparer à l'homme qui a faim. Un homme tu le gardes par l'estomac, ma chérie, lui avait répété sa grand-mère, qui avait gardé le sien jusqu'au bout et n'avait pas tort. Pâtes, patates, viande ; un homme ça mange de la viande ma chérie pas des œufs cocotte et une salade. Décongeler un steak pour le mâle qui travaille, lui, se faire des œufs cocotte. Se dire qu'elle doit être hirsute d'avoir bougé comme ça dans tous les sens, épongé, récuré, embrassé ses têtes blondes. Foncer vers le miroir de la salle de bains, voir qu'effectivement on est loin du Stringfellows. Remettre du rouge à lèvres et changer de culotte. Attendre le mâle devant la télévision. Le rappeler. Tu rentres quand ? Oui, je prépare un steak. Se dire que ces conversations autour de la nourriture sont sinistres. Se rappeler qu'à la même heure le même jour, cinq ans auparavant, elle s'envoyait un troisième cocktail, fraîche, propre et maquillée, dans un bar huppé de la capitale, se demandant dans quel lit elle allait trouver refuge et si elle baiserait plutôt trois ou quatre fois d'affilée avec son plan cul. Embrasser le mâle à son retour. Faire fi de son haleine chargée de fin de journée. Ne rien voir ni entendre lorsqu'il s'enferme dix minutes dans les toilettes avec *Le Monde* ou *L'Équipe* pendant qu'elle fait cuire le putain de steak. Lui redécrire le contenu du dîner quand il vient se laver les mains, après avoir fait Dieu sait quoi dans les uniques toilettes familiales, et l'interroger sur sa journée. Lui débriefer les petits bobos, les toux bizarres, les caprices du soir, sa réunion du matin et les problèmes de nounou tandis qu'il inspecte, avec l'attention d'un commissaire-priseur devant une œuvre d'art, le contenu du frigo. Étouffer sa colère quand il demande juste : il n'y a plus de bières ? Lui rétorquer qu'elle ne travaille pas dans la logistique. Qu'elle n'a pas vérifié mais qu'a priori s'il n'y en a pas dans le frigo c'est qu'il n'y en a pas et que, oui, il faut en racheter. Lui demander pour la énième fois s'il a bien imprimé le certificat d'assurance scolaire pour rendre enfin à la directrice sa grosse enveloppe pleine de formulaires et arrêter de passer chaque matin pour une mère indigne d'enfanter. S'excuser, devant la colère du mâle qui ne comprend pas pourquoi on l'agresse comme ça alors qu'il bosse comme un malade putain pour faire vivre tout le monde, et qu'il n'y peut rien si elle n'arrive pas à s'organiser et que veut-elle qu'il fasse elle a qu'à le dire bordel au lieu de se poser en martyre ! Quoi, il doit appeler une nounou, c'est ça ? Ça doit pas être trop compliqué de trouver une nounou à Paris en 2014 avec Internet et tout. Y'a des agences ; il a un collègue qui a une super agence et jamais de problèmes de nounou, lui. Retenir ses larmes. Glisser le steak dans l'assiette en éludant le fait que visiblement une salade en accompagnement, c'est nul. Filer son deuxième œuf cocotte parce que le mâle trouve que ça a l'air très bon. Dire que non non, un seul ça suffit bien. Se coller devant *L'amour est dans le pré*. Manger en face d'agriculteurs qui mangent sans se parler face à leur télé. À 23 heures, aller se laver les dents à deux en pyjama ou vieux tee-shirt « I ♥ Ibiza ».

Demander s'il peut emmener le grand à l'école, le lendemain. Dire merci s'il dit oui. Réprimer la colère, la lassitude et la fatigue. Se motiver. Il faut baiser trois à quatre fois par semaine, c'est l'étude qui le dit. Virer son legging trop moche. Se glisser entre les draps pendant qu'il lit les résultats du foot sur son iPad. Résister, puis prendre son iPad à son tour. Juste pour quelques minutes ; après elle ira le caresser. Il le faut et puis la faim vient en mangeant, ça aussi c'était sa grand-mère qui le disait. Entendre un des deux garçons pleurer. Attendre. Espérer qu'il finisse par se rendormir. Max n'entend rien. Il regarde un clash sur YouTube avec son casque. Hésiter à lui demander d'y aller. Y aller, finalement, parce que les pleurs ne cessent pas. Évidemment. Consoler le grand. Lui jurer que non, le Docteur Octopus ne se planque pas derrière les rideaux. Trembler à l'idée que le petit se réveille. Chuchoter fermement à s'en faire mal à la gorge. Repenser qu'elle a peut-être un cancer de la gorge parce qu'avec tout ce stress elle fume trop. Dire au grand que non, il ne peut pas dormir avec papa et maman. Non, même quelques minutes. Culpabiliser. Se répéter que non non, si elle veut atteindre les trois à quatre fois par semaine, elle doit tenir bon. Qu'un couple c'est fragile ; surtout à Paris. Non, mon chéri, rendors-toi maman est là. Papa est là aussi ; tout va bien. P'tit frère est là aussi il n'a pas peur regarde il dort en serrant son Monsieur Mouton. Allez, dodo, tu vas être crevé à l'école demain la maîtresse a dit qu'il fallait se coucher tôt, que c'est important. Bisous. Allez le dernier. Der des der. Non, maman va se coucher, maman est crevée. Oh si tu savais comme maman est crevée. Une minute de plus et maman s'effondre en sanglots dans la chambre… ou quitte la maison sans prévenir et vous aurez qu'à vous débrouiller avec vos slips sales, vos clés perdues, vos steaks et vos attestations scolaires. Maman va partir à Ibiza ouvrir un magasin de fringues en chanvre pour enfants. Et puis non pas pour enfants ça pue les gosses ça vous pourrit la vie. Maman va ouvrir un centre de yoga tantrique et se faire culbuter toute la journée par de sveltes et charmants yogis trentenaires pendant des heures comme la femme de Sting. Elle retrouvrera le teint de ses vingt ans et ses soucis seront derrière elle. Les gosses, c'est la merde. Oh mes chéris qu'est-ce que maman vous aime si vous saviez. Avoir envie de les serrer fort contre elle. Se dire que la vie sans eux ne vaut rien. Niet wallou. Les regarder quelques minutes alors qu'ils ronflotent en serrant très fort leurs doudous dans la pénombre de la chambre douillette décorée de dessins affreux qu'ils lui ont offerts, si fiers, et qu'elle a accrochés la larme à l'œil. Regarder les photos sur lesquelles ils posent tous les quatre, confiants, souriants devant la piscine de Lucie et Christophe, l'été précédent. Se dire qu'elle les aime tous les trois, et même Max et ses défauts, son placard jamais fermé et son inaptitude à retenir le tarif horaire d'une baby-sitter alors qu'il connaît les noms et prénoms de l'intégralité des joueurs de la Ligue 1. Foncer le retrouver pour lui offrir ce qu'il mérite. Une femme aimante, sexy et entreprenante qui le prendra dans sa bouche comme les pros qu'il mate certainement sur YouPorn – les hommes font tous ça, *darling*, lui avait appris Lucie –, s'endormir nus, sales de leurs ébats même pas essuyés parce qu'ils sont encore jeunes, fous, et qu'il faut se retenir d'être maniaque pour entretenir la fameuse flamme.

Entrer dans la chambre tout excitée à la perspective de sentir le sexe dur du père de ses enfants la fouiller brutalement, même pour quelques minutes seulement.

Entendre son ronflement. Voir que l'iPad lui est tombé sur le nez. Que ses cuisses sont écartées, l'élastique de son caleçon détendu par les ans et son sexe flasque, même pas frustré de n'avoir pas servi depuis des jours. Amnésique. Qui êtes-vous, madame, je ne vous connais pas ? Que suis-je censé faire avec vous ? Laissez-moi dormir, je suis un vieux sexe, vous êtes une vieille femme, c'est fini tout ça. Retenir une nouvelle fois ses larmes devant l'Alzheimer de cette bite qu'elle connaît si bien, dont elle a détaillé tant de fois les contours, titillé le grain de beauté sur le gland, léché, giflé ses joues en riant, mutine, il y a des siècles.

Essayer de dormir sans tirer ombrage de ce désintérêt de son époux et de son sexe pour elle et son corps dévasté, pense-t-elle, par les grossesses.

Aller aux toilettes, se toucher en cachette, honteuse, parce qu'il faut bien que le corps exulte et que son stress sorte par quelque part. Ne penser à rien, penser à Max pour se donner du courage. Et se laisser surprendre par l'image inattendue de Romain, le salopard du bureau, la fourrageant avec force sur la table de réunion, lui flagellant les fesses brutalement, un rictus aux lèvres, la traitant de chienne, de pute, de cochonne qui aime ça hein, écartant ses cuisses jusqu'à lui faire mal pendant que ses seins ballottent sur le clavier d'un ordinateur laissé allumé, et sur lequel elle voit leurs ébats, filmés par la webcam, et son visage à lui, déformé par une grimace à la fois effrayante et si excitante alors qu'il va jouir, le pantalon de costume tombé sur les cuisses, la chemise élégante souillée de sa mouille à elle. Jouir fort en se mordant les lèvres, dans le silence de l'appartement familial endormi. Racler au passage sans broncher les traces laissées par Max au fond de la cuvette. S'essuyer, faire pipi, retourner se laver les mains. Se glisser entre les draps. Lire un peu. S'endormir en tournant le dos à son époux après avoir tenté de le mettre sur le flanc pour que ses ronflements cessent. Rouvrir un œil. S'envoyer un mail : `Assurance scolaire. Important.` S'endormir enfin, pour quelques heures seulement.

— Oui, ça va mieux. C'est pas *Fifty Shades* mais on maintient le rythme. Vous baisez combien de fois par semaine, Christophe et toi ?

— Le tartare de bar ?

— Oui, c'est pour moi.

— Et les oursins ? Pour madame, donc.

Lucie fit la grimace, encore et toujours agacée qu'on pût l'appeler « madame ». Car oui, elle avait deux, non, trois enfants maintenant et une alliance bien apparente sous l'énorme diamant Cartier qu'elle ne quittait jamais. Mais elle n'était jamais parvenue, après toutes ces années, à se convaincre qu'elle était bel et bien une « dame ».

— Il vous manque quelque chose ? fit le serveur alors qu'il remplissait à nouveau leurs verres.

Mathilde se rendit compte que la bouteille de montrachet était déjà entamée aux trois quarts, raison pour laquelle, certainement, elle se sentait si détendue malgré son stress du matin et le sujet qu'elles s'apprêtaient à aborder.

— Tu savais que les femelles furets mouraient si elles n'avaient pas de rapport sexuel pendant un an ? reprit-elle, guillerette.

7

Ils étaient deux : des bonshommes étranges paradant, fiers, sur le papier recyclé du meuble Ikea qu'on venait de lui livrer. Deux entourés, un seul barré.

— OK, mec, mais comme tu peux le voir je suis toute seule. Donc, cette putain de Stuva, je vais la monter sans mon clone serviable, que ça te plaise ou non.

Cette commode pour enfant, Éva l'avait commandée le mois précédent lorsque, après trois rapports d'affilée avec Vincent en pleine période d'ovulation, et les catalyseurs chimiques qu'elle s'était injectés à haute dose, dépassant largement celles recommandées par son praticien, elle avait alors été persuadée que, cette fois-ci, c'était « la bonne ». Pour conjurer le sort, et fêter cette naissance à venir, elle avait surfé du bureau sur ikea.fr, fondant littéralement devant les décors ultra normés, certes, mais si chaleureux du leader du meuble en kit, et n'avait pu s'empêcher de craquer pour une commode, un petit lit ainsi qu'une peluche que, fort heureusement, la vente en ligne ne permettait pas de se faire livrer à domicile. C'est ainsi que, peu après le cauchemar du retour de ses règles, elle avait reçu le coup de fil enjoué d'une standardiste s'enquérant de ses disponibilités pour la fameuse livraison. Non, il n'était pas possible d'annuler la commande par téléphone. Elle pourrait le faire une fois les objets remis en main propre, et réexpédiés à l'envoyeur par ses propres moyens.

Ce matin, à 8 heures, son portable avait donc sonné et, à l'autre bout du fil, un homme excédé l'avait prévenue d'un ton péremptoire qu'il se trouvait à proximité. Puis il l'avait rappelée pour lui demander le code. Ce qu'elle avait pourtant déjà indiqué sur le questionnaire en ligne et répété à la standardiste, elle en était certaine. Il avait ensuite balancé la marchandise sans un sourire dans son salon, lui tendant, essoufflé, un papier qu'elle avait signé avant de lui demander pourquoi il n'avait pas pris l'ascenseur.

— Vous m'avez pas dit qu'il y avait un ascenseur ! avait-il gueulé en tournant les talons alors qu'elle fixait d'un œil la cabine pourtant fort apparente.

Oh et puis qu'il aille se faire voir, ce Suédois !

Le berceau, elle ne pouvait pas. Elle l'avait caché dans le grand placard de l'entrée, prenant soin d'arracher l'étiquette pour que Vincent ne sache pas ce qu'il contenait, ainsi qu'elle le faisait souvent lorsqu'elle dépensait en quelques heures l'intégralité de son maigre salaire mensuel dans des vêtements qu'elle n'essayait même pas, et que, le soir venu et la crise passée, elle avait honte de déballer devant son conjoint. Alors, elle planquait sacs plastique, cartons et enveloppes à bulle encore fermées sous de vieilles doudounes ou la caisse à outils. Ce placard regorgeait de tuniques, de robes et de chaussures avec leurs étiquettes, prêtes à être rendues au magasin depuis des mois – ce qui ne permettait évidemment plus aucun remboursement. Son secret lui faisait penser à ces femmes qui souffraient de dénis de grossesse, et conservaient à l'abri du regard de leur époux leurs fœtus dans le congélateur, ou la cheminée. Y avait-il un rapport entre leur comportement et le sien ? Il y en avait un, en tous cas, entre celui de Vincent et l'aveuglement de ces compagnons incapables de voir le corps de leurs femmes s'arrondir, leur mal-être s'opacifier, leur folie les dévaster. Elle avait pour sa part perdu une dizaine de kilos en quelques mois sans qu'il semble s'en apercevoir.

Après trois étapes (épreuves ?) a priori relevées haut la main, et alors qu'elle s'apprêtait à forcer, grâce à l'ignoble clé courbée gracieusement offerte par la marque, les immenses vis cruciformes qui ne rentraient pas si bien dans les trous prévus à cet effet, elle se rendit compte que le dessus de la jolie commode n'était pas blanc, tel qu'il aurait dû l'être en toute logique.

Elle l'avait monté à l'envers. Putain. Bordel. Elle essaya bien de désencastrer les chevilles de bois si difficilement enfoncées en les tabassant à coups de basket. C'était peine perdue. Elle tira, tira, à s'en scier les doigts, sur le petit meuble destiné à contenir quantité de mini-trucs dont elle ignorait certainement l'existence mais qu'elle rêvait déjà de posséder, et finit par s'écrouler lamentablement sur le sol, en larmes, alors que la commode trônait fièrement, bien qu'à l'envers, sur son carton éventré.

Combien de temps resta-t-elle prostrée ainsi, en chien de fusil, sanglotant sans faiblir, la morve dégoulinant sur le parquet, avant de se rendre compte qu'elle devait sortir rejoindre Michèle ? Elle aurait été incapable de le dire.

Avait-elle dormi ?

Il était midi, et si elle voulait être à l'hôpital avant la demie, elle devait quitter les lieux sur-le-champ. Eût-elle eu rendez-vous avec n'importe quelle autre personne, elle aurait lâchement décommandé d'un texto mais tout membre du corps médical provoquait chez elle un attrait irraisonné. Avant de s'en aller, elle prit le meuble et le déposa dans la rue avec sa putain de notice, sa clé et son sachet de merdouilles en se disant qu'il ferait un heureux.

Dans la rue, toutes les femmes étaient enceintes, baladaient une poussette avec ostentation, ou les deux. Oui, toutes. Elle les haïssait. Elle aurait voulu leur cracher au visage, ou les délester d'un membre de leur portée. Non, franchement, madame, vous avez vraiment besoin de tout ça ? Mes copines passent leur temps à se plaindre, à répéter que les mômes c'est l'horreur ; surtout deux, surtout trois ! Donnez-m'en un, j'y ai droit. Pourquoi pas moi ? Pourquoi toi trois, et moi pas ?

Elle prit un Vélib' et se jeta dans la circulation dense de la mi-journée. Elle avait beau être sur la piste cyclable, les bus la frôlaient dangereusement, klaxonnant avec agressivité. Quant aux taxis, ils semblaient n'avoir que très peu de considération pour la vie de ces parasites en deux-roues nouvellement imposés par la municipalité.

— Bouge, salope !

— Mais, je suis sur la piste cyclable ! fit-elle, affolée.

— Mal baisée !

Tu ne crois pas si bien dire.

L'hôpital était vieux, moche, sinistre, plein d'existences souvent suspendues dont beaucoup ne ressortiraient pas de ces murs gris. Pourtant, tous ces professionnels en blouse lui redonnèrent confiance. Ils savaient, eux. Ils l'aideraient.

À la cafétéria, Michèle, souriante, discutait avec des parents inquiets.

— Dans deux jours il est sorti, je vous le promets !

— Merci, docteur ! Merci encore !

— Salut, doc.

— Oh, coucou ! Mais dis-moi, tu fais le concours Gandhi ? Tu as décidé d'arrêter totalement de t'alimenter ?

— C'est à ce point-là ?

— Pire que ça…

— Tu es dure.

— Ça n'est malheureusement pas ici que tu risques de retrouver l'appétit. Je t'aurais bien proposé un restau mais je n'ai que trois quarts d'heure. En plus, Léon a chopé une gastro, je ne te raconte pas.

— Non, effectivement, me raconte pas. Ça ne risque pas non plus de me redonner de l'appétit.

— Enfin, bref, ils n'en ont pas voulu à la crèche. On peut les comprendre. J'ai dû appeler ma mère en panique qui a fini par bouger ses fesses. Comme si offrir une demi-journée par mois de son précieux temps de retraitée allait la tuer. Madame avait un tarot, figure-toi, c'est tellement important, le tarot, par rapport à ses petits-enfants ! Non mais franchement, c'est quoi cette génération de grands-parents merdique ? Moi, ma grand mère, elle nous prenait tous les mercredis, les vacances scolaires et la moitié de l'été. Et même mieux, ça lui faisait plaisir ! On faisait de la confiture, du crochet, du tricot et on allait au musée ! Alors que nos parents, ils te harcèlent dès la sortie de la fac à te demander quand est-ce que tu leur fais « enfin un petit » pour finalement faire gouzi gouzi trois fois l'an avant de partir se la couler douce en voyage organisé avec des copains seniors plutôt que de t'aider alors qu'on travaille trois fois plus qu'ils ne le faisaient à leur époque ! Nan mais merde !

— Ouais. Je sais pas, j'ai pas d'enfants.

— Ah, d'accord. Je vois que c'est à nouveau la grande forme. Viens, je t'offre un sandwich carton au jambon fluo.

— *I can't wait.*

8

— 8 % tu te rends compte ? La semaine, je passe en tout 8 % de mon temps avec mes enfants. Et 41 % avec mes collègues, tu le crois, ça ?

— Mais tu n'en as pas marre, de faire des tableaux, des listes et des calculs dans tous les sens ?

— Euh… non.

— Attends, c'est vachement intéressant, ce que tu dis, ça ferait un super article ! Comment tu as calculé ça ?

Elles étaient toutes là. Alice, Éva, Mathilde et Lucie, à leur cours de yoga hebdomadaire du jeudi soir. Éva avait bien essayé de se défiler, ne supportant pas l'idée d'être confrontée à la récente maternité de Lucie, qu'elle n'était toujours pas venue voir, mais Mathilde l'avait convaincue. Quant à Lucie, elle l'avait bien vite mise à l'aise en lui promettant de ne pas aborder le chapitre petite enfance parce que bon si elle sortait de chez elle c'était justement pour avoir accès à des conversations plus intéressantes que trous de balle et vomitos.

— C'est bien simple, sur une journée mettons de 7 h 30 à 23 h 30, je vois les petits une heure le matin, commença Mathilde.

— Une heure ? s'inquiéta Éva. Tu as le temps en une heure de t'occuper d'eux, t'habiller, te maquiller, petit-déjeuner et les emmener à l'école ?

— Non mais, tu rêves poulette ! Ça fait bien longtemps que je me maquille dans le métro et que je ne petit-déjeune plus !

— Quelle angoisse…

— Tu vois, comme quoi à toute chose malheur est bon, intervint Lucie, philosophe.

Alice lui lança un regard noir.

— Bref, le temps de les réveiller, les saper, leur donner à manger, préparer leurs sacs, me laver, m'habiller, préparer MON sac, ranger leurs merdes et les déposer, je les quitte à 8 h 30, tout en sachant bien évidemment que ce temps passé ensemble est loin d'être joyeux et serein ; je leur gueule dessus la plupart du temps parce qu'on est en retard, ils pleurent, ils mettent leurs chaussures à l'envers, je leur tords les mains en courant dans la rue, on fait tous la gueule… Quant au soir, je rentre à 19 h 30. Heureusement, la nounou leur a déjà donné le bain et les a mis en pyjama. Ensuite dîner, dents, et dodo à 20 h 30. Voilà, c'est la deuxième heure que j'octroie à ma progéniture. Ce qui nous fait 2 × 5 = 10 heures par semaine (ouvrée) sur 24 × 5 = 120 heures. Soit, tadadam ! règle de trois, 8,3 % de mon temps passé avec ma famille. 8 % !

— Putain…

— Comme tu dis. Mais le pire dans tout ça c'est que je suis au bureau, avec des gens que je déteste de 9 heures à 19 heures, soit 10 heures par jour fois 5 jours égale 50 heures par semaine sur nos fameuses 120, ce qui nous fait… 41 % de mon temps passé avec mes collègues, soit 5 fois plus qu'avec mes fils… C'est vraiment ça, ma vie ?

— On dirait bien…

— Jusqu'à quand ? Jusqu'à ce qu'ils soient grands, qu'ils me méprisent parce qu'ils préfèrent aller fumer des pétards chez des copains ou traînasser dans la famille de leur petite copine qui est si cool parce qu'ils vont l'été à l'île de Ré, nous laissant seuls, vieux, ridés et désabusés, Max et moi, à nous dire qu'on ne les a pas vus grandir parce qu'on préférait gagner un peu plus de thune ou bâtir une carrière qui n'aura jamais décollé ? Ils changent si vite ! Ça me donne envie de pleurer !

— Mais tu ne supporterais pas de ne pas bosser, fit remarquer Alice. De seulement t'occuper d'eux, de les attendre devant l'école avec toutes les mères au foyer pas coiffées, de te coltiner le square et soûler ton mec avec des anecdotes ennuyeuses de parents d'élèves ! Souviens-toi quand tu étais en congé maternité, tu as failli te flinguer ! Quant à Max, si j'ai bien compris, être père au foyer ne le branche pas plus que cela malgré le temps dont il dispose au chômage.

— Tu as peut-être raison. Mais il doit bien y avoir une solution. 8 % quand même…

— Oui, ça s'appelle le 4/5e. Tu bosses autant qu'avant, on te file ton mercredi et 4/5e de ton salaire. Il y a une nana qui a fait ça dans mon service, reprit Éva. Sauf que la pauvre a arrêté vite fait. Sa charge de travail était toujours la même, elle recevait des flots de mails pendant son jour de congé, tandis qu'elle poireautait au judo ou à la danse, elle travaillait le soir et le week-end pour rattraper son retard et tout le monde lui faisait bien sentir que son histoire de mercredi ça foutait la merde. Ah, c'est vrai, tu n'es pas là, mercredi, ils lui disaient tout le temps. Elle a tenu un an et elle a repris à plein temps l'année d'après. Et puis, même en 4/5e, il remonterait à combien, ton pourcentage ?

— 15,8.

— Ça ne vaut peut-être pas les 20 % de salaire perdus…

— Ce que tu peux être matérialiste, Lucie !

— Quoi ? Crois-moi, tes fils préféreront rapidement que tu puisses leur payer les mêmes fringues et jouets que leurs copains plutôt que d'être enfermés tous ensemble, pauvres et sapés avec les frusques du cousin, pendant vos merveilleux mercredi après-midi en famille.

— Tu n'as peut-être pas tort…

— Mesdames, on vous attend…

Leur prof, une quadra frisée au corps de pierre, vêtue de joggings roulottés et de justaucorps seyants, chaque fois différents, prit place sur son tapis de yoga, souriante, prête à leur prodiguer son savoir, et à faire circuler les ondes positives et ancestrales dont elles avaient tant besoin.

— *Namaste.*

— *Namaste*, reprit en chœur et sans rire cette assemblée de femmes urbaines trop contentes d'avoir enfin trouvé une activité dite sportive mais pas fatigante, chère mais abordable, qui leur permettait de garder un brushing présentable, même en fin de séance, et dont Madonna elle-même vantait les mérites depuis une décennie.

Quelques hommes, de plus en plus nombreux, venaient lier leur sort à celui de cet aréopage de femmes en recherche d'équilibre.

Elles se turent donc et accueillirent avec bénédiction ce premier cours de la rentrée.

9

— Vous buvez quelque chose ?

Il était barbu, vêtu d'une chemise en jean ouverte sur un tee-shirt de rock, et tenait un paquet de tabac à rouler dans sa main. En bref, il n'était pas du tout son genre. Pourtant, Éva sentait l'ivresse la gagner, après trois verres de vin blanc descendus, seule, dans ce bar en bas de chez elle, et la solitude, qu'elle était venue chercher ici, lui peser. Elle décida donc d'accepter, parce que ça ferait toujours un verre gratos et, qu'après tout, qu'avait-elle de mieux à faire ? Quelques minutes auparavant, elle avait eu Vincent au téléphone tandis qu'elle prenait son bain après le cours de yoga et que toutes avaient décliné son invitation à aller s'en jeter un petit parce qu'il fallait « libérer la baby-sitter », faire à dîner ou occuper son mec. Il lui avait parlé sans l'écouter, patouillant je ne sais quoi sur son ordinateur – elle en était sûre puisque, dans ces moments-là, il ne finissait jamais ses phrases et parlait lentement, l'air absent, ce qui avait le don de l'exaspérer. Elle avait donc raccroché, fâchée, et lui manifestement irrité. Pourtant, en composant le numéro, elle s'était juré d'arranger les choses entre eux, espérant presque qu'il avancerait son billet pour venir honorer son dernier jour d'ovulation. Raté. Plutôt que de retrouver sa position fœtale de la matinée, et après avoir vérifié qu'aucune chaîne ne lui offrirait d'autre réconfort que celui de suivre les enquêtes des experts de Miami, elle avait enfilé sa parka, une paire de tongs et avait atterri dans ce rade pas très propre d'Anvers – la station –, qu'elle appréciait justement parce qu'il la sauvait d'une potentielle rencontre avec une connaissance.

— Va pour un Get 27 !

— Ah ouais, carrément.

— Bon, si ça ne te convient pas, on n'est pas obligés de se parler non plus.

— Ouh là, bonne humeur ! Non, un Get 27, c'est cool. Mais c'est pas une boisson de fille, ça !

— Ah, parce qu'il y a des boissons de filles et des boissons de garçons ? Bienvenue en 2015, Jacquouille.

— C'est marrant, je m'appelle Jacques.

— Ah bon ? C'est chelou, Jacques, comme prénom. Comme Jacques Chirac ?

— Oui, ou Jacques Brel, plutôt. Mes parents étaient fans.

Quand on n'a que l'amour
Pour parler aux canons
Et rien qu'une chanson
Pour convaincre un tambour…

— C'est moi, le tambour, c'est ça ?

— Et de quoi je voudrais te convaincre, mademoiselle La Cynique ?

— Eh bien, de coucher avec toi, par exemple.

— Ah oui ? Et qui te dit que j'en ai envie ? Tu portes des tongs et le vernis de tes ongles n'en couvre plus qu'un tiers…

Elle recroquevilla prestement ses orteils, vexée, se rappelant des conseils de Françoise, la mère de Lucie, qui leur avait seriné toute leur adolescence de toujours sortir impeccables même pour aller acheter du pain parce qu'on ne savait jamais. Oui enfin, s'il fallait passer chez Carita pour pas se faire chambrer par un clochard métalleux dans un rade merdique, maintenant, où allions-nous, je vous le demande ?

— Très bien, au moins c'est clair. Parce que tu ne me plais pas du tout, non plus, pas plus que ton style et tes goûts musicaux supposés. Quant à cette barbe hirsute, je ne préfère même pas savoir ce qui traîne dedans.

— Parfait. Comme ça nous allons pouvoir refaire le monde sereinement, comme deux bons vieux piliers de bar sans qu'aucune gêne ne s'installe.

— Très bien. Poivrot.

— Sorcière à griffes.

Ils avaient déjà fini leur verre et en commandèrent un nouveau avant d'aller s'installer sur une table en bois, poisseuse, comme deux vieux potes de régiment.

Quelques heures plus tard, Éva ne voyait plus clair. Sa tête tournait, et le goût sucrailleux du Get était si écœurant qu'elle courut vomir dans les toilettes à la turque du bar qui allait fermer. Ils avaient parlé tout ce temps, de leurs métiers respectifs – il bossait comme serveur mais aussi, à ses heures perdues, dans la prod' musicale ou un truc comme ça et collaborait souvent avec Nova. Il aimait les festivals, la bière dans des gobelets en plastique, les cacahuètes pleines de pipi des bars PMU, faire de la route, de la gratte, *Les Inrocks* quoique pas tout le temps, Metallica, Houellebecq, les merguez, le camping, les filles faciles, et Jacques Brel, donc. En bref, il représentait tout ce qui lui faisait horreur, à elle, petite bourgeoise des beaux quartiers malgré son maigre revenu, dédaigneuse de ces babas cool à sac péruvien qui hantaient les parcs et les halls de gare des villes de province. Elle lui avait raconté le journal, le passage au Web, la hiérarchie honnie, le travail bâclé et ses rêves de journalisme d'investigation enterrés. Elle lui avait parlé de son père qu'elle aimait tant, de son frère et de ses quatre enfants en ciré qu'elle ne pouvait pas sentir, et même de Vincent, qu'elle avait rencontré en fac de droit avant de bifurquer vers le journalisme, et avant qu'il entre dans un grand cabinet d'avocats, porte des costumes à épaulettes et lui offre la vie de princesse qu'elle méritait. Elle avait tu les piqûres, les ovulations et les engueulades mais pas ses rêves d'enfant. Et puis après, elle ne se souvenait plus de grand-chose.

Sur la porte en bois des toilettes infâmes, des types avaient dessiné des bites avec des petites gouttes au bout, ainsi que tous les types du monde le font sur chaque support qu'ils croisent, comme si on les avait préprogrammés pour. Elle regarda les dessins et pensa au sperme de Vincent. Accrochée en équilibre à la poignée, elle faillit tomber dans l'urine fétide et parvint miraculeusement à remonter son pantalon sur sa vieille culotte distendue, achetée en troisième.

— Oh, t'es tombée dans le trou ?

Merde, le Jacques ! Elle l'avait oublié. Lui non plus n'avait pas l'air frais, en témoignait sa voix pâteuse. Elle ouvrit la porte et tomba nez à nez avec cet ours hirsute mais rigolard.

Il ne dit rien, ce dont elle lui sut gré, tant ce décor sale et sinistre se prêtait peu à une énième vanne ou amorce de discussion. Au lieu de cela, il lui prit la main et l'emmena dehors.

Il faisait tiède, et la foule bruissait encore malgré l'heure tardive – privilège des quartiers dits « animés ». Les cars de touristes encombraient la chaussée alors que des amoureux déambulaient sur les trottoirs bordant les boutiques de souvenirs, les sex-shops et les salles projetant cent vidéos pour 3 euros d'où sortaient, honteux et tête baissée, d'honnêtes pères de famille qui prétexteraient une réunion tardive avant d'aller se glisser dans le lit conjugal.

Ils marchèrent sans parler, toujours main dans la main. Elle se demandait vaguement ce qu'elle foutait là avec ce musicos inconnu, en tongs, à battre tranquillement le pavé. Sans s'en rendre compte, elle s'était naturellement rapprochée de chez elle, et s'arrêta devant sa porte.

— C'est chez toi ? avait-il demandé.

— Gné ?

Elle voyait double, et peinait à retrouver ses clés au fond de cette immense parka pour homme achetée chez Guerrisol, avenue de Clichy. Nerveusement, elle en fourrageait l'intérieur des poches en souriant. C'est alors qu'il lui prit les poignets doucement, lui soufflant un « chut » paternaliste qui acheva de la réconforter. Puis, il glissa ses doigts sous le grand manteau, effleurant sa peau, et les enfouit dans les poches de son jean, brandissant alors fièrement le porte-clés Tintin devant ses yeux.

— Et voilà ! Tu es sauvée.

Elle resta muette.

Alors, doucement, il s'approcha de son visage, sans la quitter des yeux, ce même sourire toujours accroché aux lèvres qui vinrent se poser sur les siennes timidement d'abord, puis plus fermement quand il comprit qu'elle ne le repousserait pas. Sa barbe la grattait mais elle s'en fichait. Cette langue inconnue qui la fouillait presque amoureusement, elle en avait besoin. Elle repensa un instant à son mariage, aux tablées d'amis qu'ils avaient mis des mois à faire (« Quoi, ta tante à côté de ma mère, mais tu es fou mon pauvre ! », « Oh là là, qu'est-ce qu'on fait de ton collègue relou, on le met pas avec mes copines, hein, je te préviens ! »), aux fleurs, aux vins, à la pièce montée et ses petits mariés souriants en plastique qu'elle avait gardés et qui traînaient, depuis, dans le vide-poche de l'entrée, prenant la poussière parmi les pièces, les tickets de caisse et les factures EDF pas ouvertes. Elle repensa au « je te jure fidélité », auquel elle croyait alors, n'ayant jamais jeté le moindre coup d'œil à un autre homme depuis qu'elle avait rencontré Vincent. Pourtant elle était là, dans leur rue, avec cet inconnu qui lui faisait plus de bien qu'elle n'en avait ressenti depuis des semaines, des mois, pendant lesquels elle avait été si seule.

— Viens, chuchota-t-elle.

Il la suivit sans rien dire, la couvrant de baisers, l'entourant de ses bras alors qu'ils titubaient, cherchant le bip sur le trousseau, tombant sur les poussettes entassées par les voisins mais qui, pour une fois, ne lui filèrent pas la nausée. Dans l'ascenseur, elle aperçut un instant leur reflet, sa sale gueule à elle, sa tignasse à lui, et ferma les yeux. Puis ils entrèrent dans l'appartement conjugal.

N'y pense pas.

Ils n'iraient pas dans la chambre, c'était trop. Ça, elle ne pouvait pas.

Elle se déshabilla vite, pour planquer la vieille culotte, et puis pour qu'il ne cherche pas le lit. Et c'est sur ce même parquet où, quelques heures auparavant, elle avait pleuré sur un carton Ikea éventré, qu'il la prit dans la nuit, avec une douceur si inattendue qu'elle sentit bientôt des larmes chaudes sur ses joues, lesquelles coulaient naturellement, emportant son chagrin et ces mois de souffrance, alors qu'elle sentait la jouissance venir.

— Tu pleures ? souffla-t-il.

— Continue.

Elle le distinguait à peine dans la pénombre de cet appartement redevenu anonyme, seulement éclairé par le réverbère sous les fenêtres du salon. Puis le murmure de la foule et les cris d'ivrognes de la rue se confondirent avec leurs grognements à eux lorsqu'ils jouirent, à l'unisson, cramponnés comme des naufragés.

NOËL

1

Courgettes pourries, salade morte étouffée dans son plastique, vieilles têtes d'ail perdues dans un coin du frigo, poubelle ! Steack haché périmé depuis deux jours, poubelle ! Yaourts nature et petits-suisses planqués sous les flans et les Danette, poubelle ! Vieux pavé de saumon acheté une fortune au rayon poissonnerie du supermarché pour, une fois n'est pas coutume, donner aux enfants gavés à la *junk food* un poisson qui ne soit ni rectangulaire, ni pané, ni congelé… poubelle ! Étrange tupperware au couvercle constellé de grosses gouttelettes témoins d'une vie intérieure méconnue… poubelle direct pour le contenu et le contenant !

Mathilde se désespérait. Comme chaque quinzaine, elle gavait sa poubelle de la quasi-intégralité des produits frais achetés au marché le dimanche en famille alors que, pleine d'entrain, elle s'était promis de broyer des légumes, confectionner des salades de fruits et de nourrir enfin correctement sa petite famille, ou du moins tel que Marcel

Rufo, Jean-Michel Cohen, Laurence Tardieu – laquelle devait être morte depuis le temps, la pauvre – et consorts le préconisaient pour une croissance optimisée. Au lieu de cela, et alors qu'elle avait bien préparé une grosse purée avec quelques-unes des carottes et pommes de terre épargnées par cet apartheid végétal, ils avaient tous laissé pourrir ladite purée – à la réflexion, c'était bien elle qui s'était reproduite dans le gros tupperware –, les fruits, les légumes, les viandes et tout ce qui présentait un coloris proche du vert ou un emballage de papier pour, chaque soir, leur préférer de pratiques plâtrées de pâtes, patates carrées, boulettes surgelées et, à partir du jeudi, commandes de sushis et autres plats exotiques.

La poubelle débordait presque. Pourtant, Mathilde se refusa à entamer un vain combat avec le bloc de ferraille. Max n'aura qu'à s'en charger. Après tout, c'était à peu près la seule tâche qui lui incombait – avec la descente à la cave des encombrants et le perçage de mur. Car si elle avait vaguement espéré que cette période de chômage – ou plutôt de recherche d'emploi ainsi qu'on avait euphémisé le terme, comme concierge, balayeur ou secrétaire, qu'on n'avait plus le droit d'utiliser, leur préférant les grotesques gardienne, technicien de surface et assistant – la déchargerait de bien des tâches domestiques, elle s'était largement fourvoyée. Les premières semaines, son cher demandeur d'emploi d'époux avait décidé de « profiter pour une fois qu'il avait pas de boulot, pas de contraintes et de réveil à 7 heures du mat' », ce qui s'était matérialisé en grasses matinées pendant qu'elle se coltinait les petits à l'école, et en apéros tardifs avec les potes tout juste sortis du boulot (« Quoi, ils tafent tous, quand est-ce que tu veux que je les voie ! »), la laissant une nouvelle fois seule gérer le fameux tunnel 19 h 30-21 heures. Pendant ce temps, monsieur avalait sans faillir les cocktails en happy hour dans quelque nouveau bar trendy avant de rentrer survolté, plein d'un enthousiasme qu'elle ne partageait pas, n'ayant pas profité elle aussi de ces substances euphorisantes qui vous ragaillardissaient tout trentenaire démotivé. Au lieu de cela, à son retour, elle affichait sa mine des mauvais jours, le maudissant intérieurement de la laisser gérer seule ces trucs « de bonne femme », à savoir les enfants, les courses et le dîner, alors qu'elle venait d'enchaîner les réunions pendant qu'il traînassait des après-midi entiers dans l'appartement ou les rues de la capitale. Encouragée par ses copines et les quelques collègues avec lesquelles elle avait vaguement évoqué ce déséquilibre dans son couple, imposé par le nouveau statut de son conjoint, elle se retenait toutefois d'exploser, se contentant de lui suggérer – toujours avec le sourire et, si possible, calmement – qu'il pourrait éventuellement lancer quelques machines ou vérifier s'il manquait des trucs dans le frigo ou des produits ménagers dans le placard. Chaque fois, elle avait senti qu'il la haïssait pour ces remarques qu'il savait embusquées sous l'affabilité – et qu'elle se retenait de lui gueuler que merde quand même tu fous rien de la journée, tu peux pas t'occuper un peu de tes gosses et de tes foutus pulls APC qui attendent au pressing depuis un mois ? Et tu fais QUOI, bordel, la journée ?

Il était passé, le temps où elle osait, le soir venu, après l'amour et le coucher des enfants, lui poser quelques questions. « Tu as des pistes ? », « Et cette annonce à laquelle tu avais répondu, ils t'ont contacté finalement ? », « Et la chasseuse de tête à laquelle tu devais envoyer un mail, ça a donné quoi ? »

Au début, il lui avait répondu calmement, continuant à jouer avec les mèches de ses cheveux ou à dessiner machinalement des arabesques sur son corps nu que non, personne ne lui avait encore répondu mais que ça viendrait, et qu'il avait un ancien collègue qui l'avait contacté sur Facebook parce qu'un poste allait peut-être se libérer prochainement dans sa boîte. Et que si ce licenciement économique l'avait laissé sur le carreau, bah c'était peut-être une chance finalement, parce que ça le forçait à réfléchir à de nouveaux projets à un âge où il était encore possible de changer de cap professionnel. Qu'après quarante ans, ces saloperies de petits jeunes branchés de la génération Y poussaient les semi-vieux comme lui vers la sortie alors que les *baby-boomers*, confortablement installés dans leurs fauteuils de cuir des comités de direction, rechignaient à prendre leur retraite. Que lui, le cul entre deux chaises, il avait peu d'espoir de continuer à gravir les échelons, et que c'était peut-être le moment de réfléchir à une réorientation professionnelle ou à monter sa boîte, tiens.

Frileuse, Mathilde aurait de loin préféré que Max retrouve rapidement un bon poste en CDI dans un gros groupe. Cela leur aurait offert, à elle et aux garçons, l'assurance d'une mutuelle familiale, d'un CE, de places de ciné à tarif réduit, d'un Noël d'entreprise pour toute la famille avec cadeaux pour les enfants, dîner pour les parents et perspectives d'avenir solides pour Max. Las, après plus de quatre nouveaux mois passés à refaire son CV sur Viadeo, LinkedIn et autres eldorados de la recherche de job 2.0, de promesses avinées de vieux copains bien installés (« Mais si si, envoie-moi ton CV par mail, carrément, carrément je te trouve un taf on cherche plein de monde ! On est en pleine expansion et ton profil correspond grave ! »), restées lettre morte après l'enthousiasme des premiers jours et l'envoi à la première heure, le lendemain, du fameux mail qui allait tous les sortir de cette angoissante dépendance aux Assedic de Paris, la situation de Max n'avait pas changé.

Ou plutôt si. Aujourd'hui, il ne portait plus les habituelles chemises bien repassées que Mathilde l'avait enjoint à revêtir les jours de semaine pour « rester dans le mood professionnel » et éviter le piège du jogging rapidement enfilé qui vous plombe sur le canapé avant de vous entraîner sur la pente sablonneuse de la dépression – et pour marquer aussi une rupture avec le week-end. Au lieu de cela, il arborait aujourd'hui une moustache qu'elle exécrait, pour ressembler à Diego, son nouveau « meilleur ami », lequel lui avait mis dans la tête l'idée révolutionnaire d'ouvrir un énième bar à bagels alors que leur quartier en regorgeait. Max avait, par un coup tragique du destin, retrouvé Diego un jour au square alors que, ô miracle, il avait pour quelques heures délaissé le poste d'observation de son nombril pour sortir Théo et Martin, trop heureux de profiter de leur papa. Chargés de ballons, de seaux Spider-Man, de pelles et de râteaux qui, elle en était certaine, resteraient pour la plupart dans le bac à sable, ils avaient tous les trois profité d'un mercredi après-midi de liberté offert à la nounou pendant les vacances de la Toussaint – les plus inutiles et difficilement gérables du calendrier scolaire – pour se balader « entre couilles » au parc Monceau. Et c'est alors qu'il surveillait vaguement les garçons affairés dans ce bac à sable certainement rempli d'urine canine et autres abominables déjections et microbes que les moins de six ans aiment à s'échanger à l'heure du goûter que Max avait été contraint de poser *L'Équipe* sur le banc pour séparer Théo d'un autre petit garçon qui menaçait de l'éborgner avec un râteau vert.

— Théo, laisse le petit garçon tranquille ! avait-il grondé, feignant une autorité paternelle qu'il rechignait pourtant à exercer, préférant laisser ce rôle de rabat-joie à Mathilde, lui le gentil papa rigolo qui ne disait non à rien.

— Mais papaaaa, c'est mon râteau !

— Mon lâteau ! avait confirmé Martin, le visage couvert de sable, pieds nus, agrippé à son grand frère.

— Qu'est-ce que tu fous pieds nus, toi ? Elles sont où tes pompes ?

— Quoi des pompes papa ?

— Tes chaussures ! Elles sont où tes chaussures ?

— A pas chaussures !

— Comment ça pas de chaussures, t'avais bien des chaussures pour venir ! T'es pas venu pieds nus !

— Chépas, s'était-il contenté de répondre, faisant avec ses deux petites mains potelées le même geste qu'il adoptait lorsqu'il prononçait son fameux « c'est cassé », à propos du jouet dont il venait de sceller le sort pour l'éternité.

— Bordel, Martin, tes chaussures ! Tu te fous de ma gueule ? Où tu les as fichues ? Théo, tu n'as pas vu les pompes de ton frère ?

Se tournant vers son aîné, Max était tombé nez à nez avec le voleur de râteau vert qui, la morve au nez, tenait d'une main ferme les fameuses sneakers bien trop petites pour lui mais qu'il avait manifestement l'intention de négocier malgré ses cinq ans et l'innocence que cet âge était censé lui conférer.

— Rends-moi ces chaussures, petit, tu veux bien ?

— Nan.

Peu patient, Max avait fini par arracher les baskets ainsi que le râteau des mains du gamin hurlant, sous le regard admiratif de ses fils, alors que le père du monstre s'avançait vers lui. S'ils avaient un instant mollement envisagé de s'insulter devant un public conquis de mères de famille frustrées, trop heureuses de flairer un peu de testostérone en cette fin d'après-midi, ils avaient rapidement abandonné, se jetant dans les bras l'un de l'autre après s'être mutuellement reconnus.

— Diego, ça alors ! Qu'est-ce que tu fous là ? T'étais pas parti à Singap' ?

— Si, mais comme tu peux le voir je suis revenu. Et toi, tu bosses pas à cette heure-là ? T'as pris une RTT ? avait ricané le barbu.

C'est ainsi que Diego était entré dans la vie de Max, au grand désarroi de Mathilde, qui le haïssait en silence. Ledit Diego, trente-neuf ans, tout de jean et de poils vêtu, trimballait sa maigre carcasse dans le IXe arrondissement des journées entières, prétextant le repérage de potentiels locaux pour son grand projet de bar à bagels. Il revenait effectivement de Singapour, où il avait emmené femme et enfant – en l'occurrence l'abominable voleur de râteau – pour y ouvrir un café « à la française ». Avec ce projet ô combien révolutionnaire, il avait espéré que proposer des entrecôtes frites ou de la baguette française à des Asiatiques et expatriés fortunés – ce qui n'avait évidemment jamais été envisagé jusque-là – ferait de lui un homme riche, de ceux dont les amis parlent avec admiration et une pointe de jalousie dans les yeux. Pourtant, mauvaise conjoncture, piètre organisation ou poil dans la main oblige, le couple était revenu quelques mois plus tard sans plus s'adresser la parole, et envisageait depuis le divorce. Prune, la femme de Diego, était retournée avec son fils dans le bel appartement que ses parents lui avaient légué rue Lamartine alors que Diego couchait à droite à gauche chez des potes lorsqu'il ne supportait plus l'exiguïté du studio qu'il louait dans la même rue que chez sa femme en rez-de-chaussée. « Solution provisoire, évidemment », précisait-il chaque fois.

Depuis cette rencontre au parc, les deux hommes passaient leurs journées ensemble chez Max et Mathilde, enfumant le salon de cigarettes et de joints – avant de se jeter sur leurs ridicules clopes électroniques lorsque cette dernière rentrait, tels des ados effrayés par leur maman ; ce qui avait le don d'exaspérer plus encore Mathilde. Ils prétendaient mettre au point leur *business plan* pour ce grand projet de sandwicherie. « Ne le descends pas trop », avaient conseillé ses amies à Mathilde, lorsqu'elle leur avait avoué ne plus en pouvoir, et souhaiter par-dessus tout la mort de Diego dans d'atroces souffrances, étouffé par ses cornichons américains, ses pains aux graines de pavot et sa moustache abjecte. Elle se retenait donc depuis octobre de donner son avis sur le nouveau mode de vie de son époux, mais désespérait que cesse cette pathétique crise d'adolescence à retardement qui ne disait pas son nom.

On était mi-décembre, les vacances de Noël approchaient à grand pas, et avec elles une nouvelle logistique à mettre en place. Les enfants devraient être gardés, il faudrait aussi lister, acheter, emballer et cacher les cadeaux ; acheter, préparer, cuire le repas du réveillon ; accueillir la mère de Max et son Alzheimer éprouvant, ainsi que la sœur de Mathilde et ses enfants, tout ça avec le sourire et après de longues journées de boulot puisque, évidemment, ça n'était pas avec ses cinq semaines de congés payés annuels qu'elle allait pouvoir poser des jours.

C'est ainsi qu'en ce dimanche matin de décembre, alors que les garçons étaient scotchés devant la télé depuis plusieurs heures, qu'elle s'efforçait de ranger ce putain de frigo et que Max ronflait dans le lit conjugal après une énième soirée avec son haïssable acolyte, elle entreprit d'aller le réveiller pour qu'il mette enfin la main à la pâte.

La chambre sentait l'alcool rance. Quant à Max, il était étendu de tout son long, jambes écartées, le cheveu terne. Elle s'approcha avec dégoût de celui qui, quelques années plus tôt, faisait s'emballer son cœur chaque fois qu'il approchait sa grande carcasse de son corps à elle.

— Max, réveille-toi ! Maaaax !

— Mmhhhhh. Quoi ?

— Il est 10 heures !

— Mmmh.

— MAX ! Tu ne veux pas venir avec les garçons et moi ? On va aller faire un tour au marché. Ils s'abrutissent devant la télé depuis 7 heures ce matin – accessoirement l'heure à laquelle JE me suis également levée. Je pense que ça leur ferait plaisir de te voir. Et moi aussi, d'ailleurs.

Il ouvrit un œil et la regarda méchamment.

— Tu veux dire quoi, là ? Que je ne m'occupe pas de mes gosses, c'est ça ? Tout ça parce que je suis allé un soir boire des verres avec un copain ? Comme si ma vie était marrante tous les jours.

— Oh non, Max, je t'en prie. Pas ce terrain, non, non. Ne me fais pas passer pour cette femme-là. Je n'ai absolument rien dit ni sous-entendu. D'ailleurs, hier soir, c'est bien moi qui me suis coltiné *Le Grand Cabaret* toute seule pendant que tu allais prendre ces fameux verres avec ton ami, non ? Est-ce que j'ai dit quelque chose ?

— Non, mais ton attitude se suffit à elle-même.

— C'est trop facile, Max. S'il te plaît, pour une fois qu'on a un dimanche tous les quatre. On ne va pas s'engueuler, d'accord ?

Elle fit même un ultime effort et, malgré l'abominable odeur qu'il dégageait, embrassa avec entrain cet homme qu'elle avait épousé devant Dieu, sa famille et tous ses amis pour le meilleur et pour le pire.

Max consentit alors à quitter les draps chauds, avant de se jeter mollement sur le canapé du salon pour la plus grande joie des petits.

— Alors les mecs; comment va l'âne Trotro ?

— L'âne Trotro, c'est pour les bébés, papa ! lui répondit Théo, outré par tant d'ignorance crasse.

— Trotro c'est les bébés, crut bon d'ajouter Martin, la bouche maquillée de la pâte à tartiner que Mathilde leur avait permis de manger pour avoir la paix, et fêter dignement ce jour de congé… en famille.

— Où est-ce que t'as trouvé ce choco, Martinou ?

— Mutella, papa !

Et voilà Max parti dans la cuisine avec les petits, prêt à leur offrir un second shoot de sucre alors que Mathilde espérait pouvoir enfin quitter cet étouffant huis clos.

— Maaaax, ils ont déjà déjeuné ! Va prendre ta douche, d'accord ? Éva et Vincent viennent bruncher.

— Sérieux ? Mais tu m'as rien dit.

— Mais si, je te l'ai dit mardi, puis jeudi. Et aussi hier soir, au téléphone, mais ça n'avait pas l'air de te passionner.

— Fait chier ! On peut pas être tranquille ? En plus elle fait tout le temps la gueule. Lui aussi, d'ailleurs…

— Franchement, Max. On ne les invite pas si souvent. Dois-je te rappeler qu'on a passé les vacances chez eux ? Et ça me fait plaisir ! En plus, c'est pas vrai, Éva va beaucoup mieux depuis quelque temps, tu verras. Et c'est quand même la marraine de Martin…

— Mouais, elle va encore lui apporter un truc pour gosse de huit ans. Putain, en plus j'ai mal à la tête !

— Pauvre petit, murmura-t-elle pour elle-même avant de procéder à des exercices de respiration appris au yoga pour tenter de calmer la tempête qui grondait en elle. Les enfants, vous venez vous habiller ?

Toujours en pyjama, les deux garçons étaient occupés à faire des galipettes sur le canapé du salon, lequel servait également d'essuie-visage.

— Nooooon ! Maaaaax, tu veux bien les débarbouiller s'il te plaît ! Ils ont collé du chocolat partout !

— Qu'est-ce que j'y peux, moi ?

— Je leur avais lavé le visage, mais visiblement ils ont eu droit à un rab, non ?

Pendant que, nu, sale et l'air mauvais, Max rinçait à l'eau gelée le visage des enfants qui commençaient à pleurnicher, Mathilde retint avec difficulté ses larmes dans le couloir. « Madame, les enfants sentent tout », avait dit le pédiatre. Tu m'étonnes. Puis elle tenta, courbée sur une bassine d'eau savonneuse, de « ravoir » ces canapés autrefois magnifiques qu'ils avaient toujours refusé de couvrir de draps ainsi que le font certains parents désabusés.

Enfin, elle sortit des armoires slips, chaussettes dépareillées, tee-shirts de super-héros (« Naaaaan, je veux pas celui-là, je veux PAAAS celui-là ! »), jeans troués aux genoux ou trop courts (« Tiens, t'as grandi ! ») et les quelques pulls réchappés de l'école, ce triangle des Bermudes du vêtement d'où ne revenait jamais que la moitié de la garde-robe inlassablement renouvelée de ses fils, et tenta de les en vêtir. Pourtant, si Théo, à quatre ans, pouvait aisément enfiler tout cet attirail tout seul, quand il y consentait bien évidemment, Martin, lui, affichait la passivité d'un poulpe mort. Allongé sur le sol, les membres mous, il se laissait faire pendant que sa mère s'efforçait d'introduire son cuissot sans vie dans un pantalon trop petit. Pendant ce temps, il jouait avec un Lego ou feuilletait un livre lapidé ou crayonné. La cérémonie pouvait durer jusqu'à un quart d'heure, surtout lorsqu'il décidait pour une raison indéterminée d'enlever ses chaussettes alors qu'elle avait eu tant de mal à les lui enfiler.

Pendant ce temps infini, elle entendait Max s'adonner tranquillement à ses ablutions – il prenait… non, c'était une blague ! Un BAIN ! Après avoir tranquillement barboté dans sa crasse de night-club, il avait visiblement entrepris de tailler sa chère moustache à la tondeuse, puisqu'elle entendait le ronronnement de l'appareil électrique qui encombrait chaque matin SA prise de sèche-cheveux.

— Bah, t'es pas prête ? lui lança-t-il lorsqu'il finit par sortir de son boudoir embué, serviette de toilette humide jetée en boule à même le sol et baignoire pas rincée.

Respire…

— Non, j'habillais les garçons.

Elle observa discrètement cet homme dont elle s'éloignait. Il était beau, contrairement à elle. Il avait franchi ces cinq dernières années sans encombre. Que devaient penser les gens dans la rue, les parents d'élèves, leurs amis ? C'est dingue comme il fait jeune à côté d'elle ! Elle a pris cher… Franchement, il a du mérite de rester avec elle. Tu crois qu'ils baisent encore ? S'ils savaient… Il n'y a que ceux qui ne font rien qui ne cassent rien, disait sa grand-mère. Peut-être aurait-elle dû. Puis elle regarda ses enfants et se dit que non, ça valait le coup. Mais que ç'aurait été encore mieux si elle avait su, ou pu, rester belle comme Alice. Alice si courageuse, qui avait traversé tant d'épreuves sans jamais se plaindre, et auprès de laquelle elle s'épanchait égoïstement pourtant depuis tant d'années. Qu'aurait-elle fait sans sa patience, ses conseils, sa sagesse, sa tendresse. Mentalement, elle ajouta à sa liste « Appeler Alice. Demander à Alice comment elle va. Si elle est heureuse. Si elle a besoin de moi. »

Dans la douche, elle évita de baisser les yeux vers son corps. Avec horreur, elle s'aperçut qu'elle avait omis la case « maillot » après avoir décommandé sa séance chez l'esthéticienne des Quatre Temps pour cause de réunion qui s'éternisait, puis oublié ensuite de reprendre rendez-vous. Elle avait honte de cette toison de femme qui ne prend plus soin d'elle. Pourtant, il était rare que Max la complimente lorsqu'elle arborait, fière, un pubis élégamment épilé. Souvent, il ne s'en rendait même pas compte, se contentant de la caresser distraitement, tripotant son clitoris comme un joystick, avant de la pénétrer sans autre forme de préliminaire. Même la fois où elle avait craqué pour l'intégrale, celle que, d'après Sandrine, son esthéticienne, prisaient les jeunes femmes d'aujourd'hui – lui signifiant au passage que de la section « jeune », elle était définitivement sortie. « Les filles, maintenant, c'est la moule à zéro pour toutes, lui avait-elle révélé. Et dès quatorze, quinze ans ! Elles veulent faire comme dans les pornos que les mecs regardent toute la journée sur Internet. Aux États-Unis, c'est pareil ! Plus personne n'a un poil. Même les hommes s'épilent les testicules, le torse et les fesses. Le poil, c'est devenu ringard. » Pourtant, vu le peu d'entrain de son époux, et à trente euros l'épilation bimensuelle, elle avait repoussé les séances, se disant qu'à ce prix-là mieux valait se payer trois heures d'une baby-sitter pour aller boire un verre avec ses copines ou se faire un ciné. Et oublier.

Son âge s'affichait autour de ses yeux, entre ses sourcils et sur ses bras, d'où commençait à pendre cette peau de chauve-souris que combattait Jane Fonda depuis des décennies, mais plus certainement encore dans sa culotte. Elle se promit de remédier à ce dernier aspect dès le lendemain et se dépêcha comme à son habitude puisque les mâles de son foyer trépignaient derrière la porte. Martin, lui, s'était planté pour la regarder, ainsi qu'il le faisait chaque matin, l'accompagnant même aux toilettes sans qu'elle puisse s'en débarrasser.

— Belle, maman !

— Oh merci, mon petit poussin ! Ils sont prêts les autres ?

— Vi. Jouent à la bagarre.

En effet, Max et Théo avaient entrepris une partie de catch manifestement hilarante. Sous la couette de son lit, qu'elle avait pourtant pris soin de faire avant d'aller prendre sa douche.

Respire…

Elle passa tant bien que mal un jean qui la serrait aux hanches, une chemise à carreaux et des ballerines. Elle enfila sur le tout un blouson de fourrure, et vêtit les garçons de doudounes et bonnets – les écharpes étant venues enrichir la longue liste post-années 2000 des interdits aux moins de quinze ans. Puis elle attrapa son Caddie à roulettes – elle s'était bien juré de ne jamais se balader avec un tel accessoire mais elle avait craqué, rattrapée par les impératifs logistiques de sa nouvelle vie – et siffla ce petit monde. Tous se serrèrent dans le minuscule ascenseur parisien, crevant de chaud avant d'affronter le rude hiver qui s'était installé depuis quelques semaines dans la capitale.

Dehors, alors que de timides flocons commençaient à tomber mollement d'un ciel très bleu, ils mirent Martin, hilare, dans le Caddie et cheminèrent d'un bon pas vers la rue des Martyrs toute parée de guirlandes lumineuses, de boules et de pères Noël qui pendaient aux fenêtres des familles bobos qui étaient en train d'investir le quartier. Pour les passants, tous les quatre illustraient parfaitement ce nouveau bonheur en famille que vendent les magazines. Beaux, aisés et souriants, accompagnés de leurs adorables bambins élégamment vêtus, nombre de vieilles dames écrasaient presque une larme sur leur passage, repensant avec nostalgie à ces années bénies où les enfants sont encore petits, aimants et canalisables, et leur papa tendre et vaillant.

S'ils savaient.

Respire…

2

Bien calés dans la vieille camionnette de Fred, Alice et son chef tentaient de se réchauffer après ces quelques heures passées à Rungis. Les fêtes approchaient et ils étaient partis de très bon matin faire leurs emplettes de Noël. C'est ainsi qu'ils aimaient appeler le gros ravitaillement de mi-décembre, au cours duquel ils faisaient le plein en chapons, huîtres, couteaux, brie aux truffes, légumes-racines, saumon et autres produits traditionnels qu'ils « revisiteraient » à leur sauce pour les habitués ou les familles réunies pour l'occasion, trop heureux de venir festoyer à l'une des meilleures tables de Paris.

C'est donc avec entrain qu'elle avait mis son réveil à 3 h 30. Prenant soin de ne pas réveiller Laura, elle avait enfilé un vieux jean, une doudoune, un bonnet et des gants pour sauter dans la camionnette de Fred en pleine nuit avant de filer vers l'autoroute. Dehors, quelques fêtards titubaient dans la neige alors qu'une ou deux boutiques avaient gracieusement gardé leurs guirlandes lumineuses allumées, offrant au décor une féerie inattendue à cette heure. Ils avaient peu parlé, appréciant depuis bien longtemps leurs silences mutuels tant ils étaient proches. Le nez contre la fenêtre embuée, Alice avait observé les trottoirs qui défilaient : les putes aux coins des rues, le McDo encore ouvert, les vendeurs de guitare, les boîtes de nuit déversant au compte-gouttes leurs déchets avinés qui, après avoir poireauté des heures pour entrer, avaient claqué une grosse partie de leur salaire en cocktails hors de prix dans l'espoir de ramener quelqu'un dans leur lit, et briser pour un soir leur solitude. Le périphérique était quasi désert. L'autoroute de même. Bouygues, Ikea, Renault… Les grandes marques paradaient, fières, au-dessus des immeubles de la périphérie endormis.

Bientôt, les banlieusards se presseraient aux portes de Paris pour venir gagner leur pain, passant parfois plusieurs heures dans les embouteillages à écouter les matinales des radios, avant d'en commenter les billets d'humeur, les infos choquantes ou les imitations du dernier humoriste à la mode devant les machines à café des open space de la capitale. Fred avait lui aussi allumé le poste mais préféré la douceur de TSF Jazz, qui les avait maintenus dans une douillette léthargie avant de supporter l'agitation de Rungis, qui leur était si familière.

— Je t'offre un café ? avait proposé Fred alors qu'ils se garaient, prêts à affronter le froid.

— Avec plaisir ! Tu sais très bien que je ne vaux rien sans.

Ils s'étaient dirigés ensemble vers un de ces vieux rades qu'ils affectionnaient, ainsi que la plupart des amoureux de la bonne chère qui y traînaient depuis des années.

Ici, le comptoir était en zinc, et des œufs durs étaient encore mis à disposition des clients désireux d'en croquer un de bon matin. Si l'on ne fumait plus, les habitudes étaient restées les mêmes qu'aux débuts de Fred dans la restauration. De vieux briscards commandaient des demis à 6 heures du matin, devisant Hollande, réforme fiscale et championnat autour du *Parisien* ou de *L'Équipe* pendant que d'autres sirotaient des petits noirs, les yeux dans le vague, une clope éteinte dormant entre leurs doigts. Le patron essuyait vigoureusement des verres, sans prêter plus d'attention, après toutes ces années, au bruit énervant de la machine à expresso derrière lui.

Fred et Alice s'étaient installés à leur table habituelle, au fond, près du petit sapin en fausse neige très inélégamment décoré de guirlandes rouges bon marché. Chacun avait commandé un crème et un croissant. Alice soufflait dans ses mains, s'imprégnant de ce lieu dans lequel elle se sentait si bien, loin de ses soucis, d'Adrien, de Noël qu'il voulait passer avec leur fille, comme il l'avait exigé pour la première fois. Pouvait-elle vraiment envisager de passer cette soirée sans Laura qui, malgré ses quinze ans, restait la fillette ébahie devant ses paquets qui avait enchanté leurs réveillons depuis sa naissance ?

Alice repensa à ces douces soirées de Noël où, avec Adrien, ils préparaient tous les trois le repas en écoutant des medleys sur une cassette achetée un jour dans une station-service en revenant de Deauville. Dans l'appartement, ça sentait les sablés que Laura avait pour mission de découper à l'emporte-pièce. Étoiles, bonshommes, petits cœurs un peu ratés, ils brunissaient dans le four sous la surveillance de leur créatrice. Adrien ouvrait des huîtres, Alice s'occupait de la dinde, chaque année farcie différemment, puis ils dressaient une jolie table sur laquelle ils parsemaient une pluie de paillettes argentées qu'ils décoraient ensuite d'une multitude de petites bougies. Le lendemain matin, Laura venait les réveiller pour que, ensemble, ils découvrent la montagne de cadeaux que le Père Noël avait apportés. Même bien après qu'elle eut cessé d'y croire, Laura avait continué à passer les prendre dans leur chambre.

Jusqu'à l'année dernière, où elles s'étaient retrouvées toutes les deux. Après mûre réflexion, elles avaient finalement accepté la proposition de Lucie et passé avec les Chevreux un réveillon loin de chez elles et du souvenir encore trop douloureux de leur vie à trois. Et si, cette année, elle n'avait pas encore choisi où elles iraient, Alice était restée convaincue que ce serait toutes les deux. Comment Adrien pouvait-il lui faire ça ? N'avait-il plus aucun cœur ni aucune compassion pour la priver de cette dernière présence aimée en cette soirée qui lui était si chère, elle la Noëlophile, ainsi qu'elle aimait se définir ? Sans compter qu'il était a priori question que sa jeune – si jeune – compagne se joigne à leur petit gueuleton. Rien que de les imaginer tous les trois, riant, autour d'une grande table scintillante, elle eut la nausée et refoula cette image cauchemardesque.

— Bon alors, tu vas m'en parler ? lâcha Fred, bourru, l'extrayant brutalement de ses pensées.

— De quoi ?

— Eh bien, de ces mecs de la télé qui t'ont appelée…

— Oh ça… C'est rien.

— Comment ça, rien ? Ils t'ont bien proposé quelque chose, non ?

— Oui, ils veulent que je participe à une émission. Un truc de gonzesses féministes. Ils ont besoin d'une chef qui cuisinerait dans le fond du décor, tout en participant aux débats. Ils veulent mettre en avant les femmes en cuisine et montrer qu'on peut réussir sa vie professionnelle tout en étant, je cite, une « femme épanouie, sexy et mère de famille ». C'est leur

« pitch », comme ils disent. Tu parles d'une femme épanouie...

— Et tu leur as répondu quoi ?

— Que j'allais y réfléchir, mais qu'a priori ça ne m'intéressait pas.

— Parce que... ?

— Enfin, Fred. Tu me vois à la télé ? J'aime l'ombre, tu me connais. Je ne me sens nulle part mieux que dans ma cuisine, bien au chaud, planquée derrière mes casseroles. Encore une fois, je suis loin d'incarner la femme épanouie, tu ne penses pas ? Et puis j'ai déjà un boulot, au cas où tu l'aurais oublié. Je ne suis pas sûre que mon chef apprécierait que je lui fasse faux bond pour répondre aux sirènes de la célébrité.

— Laisse ton chef où il est, va ! C'est son problème. Tu ne penses pas que c'est le moment de réfléchir à de nouveaux projets ? Alice, tu as quoi... trente-six, trente-sept ans ?

— Trente-huit en janvier.

— Tu crois vraiment qu'on a tant d'occasions que ça de connaître de nouveaux frissons dans son métier ? Tu le sais, c'est encore plus dur pour les femmes. Si tu refuses cette opportunité à quarante ans, pardon, trente-huit ans, ça n'est pas à cinquante qu'on viendra te chercher, crois-moi. Qu'est-ce que tu risques, franchement ? Et puis la bonne nouvelle, c'est que tu ne devrais pas être harcelée par les paparazzis vu la désolation de ta vie privée.

— Salaud.

— Je t'en prie… C'est quoi, les horaires ?

— Je ne sais pas trop. Je crois qu'il s'agirait de tourner l'après-midi. Enfin, ils m'ont dit qu'on pourrait s'arranger et tourner ma séquence un peu quand ça m'arrange puis la caler dans un semi-direct. Au moins le temps de voir si ça « fonctionne ».

— Et j'imagine que ça n'est pas trop mal payé ?

— Pour tout te dire, j'en ai pas cru mes oreilles. Ces gens sont fous. Ou alors ils ont de l'argent à perdre pour me proposer autant pour faire des Saint-Jacques pendant une heure devant une caméra. C'est presque indécent…

— Peut-être que ces cinglés pensent que tu les vaux…

— Oui, peut-être aussi parce qu'ils ne m'ont pas encore vue à l'œuvre.

— Et si tu arrêtais de te flageller ? Alice, tu es une très jolie femme, douce, douée. Forte aussi. Tu es en plein divorce et pourtant je ne t'ai jamais vue en retard, ni malade, ni dépassée par un souci alors que tu gères presque toute seule une ado de quinze ans en bossant douze heures par jour. Rends-toi compte de ta valeur. Ça n'est pas parce que ton grand nigaud de mari, ou ex-mari, est trop con pour s'en rendre compte que moi je n'ai pas le droit de te le dire… Et puis tu es mince. Mais comment tu fais, toi ? Je prends cinq kilos par an avec ce foutu métier.

Elle lui sourit. Quelle chance elle avait d'avoir ce gros ours dans sa vie. Bien sûr, elle était consciente d'avoir quelques-unes des qualités qu'il venait d'énumérer mais elle avait tant de mal, depuis qu'elle avait été « répudiée » par Adrien, à en être de nouveau convaincue. Elle se contentait de traverser le quotidien, fonçant tête baissée sans regarder derrière, ni sur les côtés, tentant d'être aussi forte que les autres l'imaginaient. Pour Laura. Pour elle-même. Ne pas flancher. Mais ce truc de télé, c'était se remettre en question, s'arrêter une seconde, réfléchir. Et surtout, se mettre en avant, apparaître sous les projecteurs. En avait-elle envie ? De quoi avait-elle envie, au juste, à part que tout redevienne comme avant ?

— Bon, tu me fais plaisir, tu les rappelles aujourd'hui. Ils vont bien te faire faire un pilote, de toute façon, non ?

— Dis donc, tu m'as l'air de t'y connaître, en télé…

— Qu'est-ce que vous croyez, ma bonne dame, que vous êtes la seule à avoir intéressé le petit écran ? Moi aussi, j'ai eu mon heure de gloire, mais tu devais être trop occupée à te cacher dans tes petits cours de cuisine pour me voir. J'ai autrefois, il y a bien longtemps, à l'époque du télégraphe et du 22 à Asnières, animé une émission de cuisine à la télévision française. Oui, madame. Bon, je t'avoue que ça n'a pas duré très longtemps parce qu'ils m'ont tous gonflé. Je ne rentrais pas dans le moule, à ce qu'ils ont dit. Tu le crois, ça ? Paraîtrait que j'avais trop mauvais caractère.

— Pas possible…

— Toi, ma belle, tu vas crever l'écran avec tes grands yeux bleus et tes couteaux pointus.

— Oui, et ma ride du lion.

— Voilà, tu vas faire un malheur, surtout avec ta ride du lion ! Non mais bâillonnez-la-moi, celle-là ! Allez, je t'invite pour cette fois. Mais bientôt, tu seras tellement riche que je te laisserai payer chez Savoy. OK ?

— C'est vendu. Et puis, avant d'appeler mon banquier pour lui annoncer la nouvelle, attendons le pilote.

— Parfait. Allez, bouge tes fesses ! D'ici que tes fans en transe se pressent devant le restau, ce sont les poissonniers qui nous attendent.

Alors que Fred réglait l'addition en débattant sur le fait qu'Ibrahimovic était une meilleure recrue qu'un certain Cavani, ce qui semblait avoir réveillé même les plus léthargiques des siroteurs d'expresso, Alice sortit son portable de sa poche, qu'elle n'avait pas eu le temps de consulter ce matin.

Tiens, elle avait reçu un texto pendant la nuit. Sûrement une erreur, ou un message publicitaire de son opérateur, son expéditeur de SMS le plus fidèle. Heureusement que Laura dort à la maison, songea-t-elle. Sans quoi elle se serait immédiatement angoissée devant la petite enveloppe paradant en haut de l'écran. Martyre des mères…

Elle cliqua et découvrit, abasourdie, un message d'Adrien, envoyé à 2 h 44.

`Tu me manques`

Point.

3

Ils étaient venus à pied, de la place de Clichy, à quelques pâtés de maisons de la rue des Martyrs, chez Mathilde et Max. Engoncés dans leurs doudounes, ils étaient passés au Starbucks prendre un café en regardant l'agitation de la place, encombrée de ces malades vrais ou imaginaires qui avaient assez envie de leur dose médicamenteuse pour se taper la queue de l'illustre pharmacie ouverte 7j/7 24h/24. Le kiosque lui non plus ne désemplissait pas, fournissant à tout le quartier son *Journal du dimanche*. Plus loin, le multiplex affichait fièrement son actualité, pour la plupart des *blockbusters* familiaux qui, en cette période de Noël, faisaient gonfler la fréquentation des salles obscures bien plus que les gentils films d'auteur joués plus loin sur l'avenue, dans le vieux cinéma d'art et d'essai. S'ils se parlaient peu, Éva et Vincent savouraient cependant ce moment passé ensemble, après les épreuves des mois précédents, qui avaient bien failli les séparer. La mission de

Vincent s'était finalement achevée et ils avaient pu reprendre plus sereinement leur vie conjugale – au prix, il est vrai, d'immenses efforts de part et d'autre. Vincent avait su se montrer patient, redoublant d'attentions pour son épouse. Il s'était efforcé de sortir plus tôt du bureau le soir. C'est ensemble qu'ils avaient décidé de déménager de leur appartement d'Anvers, afin de se défaire comme d'une peau de cette période honnie qu'ils souhaitaient tous les deux oublier. Et puis, après tout, ils n'étaient que locataires. À quoi bon s'embourber dans un décor qu'ils n'aimaient plus ? Complices, ils avaient donc passé des soirées entières à écumer les sites d'annonces immobilières, cherchant davantage à changer de murs que de quartier. Toutes les copines d'Éva vivaient dans le coin et elle ne souhaitait pas ajouter à leur différence – le fait que toutes soient mères et pas elle – une distance géographique qui l'aurait, c'est certain, éloignée plus encore. Ils avaient reçu des alertes correspondant à leurs critères, ainsi que maints appels d'agents immobiliers plus ou moins désintéressés, subi les queues interminables des candidats à la location de particulier à particulier, et dû se vendre telles des mules à des propriétaires désagréables auxquels il avait fallu présenter bulletins de salaire, avis d'imposition et autres documents qu'ils auraient préféré garder pour eux. S'ils gagnaient correctement leur vie, Éva et Vincent avaient rapidement compris que, face à la concurrence accrue d'aspirants locataires dans la capitale, leurs chances d'être les « élus » étaient plus que maigres. Ils s'étaient donc résolus à chercher un garant. Lucie s'était déclarée ravie de venir en aide à son amie, espérant ainsi se faire pardonner sa récente maternité.

Si Éva n'était arrivée dans leur bande qu'en seconde saison – alors qu'elles avaient vingt ans –, elle n'en était pas moins importante aux yeux de chacune, et en particulier de Lucie, qui avait immédiatement éprouvé une tendresse de grande sœur pour elle bien qu'elles eussent le même âge. Mais la fragilité de cette nouvelle copine tombée du ciel, ou plutôt du réseau d'Adrien – ce connard d'Adrien –, l'avait immédiatement émue. Elle avait à son contact recouvré sa rage adolescente et avait plus d'une fois manœuvré en secret pour qu'une de ses connaissances ait opportunément besoin d'une pigiste lorsque Éva peinait à joindre les deux bouts. Aujourd'hui, la sérénité locative d'Éva était étroitement liée à l'intervention de son ange gardien, puisqu'elle avait comme chaque fois répugné à faire appel à ses parents, lesquels considéraient comme un échec le fait de n'être pas capable de s'en sortir seule à près de quarante ans.

Souplex aveugles – « Vous verrez, c'est dans le style "loft" » –, cagibis hors de prix, premiers étages vétustes… Ils avaient visité une trentaine de ces horreurs qui pullulent dans la capitale et que leurs possesseurs espèrent néanmoins louer une fortune grâce à la rareté des biens avant de trouver, enfin, leur nid douillet. Moins grand qu'à Anvers, ils avaient pourtant eu le « coup de cœur », comme disent les agents, pour leur nouvel appartement. Petit trois-pièces récemment repeint, il disposait d'un très joli parquet point de Hongrie, de deux cheminées en état de marche et d'une cuisine américaine – le rêve d'Éva. La salle de bains, elle, donnait sur une charmante courette pavée qui offrait un calme rare dans ce quartier animé. Lorsqu'ils avaient su qu'ils étaient choisis, Vincent et Éva avaient bien vite oublié les sombres semaines qui avaient précédé ce nouveau logis, trop occupés à le meubler et à parcourir avec bonheur le quartier dont ils aimaient l'ambiance autant que la population hétéroclite.

— Tu es prête à y aller ?

— Oui ! Tu connais Mathilde. Si on arrive cinq minutes en retard, elle va criser.

Main dans la main, ils prirent la direction de la place Vintimille, puis continuèrent leur descente sous les flocons.

Arrivés devant la porte, ils entendirent les cris excités des enfants et les hurlements de Max, manifestement excédé. Ils se regardèrent avec appréhension avant de sonner.

— Putain, ça va encore être la joie…

— Chut, souris.

— Ça soooonne ! Ça SOOOOOOONNE !

C'est Max qui vint leur ouvrir, Martin pendu à l'une de ses jambes pendant que Théo essayait de se frayer un chemin pour les attaquer à l'épée en mousse.

— Bienvenue en enfer !

— Charmant… Salut les monstres !

— L'est OÙ mon cadeau ?

— Euh… Martin, tu peux dire bonjour à Éva, s'il te plaît ? On ne réclame pas un cadeau comme ça !

— Non, non, laisse. En revanche, j'ai pas de cadeau…

Sur ce, le petit se mit à hurler pendant que son frère continuait de sauter sur les canapés, brandissant son sabre qui manqua de briser l'un des précieux objets design disséminés çà et là dans le grand appartement haussmannien décoré à la dernière mode dite scandinave.

Max les planta là pour tenter de calmer Martin tout en gueulant de plus belle sur Théo. Ils cherchèrent du regard où laisser leurs manteaux – Mathilde, quant à elle, était visiblement trop occupée pour venir les accueillir. Ils posèrent donc avec précaution leurs affaires dans l'entrée, à même le sol, avant de se diriger vers la cuisine, où ils la trouvèrent hirsute, au milieu de ses courses à peine déballées, alors qu'elle se battait avec un petit pot.

— Ah, vous êtes déjà là ?

— Euh… tu nous avais dit 13 heures. Mais ne t'occupe pas de nous si tu n'es pas prête.

— Je suis désolée. C'est que le marché a pris une plombe. Sans parler des préparatifs pour y aller. Enfin je ne vais pas vous ennuyer avec ça. Bref, y'avait une queue pas possible à cause des fêtes. Et, bien sûr, on a rencontré TOUS les parents d'élèves de l'école, avec lesquels il a fallu se taper la discussion les uns après les autres. « Et elle est bien la maîtresse ? », « Et la réforme des rythmes scolaires, vous en pensez quoi ? », « Vous avez eu des poux vous aussi ? » D'ailleurs, faites gaffe on a des poux. Enfin, on n'en a plus, parce qu'on s'est traités. Mais on en a eu. Alors je vous conseille de vous traiter vous aussi, on n'est jamais trop prudents.

Éva sentait Vincent se raidir et se ratatiner dans le fond de sa chaise Eames alors que Mathilde dégueulait avec un débit de mitraillette ses préoccupations de mère de famille sous pression.

— On peut te prendre un petit verre de quelque chose ? osa-t-elle.

— Oh là là, mais je suis calamiteuse ! Je ne vous offre même pas un truc à boire. Mais ça c'est Max, aussi. Il devait passer chez Nicolas acheter du vin mais qu'est-ce qu'il fout, d'ailleurs ? Maaaaax !

— Quoi ?

Du fond de l'appartement, ils sentirent l'exaspération palpable de Max, a priori toujours aux prises avec sa progéniture.

Il débarqua, excédé, jetant à son épouse un regard plein de haine.

— Quoiiii ? Je change la couche de Martin, il a chié partout, ça déborde. Y'en a plein sa salopette et la table à langer, et mes doigts, bien sûr. Putain. Faites des gosses, hein !

— Oui… eh bien, change-le. Après, tu pourras peut-être offrir à boire à nos invités ? Tu es passé chez Nicolas ?

— C'est ça… j'ai eu le temps de passer chez Nicolas ! On était ensemble, non ? T'as bien vu que je n'y étais pas allé. Tu veux peut-être que j'abandonne ton fils dans sa merde ?

— Laisse tomber ! De toute façon, maintenant il est 13 heures passées, c'est fermé.

— Oui, désolé. Je fais tout mal, donc ça ne change pas grand-chose, tu aurais dû t'y attendre.

Éva et Vincent se jetaient des coups d'œil gênés alors que le couple se rejouait *La Guerre des Rose*. Tant que ça n'était pas *Kramer contre Kramer*. Max était reparti en grommelant des paroles incompréhensibles mais qui témoignaient de son ras-le-bol. Quant à Mathilde, elle respirait profondément, les yeux fermés. Soudain, elle les rouvrit et Éva, qui la connaissait bien, vit qu'elle était sur le point de pleurer. Elle détourna le regard parce qu'elle savait que les larmes de Mathilde avaient tendance à redoubler dès lors qu'on lui manifestait trop de compassion. « Pas de main sur l'épaule, Éva », lui répétait-elle pour dédramatiser chacun des nombreux chagrins d'amour qui avaient émaillé la décennie précédente. Ou encore le matin où Mathilde avait accompagné Théo en maternelle pour la première fois, et qu'Éva était venue la réconforter à la sortie de l'école. Elle se sentait bête, mais les amies servaient à ça, pas vrai ? Devant la mine déconfite de Mathilde, Éva avait penché la tête, et s'était approchée pour la consoler. À peine avait-elle effleuré son bras que les sanglots avaient éclaté. Cinq minutes plus tard, Mathilde riait entre ses larmes devant un bon café mais avait fait jurer à Éva de ne plus recommencer son geste cruel, du moins devant témoins.

OK, Mathilde. Message reçu. Pas de main sur l'épaule.

— Oh mais tu sais, on n'a pas envie de vin. Hein, Vincent ? On s'est levés il n'y a pas longtemps, on vient juste de prendre un café. Un verre d'eau ou un Coca feront bien l'affaire.

— Levés y'a pas longtemps ? Vous en avez de la chance… Nous, les garçons se sont réveillés à 6 heures, alors qu'on passe notre semaine à essayer de les lever à 7 h 30 pour pas être en retard à l'école. À croire que leur horloge interne les conditionne pour être debout aux aurores le week-end rien que pour faire chier leurs parents.

— 6 heures… Quelle horreur, murmura Vincent avec un drôle de regard. Mais vous faites quoi, à cette heure-là ?

— Oh, on leur propose de jouer dans leur chambre… Mais les enfants ne jouent *jamais* dans leur chambre. Du coup, ils ont passé une heure dans notre lit à gigoter et nous foutre des doigts dans le nez. J'ai fini par me lever à 7 heures, m'habiller, les habiller et descendre avec eux à la boulangerie qui venait d'ouvrir. Les bonnes résolutions que tu prends avant d'être parent, du type « jamais de jouets en plastique, de sucre avant trois ans ou de télé avant six », je peux te dire que tu les abandonnes vite fait si tu ne veux pas devenir fou. Bref, telle que vous me voyez, je suis levée depuis 7 heures. Il y a cinq ans, le dimanche, j'émergeais à 13 heures. Sept heures après, il était 20 heures, quasiment l'heure de me coucher, t'imagines ? Après, étonnez-vous de vieillir à la vitesse de l'éclair quand vous avez des enfants. J'ai d'ailleurs lu récemment que les jeunes parents perdaient quarante-quatre jours de sommeil dans l'année qui suit la naissance de leur bébé. Vous saviez ça ?

Devant les visages déconfits de ses interlocuteurs, Mathilde se reprit, consciente d'être allée un peu loin dans le tableau cauchemardesque qu'elle donnait de la maternité, de la vie de couple et, donc, de sa vie à elle en général.

— Mais, à côté de ça, c'est beaucoup de bonheur. Vraiment. Ceci dit, c'est vrai que le week-end, ça n'est pas forcément le moment où tu te reposes le plus. Souvent, je suis bien contente de reprendre le boulot le lundi. Au moins, là-bas, je suis peinarde sur ma chaise, devant mon ordi, dans le silence, avec des personnes qui me parlent de manière intelligible et raisonnée.

— Mamaaan, on mange quaaand ?

Théo avait débarqué dans la cuisine en sautillant, suivi de son frère cul nu, puis de leur père qui tentait désespérément de scotcher une couche sur lesdites fesses, avant qu'elles ne déversent leur contenu sur le joli sol en ardoise de la cuisine.

— Bientôt, chéri. C'est presque prêt. On a fait un couscous, ça vous va ? Les brunchs, c'est très surfait. Et puis, des viennoiseries, on en a tellement mangé ce matin que je ne me voyais pas m'en retaper à midi.

— Oui, oui, très bien, ça change ! Mais c'était pas dans les fiches recettes des nouveaux plats tendance du *Elle* de la semaine dernière ?

— Grillée..., sourit Mathilde, tandis qu'elle disposait dans un grand plat carré asiatisant semoule, merguez et jolies petites brochettes, qu'elle tendit à Max, avant de verser dans un saladier du même service le bouillon et les petits légumes soigneusement taillés.

Puis, tous se dirigèrent vers le superbe salon-salle à manger décoré aux couleurs de Noël. À côté de la lourde table de ferme trônait un immense sapin. Une guirlande de petits cadeaux en papier l'illuminait, et quelques adorables petits bonshommes de bois venaient parfaire le look chic de cet arbre dont les décorations avaient dû coûter au bas mot une semaine de boulot d'Éva. Sur les fenêtres, la neige artificielle pulvérisée dans de petits pochoirs dessinait sapins, étoiles et petits elfes féeriques alors que, autour de chaque poignée de porte, pendaient de grosses boules transparentes et pailletées. Dans la cheminée, un feu crépitait, protégé par une demi-sphère transparente. Sur la table enfin, une nappe couverte d'étoiles dorées venait parfaire l'ambiance douillette de ce dimanche d'hiver, leur faisant bien vite oublier le départ calamiteux qu'avait pris leur néo-brunch dominical.

On distribua un peu de semoule aux enfants – visiblement, leur mère avait depuis longtemps abandonné l'idée de les forcer à manger des légumes, du moins en public – et on leur coupa une saucisse en petits morceaux pour que les adultes puissent se parler sans être sans cesse interrompus.

— Alors, Max, ça avance ton projet de sandwicherie ? osa Vincent, tandis qu'Éva lui pinçait la cuisse, l'air mauvais.

Max rentra imperceptiblement les épaules. Puis répondit, visiblement mal à l'aise :

— Oui, oui, ça avance. Enfin pour le moment, on est en plein *business plan* avec mon pote, Diego. Faut que je vous le présente, d'ailleurs, il est vraiment top, ce mec.

Éva jeta un coup d'œil à Mathilde, dont elle connaissait l'opinion, et surprit une grimace sur son visage alors que le prénom honni était prononcé.

— Et vous avez trouvé un local ? Vous voudriez ouvrir où ?

— On visite. On a des pistes. A priori dans le IXe.

— Mais vous ne pensez pas qu'il y en a déjà beaucoup, des trucs de bagels, dans le IXe ? C'est comme ces restaus de pizza à la coupe. J'ai l'impression que tous les jours il y en a un nouveau qui ouvre, non ?

— Ouais, je sais pas. On voulait faire aussi pizza à la coupe mais si tu penses qu'il y en a trop… Moi, je trouve pas.

Vincent se mordit les lèvres. Une fois de plus il avait gaffé, et une fois de plus, malgré tous ses efforts pour être aimable avec le mec de la meilleure amie de sa femme, il avait échoué. Ils ne s'entendraient jamais, c'était certain. Et pourtant, ça n'était pas faute d'avoir essayé. Pourtant, si les « femmes de » parvenaient souvent à devenir plus ou moins copines, Vincent avait remarqué que la tâche se révélait souvent plus difficile dans le sens inverse. Une affaire de fierté, sans doute, et d'habitudes, qui poussait les mâles à rester dans leur périmètre de copains de classe, de boulot et de beuverie sans faire l'effort de s'ouvrir à de nouvelles connaissances, fussent-elles des proches de leurs compagnes. Longtemps, ç'avait été pratique pour lui, puisqu'il avait Adrien. À deux, ils faisaient bloc contre Christophe, dont ils redoutaient chaque fois qu'il leur jette au visage son indécente réussite et le récit de ses voyages à Saint-Barth, et contre Max, qui n'avait d'ailleurs pas toujours été aussi irascible qu'aujourd'hui. Plus jeunes, il leur était même arrivé de partager quelques soirées très arrosées, au cours desquelles une potentielle amitié s'était ébauchée. Mais tout ça, c'était du passé. Le rideau était tiré et, une fois la parenthèse estivale passée, ils étaient devenus plus étrangers que jamais l'un à l'autre.

Max recouvra son mutisme, fonçant vers cette grosse cigarette électronique qu'il ne quittait plus depuis la rentrée, tout comme cette moustache que Vincent et Éva trouvaient absolument ridicule.

Mathilde, elle, semblait faire peu de cas de la tension qui s'était installée, fixant avec ostentation l'assiette à fromage d'Éva, dans laquelle trônait la tranchette de camembert qu'elle avait difficilement consenti à prendre alors qu'elle était une fanatique notoire de fromages qui coulent.

— Tu veux bien essayer d'aller de leur faire faire une sieste ? suggéra Mathilde à Max alors qu'elle empilait distraitement la vaisselle.

Trop heureux de quitter la table, Max disparut aussitôt dans le couloir, ce qui rendit à Mathilde son sourire et son calme. Elle regarda alors ses hôtes sans rien dire puis reprit, taquine :

— Tu n'aimes plus le camembert, Éva ?

Éva piqua un fard et plongea le nez dans son assiette pendant que Vincent la couvait d'un regard amoureux. D'un sourire appuyé et bienveillant, Mathilde attendit. Jusqu'à ce qu'Éva relève la tête, rouge de confusion mais visiblement pleine de félicité.

— Bon, OK. Je suis enceinte !

4

Lucie devait déposer ses deux grandes à l'école. Elle avait pris cette habitude – bien que Winnie eût maintes fois proposé de s'en charger –, considérant que cet instant de partage avec ses filles était bien le minimum qu'elle puisse faire pour elles, puisqu'elle ne rentrait souvent qu'après 19 heures à la maison et que sa vie sociale avec Christophe ne leur permettait pas de beaucoup voir leurs enfants. Qui plus est, cette petite ronde parmi les mamans aisées du quartier, potentielles clientes ou connaissances pouvant servir leur ascension d'une manière ou d'une autre – journaliste déco qui pourrait faire un article sur la boutique, mère au foyer dont l'époux offrirait une opportunité professionnelle à Christophe, copine de copine de la directrice de la crèche… –, était essentielle au maintien des Chevreux parmi les familles bourgeoises et bien installées de ce microcosme de post-trentenaires à fort pouvoir d'achat. C'est ainsi que chaque matin, après s'être consciencieusement préparée pour ce salon mondain qu'était devenu le porche de la maternelle – brushing impeccable, maquillage quasi professionnel aux gestes acquis auprès des meilleurs praticiens de Paris, lingerie de luxe, vêtements des dernières collections à forte dominante de cachemire et cuir –, elle conduisait Charlotte et Marguerite à l'école. Les deux fillettes, de six et quatre ans, avaient peu à envier à leur mère en terme de garde-robe. Pomponnées comme des mini Miss, les petites Chevreux, comme on les appelait dans les milieux bien comme il faut, affichaient au contraire fièrement cette coquetterie et le bon goût hérités de leur mère et cheminaient vers l'école, altières, comme sur les marches d'un podium imaginaire. Winnie étant une nouvelle fois aux abonnés absents, Lucie dut, ce matin-là, emmener avec elle la petite Lou, qu'elle comptait faire dormir dans un coin de la boutique avant que la fameuse sœur/cousine ne vienne la récupérer dans la journée. Son organisation matinale s'en était trouvée considérablement bousculée. Seule, elle avait dû batailler avec des bodys aux pressions introuvables – « les vêtements d'enfants chers sont les moins pratiques », lui répétait souvent Mathilde, qui dans le cas présent n'avait pas tort –, fouiller dans le trousseau de la nouveau-née pour y dénicher tant bien que mal quelques vêtements à sa taille et tenter de les coordonner. Peu convaincue par le résultat, jugé médiocre, elle avait alors emmitouflé l'enfant dans une épaisse et confortable gigoteuse avant de la glisser dans sa poussette Bugaboo à 1 000 euros. Malgré le luxe de leur immeuble, somptueusement entretenu par leur gardienne Mme Chavez, qui briquait chaque jour poignées en laiton, sol en marbre et bois de l'escalier avant de distribuer le courrier, arroser les centaines de plantes de la cour, fierté des occupants de la copropriété, l'ascenseur, en revanche, était d'une exiguïté qui ne permettait pas à toute cette petite famille endimanchée de prendre place dans l'habitacle.

— Madame Chavez ? Madaaaame Chavez ? s'époumona Lucie dans l'escalier, persuadée que la gardienne, seule capable de la tirer de ce mauvais pas, devait bien se trouver dans les parages à cette heure matinale.

— Oui, madame Chevreux ! Il y a un problème ?

Bingo ! Les généreuses étrennes que Christophe lui glissait chaque année sous sa porte, ainsi que les charges indécentes de leur appartement de luxe pouvaient bien justifier ce petit service.

— Est-ce que vous pouvez me descendre les filles par l'escalier ? On ne rentre pas toutes, et j'ai la petite à emmener.

— Oh là là ! Winnie n'est pas là ?

— Non. Elle sera là demain. Enfin, j'espère.

— Vous auriez dû me le dire, madame. Moi je peux les emmener à l'école, les filles.

— Non, non, vous êtes gentille, c'est sur le chemin de la boutique. Et j'ai quelques rendez-v… enfin je dois voir la directrice. Mais je veux bien que vous les aidiez à descendre. Ça m'ennuie de leur faire prendre les six étages toutes seules.

— Ah ça, six étages c'est beaucoup. Mais ça fait une belle terrasse !

— Oui, oui…

La gardienne attrapa fermement chacune des fillettes par la main avant de s'engager dans le large escalier recouvert de cette moquette bordeaux à motifs verts qui ornait la totalité des marches des immeubles de la capitale sans que jamais aucun autre fabricant n'eût l'idée de se faire une place dans ce monopole antédiluvien.

L'ascenseur, très chic mais malpratique, était constitué d'une lourde porte en fer, que Lucie tint avec ses fesses pendant qu'elle bataillait pour faire rentrer la poussette par les deux battants de bois qui se refermaient dès qu'elle les lâchait pour agripper la poignée de son lourd engin.

— Putain, mais c'est pas vrai ! Poussette de merde !

La plier lui semblait impensable. D'ailleurs, elle en aurait été bien incapable – selon Christophe, il fallait pour ce faire avoir étudié chacun des petits boutons et languettes de plastique habilement cachés sous la coque, qu'il fallait clipser, pivoter ou enfoncer pour pouvoir en plier les essieux.

Elle finit donc par pousser l'engin dans le fond de la cabine, parvenant au prix de mille efforts à faire entrer son corps à elle aussi, en tendant le bras pour atteindre du bout des doigts les boutons des étages. De sa prison de fer, elle entendait ses filles babiller joyeusement avec Mme Chavez, trop heureuse de pouvoir profiter du moment pour glaner quelques indiscrétions.

— Et elle dort bien la petite sœur ? Ça doit faire du bruit, non ? Elle a sa propre chambre ? Ah bon, papa et maman ne la prennent pas dans la leur ? Ah, il y a une nounou la nuit ? Ça, chacun fait ce qu'il veut, hein. Mais on m'ôtera pas de l'idée qu'un bébé, ça a besoin de sa maman, surtout si petit… Mais bon, il y en a qui préfèrent dormir… Pauvre petite.

Lorsque Lucie arriva enfin au rez-de-chaussée, elle fulminait, ridicule dans sa camisole métallique, mais prête à bondir sur la gardienne.

— Madame Chavez ! Vous pouvez m'aider s'il vous plaît au lieu de papoter maternage intensif ?

— Madame Lucie, c'est ça de prendre des grosses poussettes aussi. Je sais pas pourquoi vous prenez tous cette poussette si grosse et si chère qu'on dirait un 4 × 4. Les roues elles sont énormes, elles rentrent même pas sur les trottoirs. Il y en a des super chez Carrefour, plus maniables, et le bébé il est aussi bien ! Regardez comme elle est petite, cette ange. Elle s'en fiche d'avoir une grosse voiture comme papa. Hein, mon petit poussin ? Pitou pitou guili guili.

— Bon, madame Chavez, vous pouvez m'aider s'il vous plaît ?

Lucie tirait à présent sur son sac, coincé entre ladite poussette et la porte de saloon, alors que le « petit ange » commençait à pleurnicher.

— Mamaaan, on va être en retard ! La directrice nous laissera jamais rentrer ! chouinait Marguerite.

— Pourquoi, il est quelle heure ?

— 8 h 20.

— Hein ? 8 h 20 ? Mais comment c'est possible ? Il était 8 heures il y a deux minutes ! C'est pas vrai, ces horaires d'école, faut que ça cesse ! Ils peuvent pas faire des créneaux calés sur les impératifs des parents ?

— Tirez, tirez, madame Chevreux !

— Oui, non, mais poussez, vous aussi. Attendez. Tenez les portes mais mettez-vous sur le côté.

Petit à petit, les voisins, furibards, apparaissaient au bas de l'escalier, contraints de descendre à pied alors que leur bruyante voisine squattait cette cabine qui leur avait coûté une fortune, après des années de conflit durant les réunions de copropriété.

— Bonjour, monsieur Ledru !

Le vieil homme passa sans répondre.

— Bonjour, madame Lavantin ! Oh mais vous auriez dû attendre, on a presque fini. C'est parce que Mme Chevreux, elle a coincé la poussette. Elle a pas trop l'habitude. Winnie, elle la plie et elle descend avec le bébé dans l'escalier. En fait, Winnie elle la monte pas mais bon…

— Hein ? Mais vous pouviez pas le dire plus tôt ?

— De quoi ?

— Eh bien, que Winnie plie la poussette et descend à pied !

— Mais je croyais que vous le saviez, moi !

Honteuse, Lucie se rendit brusquement compte de son ignorance du quotidien de ses filles, dans laquelle ses activités et son niveau de vie la laissaient. Elle tira alors d'un coup sec sur l'engin, dégondant au passage l'un des battants de bois de l'ascenseur. Mme Lavantin, qui s'en aperçut, ouvrit alors grand sa mâchoire sans toutefois parvenir à prononcer un mot.

— Oh là là, madame Chevreux, vous avez cassé l'ascenseur ! cria la gardienne, littéralement affolée.

Non, je n'ai pas CASSÉ l'ascenseur, il fonctionne encore. J'ai juste un peu abîmé la porte intérieure.

— Ah mais, c'est pas beau, c'est tout cassé. Ils vont pas être contents les voisins, vous auriez pas dû mettre la poussette dedans.

— Mais c'est pas vrai ! Les poussettes c'est en bas, on avait dit. Ça a été voté ! Déjà que ça encombre l'entrée ! Ça, vous allez la payer toute seule la porte ! s'insurgea la vieille Mme Lavantin, qui avait subitement recouvré l'usage de la parole.

— Mamaaan, il est 8 h 25 ! On va se faire tuer !

À bout de nerfs, Charlotte et Marguerite commençaient à s'échauffer dans leurs élégants manteaux de tweed. Quant à Lou, suffoquant de chaud, elle hurlait maintenant à l'unisson avec l'acariâtre voisine.

Excédée, Lucie attrapa alors la poignée de la Bugaboo, mit Marguerite sur la marche et agrippa Charlotte par la main, bien décidée à quitter au plus vite le théâtre de cette tragédie où chacun y allait de sa complainte effrénée.

— Madame Chavez ! Appelez un réparateur et envoyez-moi la facture. (Puis, se tournant vers la vieille voisine :) Ne vous inquiétez pas, madame Lavantin, nous allons nous acquitter seuls de la réparation, évidemment. Je ne voudrais pas que le fait que nous ayons des enfants ait perturbé votre journée certainement très chargée… Allez, les filles, on y va !

Et elle planta là les deux femmes qui, elle en était certaine, ne manqueraient pas de casser du sucre sur son dos sitôt serait-elle partie. Et blabla regardez-la, incapable de s'occuper de ses enfants, et que ça travaille alors que la petite a à peine trois mois, et son mari qu'est jamais là, il aurait pas une maîtresse il travaille bien tard, cet homme-là… Grand bien leur fasse, ça les occuperait.

Dans la rue, Lucie pressait le pas alors que Charlotte pleurnichait à son côté. Jetant un coup d'œil à sa petite dernière au feu rouge, Lucie se fit la réflexion qu'elle était franchement rousse. Ce qui, il fallait l'admettre, manquait cruellement d'allure. Elle qui rêvait de s'attirer les compliments des autres mamans devant l'école douta un instant que cela arrive tant cette chevelure carotte semblait gâcher la fête. Alors, mortifiée, elle rabaissa discrètement la petite capuche de son nid d'ange afin de cacher ce vilain duvet acajou qu'elle n'assumait pas, se demandant tout à coup si les produits colorants pour cheveux de bébé existaient. Ce serait pas mal, pour la boutique. Peut-être d'autres parents connaissaient-ils le même problème ? Elle avait entendu dire qu'un enfant sur dix était illégitime. Il y avait bien un marché de mères de blondinets désirant discrètement cacher leur forfait avec une petite teinture, assurant ainsi à un époux méditérranéen suspicieux que la nature reprenait, semaine après semaine, ses droits ? Elle regarderait sur Internet en arrivant à la boutique tout à l'heure. Pour le moment, elle tentait de slalomer entre les travailleurs sans enfants, tout juste sortis du lit et toujours impeccables, puisqu'ils n'avaient pas à nourrir dès l'aube en plus d'eux-mêmes une portée de personnes de petite taille affamées et exigeantes.

8 h 45, l'heure limite pour Marguerite, entrée cette année au cours élémentaire. À 6 000 euros

l'année, Lucie considérait que quelques petites minutes de retard n'allaient pas changer la face du monde, et encore moins l'éducation d'une fillette de six ans. Elle s'engouffra donc dans la cour de l'école Montessori de la rue de la Grange-Batelière et laissa sa fille courir vers son destin dans un état de stress maximum.

— À tout à l'heure, ma puce ! Bonne journée !

Puis, elle rejoignit l'espace des maternelles – tout aussi onéreux –, afin d'y déposer Charlotte. À sa grande déception, le gros du rassemblement des mamans avait déjà déserté les lieux, rejoignant qui son cours de yoga, qui les cafés alentour ou carrément leur lit, pour celles qu'on repérait de loin parce qu'elles déposaient, rapidement, leur progéniture en jogging et le teint froissé – ce que Lucie s'était juré de ne jamais faire, même dans des cas extrêmes comme celui de ce matin.

Lucie se retrouva donc rapidement sur le trottoir avec sa grosse poussette, après avoir discuté les quelques minutes obligatoires avec la maîtresse pour ne pas avoir l'air d'être une mauvaise mère. Pourtant, chaque jour, elle peinait à trouver quelques questions pertinentes à poser à cette professionnelle de la peinture au doigt. Ce matin-là, elle s'était contentée de s'informer à nouveau des dates des vacances de Noël, dont elle apprit avec désarroi qu'elles démarraient à la fin de la semaine. Tout le temps en vacances,

ces enfants ! avait-elle ruminé malgré ses facilités à les faire garder.

Dans la rue, les commerçants ouvraient un à un leurs grilles alors que la neige recommençait à tomber, comme chaque jour ou presque depuis le début du mois, pour le plus grand bonheur des gosses du quartier. Lucie fit la grimace en jetant un coup d'œil à ses escarpins rutilants, avec lesquels elle allait devoir atteindre la boutique tout en tractant la lourde poussette dans la côte abrupte qui l'y mènerait.

Foutue journée.

Son téléphone vibra dans son sac. C'était Mathilde. Tiens, ça n'était pas son genre de l'appeler à 9 heures… L'heure des accidents voyageurs, comme elle disait.

— Allô ? Je te dérange pas ?

— Euh… Je suis quasiment embourbée dans la neige mais je peux me dégager un membre si c'est important.

— J'ai un scoop !

— T'as un amant ? Ton mec a trouvé un boulot ! Son pote a été écrasé par une benne à ordures !

— Bon, tu me laisses parler ?

— Vas-y.

— C'est Éva…

— Quoi ?

— Elle est enceinte !

Lucie poussa un cri qui réveilla Lou. Et, alors que la petite se mettait à hurler, dévoilant sa chevelure orangée, et qu'elle tombait au même moment sur le reste de fessier que cette troisième grossesse avait cru bon de lui léguer, elle eut, fugitivement, cette horrible pensée : devait-elle vraiment se réjouir pour son amie ?

5

13 heures. Réunion jeux télé.

Le message clignotait sur son écran. Éva soupira. Sur son îlot étaient échoués cinq compagnons d'infortune, chacun coiffé d'un casque. Dans les salles de réunion, des managers – dans l'entreprise, on ne parlait plus qu'en anglais depuis quelques années, ce qui avait le don d'exaspérer Éva, amoureuse de la langue française – déroulaient avec le plus grand sérieux des présentations qu'ils projetaient sur les murs immaculés de ces espaces sans âme où seule trônait une table ovale. Sur les slides, Éva parvenait à distinguer des camemberts, des graphiques, des chiffres. Sans nul doute, ceux des ventes, qu'il faudrait immanquablement augmenter, ainsi qu'on le leur demandait aux grandes réunions bisannuelles du groupe, insistant chaque fois sur la crise que subissait le secteur de la presse, et leur emploi à eux fatalement suspendu à ces ventes en chute libre malgré les nichons, les faits divers ou les femmes politiques en maillot de bain qui avaient remplacé les crises internationales et les prix littéraires sur les unes. Pour exprimer son désarroi face à cette société du spectacle qui gobait tout sur son passage, Éva devait en référer à son N+1, lequel devait en faire de même, jusqu'au maillon final de cette chaîne infinie de N qui menait à un financier, lequel se contrefichait bien de l'information, du rôle du journaliste, de l'image de leurs magazines et même de l'actualité dans son ensemble. Tout n'était que business – et qu'est-ce que tu crois ma pauvre Éva si tu veux traiter du Festival d'Avignon prépare-toi à bouffer des sardines. Christophe, le mari de Lucie, avait bien tenté de la raisonner, ce qui avait failli provoquer l'une de leurs éternelles disputes de « gauchiste », comme il l'appelait, contre capitaliste (« gros con de bourgeois de droite », ainsi qu'elle le définissait dans l'intimité). Il faut bien rentabiliser, Éva, les salaires vont pas tomber tout seuls. Et tu sais combien ça fait en charges sociales, un salaire de journaliste ? Et la presse en crise, il fallait bien la sauver d'une manière ou d'une autre. Peut-être, mais elle avait honte de participer à ce gavage de masse.

Depuis la découverte de sa grossesse, elle était encore plus convaincue qu'elle ne pouvait décemment pas quitter son poste. Car si Vincent gagnait correctement sa vie en tant qu'avocat, elle ne se voyait pas non plus les priver d'un salaire au moment même où allait arriver le bébé. Elle tenait dur comme fer à participer financièrement à l'éducation de ce petit être qu'elle avait eu tant de mal à concevoir. Seulement, sa joie, qui aurait dû être intense, était en partie gâchée par d'atroces nausées qui lui laissaient peu de répit. Elle n'en était pas encore à son troisième mois et ne pouvait, ainsi, révéler à son entourage professionnel les raisons de ses allées et venues aux toilettes, son teint grisâtre, sa mauvaise humeur et les haut-le-cœur qui la gagnaient à la vue de bébés chinois à deux têtes.

Via Skype, elle reçut un message :

Sabine : `Café ?`

Éva : `20 minutes avant la réu avec plaisir ! T'as des clopes ?`

Sabine : `Dans ton état ?`

Éva : `Quoi dans mon état ? Tu penses que deviser avec Langue de bœuf à trois mois de grossesse peut être dangereux pour le bébé ? T'as peut-être raison ;-)`

Sabine gloussa alors qu'Éva tentait d'étouffer un fou rire. Leur boss, qui passait par là, leur fit les gros yeux. Elles se seraient crues retournées à l'école. Leur aurait-il intimé l'ordre d'aller au coin qu'Éva n'aurait pas été plus surprise que cela.

Éva : File-moi une clope ou je laisse entendre à Langue de bœuf que tu le kiffes bien.

Sabine : Salope.

Éva : Merci. Bon je torche les bébés chinois et on se retrouve à la machine.

Quelques minutes plus tard, elles étaient devant la minuscule machine à café que la boîte mettait à leur disposition, les doigts brûlés par le gobelet bouillant empli d'un breuvage dilué de mauvaise qualité, à attendre qu'il refroidisse.

— Tu prends du café ? T'as le droit ?

— Oh ça va, tu vas pas m'emmerder, toi aussi !

— Pourquoi, qui d'autre t'emmerde ?

— Vincent. Depuis qu'il sait que je suis enceinte, il ne me lâche plus. Il s'est renseigné sur tous les interdits possibles et fait l'inspecteur des travaux finis. Adieu clopes, alcool, pétards et charcuterie, mais aussi sushis, fromages, salade, sucres, café, thé, lait entier, sport, métro, courses… et cul.

— Ouch, ça fait pas un peu beaucoup ?

— On a eu tellement de mal à l'avoir qu'il est persuadé que je peux le perdre à tout moment. Ce en quoi il n'a peut-être pas tout à fait tort. Mais bon, ça me semble excessif. D'après le médecin, tout va bien, et je pourrais tout à fait niquer, par exemple.

— Surtout que si je me rappelle bien, avant que tu tombes enceinte, vous n'étiez déjà pas sur un rythme fou ?

Éva rougit.

— Ouais. Quand je vois l'état de la vie sexuelle de mes copines post-grossesse, sachant que la leur avait l'air à peu près normale avant, je n'ose imaginer l'avenir de la mienne. Peut-être que c'est fini pour moi tout ça.

— Arrête, tu ne vas pas tirer un trait sur le cul à trente ans ! T'imagines ? Il doit te rester, quoi, cinquante, soixante ans à vivre. Tu ne peux décemment pas te dire que t'as connu ça quinze ans et puis, pouf, ceinture pour les six prochaines décennies passées à torcher des nourrissons qui te cracheront au visage quand ils auront vingt ans ! Et que ton entrejambe aura pris la poussière.

Éva fit la grimace. La vision fugace de son pubis recouvert de toiles d'araignée la fit frissonner d'effroi.

— Eh bien, parles-en à Vincent.

— Toi, parles-en à Vincent. Faut qu'il se reprenne. Et puis lui aussi, il doit bien avoir des besoins, non ? Je ne sais pas, suce-le au moins. C'est ce que préconise Gwyneth Paltrow.

— Cette meuf se nourrit de courgettes bio… Je le sais, j'ai fait un article sur elle il y a trois jours.

— Bah suce-le, et garde les courgettes bio pour toi…

— T'es con.

Quelques graphistes amorphes s'approchèrent d'elles. Elles baissèrent la voix et s'éloignèrent vers la sortie.

Sur le trottoir, l'air frais fit du bien à Éva. Était-ce justement cette fraîcheur ou le simple fait de ne plus se trouver dans l'atmosphère oppressante de ce lieu qu'elle avait en horreur ? Peut-être ses nausées n'étaient-elles pas seulement le fait de sa récente grossesse ? Alignés, les salariés tétaient leur clope en groupe ou en silence. Le sol était jonché de mégots, fumés jusqu'au trognon puisqu'il était fort mal vu d'excéder une pause par demi-journée et que la plupart carburaient à un bon paquet par jour.

— On se les pèle ! Tu viens, on rentre ? proposa Sabine, son badge autour du cou prêt à être dégainé à la pointeuse, qui leur avait déjà décompté une bonne dizaine de minutes.

Et, alors qu'elles allaient s'engouffrer dans le dangereux tourniquet qui déposait au compte-gouttes les fumeurs puants et congelés vers leur chemin de croix, Éva entrevit parmi ses collègues d'infortune une silhouette qui lui était familière.

L'œil pétillant et la barbe bien taillée, il riait fort avec une stagiaire du service photos. Elle le détailla – légères taches de rousseur, blouson de jean à moumoute so eighties, belles mains, jolies boucles, bouche ourlée et air malicieux – elle était incapable de détacher son regard. Jusqu'à ce que, sans prévenir, il relève la tête et croise le sien.

Elle eut à peine le temps de badger à son tour, affolée, avant de foncer se réfugier dans l'antre maudit.

Elle avait reconnu Jacques.

Jacques comme Jacques Brel.

6

— Allô, Mamé, vous allez bien ?

— Hein ?

— Mamé, c'est Mathilde. Vous m'entendez ?

— Mais qu'est-ce que c'est ? Ça ne marche pas ? Qui est-ce ?

— Mamé ! C'est MATHILDE, la femme de Max, votre belle-fille, vous m'entendez ? Passez-moi l'infirmière.

— Vous êtes infirmière ? Je n'ai pas besoin d'infirmière ! Au revoir, madame.

— Non, Mamé, passez-moi San-dri-ne. Votre infirmière.

Un bruit sourd, témoignage du combiné du téléphone à grosses touches maladroitement jeté au sol, puis un second, celui de la vieille femme saisissant son déambulateur pour aller chercher sa garde-malade certainement occupée à préparer la kyrielle de médicaments quotidiens qu'elle devait ingurgiter pour conserver un état quasi normal, et le silence.

Un long silence pendant lequel Mathilde observa avec horreur sa manucure. Enfin, ce qu'il en restait, puisque la jolie laque vermillon qu'elle venait d'appliquer avait été entamée par une attaque dans les règles des garçons après leur bain.

— Allô, madame Marsac ? C'est Sandrine, vous allez bien ?

— Bien et vous, Sandrine ? Pas trop dur ? Vous me donnerez votre numéro de portable, ça évitera de faire bouger Mamé la prochaine fois.

— Oh, vous savez, c'est bien qu'elle se force un peu. Sinon elle reste toute la journée dans son fauteuil à attendre.

Et Max qui n'allait jamais voir sa mère alors qu'il n'en foutait pas une depuis des semaines… Après tout ce qu'elle faisait pour ses fils, est-ce que eux aussi la laisseraient végéter seule dans son vieil appartement, assise, le regard las, ressassant des souvenirs plus lointains encore que leur naissance, effaçant tout ce pan de vie qui était aujourd'hui la sienne et semblait en précipiter plus vite encore la fin ? Elle chassa cette désagréable perspective de son esprit et reprit sa conversation avec Sandrine, l'infirmière qu'il avait bien fallu embaucher à plein temps pour s'occuper de la mère de Max depuis qu'elle était trop vieille, ou plutôt trop atteinte par le mal du siècle de ceux qu'on appelle aujourd'hui les seniors, à savoir un sévère Alzheimer qui la rendait tour à tour dépressive, acariâtre ou absente. Aujourd'hui, à plus de soixante-dix ans, elle quittait chaque jour davantage cette réalité qu'il fallait bien organiser pour elle.

— Je vous appelle pour le réveillon. Comment est-ce qu'on s'organise ? Nous, on le fêtera le 24 à la maison avec les enfants, ma sœur et les siens, et Mamé bien sûr, qui restera coucher à la maison. Quand est-ce que vous avez prévu de prendre vos congés ?

— J'aurais bien pris entre Noël et le premier de l'an. Mes parents sont à Amiens et ça m'ennuie d'y aller pour une seule journée.

Manquait plus que ça. Déjà que Mathilde n'avait pas bien réfléchi au mode de garde des garçons, voilà qu'elle devait planifier celui de sa belle-mère…

— Bien sûr, Sandrine. Je comprends. Et puis vous n'avez pratiquement eu aucun répit depuis la rentrée. On va se débrouiller. En revanche, est-ce que votre mari peut nous amener Mamé le 24 ? Je serai en pleins préparatifs et ça me paraît compliqué de passer.

— Ah non, il sera pas là. Et moi, j'ai pas le permis, vous savez.

— Oui, bien sûr. Bon, je vais voir avec Max…

— Ah oui, monsieur Max ! Il a retrouvé un travail ?

— Non.

— Ah. Alors pourquoi il peut pas passer chercher sa maman ?

Oui, pourquoi...

— Oui, non. On va s'arranger, vous avez raison, je vais voir avec lui. Au pire, il passera en taxi. Vous pourrez me préparer ses affaires ?

— Bien sûr ! Avec les médicaments et tout, il faudra que je vous explique. Enfin, j'expliquerai à monsieur Max. Et aussi il faut l'emmener aux toilettes, maintenant, votre Mamé. Elle marche plus assez bien pour y aller toute seule depuis sa hanche.

Mon Dieu...

— Monsieur Max, il pourra l'emmener aux toilettes ?

— J'en doute... Écoutez, on se débrouillera. Mais on dit le 24 dans la matinée, d'accord ? D'ici là, je vous rappellerai pour confirmer. Allez, bon courage Sandrine, et bonne journée. Vous me repassez Mamé ?

À nouveau le silence. Et la porte de la salle de réunion dans laquelle Mathilde avait trouvé refuge pour téléphoner s'ouvrit, laissant apparaître le *big boss*, son sourire carnassier et sa dizaine de courtisans plus ou moins effrayés, tous vêtus de blanc et de noir, dûment étiquetés, leur badge autour du cou, et équipés de leurs PC portables tous identiques.

— On vous dérange ? Vous preniez peut-être un rendez-vous chez l'esthéticienne ?

— Euh… non, pardon. J'y vais. Vous aviez réservé ? Je n'avais pas vu…

Il ne prit même pas la peine de répondre, continuant à sourire tout en investissant la pièce alors que Mamé reprenait le combiné.

— Allô, Corinne ?

— Non, c'est Mathilde ! Ma-thilde, chuchota-t-elle fort, alors que sa belle-mère l'appelait du nom de l'ancienne petite amie de Max, danseuse au Lido, avec laquelle il avait eu une histoire passionnelle de dix ans – elle n'avait jamais su si la vieille ne le faisait pas exprès.

— Votre esthéticienne n'a pas gardé de vous un souvenir impérissable on dirait. Doit-on s'en réjouir ?

Elle préféra ne pas relever, s'enfuyant prestement tout en cherchant du regard, affolée, un petit coin isolé où elle pourrait à loisir hurler dans le combiné sans faire profiter des dizaines de salariés de sa conversation avec une vieille femme désorientée. Foutus open space, avenir de l'homme, dans lesquels on ne s'entendait plus penser, pas plus qu'on ne pouvait y organiser sa vie lorsqu'on était, comme Mathilde, à la fois salariée d'une grande entreprise mais aussi P-DG d'un foyer constitué de deux enfants, un adulte sous tutelle (la sienne), une aïeule, son infirmière, une femme de ménage, une nounou et quatre baby-sitters toujours injoignables.

— Qui ?

— Ma-thilde, la maman de Théo et Martin !

— Qui est Martin ? Je connais bien un Théo mais pas de Martin. C'est ridicule comme prénom, d'ailleurs. Ça fait un peu agriculteur. Ou martin-pêcheur.

— Vos petits-enfants, Mamé ! Théo et Martin. Martin a presque deux ans maintenant vous vous souvenez ? On est venus vous voir il y a quinze jours !

— Ah, ça m'étonnerait, personne ne vient jamais me voir… Visiter une vieille femme, ça ne donne pas envie. Enfin, il y a des civilisations où on prend encore soin de ses vieux, où on les chérit pour tout ce qu'ils ont donné. Dans la nôtre, on les met de côté, on les laisse mourir sans les regarder parce qu'ils encombrent.

Tiens, un épisode paranoïaque, ça faisait longtemps. Quoique, avait-elle vraiment tort ? Car si elle, sa belle-fille organisait à distance toute la logistique inhérente à son mode de garde, des infirmières, des médecins, des papiers à remplir, des impôts, des factures aux quelques visites qu'elle se forçait à faire ponctuellement, le dimanche, avec les enfants, on ne peut pas dire que Max, son fils unique, la prunelle de ses yeux, fasse preuve du même dévouement. C'est trop dur de la voir comme ça, arguait-il, préférant laisser à son épouse le privilège de gérer toute l'intendance. Quant à aller tenir compagnie à sa môman chérie, laquelle habitait pourtant à quelques encablures de chez eux, il semblait que le fils prodigue avait mieux à faire. Mais pourquoi diable fait-on des enfants, se dit-elle pour elle-même, si ça n'est même pas pour qu'ils prennent soin de vous pendant vos vieux jours ?

Elle décida de couper court à cette conversation à sens unique avec la grand-mère de sa progéniture et la prévint donc du réveillon qu'ils organisaient et auquel elle assisterait puisque Max devait venir la chercher. Enfin, peut-être.

— Oh, quel bonheur ! Mon petit Max va venir ! J'espère que ça ne lui posera pas trop de soucis avec son travail !

— Non, Mamé, il ne travaille pas en ce moment, vous savez ?

— Comment ça, travaille pas ? Max, ça m'étonnerait ! Il est si brillant, si occupé ! Son père et moi on l'a tellement aimé, vous savez ?

— Oui, Mamé, je sais… Moi aussi, souffla-t-elle.

— Il ne faudrait pas le déranger avec ça. Peut-être que vous pourriez venir à sa place, vous Corinne ?

— Non mais je travaille, moi, Mamé, et j'ai les enfants à la maison ce jour-là !

— Ah oui, c'est bien de s'occuper des enfants. Toutes ces femmes qui les laissent à des nourrices pour aller faire Dieu sait quoi dans les bureaux, non mais je vous jure. De mon temps, ça ne se passait pas comme ça, et on s'en portait beaucoup mieux. Regardez, personne ne divorçait et il n'y avait pas de chômage ! Alors qu'aujourd'hui, avec leur envie d'être l'égale de l'homme, les femmes se retrouvent toutes seules à quarante ans. Ah ça, elles ont eu ce qu'elles voulaient ! Pour être indépendantes…

— Oui oui oui, bon. Mamé, je dois vous laisser. On se voit le 24, alors. Il y a un cadeau qui vous ferait plaisir ?

— Oh, vous savez, à mon âge, plus rien ne me fait plaisir. Partir dans mon sommeil…

En voilà, un appel qui remonte le moral…

— Dites pas ça, Mamé. On vous veut avec nous encore longtemps ! On vous fera une petite surprise, alors ! Reposez-vous bien.

— Mais, je ne fais que ça, me reposer…

— Alors, continuez. Bonne journée.

— Bonne journée, Corinne.

Et elle raccrocha, exténuée par cette épreuve qu'elle s'était infligée dès son arrivée au bureau le matin pour pouvoir la rayer, enfin, de sa *to do list* en haut de laquelle elle figurait depuis quatre jours, ce qui la rendait malade.

Elle s'avança vers la machine à café et en choisit un court, sans sucre. Le noir à goût de craie comme elle l'appelait.

Puis elle entreprit de trouver une baby-sitter pour le vendredi suivant, puisqu'elle et Max étaient invités à dîner chez Lucie avec Éva, Vincent et même Alice, qui s'était exceptionnellement libérée ce soir-là. Elle aimait et redoutait à la fois ces réunions où étaient intégrées les moitiés. À ses copines, qu'elle appelait tous les jours, elle racontait tout. Les enfants, Max, ses déceptions, ses fantasmes. Et celles-ci faisaient de même, de sorte que les protagonistes de leurs vies devenaient comme des personnages désincarnés qu'elles étaient parfois gênées de croiser, ensuite, dans la réalité tant elles en savaient sur leur intimité. Lorsque Vincent lui parlait, Mathilde pensait souvent à son absence de désir, et imaginait son pénis reclus, ratatiné dans ses costumes griffés. Quant à Christophe, elle en savait tant sur ses désirs sexuels, disons inhabituels, que Lucie mettait un point d'honneur à satisfaire que, lorsqu'il s'adressait à elle, il lui arrivait de baisser les yeux. Les chances que l'une d'elles gaffe, révélant à l'un des conjoints leur vie intime ainsi décortiquée par ces femmes auprès desquelles ils tentaient de donner le change étaient grandes. Plus d'une fois, elle s'était pris la tête avec Max en rentrant d'un de ces dîners. « La prochaine fois, tu éviteras de raconter toute ma vie à tes copines, si ça te dérange pas ? Comment se fait-il que Christophe soit au courant qu'on ne trouve pas les financements pour le bar à bagels ? Ça te fait marrer de montrer que je n'y arrive pas ? » Parce qu'évidemment, beaucoup de ces conversations de gynécée fuitaient ensuite sur l'oreiller. Tu racontes pas à Vincent, hein ? Non, bien sûr. Vu l'humeur actuelle de Max, elle allait devoir louvoyer. Mais chaque chose en son temps, son objectif du jour était de faire garder les petits sans s'y être pris deux semaines à l'avance, ce qui était loin d'être une mince affaire.

Pour avoir une petite chance de booker l'une des quatre étudiantes qu'avec les années elle était parvenue à intégrer à son cheptel de baby-sitters payées au black, Mathilde avait maintenant une technique imparable. Elle prenait le dernier texto en date : `Bonjour, serais-tu disponible vendredi soir pour garder Théo et Martin ? Merci ! Mathilde`, qu'elle collait dans une nouvelle fenêtre, après avoir remplacé par le jour désiré s'il ne s'agissait pas du vendredi. Puis elle insérait dans le cadre « destinataire » les quatre prénoms. La première à répondre présente avait gagné la partie. Pourtant, malgré ce stratagème maintes fois expérimenté, il arrivait qu'aucune ne soit libre, voire qu'aucune ne réponde. Foutus jeunes qui pensent que les SMS et les mails les ont dédouanés d'un devoir de politesse envers leurs aînés.

Et depuis quand disait-elle « les jeunes », d'abord ?

Puis elle composa enfin le numéro de Lucie pour lui annoncer la nouvelle et s'offrir, avant la longue journée qui s'achevait sur son entretien annuel d'évaluation, un peu de cette énergie communicative que seule Mme Chevreux savait dispenser autour d'elle.

— Allô ? Je ne te dérange pas ?

— Je suis quasiment embourbée dans la neige mais je peux éventuellement dégager un membre si c'est important.

— J'ai un scoop !

7

Pour la trentième fois au moins, Alice tripota son portable et appuya sur la petite enveloppe.

`Tu me manques.` Point.

Qu'est-ce que ça signifiait ? Lui aussi, il lui manquait. Douloureusement, tout le temps, au plus profond d'elle-même. Mais si elle, elle lui manquait de la même façon, un seul texto n'aurait pas suffi à endiguer le flot de mal-être qui coulait dans ses veines. Surtout pas un texto balancé comme ça au milieu de la nuit, sans contexte, sans rien. Tu me manques, et alors ? Alors quoi ? Est-ce que ça signifiait qu'il regrettait tout ce qui s'était passé ? Qu'il voulait qu'elle ne lui manque plus, et donc faire machine arrière, revenir à la maison, se mettre en cuillère dans le lit, lui ronfler dans les oreilles et faire les brocantes main dans la main le dimanche matin ? Est-ce que ça signifiait qu'il n'y avait plus de Juliette et que, surtout, il n'y en aurait plus jamais ? Qu'elle aurait à nouveau confiance ? Était-ce possible, d'ailleurs ? Ou alors avait-il tapoté distraitement sur son smartphone, la tenant au courant de ce qu'il éprouvait sur le moment sans se soucier du lendemain et des conséquences d'un tel aveu sur sa fragile condition ? Il y avait, malheureusement, fort à parier qu'il s'agissait de cela. Voilà pourquoi elle n'avait pas répondu.

Elle avait hésité toutefois et pris conseil auprès de son cabinet de conseil expert ès SMS depuis l'arrivée sur le marché de cet abominable moyen de communication qui, plus d'une fois, faillit causer la perte de l'une d'entre elles, hantée par le message mystérieux ou énigmatique reçu par un plan cul malveillant ou, comme aujourd'hui, par un ex en pleine crise existentielle.

— Tu ne réponds RIEN !

Elles étaient toutes d'accord. La marche à suivre était de toute façon toujours la même. Faire la morte. Attendre. Se retenir d'appeler. « Tu veux quoi ? Pourquoi tu me dis que je te manque ? Comment tu peux me faire ça ? Voyons-nous si je te manque. Explique-moi. Pourquoi m'as-tu quittée ? Pourquoi parviens-tu à vivre sans moi alors que je suffoque ? Comment réussis-tu à serrer dans tes mains des seins qui ne sont pas les miens ? Qu'est-ce qu'ils ont, les miens ? Ils ont nourri ton enfant. » Ne pas faire la folle. FOLLE. Et pourtant, on ne peut pas dire qu'Alice avait le caractère le plus indomptable d'entre elles quatre, bien au contraire.

Puis, elle leur avait raconté la télé qui voulait qu'elle participe à une émission de « bonnes femmes ». Elles avaient toutes gloussé, ricané qu'elle serait bientôt dans les magazines, qu'elle allait pouvoir leur présenter Jean Dujardin et choper des portables gratuits dans les soirées sponsorisées. Comme Fred, elles lui avaient fait promettre de rappeler l'équipe, ne serait-ce que pour tenter le fameux pilote – ça lui changerait les idées et ferait la nique à ce gros égoïste d'Adrien qui n'avait rien d'autre à faire que de se rappeler à son bon souvenir la nuit puis de faire le mort les jours suivants. Une fois de plus, elles s'étaient placées en héritières de Catherine, la mère d'Alice – cette femme rebelle et libre sur laquelle elles avaient calqué leurs rêves de jeunes filles. Elles avaient toutes secrètement fantasmé sur cette amazone mystérieuse, toujours maquillée, vêtue de robes de créateurs spectaculaires, de talons aiguilles et dont un nuage de L'Heure bleue précédait les apparitions. Catherine aurait voulu qu'Alice sorte de sa coquille, qu'elle fasse enfin reconnaître son talent, qu'elle bouscule pour une fois ses habitudes et se fasse violence plutôt que d'attendre, dans l'ombre, que la vie passe. Mathilde, Alice et Éva l'avaient donc prise dans leurs bras, provoquée, secouée gentiment comme l'aurait fait cette mère dont elles s'étaient fait un devoir d'honorer la mémoire en reproduisant ses paroles. Lucie était certaine que celle-ci aurait même ajouté que ça ferait bien les pieds à « ce connard d'Adrien », mais elle s'était bien gardée de retourner le couteau dans la plaie. Catherine, elle, aurait osé. Lucie avait tant aimé cette femme qu'elle avait rageusement essuyé une larme aux toilettes à ce souvenir en murmurant : « Je la protège, je vais lui montrer la route. »

Alice avait rendez-vous cet après-midi-là dans des studios de la banlieue parisienne pour son premier tournage, et n'en menait pas large. Elle regrettait sa promesse de ne jamais toucher aux anxiolytiques depuis le décès accidentel de sa mère, shootée aux médicaments alors qu'elle conduisait sur l'autoroute du Sud l'été de ses quinze ans. Aujourd'hui, elle aurait eu bien besoin d'un calmant pour supporter toute cette pression, et ces projecteurs braqués sur elle.

Tu me manques.

Si seulement elle avait pu appeler Adrien. Il aurait su la rassurer. Il avait ses défauts mais il avait toujours trouvé les mots justes pour la pousser à avoir confiance en elle. Sans lui, elle n'aurait jamais eu le courage de quitter, au bout d'un an, sa prépa pharma pour se lancer dans la grande aventure culinaire – ce qui avait laissé la plupart de ses proches dubitatifs. Autre temps autres mœurs, les émissions de cuisine ne cartonnaient pas encore et les chefs étaient loin d'être les stars qu'ils étaient devenus aujourd'hui. Quant aux femmes, à part quelques pointures à grosses paluches, propriétaires d'auberges où il faisait bon ripailler, on ne peut pas dire que leur place dans la grande restauration était alors enviable. Pendant tout son apprentissage, Adrien avait su se montrer présent, s'occupant de Laura avec toute l'attention qu'elle-même ne pouvait lui prodiguer. Le soir, lorsqu'elle rentrait crevée par ces journées passées à émincer, laver, éplucher, griller, tourner, écumer, pleurer souvent, et subir les remarques sexistes de cobrigadiers déjà jaloux de son talent, il l'attendait dans leur petit chez-eux de la porte de Vincennes, le bébé endormi dans sa chambre et ses bras à lui prêts à l'accueillir.

Tu me manques.

Mathilde était débordée et avait bien trop d'obligations pour pouvoir la soutenir ; Éva était bloquée au bureau, au-dessus de sa chère cuvette, quant à Lucie, elle recevait des fournisseurs tout l'après-midi à la boutique. C'est donc Laura qui l'accompagnerait. Elle n'avait pas cours cet après-midi-là et, quand bien même c'eût été le cas, Alice n'était pas sûre d'être capable de refuser devant l'insistance de sa fille tant elle était terrorisée à l'idée de se présenter là-bas seule.

— Te bile pas, va ! Tu vas les éblouir !

La grosse main de Fred se posa sur son dos alors qu'elle peinait à lever les filets d'un bar – ce qui ne lui avait jamais paru aussi difficile depuis l'école.

— Ah mais je ne me bile pas ! Tu parles du pilote ? De toute façon, ils se rendront vite compte que je ne vaux rien. On n'en parlera plus et ça nous fera une chouette vidéo pour en rire plus tard, tous ensemble.

— Voilà, c'est ça ! Allez, laisse-moi ces pauvres poiscailles que tu ne cesses de torturer. Va plutôt checker les réservations, j'ai l'impression qu'Hubert a fait n'importe quoi avec les placements.

Le service du midi lui parut incroyablement court. Pourtant, et c'était la raison pour laquelle elle aimait tant son métier, Alice ne s'y ennuyait jamais. Cette fois-ci, pourtant, elle redoutait tellement l'heure à laquelle Laura devait passer la prendre pour l'emmener à l'abattoir que le coup de feu lui sembla ne durer qu'une poignée de secondes. C'est donc la mine effarée qu'elle aperçut sa fille entrer toute pimpante dans le restaurant.

— Coucou, ma maman star !

— Tu es déjà là ?

— Comment ça, déjà, il est 15 heures ! C'est toi, plutôt : qu'est-ce que tu fiches encore en tenue de cuisine ? Et cette coiffure, c'est pas possible ! Ne me dis pas que tu ne t'es pas maquillée, en plus !

— Chérie, je ne vais pas me maquiller pour cuisiner !

— Et pourquoi pas ? Il n'y a que des mecs dans ta cuisine. Tu ne crois pas que ça leur ferait plaisir que tu fasses un petit effort de coquetterie ? Franchement, maman, t'abuses…

Alice baissa les yeux. Laura n'avait pas tort. Elle avait toujours eu tendance à mettre sa féminité de côté lorsqu'elle travaillait en cuisine, oubliant qu'il s'agissait là de son lieu de travail comme d'autres se rendent en réunion, et s'habillent donc en conséquence. Mais, depuis le départ d'Adrien, il est vrai qu'elle ne faisait plus aucun effort ; elle se contentait d'une couche de crème hydratante le matin et d'un coup de brosse sur ses cheveux blonds qu'elle portait, depuis des siècles, aux épaules comme sur ses photos de classe du collège. Quant à s'épiler, elle n'y voyait plus d'intérêt, et daignait tout juste passer un petit coup de rasoir sur ses aisselles les jours de yoga, pour ne pas indisposer ses consœurs de salle de gym.

— Bon, de toute façon ils vont te maquiller là-bas, c'est sûr. Mais quand même ! Tu devrais faire un effort, ne serait-ce que pour toi. Fais gaffe, ils vont peut-être t'inscrire de force dans leur émission de relooking…

— Tu es vraiment dure !

— Oui, mais c'est pour ça que tu m'aimes, pas vrai ?

— Entre autres, oui…

— Salut, la plus belle. Tu as encore grandi, dis-moi.

Fred venait d'entrer dans la salle alors que les deux derniers clients, passablement avinés et a priori sans emploi vu l'heure tardive, quittaient les lieux en titubant vers la porte. Fred connaissait

Laura depuis des années et avait pour elle une grande affection. Plusieurs fois, Alice avait été contrainte d'emmener la petite au restaurant lorsque sa nounou était malade et ne la prévenait que le jour même. Alors, la fillette posait ses affaires dans le bureau du chef, lequel lui laissait volontiers sa place dans la confortable pièce vitrée. Elle alignait feutres, crayons de couleur, carnets, poupées et dînette en bois sur la grande table mais passait sa journée à observer, fascinée, le magnifique ballet des travailleurs de l'ombre occupés à l'élaboration de ces œuvres qui contribuaient au bonheur des gens. Très sage, Laura forçait l'admiration de la brigade tout entière et chacun passait discrètement lui déposer de petites mignardises, des sorbets maison, des tuiles de parmesan ou de mignonnes meringues en forme de bonshommes pendant que sa maman, toujours sérieuse, menait à bien sa mission sans se laisser déconcentrer.

— Et toi, tu as encore grossi, non ?

— Oh mais, regardez-moi celle-là, toujours aussi taquine ! On accompagne sa maman sur les sentiers de la gloire ? En revanche, tu me la ramènes ! Je ne m'en sépare pas comme ça, moi !

— Ça… On verra. M'est d'avis que lorsqu'ils l'auront essayée, ils ne voudront plus la laisser partir. Il va falloir nous payer très cher, monsieur le chef une étoile.

— Ah donc, ça y est, tu es devenue agent. Tu ne perds pas de temps, tu as raison ! Cela dit, si j'étais toi, je me pencherais quand même sur mes bouquins, histoire de décrocher le bac. Je crois que ta mère y tient. Même si, personnellement, ça me semble loin d'être essentiel.

— Oui, j'y tiens ! Et j'aimerais aussi que vous arrêtiez de parler de moi comme si je n'étais pas là.

— Maman, va te changer, on va être en retard ! On dirait que tu ne veux pas y aller.

— Bien sûr qu'elle en meurt d'envie ! Bon, dépêchez-vous je vous appelle un taxi.

Une heure plus tard, elles attendaient toutes deux au maquillage qu'une bonne âme vienne s'occuper d'Alice, laquelle faisait peine à voir.

Une jeune femme très pomponnée finit par entrer dans la pièce. Flamboyante, elle arborait cette chevelure insolemment dense qu'on regrette à quarante ans sans comprendre quand on l'a perdue. Les sourcils tatoués, le visage recouvert d'une épaisse couche de fond de teint poudré et les ongles scintillants des petits diamants qui y étaient incrustés, elle dégageait, sous ces artifices plutôt inélégants, une indécente attraction. Elle avait vingt-cinq ans et l'inconscience de ce corps rebondi et plein d'une jeunesse qui devait tant exciter les hommes alors qu'elle tentait certainement de perdre ces kilos qu'elle pensait de trop. Elle jeta un air désolé à son cobaye du jour avant de se reprendre :

— C'est vous, la chef ?

— Oui. Je… Je ne sais pas si vous êtes censée me maquiller. Je crois… Enfin, à l'accueil, on nous a dit de nous mettre là. Mais peut-être est-ce qu'il faut aller directement en plateau ? Pour un pilote, on n'est pas maquillée, non ? Je ne veux pas vous faire perdre votre temps.

— Mamaaan !

La maquilleuse éclata de rire, visiblement attendrie par tant de sollicitude, elle qui devait être rompue aux caprices de stars exigeantes et dédaigneuses.

— Alors là, pilote ou pas pilote, je ne vous laisse pas vous faire filmer dans cet état parce que votre émission, vous ne l'aurez jamais ! Mais qu'est-ce que vous avez fait à votre peau ?

— Rien…

— Ça, je le vois bien… Bon, on va arranger tout ça mais faites-moi plaisir, ma belle. Promettez-moi de prendre rendez-vous chez le coiffeur dès que vous sortirez d'ici. Ça devrait être interdit de se promener avec un si vieux balayage. Ne serait-ce que pour vous, ça vous fout le moral dans les chaussettes, des cheveux qui font la grise mine comme ça.

— Ah, tu vois ! Je n'arrête pas de lui dire.

S'emparant de son immense palette de couleurs, l'artiste cathodique entreprit de redonner vie à la jeune femme. Ampoule coup d'éclat, anticernes, fond de teint habilement étalé au pinceau, poudre, blush, ombres à paupière… Alice et Laura ne pouvaient détacher leur regard de ce fascinant processus qui, de trompe-l'œil en trompe-l'œil, la transformait littéralement en une pimpante et dynamique animatrice de télévision, et surtout en une femme rajeunie de dix ans.

— Maman, t'es trop canon !

— J'avoue que c'est mieux. Mais un peu *too much*, non ? Je ne sais pas si j'assume…

— C'est normal, pour la télé on en met toujours plus, ne vous inquiétez pas. Ça ne fera pas plâtré à l'écran. Vous savez, même Michel Drucker se maquille.

— Vous avez de la chance, elle voit vaguement qui c'est. Mais vous auriez pris en exemple un présentateur un peu plus jeune…

— Laura !

— Mais c'est vrai, maman. Tu ne regardes jamais la télé ! Elle est complètement dans sa bulle.

— Oui, elle n'a pas tort. Je n'ai pas vraiment le temps, en fait. Je rate quelque chose ?

La maquilleuse et Laura réfléchissaient à cette question capitale quand une femme, la quarantaine maigrissime, moulée dans un slim, chaussée de boots et de grosses lunettes à monture noire leur fonça dessus.

— Alice, quel bonheur que tu te sois décidée !

— Salut, Raphaëlle ! Merci à toi de me donner ma chance. Et d'avoir su adapter tes horaires aux miens.

— Non mais, tu rigoles ? C'est nous qui avons de la chance ! Je suis sûre que tu vas tout déchirer. Et qui est cette belle jeune fille avec toi ?

— Laura, ma fille.

— Ta fille ? Mais, tu l'as eue à quinze ans ? Bonjour, Laura. Alors, fière de ta maman ?

— Très !

— Ne vous emballez pas, vous ne m'avez pas encore subie devant la caméra.

— Alors Alice… que les choses soient claires ! En télé, tout se voit. Donc tes doutes et ton manque de confiance, tu vas essayer de les planquer bien profond pour que ça ne se repère pas à l'écran. Si on continue l'aventure ensemble, je te collerai quelques séances de *media training* de toute façon. Ce que je veux aujourd'hui, c'est que tu nous fasses un joli petit plat, expliqué de manière hyper pédago pour que la ménagère ait envie de le refaire chez elle, et idem le lendemain, que tu souries et que tu discutes le coup avec l'animatrice. Qui, d'ailleurs, n'est pas là aujourd'hui. C'est moi qui jouerai son rôle. On va voir comment tu prends la lumière et si tu te débrouilles. Pour ton plat, on t'a rapporté la dose de produits. On s'est servis dans le garde-manger du gros show culinaire du vendredi. Ils sont en plein tournage ça tombait bien. Tu le regardes ?

— Non. Tu sais, avec le restaurant…

— Oui, bien sûr. Mais tu en as forcément entendu parler. Ça cartonne ! On explose les audiences. La cuisine, ça fonctionne, comme on dit dans le métier. C'est vrai, tout le monde cuisine, et plus encore aujourd'hui. Même les hommes s'y sont mis. Si mon grand-père avait vu ça, lui qui ne savait même pas à quoi servait une casserole... Oh, mais dis-moi, c'est quoi ces cheveux ? Il faut refaire tes mèches, poulette, ça ne pardonne pas la télévision, tu sais ?

— Oui oui, je sais. J'y vais ce week-end, promis !

— Top ! Et va chez un bon, surtout. Envoie-nous la note. Bon, on t'attend en plateau dans dix minutes, OK ? Un gros merde et puis détends-toi un peu, ça va bien se passer. Tu veux un petit Lexo ? Un Xanax ? Des bêta-bloquants ?

— Non, ça va aller.

— Ah... Comme tu voudras.

Et, alors que la productrice partait d'un bon pas, le portable déjà collé à l'oreille, en parfaite caricature d'elle-même, et que la maquilleuse lui tendait sa tenue de chef aux couleurs de l'émission, Alice se demanda encore une fois ce qu'elle fichait là. Il lui restait quelques minutes pour déguerpir en vitesse, couper son téléphone, réintégrer ses fourneaux anonymes et sa petite vie tranquille et douce quoique sans frissons. Et puis elle pensa à Adrien. Et à Juliette. Et à Adrien, plus assez fasciné par elle pour résister à ce grotesque démon de midi. Et à cette très jeune femme et ses attributs qu'il fallait bien combattre avec d'autres armes si elle voulait gagner le combat qui l'y opposait. Car oui, elle allait se battre.

Tu me manques.

Il verrait. Qu'elle était forte, qu'on la désirait par-delà son petit cercle familial et amical.

Et elle partit « prendre la lumière ».

8

— Max, à quelle heure tu penses aller chercher ta mère ?

Mathilde s'était levée tôt, ce matin-là, consciente de la charge énorme qui lui incombait, puisque, seule, elle allait devoir cuisiner pour cinq adultes et quatre enfants un repas de Noël, mettre la table, terminer l'emballage des derniers cadeaux, préparer la chambre de sa belle-mère, se coiffer, se maquiller et accueillir tout ce petit monde qui devait débarquer en fin d'après-midi dans l'appartement pas tout à fait rangé.

Du lit conjugal, dans lequel il traînait depuis plusieurs heures, pianotant sur son iPad, passant des coups de fil en ricanant ou attrapant au passage un garçon en pyjama pour lui faire des guilis plutôt que de l'habiller, Max fit semblant de ne pas l'entendre. Elle lâcha alors violemment son chapon et débarqua, gantée de plastique sanguinolent et revêtue d'un grand tablier « C'est qui le chef ? », en s'efforçant de masquer son exaspération.

— À QUELLE HEURE TU PENSES ALLER CHEZ TA MÈRE ? articula-t-elle exagérément en parlant trop fort.

— Je ne sais pas. Pourquoi ? Il y a un impératif d'heure ? Elle a des réunions dans la matinée ? glissa-t-il, cynique, sans la regarder.

— Non. Mais j'avais prévenu Sandrine que tu passerais le matin. Cet après-midi, elle a son train pour Amiens.

Il ne répondit rien, scrutant avec l'attention d'un orfèvre son flux Twitter.

— Max ? Tu m'as entendue ?

— Mais ouais, putain, tu fais chier ! Je suis pas sourd. Il faut y aller ce matin, j'ai compris. Tu me prends vraiment pour un débile, parfois. Ou tout le temps, en fait. Ça me gave, tu sais ?

— Je ne vois pas le rapport. Je te demande juste à quelle heure tu penses aller chercher ta mère puisqu'il est déjà presque 11 heures, que tu es encore au lit, pas douché, pas habillé, et que Paris doit être hyper embouteillé vu que c'est le jour de Noël. Soit dit en passant, si tu avais pu habiller les garçons histoire de me faciliter un peu la tâche, ça m'aurait pas mal aidée.

Ivre de rage, il sauta brusquement hors du lit, faisant valser au passage sa précieuse tablette dont l'écran s'écrasa au sol, se fissurant en un bruit douloureux, ce qui augmenta encore la colère de Max, visiblement prêt à en découdre avec son ennemie domestique.

— Génial… La deuxième en un mois. Bon, c'est quoi ton problème ? Qu'est-ce que tu veux que je fasse ? Dis-moi ! Fais ta liste, tu adores ça, ce sera plus clair, plutôt que de parler par sous-entendus.

— Je ne fais aucun sous-entendu. Je te demande juste d'aller chercher TA maman pour la ramener ici, et d'habiller TES enfants. Mais laisse tomber la deuxième épreuve, tu n'as plus le temps. Et puis arrête de me faire passer pour un monstre, Max ! C'est dégueulasse. Je fais en sorte que tout se passe bien. Tu sais depuis quelle heure je suis en cuisine ? 7 heures. Je me suis fait livrer le gros des courses hier et j'ai mis mon réveil ce matin à l'aube alors que c'est mon premier jour de congé depuis des semaines. Tout ça pour préparer le repas sans stress. Sans emmerder personne. Quant à toi, je t'ai laissé dormir, non ? Je pense être en droit, à 11 heures, de te demander quelques petits services ? Tu habites ici, non ?

— Ouais, plus pour longtemps, marmonna-t-il.

Dans sa gorge, elle sentit cette grosse boule, de plus en plus souvent présente, qui menaçait d'éclater à tout instant mais qu'elle voulait comprimer. Parce qu'elle savait que le jour où la boule exploserait, ce serait sans doute son foyer qui subirait, lui aussi, le même sort. Ou son équilibre précaire, celui qu'elle essayait de maintenir depuis la rentrée, se convainquant que cette période des fêtes en famille leur ferait le plus grand bien et leur permettrait de se souder à nouveau.

— Quoi ? Qu'est-ce que tu dis ? souffla-t-elle, les larmes aux yeux, serrant les poings dans ses ridicules gants en plastique qui crissaient sous l'effort.

— Hé, la martyre, tu ne vas pas pleurer ! C'est moi, le méchant, c'est ça ? Tu aimes bien qu'on te plaigne, hein ! Max qu'est-ce qu'il est méchant, il ne fait rien dans la maison, mais RIEN. Max, ton placard, Max, tes chaussettes... Et c'est moi qui emmène les enfants à l'école, et c'est moi qui appelle la baby-sitter... Non mais tu t'entends avec tes copines ? Si tu n'aimes pas ta vie, dis-le ! Il est encore temps d'en changer, ma grande. On n'est plus au dix-neuvième siècle, tu sais ? Je pense que tu gagnes assez d'argent pour faire ta petite vie toute seule sans ton gros boulet de mari qui ne range pas ses slips. Maintenant qu'il t'a engrossée deux fois comme dans tes rêves d'ado. C'est pas ça que tu voulais ? Deux enfants et un bel appart ? C'est pas ce que tu as ? Et ton job ! Tu n'arrêtes pas de nous prendre la tête avec ton job. Mais c'est toi qui l'as voulu, ce putain de poste !

Il reprit son souffle, s'approcha d'elle et la regarda droit dans les yeux avant de continuer :

— Réfléchis bien à ce que tu fais, Mathilde. Je ne suis peut-être pas parfait, mais toi non plus ! Et si tu n'es pas un tout petit peu plus gentille avec moi, tendre et détendue, ça va pas le faire.

Et il partit vers la salle de bains, nu comme un ver, en répétant :

— Pas le faire, non !

Elle resta là, dans ce couloir encombré de jouets et de baskets vintage, dans son affreux tablier « C'est qui le chef ? », tandis que derrière elle Théo déboulait couvert de feutre.

— Maman ! Martin il a tout dessiné sur ma tête, regarde ! Maman ! Maman, mais tu m'écoutes ?

Une larme roula sur sa joue, puis deux, puis un flot intarissable malgré ses efforts surhumains pour ne pas pleurer devant les enfants. Sans le regarder, elle demanda à Théo d'aller régler ça avec son père. Puis elle entra dans la chambre d'amis, celle dans laquelle Max dormait de plus en plus souvent, et qu'elle devait préparer pour sa belle-mère, et claqua rapidement la porte. Les rideaux tirés, la pièce était sombre. Assise sur le lit, elle ouvrit les vannes et laissa couler ses larmes, bientôt accompagnées de couinements pathétiques, se mouchant comme elle pouvait dans son tablier, le souffle court. Elle peinait à retrouver sa respiration. Prit-elle du plaisir à pleurer sur elle-même ? À s'extraire de son corps pour contempler cette presque quadra avachie sur un petit lit, les hanches trop larges, les seins trop lourds, engoncés dans son tablier de ménagère, qui voyait son couple s'éroder méchamment sans savoir que faire ? Combien de temps la scène dura-t-elle ?

Longtemps, lui sembla-t-il.

Mais les larmes finissent toujours par se tarir.

Alors, hébétée comme après une bataille, elle scruta longuement le vide, détaillant sans y réfléchir les motifs du papier peint, recouvrant peu à peu une respiration plus calme, bien qu'entrecoupée de quelques sanglots restés prisonniers.

— Mathilde ? Mathilde ? Elle est où, maman ?

— Je sais pas ! Elle est cachée, tu crois ?

— Mathilde ! Je dois y aller !

Il était temps pour elle de sortir de ce huis clos confortable. De les affronter. De l'affronter lui, surtout. Lui et son regard sans compassion. Quand elle essaya de voir son reflet dans l'un des cadres qui ornaient la petite bibliothèque au-dessus de la tête de lit, son visage flou se superposa à leurs silhouettes à tous les quatre, souriants devant un bateau. Sa crise de larmes l'avait ravagée. « Un désastre », aurait dit Lucie. Elle se tapota les joues, il ne fallait rien laisser paraître. Surtout devant les enfants. Il ne le lui pardonnerait pas, d'autant qu'il ne faisait pas partie de ces hommes que les larmes féminines attendrissent. Au contraire, ça avait toujours eu le don de le mettre en boule. Même au début. Même quand il l'aimait. Est-ce qu'il ne l'aimait plus ?

Alors qu'elle remettait rapidement quelques mèches de cheveux en place, son regard fut attiré par un petit morceau de papier plié avec application, posé juste à côté du cadre. Un numéro de téléphone ? Max aurait-il une maîtresse ? Aujourd'hui, plus personne ne notait les numéros de téléphone sur des bouts de papier. Ce que tu peux être vieille France, ma pauvre Mathilde ! Curieuse, elle l'ouvrit et eut aussitôt un mouvement de recul. À l'intérieur, un minuscule tas de poudre blanche, fine, cristalline, reposait dans son emballage de fortune. Vite, elle le referma, en tremblant, le remit à sa place et, en pilote automatique, ouvrit la porte. Aveuglée par la lumière qui lui fit plisser les yeux quelques secondes, elle annonça :

— Oui, je suis là ! Maman est là !

9

— Faut que tu l'appelles ! Ou envoie-lui un mail !

— J'ai tellement peur, Lucie.

— Arrête d'avoir peur, hein ! Tu pensais qu'à la télé tu allais être minable et ils viennent de t'embaucher. Tu as le droit de demander à passer Noël avec ta fille. Qui est-ce qui s'est barré avec une pétasse prépubère ? C'est toi, peut-être ? Pas sûr qu'il ait besoin de baisser encore la moyenne d'âge de son réveillon. Et puis c'est tout vu, non ? Il ne t'a jamais appelée pour te le demander. Donc tu passes Noël avec Laura, chez nous, comme prévu. Tu veux que je l'appelle, moi, ce gros con ? Je me ferais un plaisir.

— Non non, je vais le faire… Et ce n'est pas un gros con.

Lucie et Alice tentaient de se frayer un chemin dans les grands magasins bondés, surchauffés et trop bruyants en cette veille de Noël. Elles s'étaient donné rendez-vous en fin de matinée pour terminer ensemble leurs achats avant d'aller grignoter quelque chose au restaurant du sixième étage du Printemps Haussmann. Elles étaient arrivées depuis une bonne heure déjà mais arpentaient encore, désespérées, celui des jouets encombré de parents affolés devant les ruptures de stocks pourtant annoncées depuis des semaines dans les journaux télévisés.

— Plus de camion Barbie ! Non mais, tu te rends compte ? Marguerite va devenir folle ! Tout ça c'est à cause de ce foutu site Internet. J'ai validé ma commande le 28 novembre, c'était confirmé ! Et ils me renvoient un mail avant-hier pour me dire qu'elle est annulée parce que l'objet est en rupture de stock ! J'ai essayé de les appeler, tu imagines bien que c'est impossible. Des Allemands invisibles. Je paierais des centaines, non des milliers d'euros pour ce foutu camion Barbie… Bonjour, madame. À tout hasard, vous n'auriez pas en réserve quelques camions Barbie ? Ou même un seul.

— Ah non, le camion Barbie est en rupture de stock. Mais on va en recevoir… Attendez… Oui, monsieur ? Non, on n'a plus de toupies Beyblade, essayez aux Galeries sait-on jamais. Donc le camion on en recevra le 7 janvier ! Je vous en commande un ?

— Le 7 janvier ? Mais qu'est-ce que vous voulez que ça me fasse ? Je vais dire quoi à ma fille, que le Père Noël a eu des petits soucis de logistique ? Qu'il décale sa livraison ? Vous pouvez regarder où le trouver ? Même cher ?

— Essayez La Grande Récré, sait-on jamais…

— Donc, vous n'en avez aucune idée. Et sur votre machine, là, vous ne pouvez pas tracer l'objet ? Savoir où il en reste encore ? Il y a bien quelqu'un dans Paris qui a un exemplaire de ce putain de camion ?

— Non, madame. C'est impossible, désolée…

— C'est ça. Bravo les grands magasins ! Chaque année c'est la même chose. Quand vous apprendrez à anticiper les ruptures… Allez, viens, Alice. On laisse tomber. Tu voulais aller où, toi ?

— Il faut que je trouve un cadeau pour Max.

— Comment ça « pour Max », tu vas lui offrir un cadeau ?

— Je dîne chez eux demain pour le Noël des marraines, il me faut bien un cadeau pour tout le monde quand même.

— Achète-leur un truc pour tous les deux. Un objet de déco. Ou prends-lui un taser pour le réveiller.

— Lucie !

Faussement choquée, Alice sourit à la pique de son amie, avant de reprendre :

— J'ai déjà un cadeau pour Mathilde.

— C'est quoi ?

— Une séance chez mon coiffeur. Ça coûte un bras, mais ça change la vie. Et comme j'ai l'impression que ça ne va pas fort en ce moment, je me suis dit que ça lui ferait du bien.

— Ah oui ! Extraordinaire, ton nouveau look pour une nouvelle vie ! Et dire qu'il aura fallu dix minutes à deux gourdasses de la télé pour t'envoyer chez Robin, alors que je te tanne avec ça depuis des mois ! En tous cas, tu es sublime. Dommage que ce petit con d'Adrien ne voie pas ça. Enfin, bientôt, il pourra regarder tout ce qu'il a perdu sur son petit écran. Avec sa petite meuf, dans le petit appart de sa toute petite vie.

— Arrête, t'es bête ! Et ce n'est pas un gros con.

— J'ai dit : un petit con. Bon allez, viens, on va acheter un tire-bouchon au gros con de moustachu et aller manger. J'ai trop faim. Ces lourdeurs m'ont ouvert l'appétit ! Sinon, à propos de Mathilde, tu disais quoi ? Tu penses que la situation est pire que d'habitude ?

Une heure plus tard, elles s'installaient dans la salle de restaurant, sous la sublime coupole de vitraux et face aux petites fenêtres qui permettaient d'admirer un Paris de carte postale sous la neige, illuminé de toute part par les guirlandes, les décorations et les boules rouges du boulevard Haussmann. Les tables étaient encombrées de femmes qui, pour la plupart, venaient comme elles se reposer quelques précieuses minutes avant d'entrer dans l'arène familiale. Elles étaient entourées de gros sacs remplis de boîtes volumineuses, ou de plus petits paquets cartonnés, précieux, fermés par de jolis rubans de satin, recelant bijoux, boutons de manchette ou maroquinerie de luxe qu'elles offriraient à leurs époux, belles-sœurs, filles ou elles-mêmes, préférant, après des années de surprises loupées, prendre les devants et s'acheter leur propre cadeau. Lucie était assise sur son épais manteau de fourrure, dans lequel elle avait glissé sa chapka et ses gants de cachemire. Prête au combat, et alors qu'elle parcourait déjà distraitement la carte, elle lança à Alice :

— Envoie-lui un message.

— Non, je vais l'appeler.

— Tu es sûre ?

— Oui. Avec un peu de chance, je tomberai sur son répondeur. Je laisse un message pour « confirmer » que je prends bien Laura ce soir, et c'est plié. Je n'en peux plus, des textos.

— Appelle direct le répondeur dans ces cas-là.

— Ah bon, on peut appeler direct le répondeur ?

— Non mais tu sors d'où ? Évidemment ! Tout le monde sait ça. Tu fais comment quand tu veux décommander quelqu'un à la dernière minute ? Ou dire que tu es en retard sans te faire incendier ? Tiens, voilà le code. Tu le composes, et ensuite le numéro puis tu enregistres ton message.

Tout étonnée par tant de modernité, Alice composa le précieux code et sentit sa main trembler quand la voix d'Adrien lui murmura à l'oreille qu'il ne pouvait lui répondre pour le moment. Après le bip strident, elle se lança, fébrile :

— Allô, c'est moi. Euh… Alice. Oui voilà. Je voulais te confirmer que Laura passait la soirée avec moi. Enfin, nous. On va chez Lucie et Christophe, comme l'année dernière. Je te la laisse demain midi. Laura. Pour que vous alliez chez tes parents, je crois. C'est ce qu'elle m'a dit. Tu les embrasseras pour moi, d'ailleurs. Enfin, fais comme tu veux. Voilà. C'est tout. Joyeux Noël.

Elle raccrocha.

Et se tourna vers la mine déconfite de Lucie.

— « Fais comme tu veux » ? Alice, la prochaine fois, c'est moi qui laisse le message. Tu n'as fait aucun progrès depuis tes treize ans, tu le sais ?

— À ce point ?

— Non, non, ça passe… De toute façon, c'est fait ! On est débarrassées, tu n'y penses plus et on peut passer une bonne soirée. En attendant, éteins-moi ce téléphone, on ne sait jamais.

Alors qu'Alice s'apprêtait à obéir aux ordres de son coach, son portable se mit à sonner. Sur l'écran apparut le visage souriant d'Adrien. Elle n'avait pas pris la peine de changer la photo associée à son contact. Cette irruption d'un passé heureux au milieu des tensions actuelles était particulièrement incongrue.

— Ne réponds pas !

— Mais si, il le faut bien…

Et Alice détala hors du restaurant pour s'isoler et ainsi mieux entendre son ex, mais surtout éviter le regard courroucé de Lucie. Celle-ci préféra commander, convaincue que cette conversation durerait bien plus que quelques minutes.

— Apportez-nous aussi une bouteille de pouilly-fuissé bien fraîche, s'il vous plaît. On va en avoir besoin…

10

— Les garçons, vous allez ouvrir à tata Alex ?

Théo et Martin s'élancèrent dans le long couloir, surexcités à la perspective de recevoir leurs cousines en ce soir de Noël. Théo, surtout, qui avait maintenant l'âge de savourer ce moment magique et s'était promis de ne pas s'endormir avant que le Père Noël lui dépose dans ses petits chaussons-chaussettes tous les cadeaux qu'il lui avait commandés – sur Internet, époque oblige.

— C'est qui ?

— Les cousines !

Les cris redoublèrent alors qu'Alexandra, la sœur de Mathilde, investissait l'appartement, accompagnée de son mari Jérôme et de leurs deux filles, Louise et Bianca, cinq et trois ans – soit quasiment le même âge que les garçons. Tirant leurs petites valises à roulettes rose pailleté, les fillettes foncèrent vers la chambre de leurs cousins, encore engoncées dans leurs épais manteaux d'hiver, leurs bonnets et petites moufles virevoltant au bout d'une ficelle, tandis que leurs parents cherchaient des yeux les maîtres des lieux.

Mathilde apparut et se jeta au cou de sa sœur.

— Enfin, tu es là ! Je deviens folle ! Hello, mon beauf' ! Tu es bien beau, dis-moi !

— Merci. Melindagloss !

— Qui c'est, celle-là ?

— C'est la marque de ses fringues. Il ne s'habille plus que là-bas. Max n'est pas là ?

À l'évocation du nom de son époux, le sourire de Mathilde s'éteignit brusquement, ce que ne manqua pas de remarquer Alexandra. Plus âgée de deux ans seulement, elle était la meilleure amie de Mathilde, par-delà les autres liens qu'elle avait pu tisser au cours de sa vie. Très proches, les deux jeunes femmes s'appelaient tous les jours et n'avaient aucun secret l'une pour l'autre. Alex connaissait les problèmes de couple de sa sœur, Diego, les projets foireux, mais aussi le nom de la maîtresse du grand et les menus de la crèche du plus petit. Si elle avait une réelle affection pour Max – qu'elle avait présenté à sa petite sœur après l'avoir rencontré lors d'un séminaire professionnel –, Alexandra ne pouvait que constater son changement de comportement et, surtout, le mal-être de Mathilde, auquel elle aurait tant aimé remédier. Elle aussi espérait que ces vacances de fin d'année arrangeraient les choses entre eux, mais Jérôme, lui, se montrait bien plus sceptique. Cardiologue débonnaire et toujours de bonne humeur, ne donnant que rarement son avis sur les questions familiales, il avait pourtant tranché quelques jours auparavant. Alors qu'Alexandra déplorait une fois de plus la situation dans laquelle sa sœur se débattait, tentant de maintenir à flot ce radeau qui prenait l'eau chaque jour davantage malgré ses efforts, il avait levé ses yeux de son ordinateur, retiré ses lunettes en écaille pour les essuyer, et lâché un sentencieux : « C'est mort. » Devant ce sinistre présage, Alex avait bien tenté d'obtenir des explications mais Jérôme s'était contenté de soupirer, arguant que c'était comme ça, que c'était triste, qu'elle verrait bien. Le médecin comptait parmi ses qualités une grande sensibilité aux êtres, à leurs caractères et à leurs désirs secrets, c'est pourquoi Alex s'était rangée à son avis, redoutant à l'avance les conséquences de ce verdict.

Pour l'heure, elle avait décidé qu'ils passeraient un joyeux réveillon en famille et que ni Max ni personne ne les en empêcheraient. Elle partit donc à sa recherche pendant que Jérôme ôtait à ses filles leurs manteaux et que les quatre cousins s'appliquaient à démonter la jolie chambre fraîchement rangée.

— Max ? appela-t-elle.

Celui-ci surgit au même moment dans le couloir, visiblement gêné.

— Salut, Alex. Vous êtes déjà là ? Il est quelle heure ?

— 19 heures. Ta maman est là ?

— Oui, dans sa chambre, elle se repose. Tu sais, ça n'est plus comme l'année dernière, vous n'allez pas la reconnaître. Ça va à une vitesse la déchéance, à cet âge-là… (Puis, pensif, il reprit comme pour lui-même :) C'est là que tu te dis qu'on a intérêt à en profiter tant qu'on est jeunes.

— Oui, tout dépend de ce qu'on entend par « profiter ». Et puis, tu as encore ta maman, réjouis-toi. Bon, si on allait s'ouvrir une bonne bouteille de champagne pour se mettre en condition ? Jérôme a apporté du Ruinart, ses patients l'en ont couvert, cette année !

Dans le salon, Jérôme était penché sur les nombreux cadres qui ornaient la pièce. Vacances au soleil où tous les huit posaient, bronzés et hilares, devant des crabes plus gros qu'eux. Les mêmes au ski, engoncés dans des combinaisons aujourd'hui démodées ; les enfants moins nombreux et si petits ; eux si jeunes et confiants, encore, en leur avenir forcément radieux. Mathilde enceinte de Martin, sereine, souriant amoureusement au photographe, Max en l'occurrence, alors qu'il capturait pour l'éternité cet instant de félicité. « Arrête, regarde, je suis énorme ! » protestait-elle alors. « Tu es belle », lui répondait-il invariablement.

Puis étaient venus les nuits sans sommeil, les bronchiolites de Martin, l'asthme, les heures passées aux urgences à attendre qu'on veuille bien s'occuper d'eux, les week-ends où chacun se répartissait les enfants aux horaires décalés, réduisant ainsi peu à peu les moments passés ensemble. Et ensuite le chômage de Max.

— On a changé, hein ?

Jérôme sursauta.

— Salut, Max. Oh non, pas tant que ça. C'était il y a trois ans à peine.

— Et moi j'ai l'impression que c'était il y a un siècle. Le temps ne nous fait pas de cadeau.

— Ambiance…, marmonna Alex, avant de reprendre, plus fort : Bon, on boit ?

— Avec plaisir ! répondirent Max et Jérôme en chœur, trop impatients de réchauffer enfin l'atmosphère glaçante qui planait sur cette soirée de fête.

Ils se rendirent tous à la cuisine pour aider Mathilde et préparer l'apéritif. Alex admira la sublime décoration concoctée par sa sœur, toujours aussi perfectionniste. La table rappelait celle des magazines de déco dont elles se gavaient, petites, se promettant d'avoir un jour un bel appartement comme ceux qui ornaient les pages glacées qu'elles caressaient avec précaution. Et Mathilde avait fini par avoir tout ça, son salon Roche Bobois, sa table de ferme, ses assiettes Sentou, son papier peint scandinave, son tapis Caravane, son parquet, ses moulures, sa cheminée. Mais aujourd'hui, il semblait que ce bonheur de catalogue ne soit plus qu'un cache-misère.

Pourtant, un observateur non averti se serait pâmé devant ces quatre beaux jeunes adultes sur leur trente et un, une coupe de champagne à la main, autour d'un festin aux odeurs enchanteresses. Petits canapés maison, saumon fumé tranché, blinis et même caviar acheté via son CE, Mathilde n'avait rien laissé au hasard. Dans le four, un énorme chapon rôtissait tout doucement tandis que plusieurs purées attendaient sagement la fin de la cuisson de la volaille.

— On fait manger les enfants ?

— Oui, tu as raison, débarrassons-nous de ça. Tu leur as prévu quoi ?

— Des pâtes et du poulet. Je me suis dit qu'ils s'en fichaient pas mal d'un repas de fête, non ? Autant qu'ils mangent.

— Ça… Louise est pâtomaniaque et Bianca ne se nourrit que de pain. On ne peut pas dire qu'elles me coûtent cher. J'essaye, parfois, de leur faire manger des légumes ou de la purée mais ça vire au drame, il y en a pour des heures et j'en sors lessivée ! Je laisse ces joyeux moments aux dames de la cantine. Moi, je n'ai plus le courage et je les vois si peu que je préfère les câliner que de me battre avec elles.

— On est bien d'accord. Tu vas les chercher ? En attendant, l'un de ces beaux messieurs pourrait-il ouvrir les huîtres ?

Max ne broncha pas tandis que Jérôme retirait sa veste, et remontait les manches de sa chemise. C'est vrai qu'il était beau, le mari d'Alex. Très mince, contrairement à la plupart des papas que Mathilde croisait le matin à l'école, dont beaucoup accusaient les grossesses plus encore que leurs épouses, entassant les kilos, année après année, sans espoir de retour en arrière. Élégant, Jérôme portait la raie sur le côté, des lunettes dont il ne se séparait jamais et d'élégants costumes très *british*, qui le démarquaient du look ado de Max et ses éternels jeans. Tandis qu'elle admirait son beau-frère et sa classe à la Hugh Grant, Mathilde se rendit soudain compte qu'elle-même ne s'était pas encore changée. Elle abandonna donc aux hommes la volaille et courut vers la salle de bains, consciente qu'elle n'aurait que peu de temps pour éblouir ses hôtes voire, ô miracle, son mari. En chemin, elle croisa Alexandra suivie d'une troupe de nains braillards en pyjamas dont la plupart revendiquaient gaiement n'avoir « pas faim sauf pour du dessert ! ».

— Bonne chance, lui glissa-t-elle. Je vais me changer.

— T'inquiète. Prends ton temps.

Puis elle marqua un temps d'arrêt, attrapa joyeusement au passage les menottes de ses monstres, les emprisonna fermement avant de couvrir leurs petits visages de baisers passionnés.

— Mais, maman, laisse-nous ! riaient-ils, tentant désespérément de lui échapper.

— Non, je ne vous laisserai pas vous échapper, mes amours !

Dans sa voix, toute cette tendresse, immense, qu'elle tentait souvent de masquer sous un cynisme de *working girl*, était perceptible – ce dont Alexandra savait qu'il n'était que façade. Sa vie, c'était ses garçons. Bien plus que Max, bien plus que son boulot, bien plus que toutes ces emmerdes dont elle pensait parfois que c'étaient elles qui la constituaient.

Puis Mathilde s'engouffra dans la chambre.

Devant le miroir ancien que lui avait laissé son père avant de prendre le large vers des aventures bien plus trépidantes que celles de grand-papa gâteau, Mathilde examina son reflet. La faute à ce temps, qu'on lui avait laissé, pour une fois, de constater l'étendue des dégâts. Serrée dans ses sous-vêtements trop vieux, elle faisait peine à voir. Elle s'en voulut d'avoir cédé, une fois encore, à ses obligations maternelles, préférant laisser la priorité, sur sa *to do list*, à « acheter camion pompier » plutôt qu'à « acheter sous-vêtements sexy », qui y trônait – ou plutôt traînait – depuis la rentrée. Des bourrelets dépassaient dans son dos sous l'attache du soutien-gorge. Elle les haïssait, les attrapa avec ses poings, serrant avec rage et sans aucune compassion cette chair épaisse, grasse et bien méritée – car après tout, elle n'avait qu'à faire du sport comme les mamans stars des magazines. Feignasse ! Grosse et moche ! Ou arrêter de s'empiffrer le soir venu, seule devant des émissions débiles pendant que ses fils dormaient et que son mari faisait on ne savait quoi dans les bars du quartier. Son ventre pendait, lui aussi. Vidé des encombrants occupants qu'il avait abrités des mois durant, il n'avait jamais retrouvé sa fermeté d'antan. Ses hanches étaient larges, striées de ces vergetures qu'elle avait pourtant bravement combattues pensait-elle, se tartinant chaque jour de crèmes censées repousser cette fatalité de la grossesse. Pourtant, elles étaient là, témoins du chaos que sa carcasse fertile avait enduré, des modifications pas si anodines que lui avaient imposées ces bébés installés en son sein. Ils avaient appuyé sur ses intestins, poussé les organes, détendu sa peau, provoqué des diarrhées, pressé sa vessie, la contraignant à se rendre aux toilettes jusqu'à cinq fois chaque nuit, entrecoupant son sommeil avant même qu'un nourrisson ne s'en charge par la suite. Puis ils avaient forcé ses entrailles, déchiré ses lèvres, emportant dans un flot de liquide visqueux, de sang et de merde, des corps étrangers qu'elle avait préféré ne pas regarder. Et tous, ils s'étaient réjouis pour elle. Tu es maman, c'est si beau ! Qu'il est mignon, ce petit vieux tout fripé, ce bébé grimaçant si minuscule dans ses pyjamas zéro an mais si gros en elle et son corps douloureux.

Enceinte, les passants, les vendeuses, les dragueurs de rue, et même les voisins de strapontins du métro, tous, ils avaient fini par adopter une attitude bienveillante, couvant du regard le joli ventre rond, dernier miracle d'une civilisation robotisée. Ils lui avaient laissé leur place, fait griller les queues, offert une chaise pour se reposer, souri pour rien, posé mille questions sur son état, sur le sexe de l'enfant, sur sa fatigue, certainement si prégnante et son courage ; il fallait qu'elle se ménage, surtout ! Mais lorsque le bébé avait quitté son habitacle, elle s'était retrouvée seule devant ce champ de bataille, supportant vaillamment les coups de séchoir sur ses épisiotomies, les grosses serviettes périodiques, le lait qui suinte dans le soutien-gorge qu'on dégrafe sans l'enlever pour nourrir l'enfant, et qu'on ne prend plus soin de retirer, le soir venu. Et, du jour au lendemain, elle avait souffert le brusque désamour de ses protecteurs d'hier ; soudain, ils ne l'avaient plus remarquée, la bousculaient, bougonnaient devant sa poussette, jugeant sans pitié ce ventre vide mais trop replet pour eux. Plus personne ne lui avait demandé si elle était fatiguée, si elle souffrait dans sa chair. Personne ne lui disait plus qu'elle était courageuse, alors que la douleur avait commencé là, après que le petit être eut fini son forfait et qu'elle constate, impuissante, ce qu'il avait fait subir à cette location saisonnière pour laquelle il n'avait même pas versé de caution, et qu'elle devrait réparer elle-même, à ses frais.

La culotte qu'elle portait ce soir de Noël, plus de deux ans après la naissance de Martin, elle l'avait achetée au rayon grossesse d'un supermarché. Large, en coton, elle couvrait alors ses fesses épaissies et son ventre plein. Depuis, elle avait investi ses tiroirs et faisait partie de ses préférées puisqu'elle lui offrait un confort appréciable quand les tangas d'antan lui sciaient l'entrejambe jusqu'au soir, sans promesse que Max le remarque même. Grosses cuisses ou pas, elle devait rapidement trouver une tenue et rejoindre les autres. Son armoire lui paraissait terne, démodée. Il est vrai qu'à part ses sobres tenues de bureau – des pantalons de tailleur sombres, des chemises cintrées et des petits pulls unis –, elle avait peu acheté pour elle-même, ces dernières années, préférant chaque fois garnir un peu plus les tiroirs des enfants. Elle sortit quelques robes, qu'elle enfila en transpirant, s'acharnant sur le tissu bon marché pour tenter de s'y glisser. La plupart, trop étroites, lui donnaient l'air d'un gigot. Mince, le chapon, pourvu qu'ils le surveillent ! Elle se surprit à espérer que Max l'ait effectivement oublié et que tous soient témoins de son absence de responsabilités. La peau brûlée de l'animal serait le signe manifeste de son incompétence.

Une fermeture Éclair craqua ; elle était coincée dans la robe rouge de Noël dernier. Aveuglée par les tissus, elle suffoquait, tirait, et retirait sur les manches en synthétique qui lui sciaient les bras. Lorsqu'elle parvint enfin à s'en extraire, elle vit que ses sourcils étaient sens dessus dessous, et que son mascara avait coulé sur ces cernes qui ne la quittaient plus depuis quatre ans.

— Mathilde ?

— Entre.

Alexandra passa la tête dans l'entrebâillement de la porte.

— Qu'est-ce que tu fabriques ? On t'attend pour l'apéro. Et pour ta belle-mère, on fait comment ?

— J'arrive…

— C'est quoi ce tas de vêtements ?

— Je ne rentre plus dans rien. Tout est moche de toute façon. Non mais de quoi j'ai l'air ! Bientôt, les gens penseront que je suis la mère de Max ou la nounou acariâtre des enfants.

— Arrête, t'as juste un peu grossi, c'est tout. Je vais te coacher, moi, tu vas voir ! Tant qu'il ne s'agit que de kilos, rien n'est perdu. Tiens, regarde celle-là, elle est très bien, non ?

— Elle fait mémère.

— Mais non ! Allez, tu me fais plaisir tu l'enfiles, tu mets de jolis souliers et tu nous rejoins ! De toute façon on est entre nous, on ne va pas à la cérémonie des César. Et puis tu te souviens de ce que disait mamie sur les chaussures ? Avec de beaux escarpins, n'importe quelle tenue est sublimée.

Mathilde soupira, puis se reprit. Parce qu'il le fallait bien, ça n'était vraiment pas le soir pour flancher. Demain, pourquoi pas. Ou la semaine prochaine. Mais pas ce soir.

— Tu peux aller chercher Mamé, s'il te plaît, et lui dire qu'on va commencer ? Et les enfants, ça s'est bien passé ?

— Génial, ils ont mangé chacun trois penne et demi, engouffré leurs Flanby et foncé dans leurs chambres continuer leur entreprise de démolition. On ne les reverra pas de sitôt.

— Merci, sœurette.

Mathilde se blottit contre son aînée, et huma l'odeur si familière de cette femme qu'elle connaissait depuis toujours, et avec laquelle elle avait traversé, bon gré mal gré, toutes ces décennies.

Dans le salon, tout le monde était assis autour du grand plateau à apéritif qu'elle avait préparé plus tôt dans l'après-midi. Dans la cheminée, le feu crépitait, les petits souliers des enfants étaient déjà alignés devant l'âtre, ainsi qu'une chaussure de Max et une des siennes que les garçons étaient allés chercher dans leurs placards. Les larmes lui montèrent aux yeux devant la délicatesse de ce geste enfantin. Le sapin, lui, clignotait devant la haute fenêtre, laquelle donnait sur le balconnet qu'ils appelaient terrasse parce qu'on pouvait y mettre, l'été, une petite table et deux chaises – ils s'y installaient, autrefois, en rentrant du boulot pour se raconter leurs journées. Malgré la buée qui recouvrait les vitres, on apercevait les appartements mitoyens où d'autres familles étaient également réunies. Mathilde vint s'asseoir à côté de Max, lui-même installé près de Jérôme, avec lequel il devisait gouvernement et crise du logement. Timidement, elle lui prit la main, ce qui le fit sursauter. Quand elle pressa sa paume contre cette peau qui lui manquait, lui confirmant ainsi qu'elle ne l'avait pas frôlé par hasard, Max lui jeta un regard étonné. Puis il remarqua sa tenue, les jolies chaussures à talons, qu'elle s'était offertes aux soldes de l'hiver précédent, et sembla apprécier l'effort puisqu'il lui sourit. Une onde de soulagement la parcourut alors qu'elle prenait la mesure de la distance qui s'était installée entre eux pour qu'un simple sourire ou une caresse la mette dans un tel état.

La soirée pouvait commencer.

11

C'était la première fois qu'Éva voyait Alice pleurer et, étant peu encline aux contacts physiques, elle ne savait que faire pour la réconforter. Il lui aurait fallu une Lucie, qui l'aurait prise dans ses bras, lui frottant vigoureusement l'épaule en lui assurant que tout allait s'arranger. Éva était passée lui apporter son cadeau au restaurant avant de prendre la route avec Vincent pour la maison de ses parents. Elle avait tout d'abord été intriguée par l'humeur maussade d'Alice, habituellement si attentionnée qu'elle ne laissait jamais transparaître ses émotions par peur de gêner son interlocuteur.

— Il y a un problème ? avait osé Éva.

Depuis, Alice sanglotait dans la salle vide du restaurant fermé pour les fêtes. Adrien l'avait appelée, en exigeant qu'elle lui laisse Laura pour la soirée du réveillon.

— Mais il a amené ça comment ?

— Il était ignoble. Je ne comprends pas, il y a deux semaines, il m'avait envoyé un SMS pour me dire que je lui manquais ! Et là il m'a attaquée directement. Pas un « ça va ? », rien. Juste : `Alice, c'est mon tour d'avoir Laura cette année.` Alors, on en est là ? On coupe notre enfant ? On se la partage comme une marchandise achetée à deux ? Toi, t'as Noël, toi t'as Pâques… Ah non, c'est dégueulasse, Pâques c'est nul. OK, alors file-la-moi à la Toussaint. C'est sinistre. Si j'avais su.

— Si tu avais su quoi ? Tu n'aurais pas fait d'enfant, peut-être ? Ou tu en aurais fait deux pour que chacun ait le sien ?

— Non… Bien sûr. Mais je suis toute seule, tu comprends ? Laura c'est toute ma vie, mon bébé, ma sœur, ma copine. Passer Noël sans elle c'est si douloureux. Si douloureux…

Alors Alice se moucha, prit une profonde respiration et sembla repousser loin ces pensées sombres, puisqu'elle fixa brusquement Éva et osa la question qui la taraudait si souvent, et qu'elle évitait jusque-là de lui poser par peur de mettre en danger leur relation :

— Et Vincent, il sait quelque chose ?

— Alice…

— Je sais, on s'était promis de ne pas en parler.

— Vincent est l'un des meilleurs amis d'Adrien, tu le sais bien. Je ne peux pas l'empêcher de le voir. En revanche, il est hors de question que moi je croise ce gros con. On a décidé de ne pas s'en parler, Vincent et moi. Je sais qu'il a déjà rencontré la fille, mais une seule fois. Ils ne se sont pas spécialement parlé. J'aimerais pouvoir lui demander de raisonner Adri, mais tu connais les mecs.

— Pas sûr que je connaisse quoi que ce soit aux hommes…

Les deux femmes laissèrent en suspens cette vérité qui les accabla une nouvelle fois après toutes ces années passées à essayer de comprendre le sexe opposé sans jamais y parvenir. Pis, il leur semblait parfois que plus le temps passait, plus elles peinaient à s'expliquer le mécanisme de pensée et de comportement de ces êtres étranges et fascinants qui faisaient battre leur cœur autant qu'ils le brisaient parfois.

Éva elle aussi avait les larmes aux yeux, consciente de la souffrance indicible de son amie. Foutus divorces, foutus bonshommes ! Et son bébé à elle ? Est-ce qu'elle allait le partager un jour avec Vincent ? Le lui coller en juillet parce qu'elle y avait « eu droit » en février ?

— Et tu vas aller chez Lucie et Christophe quand même ?

— Non, je ne peux pas. Je vais m'emporter quelques trucs des cuisines, rester sous la couette et attendre que ça se passe.

— Non, Alice, s'il te plaît ! Tu ne vas pas passer Noël toute seule dans ton lit, voyons !

— Si si, je te jure, je préfère. Je ne veux pas être la copine solitaire qu'on met en bout de table. Lucie et Christophe seront avec les filles,

les grands-parents et le bébé, qu'est-ce que je viendrais fiche là, moi ? Demain sera un autre jour. Il faut juste qu'il arrive, et vite.

— Il t'a dit autre chose, sinon ?

— On a un peu parlé. Je lui ai dit pour la télé, il avait l'air content pour moi. Mais qu'il soit content pour moi, ça me fait encore plus mal, je crois. Ça veut dire qu'il a vraiment tourné la page, qu'il n'est même pas jaloux.

— Ça va, tu ne lui as pas annoncé que tu te mariais non plus.

— Il a dit qu'ils passeraient la soirée tous les trois, lui, Laura et la pute. C'est dégueulasse.

— Merde… Tu veux un Lexo ?

— Non, tu sais bien… Bon, assez parlé de moi ! Et toi alors ? Tu dois être tellement excitée ! Ça va ? Le bébé va bien ? Tu as vu ton médecin ? Tu as dû faire l'écho des trois mois ?

— Non, pourquoi tu dis ça ? Je suis enceinte de deux mois. Je suis tombée enceinte en octobre. Sur mon cycle d'octobre.

— Ah oui ? J'étais persuadée que ça datait de septembre. Ça commence à se voir pas mal, pour deux mois.

— Alice…

— Quoi ?

— Il faut que je te dise quelque chose.

12

— Ça vous plaît, Mamé ? Le chapon ?

— Le poulet ?

— Oui, enfin c'est un chapon, vous savez ? Vous adorez ça ! Je l'ai commandé exprès chez mon boucher.

— Un peu sec.

— Il est très bon, ton chapon, Mathilde. On se régale ! Vous avez prévu de faire des bagels originaux d'ailleurs dans votre sandwicherie ? reprit Alexandra à l'adresse de son beau-frère.

— Comment ça, originaux ?

— Je ne sais pas. Au chapon, au homard, à la pata negra, sans pain…

— Non. Enfin, on n'y a pas réfléchi. Pourquoi, tu penses qu'on devrait ? Toi aussi tu vas me dire que des trucs de bagels il y en a partout et que je vais me planter ?

Max avait trop bu. Son débit de paroles était décousu, et il peinait à articuler correctement tandis qu'il s'adressait avec agressivité à sa voisine de table. Le début du repas s'était à peu près correctement déroulé. La conversation avait tourné autour des réunions de parents d'élèves, de la cantine scolaire, des problèmes de transport, des impôts toujours trop élevés malgré les parts acquises grâce aux chères têtes blondes et des derniers potins repérés sur Internet. Ils avaient cependant descendu quatre bouteilles de vin depuis le début du repas, alors que Jérôme buvait peu, et que Mathilde n'avait pas goûté à celle que Max venait de rapporter à la cuisine, vide, d'une démarche maladroite.

— Pas du tout, Max ! On est à fond avec toi, voyons ! tenta de temporiser Alex, qui lançait des regards désespérés à sa sœur.

— C'est ça, ouais. Des bagels originaux. Les sœurs, vous m'aurez tout fait.

— Ah, toi aussi ? se risqua Jérôme, tout sourire.

Et le silence retomba sur la grande tablée clignotante, tout juste entrecoupé par les bruits de fourchettes raclant les assiettes gravées à leurs initiales, vestiges de leur trousseau de mariage, et des bruits de succion gênants que faisait la mère de Max, totalement absente de la conversation. Ce fut pourtant elle qui la reprit :

— Vous accouchez quand, Corinne ?

— Moi, c'est Mathilde, Mamé. Mais je ne vais pas accoucher. Je ne suis pas enceinte.

— Ah, je croyais. Mais qui est enceinte, alors ?

— Personne. Enfin si, notre amie Éva, mais je ne suis pas sûre que vous la connaissiez.

— Je ne connais pas d'autre Éva qu'Eva Braun.

— Maman, Mathilde ne va pas accoucher, elle a juste quelques petits kilos en trop.

— T'es dégueulasse, répliqua Mathilde en fusillant Max du regard.

— Oh ça va, c'est pas méchant. C'est vrai que tu n'as jamais réussi à tout perdre après Martin. Tu n'arrêtes pas de le répéter !

— Oui, enfin on n'est pas obligé d'en parler devant tout le monde.

— Max, qu'est-ce qui te prend ? Laisse-la tranquille, intervint Alex.

Les enfants entrèrent dans le salon, hilares, tous déguisés et excités comme c'est pas permis. Mathilde se jeta sur les garçons, qu'elle serra fort dans ses bras tandis qu'ils se débattaient, déçus, impatients de vivre l'événement grandiose de la soirée.

— Maman, il arrive quand, le Père Noël ?

— Bientôt, mon poussin. Il faut lui laisser le temps d'aller dans toutes les maisons, tu sais ?

— Mais il va pas se brûler avec le feu ?

— Bien sûr que non ! Je t'ai déjà expliqué, il sait faire. Sinon, comment il réussirait à rentrer dans toutes les cheminées ? Allez, retournez jouer. Quelque chose me dit qu'il ne devrait pas tarder…

— Bon, d'accord…

Restés seuls, les adultes saisirent l'occasion, trop contents de trouver enfin un sujet neutre sur lequel s'entretenir.

— Bon, on fait les cadeaux ?

— Oui, je pense que c'est le bon moment. Max, tu vérifies qu'ils ne bougent pas de leur chambre pendant qu'on réunit les paquets ? Mamé, vous restez là ? On arrive.

Alex et Jérôme investirent la chambre conjugale avec Mathilde tandis que Max continuait dans le couloir. Ils entassèrent les paquets près du lit en prenant soin de ne pas faire de bruit avec les sacs plastique qui les renfermaient.

— Chut ! Fais attention !

Mathilde riait nerveusement. Quant à Alex, elle s'était lancée dans une bataille silencieuse avec son mari, et tentait désespérément de lui faire lâcher un gros sac Darty dont le bruit résonnait entre ses doigts dans tout l'appartement. Ses yeux roulaient dans leurs orbites tandis qu'elle articulait « lâ-che ce sac ! ».

Puis ils se donnèrent mutuellement le signal pour ouvrir doucement la poignée de porte et foncer vers le salon. Dans le couloir sombre, résonnaient les rires étouffés des enfants. Ils prirent donc leur temps pour disposer chaque petit tas de manière la plus élégante possible, afin de donner à la scène l'aspect féerique que les enfants attendaient, et dont ils se souviendraient, peut-être, toute leur vie. Les grosses lampes éteintes, ne restait plus que les dizaines de bougies réparties çà et là, et la guirlande du sapin qui clignotait de manière régulière. Des cantiques surannés sortant des baffles venaient parfaire l'enchantement. Tous les trois mettaient la dernière touche au tableau, prêts à se congratuler avant d'aller se débarrasser des emballages quand Mathilde leva la tête vers la porte vitrée et découvrit avec horreur Théo planté là, dans son pyjama de Spider-Man, les observant le regard vide, silencieux, son doudou à la main – une vision d'horreur qui la hanterait des mois durant. Depuis combien de temps était-il là ? Et comment avait-il pu venir jusqu'ici ? C'est ce qu'elle aurait aimé lui demander, mais aucun son ne sortit de sa bouche. Ce fut Alex qui, la première, fondit sur lui, le poussant fermement vers le couloir alors que, hagard, il tournait encore la tête vers la scène trop réelle qu'il venait de découvrir.

— Retourne avec les autres, Titi ! Le père Noël est passé mais on range un peu, il a mis un de ces bazars !

La haine envahit Mathilde. Qu'est-ce que Max avait foutu ? Mais qu'est-ce qu'il avait encore foutu, putain ! Garder les enfants dans la chambre, c'était tout ce qu'on lui avait demandé.

Elle balança les plastiques au sol, se leva d'un bond, et s'élança dans le couloir tandis que Jérôme tentait de la retenir.

— Non, pas maintenant !

Les petits choristes continuaient de chanter docilement. « Dou-ouce nuit, sain-ainte nuit… »

D'un regard, Mathilde vit que Max n'était pas dans la chambre des enfants. Alex, seule, tentait de les amuser en attendant un signal de leur part. Elle lui lança un regard impuissant et fit un geste avec ses mains qui signifiait qu'elle non plus ne savait pas où Max avait disparu.

Mathilde, elle, savait.

Elle continua dans le couloir. Puis elle agrippa la poignée de la porte.

Elle l'ouvrit sans faire de bruit, connaissant à l'avance la scène qu'elle allait découvrir, celle de Max penché sur son bureau d'écolier, un billet roulé dans une narine, prêt à aspirer une traînée de la poudre blanche découverte dans l'après-midi.

Alors qu'il reniflait bruyamment, la tête penchée en arrière, pour enfouir jusqu'au dernier cristal dans sa narine, humectant son pouce pour en nettoyer les bords, il la vit.

Il ne dit rien.

Ils se toisèrent alors comme deux adversaires qui, après un combat acharné, reprenaient leur souffle avant l'assaut final.

Finalement, ce fut elle qui brisa le silence la première :

— Maintenant, tu te barres.

LE TUNNEL

1

Le visage de Marguerite se teintait peu à peu d'un rouge inquiétant. Ses jambes maigrichonnes moulées dans un collant de laine DD, fermement agrippées à la barre de métal, la jupe de velours retournée tel un rideau, recouvrant son duffle-coat impeccable et ses deux nattes retenues par des élastiques hérissés de petites boules élégantes, la fillette exhibait son cochon pendu avec fierté.

— Marguerite ! Tu arrêtes ! Redescends, chérie ! Winnie ! Winnie, faites redescendre Marguerite s'il vous plaît !

Winnie, les pieds dans le bac à sable, occupée à mouler une multitude de petites tortues, de tours de châteaux et à tamiser de minuscules cailloux avec Charlotte au travers d'une passoire orange, sursauta et se précipita vers l'aînée pour l'aider à quitter son trapèze. Rassurée, Lucie détourna les yeux vers la Bugaboo. Lou la fixait d'un œil mauvais, engoncée dans son nid d'ange, le bonnet enfoncé jusqu'aux paupières, suçotant avec défi sa tétine « j'aime ma maman » comme un cow-boy prêt à dégainer.

— Ne la regarde pas, ça va l'exciter.

— Sérieux ?

— Oui, c'est ma technique. C'est comme avec les hommes. Plus tu leur manifestes de l'intérêt et de l'angoisse, plus tu as de chances qu'ils se mettent à déconner. Regarde : là, elle voit qu'on se détourne, elle ferme les yeux. La regarde pas, je te dis. Discret…

Lucie et Éva étaient pelotonnées sur un des rares bancs du square Saint-Georges, ce minuscule pré carré du IXe arrondissement dans lequel des hordes de familles jamais rassasiées de procréation s'entassaient, année après année, malgré l'exiguïté du lieu. Les arbres avaient depuis longtemps perdu leurs feuilles, le froid s'était installé depuis de longs mois mais, malgré tout, les parents du quartier continuaient de se coltiner, chaque jour, la corvée du parc parce qu'il fallait bien que les enfants s'ébrouent ailleurs que dans leurs appartements surchauffés et, pour la plupart, trop exigus pour supporter les assauts de petits individus prêts à tout pour oublier leur journée d'école. Les nounous discutaient entre elles, partageant leurs expériences professionnelles ou personnelles, jetant pour certaines de trop rares coups d'œil aux fratries qu'elles étaient censées élever. Quant aux mères qui avaient le privilège de s'adonner à cette douce activité de fin d'après-midi, elles se donnaient également rendez-vous, acceptant l'amitié de femmes qu'elles n'auraient jamais regardées sans cette infortune qui les réunissait. Certaines restaient seules, toisées par les bandes voisines, sans avoir l'air de s'en porter plus mal pour autant.

Au centre de cette arène aux spectateurs désabusés, les jeux du cirque battaient leur plein. Les cris fusaient, alors que de petits garçons se couraient après, sans relâche, en cercles concentriques. Les filles, elles, préféraient généralement les balançoires ou toboggans, qu'elles squattaient, se faisant méchamment haranguer ou même emplafonner comme des automobilistes stationnés au milieu du périph. Beaucoup pleuraient bruyamment, témoignant ainsi de cette agression gratuite, avant d'user d'une mauvaise foi patentée pour que leur attaquant se fasse tancer puis, à son tour, pleure. Quelques solitaires erraient en silence, laissant courir leur regard vers ces scènes toujours identiques mais qui, chaque fois, semblaient les fasciner. Des fillettes plus âgées se chuchotaient des secrets avec des airs de conspiratrices, tripotant leurs cheveux avec coquetterie, inquiétantes déjà, pendant que d'autres tentaient des vols à l'arrachée de trottinettes, certains de ne pas se faire prendre.

— Gaspard, tu rends cette trottinette, s'il te plaît ! Non mais qu'est-ce qui te prend, ça n'est pas à toi ! Rends-la au petit garçon ! Si, si… Tu-la-reeeends ! Excusez-le, vraiment. Excuse-toi,

Gaspard. Non, non, tu arrêtes de pleurer. Mais tu en as une, trottinette, voyons ! D'accord, maman t'en achètera une à deux roues mais tu rends la sienne au petit garçon.

Éva, perplexe, regrettait de s'être laissé embarquer dans cette activité cafardeuse. Le ciel était gris, et cette comédie humaine en miniature l'angoissait autant que ce ventre qui ne cessait de s'arrondir. Pourtant, lorsque Lucie lui avait proposé, après le déjeuner, de l'accompagner, elle s'était d'abord enthousiasmée, impatiente, même, de découvrir ce nouveau monde qui serait bientôt le sien. Elle était en RTT, ces jours bénis octroyés par la convention collective qui protégeait autant que possible ses ouailles perdues dans les méandres du profit. Elle avait bien mérité ce jour de repos, lui avait-on dit en signe de reconnaissance ultime pour le travail effectué. Faute de satisfaction personnelle pour la qualité de son activité d'écriture, elle avait au moins eu, cette fois, la reconnaissance de ses pairs pour le nombre de gogos qu'elle avait su attirer à coup de titres alléchants.

— Tu viens ici tous les jours ? demanda-t-elle à son amie, l'air inquiet.

— T'es folle ! Non, de temps en temps seulement. Je vois peu les filles, entre la boutique, nos obligations, les voyages… Parfois, je m'en veux. Tu sais que l'autre jour, quand je suis allée chercher Charlotte à l'école avec Winnie, la petite m'a d'abord vue et a éclaté en sanglots. Ensuite, elle a aperçu Winnie et lui a sauté dans les bras. Ça fiche les boules, non ? On dit souvent que les femmes ont bien raison de travailler tout en étant mères, qu'elles ont le droit de s'épanouir autant que leur mec et que les enfants n'en souffrent pas tant que ça. D'ailleurs, je suis la première à défendre cet argument, d'autant que je n'ai pas besoin de travailler. Mais est-ce qu'on est si sûres de tout ça ? Regarde, nos propres mères ont été les premières à vraiment bosser et on est toutes névrosées, non ?

— Arrête, tes filles n'ont pas vraiment l'air névrosées. Et puis, autant qu'elles adorent leur nounou plutôt qu'elles pleurent quand elles la voient.

— Évidemment. Mais est-ce que je ne passe pas à côté de quelque chose ? Est-ce que je ne vais pas me réveiller un matin avec des ados qui m'auront oubliée avant même de me connaître, plus attachées à une Philippine trop vieille pour rester avec elles plutôt qu'à leur propre mère ? Et là j'aurai gagné quoi ? Quelques années à m'épanouir en tant que femme, à cotiser pour ma retraite pendant que mes gosses auront grandi sans moi ?

— Tu te prends la tête. Les petites t'adorent. Et rien ne dit qu'elles seraient spécialement contentes de passer leurs journées avec toi plutôt que de te retrouver après ta journée de boulot. En revanche, tu peux peut-être lever le pied sur les sorties le soir ou le week-end ?

— J'adorerais ! Mais pour son job, Christophe a besoin de faire des dîners tout le temps, que ce soit chez nous ou à l'extérieur. Et il est hors de question que je le laisse aller seul à l'Opéra, au théâtre, à Roland-Garros, à ses week-ends de golf, de voile ou de tennis avec toutes ces hyènes qui lui tournent autour.

— Tu en es encore là ? Je croyais que ça s'était arrangé, tes problèmes de jalousie.

— Ma psy m'a pas mal aidée, mais, dans le cas présent, cela va au-delà de mon « problème ». Tu ne te rends pas compte de ce qu'est ce milieu. Les femmes de notre âge commencent à divorcer, ou à en avoir envie. Du coup, elles repèrent les bons partis, et crois-moi : Christophe est en bonne place sur leur *short list*. Dans les soirées, elles me marchent sur les pieds, minaudent, roucoulent… Je les boufferais. Tu imagines qu'avec leurs séances quotidiennes au Ritz, leurs coachs perso, les UV, le Botox et les fringues de luxe, elles sont toutes plus baisables les unes que les autres. Non, si je tourne le dos pour changer ne serait-ce qu'une couche, elles vont se ruer sur mon bifteck.

— C'est affreux ce que tu racontes. Elle a bon dos la solidarité féminine…

— Mais, chérie, ça n'existe pas la solidarité féminine ! C'est un concept qui a été inventé pour nous faire croire qu'on pouvait se serrer les coudes et faire le poids face à des siècles de patriarcat – ce qui est totalement faux. Pour un homme et un peu de confort, les femmes feraient n'importe quoi.

— C'est rassurant...

Lucie tripotait nerveusement son énorme diamant Cartier, laissant pour une fois affleurer ses angoisses, elle qui affichait en toutes circonstances une dignité et un panache que beaucoup lui enviaient. Ne jamais baisser la garde ni montrer ses faiblesses, répétait-elle souvent à ses amies. Lucie avait peur des autres femmes, raison pour laquelle elle appréciait tant sa boutique, poste d'observation imparable d'où elle pouvait surveiller les allées et venues de ces prédatrices sans pitié. Christophe était pourtant gaga de son épouse autant que de ses filles et nul ne lui connaissait la moindre idylle bien qu'il fût en effet riche, bel homme et quotidiennement soumis à diverses tentations plus ou moins liftées.

— Et toi alors, c'est pour quand déjà ?

— Officiellement ou officieusement ?

— Les deux...

— Officiellement dans trois mois, officieusement dans deux...

— Ça va, tu arrives à tenir ?

— Ça dépend... Parfois je me dis que je vais tout balancer à Vincent. Parce que ça me ronge. Et puis je réfléchis, et je me dis à quoi bon ? Pourquoi tout gâcher ? Tu sais combien d'enfants sont illégitimes de nos jours ? Un sur dix, paraît-il. Si on devait tout se raconter... Le truc, c'est que j'ai dû planquer les derniers résultats d'échographie. Vincent est tellement à bloc sur cette grossesse, il traque tous les chiffres, le tour de tête du bébé, le tour d'abdomen… Du coup, il n'arrête pas de me dire que je suis un peu grosse pour mon terme. Une fois que j'aurai accouché, à huit mois, ce qui arrive à plein de gens, tout rentrera dans l'ordre mais pour le moment il me stresse pas mal.

— Laisse couler. Si tu ne veux pas lui dire, il n'a aucune raison de le savoir. Et puis pourquoi tout gâcher ? Peut-être que sans ce coup du destin, tu aurais mis des années à tomber enceinte. Peut-être même est-ce que vous n'y seriez jamais parvenus…

— Mouais, le « coup du destin », c'est ça…

— Tu es bête… Marguerite, descends s'il te plaît ! Et ramasse-moi ce bonnet ! Au prix qu'il coûte… Et tu n'as pas envie de le revoir ?

— Qui ça ?

— Eh bien, le père !

— Arrête, ne l'appelle pas comme ça. Le père, c'est Vincent. L'autre, il n'est rien, une faiblesse, un souvenir, quelques heures d'égarement. Non, je ne l'ai jamais rappelé. Le lendemain du soir où on… enfin, tu vois… Il est resté toute la nuit. Le matin, c'était bizarre, je pensais avoir envie qu'il s'en aille vite, comme un type ramené de boîte. Eh bien, pas cette fois-ci. J'ai séché le boulot, lui aussi, et on est allés se balader toute la journée. Il faisait encore beau. On se tenait la main et, alors que ça aurait dû m'angoisser, voire me dégoûter, j'étais comme dans un film, comme sortie de moi-même. Ça n'était pas moi qui vivais ce moment. C'était une autre fille que je regardais marcher main dans la main avec ce type. Sur l'île Saint-Louis, tu parles d'un cliché ! En plus j'aurais pu rencontrer mille personnes que je connais, ou des amis de Vincent. Mais je m'en fichais, j'étais bien. Une parenthèse enchantée. On a déjeuné au Tea Caddy, tu sais, ce petit salon de thé dans le Ve, très *british*, avec quelques tables, des scones et des vieilles théières de mémé. Je savais que je ne le reverrais pas, alors je ne m'en voulais pas. J'avais coupé mon portable. Et puis ça n'allait pas avec Vincent à l'époque. Il était à l'étranger depuis des semaines, on n'en pouvait plus des traitements, on baisait à heure fixe, ou pas. Je ne ressentais plus rien. Ce type m'a réveillée d'un long sommeil.

— Il s'appelle comment ?

— Jacques.

— Et tu aurais pu avoir une histoire avec lui ? Enfin, s'il n'y avait pas eu Vincent, bien sûr.

Lucie parlait doucement, chuchotant presque, consciente que, pour la première fois depuis des mois, Éva acceptait de lui faire ces confidences qu'elle n'espérait plus. Elles avaient évoqué, du bout des lèvres, cette relation adultérine qui avait finalement fait le bonheur de leur couple, après qu'Éva en eut parlé à Alice, le jour de Noël. Mais chaque fois qu'elles avaient par la suite tenté d'en savoir davantage, leur amie s'était fermée, refusant catégoriquement d'évoquer ce géniteur dont elles ne savaient rien. Pourtant, cet après-midi-là, Éva semblait vouloir se confier. Et, comme un flic recueillant des aveux après une garde à vue éreintante, Lucie choisit de laisser parler son amie, redoutant de la brusquer et qu'à nouveau elle taise cette rencontre et tout ce qu'elle impliquait.

Éva réfléchit longuement, tout en caressant distraitement son ventre, la main glissée sous son manteau.

— À première vue, j'aurais dit non. C'est un musicos. Un spécimen typique de l'Est parisien, binouzes sur le canal Saint-Martin, harmonica, baskets en toile pourries, baggie et clopes roulées.

Lucie fit la grimace.

— Enfin tout ce qu'on n'aime pas, quoi. Mais cette nuit-là, et la journée qui a suivi, tu sais… Je peux te le dire à toi. J'y pense tout le temps. Tous les jours. Je les revis. Chaque mot qu'il a prononcé, chaque sourire. Et cette complicité qu'on a tout de suite eue, et que j'ai d'abord mise sur le compte de l'alcool, mais qui s'est prolongée le lendemain. Je lui ai raconté toute ma vie, mon père, vous, Vincent, le mariage, mon boulot, mes rêves d'écriture, l'accident de la mère d'Alice, même mes souvenirs de colonie musicale… Bref, un tas de trucs pourris et sans intérêt dont je ne parle jamais avec Vincent. Et pourtant tu sais quoi ? Tout le passionnait. Il m'interrogeait, posait les bonnes questions, riait au bon moment, savait écouter quand il n'y avait rien à dire. C'était bon.

— Et vous vous êtes quittés comment ?

— Le soir, on est allés dîner rue Mouffetard, histoire de ne croiser personne, de ma connaissance en tous cas. Dans un restaurant espagnol. Il y avait des hommes qui jouaient de la guitare, des castagnettes, tapaient dans leurs mains. On a bu des litrons de mauvais rouge en carafe, tous les clients se parlaient, dansaient sur les tables. Nous, on s'embrassait. On est retournés faire l'amour dans les toilettes… Ça te choque ?

— Non, non, mentit Lucie, toujours désireuse de masquer ce petit côté coincé qui, sans prévenir, rejaillissait parfois.

— C'était tellement fort. Des chiottes, on entendait la musique. Ça n'avait rien de glauque, tu sais. Au contraire, on a fait ça très doucement. Il m'embrassait. Il était assis sur la cuvette, moi sur lui, et on se serrait fort tout en faisant l'amour. C'était intense. Je crois que ça n'a jamais été aussi fort en fait. J'avais l'impression d'être à l'étranger, dans un petit village catalan, hors du temps. Pour un peu, je me serais crue amoureuse. Comme avec un amour de vacances, quoi.

— Il y a des amours de vacances qui durent, ou dont on est vraiment amoureuse…

— Arrête ton char !

— Bah quoi ? Et ensuite ?

— Ensuite, on est sortis dans la rue, l'air était frais, plein de touristes et d'étudiants fauchés qui marchaient, nous appelaient « les amoureux ». Ça a commencé à m'angoisser. Puis mon portable a sonné. C'était Vincent. Je n'ai pas répondu bien sûr, mais le charme était rompu. J'ai attendu qu'il laisse un message, que j'ai écouté. Il était rentré à Paris et se demandait ce que je faisais, pas à l'appartement. Je lui ai dit que je prenais un verre avec des collègues, que j'arrivais.

— Et Jacques ?

— Il n'a rien dit. Il savait tout. Il m'a filé son numéro. Pas moi. Je ne voulais pas qu'il puisse m'appeler alors que j'étais avec Vincent. Je voulais avoir le choix. Tout ça était trop bizarre. Je n'avais pas eu le temps d'y réfléchir. Et puis, peut-être que j'avais peur qu'il ne me rappelle pas. Peur d'attendre devant mon téléphone, de revivre ces odieux moments où tes yeux piquent à force de scruter ce putain d'écran, de rééteindre et de rallumer le truc parce que soi-disant ça le « fait sonner ». Peur de me poser mille questions. Est-ce qu'il a perdu mon numéro ? Est-ce que j'ai mal fait quelque chose ? Est-ce que j'ai dit une connerie ? Pourquoi il n'appelle pas ? Est-ce que j'ai rêvé tout ça ? Bref, je ne pouvais pas revivre ces conneries tout en étant mariée. J'ai pris un taxi, on s'est embrassés à en vomir, j'avais la tête qui tournait. Mais je me souviens encore de son odeur. De ses cheveux emmêlés, de sa barbe qui me chatouillait et du désespoir qui m'a envahie au moment de le quitter. Je suis montée dans ce putain de taxi chinois auquel j'ai donné mon adresse pendant que Jacques me faisait coucou avec sa main sur le trottoir. Et puis j'ai fait la fière en scrutant un message virtuel sur mon téléphone pour arrêter de le regarder… Et voilà. C'était fini. Je ne l'ai plus revu.

— Oh, comme c'est beau… Je crois que j'ai pas vibré comme ça depuis mes dix-huit ans.

— Vibrer, c'est ça. Pourquoi on vibre plus, après, dis ? Une fois qu'on est installé dans sa relation avec son mec. On s'aime, il y a la tendresse, le respect, les baises plus ou moins passionnées selon les périodes, la complicité, les potes, les vacances, les projets. Mais ces moments-là… Ceux des débuts, si intenses, où lorsque l'autre te frôle avec sa main le monde pourrait s'arrêter de tourner, où ton ventre se tord, et où tu souris comme une conne tellement tu es bien. C'est un truc dont tu dois te dire que tu ne le revivras plus jamais ? Que tu y as goûté de quinze à trente ans et que, pour les cinquante années suivantes, tout ça ne sera plus qu'un souvenir ? C'est *hard*, non ?

— *Hard*, c'est ça. Ce que tu décris, seule la jalousie pathologique me le fait ressentir encore un peu, c'est affreux à dire. Mais la douleur qui s'empare de moi quand j'ai des crises, et que j'imagine Christophe avec une autre femme, s'apparente un peu à ces pincements qui te prennent quand tu tombes amoureuse. Non pas que ce soit un choix de ma part mais je constate que mes vibrations je les trouve là. Contrairement à Mathilde, par exemple, qui ne ressentait plus rien, à ce qu'elle m'a dit.

— Ils en sont toujours au même point, d'ailleurs ?

— Toujours. Rien de neuf. Mais finissons-en avec ta *love story*, tu veux. Tu ne vas pas t'en sortir comme ça ! Tu ne l'as vraiment jamais appelé ?

— Non. J'ai failli. Mille fois. J'ai écrit des textos. Des centaines, je pense, qui sont restés à l'état de brouillons. Certains très longs. D'autres super succincts, genre « merci ». Ou « adieu ». Bref, grandiloquents et fleur bleue. Aucun ne m'a jamais satisfaite, ni paru à la hauteur de cette parenthèse enchantée, qui devait le rester. J'ai finalement préféré ne rien abîmer. Et puis, à quoi bon ? J'ai appris que j'étais enceinte, attendu le mois d'après, après avoir fait l'amour avec Vincent pendant ma période d'ovulation suivante, et j'ai été prise dans la machine. Les jours ont passé, les semaines, les examens, les échos, la peur que le bébé ne tienne pas, qu'il ait une malformation, une trisomie, une fausse couche… Je n'ai plus pensé à rien d'autre qu'à ce bébé. Mais je l'ai revu un jour, c'est vrai.

— Non ! Tu l'as revu ? Oh, merde, elle se réveille. C'est bien le moment. Minette, faut que tu apprennes qu'on n'interrompt pas sa maman pendant un débrief de la plus haute importance.

Alors que Lou commençait à chouiner doucement, Lucie sortit la fillette de sa poussette.

— Tu me la prends le temps que je lui prépare son biberon ? Attends, je veux la suite ! Et je tiens à être bien installée pour écouter. C'est tellement passionnant et romantique !

Éva sourit.

Lucie sortit son Darel maternité, d'où elle tira une pyramide de petits boîtiers cylindriques qui renfermaient chacun une dose de lait en poudre, qu'elle renversa ensuite dans le biberon. Puis elle secoua énergiquement le contenu, dont elle vérifia qu'il ne contenait pas de grumeaux.

— Dis-moi, je ne te connaissais pas ce talent !

— Tu m'as prise pour qui ? C'est mon troisième enfant, quand même. Et ça n'est pas parce que j'ai une nounou à plein temps que je ne me suis pas tapé les nuits et les week-ends…

— Excuse-moi, ça n'est pas ce que je voulais dire. C'est surtout que je n'y connais tellement rien. J'ai l'impression que je n'y arriverai jamais.

— T'inquiète. C'est dans les gènes. Ça fait des milliers d'années que les femmes de la planète entière, de la banquise au Gabon, font grandir ces petits êtres. Alors crois-moi, tu y arriveras, toi aussi. T'es pas plus conne qu'une autre, après tout.

— Merci.

— Je t'en prie. Bon alors, tu l'as revu quand et où ?

— Au boulot. Un jour où je faisais une pause clope.

— Tu fumes enceinte ?

— Je peux raconter mon histoire ? Et puis si toi aussi tu joues la mère la morale, je me flingue.

— Excuse. C'est sorti tout seul… Vas-y, continue.

— Donc je faisais une pause clope et je l'ai aperçu devant la porte. Il discutait avec une pétasse du service marketing. Une stagiaire en plus. J'ai eu tellement peur, je suis partie en courant dès que je l'ai vu. Évidemment, il m'a couru après. Dans le hall, devant la fille de l'accueil et tous mes collègues. La honte de ma vie.

*

— Éva ! Mais attends-moi. Pourquoi tu cours, c'est ridicule.

— Laisse-moi, je dois retourner bosser. Langue de bœuf comptabilise chaque minute de mon temps.

— C'est qui, ça, Langue de bœuf ? Ton *boss* ?

— Bien vu, Sherlock. Toujours aussi vif, à ce que je vois.

— Toujours aussi cynique pour ta part. Et jolie. Mais ça n'a rien à voir, je te le concède.

— Tu fais chier.

Elle sourit, consciente du ridicule de son comportement, et de la joie qu'elle ressentait à se trouver si près de lui. Il lui souriait lui aussi, la fixant avec cette intensité qui l'avait fait flancher ce fameux soir. Il avait taillé sa barbe, et coupé ses cheveux. Il portait un jean, des baskets plus à son goût et une chemise bleu ciel qui lui donnait une allure davantage conforme à l'idée qu'elle se faisait d'un homme pouvant s'accorder avec elle. En bref, elle le trouvait beau. Et elle se rendit compte que ses mains tremblaient alors que son rythme cardiaque s'était accéléré. Midinette ! Pauvre fille ridicule. Tu devrais retourner à ton poste, pondre ta dernière news et rentrer chez toi. En plus, tu dois racheter du beurre, c'est marqué sur le frigo, tu te souviens ? Non, elle s'en contrecarrait bien de tout ça.

— Tu bois un verre ?

— J'ai encore une heure à tirer.

— Je peux t'attendre.

— Qu'est-ce que tu fous là, d'ailleurs ? C'est ta copine, la stagiaire ?

Il avait souri à nouveau, faisant durer le suspense.

— Ça t'intéresse, Fantômette ?

— Non, je ne sais pas. C'est pour parler. Je m'en fous, tu fais ce que tu veux.

— Encore heureux. Non, c'est ma petite sœur.

Elle préféra ne rien ajouter, consciente qu'il la cernait mieux qu'elle ne l'aurait souhaité.

— On dit 19 heures, rue de la Terrasse ? Il y a un grand café que j'aime bien.

— OK, mais je ne resterai pas longtemps.

— J'imagine… Allez, va donc écrire ce bel article que le monde des médias attend avec tant d'impatience.

— Salaud.

— Moi aussi, tu m'as manqué.

Elle s'était retournée pour lui cacher son trouble, et les commissures de ses lèvres qui s'étiraient par réflexe sans qu'elle ne puisse rien y faire. De retour devant son PC, Sabine avait bien tenté de la questionner. C'était qui ce type ? Mignon, en tous cas. Super beau gosse, même. Tu vas quand même pas tromper ton mec enceinte. Quoique… Y'a rien qui l'interdit non plus. Mais tu le connais d'où ? C'est rien, un vieux pote. Laisse-moi finir cette news sur *Plus belle la vie* ou Langue de bœuf me tuera. Plus belle la vie, tu l'as dit. Smiley. Fin de la conversation Skype. Cliquetis enthousiaste du clavier qui s'anime, impatient lui aussi de rendre les armes après cette dure journée de labeur. Même le bruit sourd des basses qui sortait du casque de son voisin d'infortune l'avait réjouie. Elle n'avait plus pensé qu'à lui. Jacques. Comme Jacques Brel. Même pas jeté un coup d'œil à son portable, de peur d'y trouver un texto banal de Vincent. Pense au beurre. Tu veux manger quoi ce soir ? Tu as fait ta prise de sang ? Je serai là à 20 heures. On regarde la suite de notre série ce soir ? Je prends une bière avec un collègue et je rentre. Chinois ou indien ? Tu as rappelé le plombier ? Bisous bisous.

Il neigeait ce jour-là, elle s'en souvient. Ça ajoutait à ce putain de romantisme qui ne voulait pas quitter le décor. On se serait cru dans un film français exagérément sucrailleux. Ce qui n'était pas pour lui déplaire, si elle avait eu le courage de se l'avouer. Le manteau recouvert de flocons minuscules, elle était entrée dans la grande brasserie récemment refaite, et dont les barres de cuivre et le long comptoir de zinc surannés avaient été conservés. Il y faisait bon. Dans un accès de timidité, elle avait rougi lorsqu'elle l'avait aperçu, confortablement installé sur une banquette en velours, occupé à lire *Libé* comme pour lui plaire plus encore ; exprès. Devant lui, une bière quasiment finie témoignait du fait qu'il l'avait attendue depuis qu'ils s'étaient quittés une heure auparavant. Elle avait respiré à fond et s'était attablée en face de lui, feignant une fois encore une indifférence surjouée.

— C'est toi, le dernier lecteur de presse papier ?

— Oui, tout à fait, c'est moi ! Tu te rends compte de la chance que tu as eue de me rencontrer ?

— Inouïe !

— C'est toi, la dernière Française à utiliser des mots comme « inouï » ?

— Parfaitement ! Et aussi « saperlipopette », « clepsydre » ou « drop ».

— Alors là, c'est moi qui ai de la chance. Je milite pour l'éradication des usagers du terme « pain suisse ».

— Laisse-moi militer à tes côtés, et ajoutons à nos victimes tous ceux qui disent « un espèce de » et « au jour d'aujourd'hui ».

— Vendu ! Embrochons-les ! Tu vois bien que j'ai besoin de toi ! Il faut arrêter de disparaître, Fantômette, sinon notre combat est vain. Sans toi, je n'y arriverai pas.

Elle rougit, et ne sut que répondre.

— Tu bois quoi ? Vodka comme d'habitude ? Vin blanc ? Bière ?

— Non, je vais prendre un Perrier.

— Tu te fous de moi… Tu as peur de céder une nouvelle fois à mon charme irrésistible ? Je te promets que je resterai sage. Pourtant, ça n'est pas l'envie qui me manque de grignoter ces jolies lèvres.

— Arrête.

— OK, j'arrête. Tu m'as manqué, tu sais. J'ai cru devenir fou. Pourquoi tu ne m'as jamais rappelé ?

— Je te l'ai dit, je suis mariée. Nous deux, c'était comme ça. On le savait.

— Mouais. J'avais cru comprendre que c'était pas l'extase avec ton mec. Ne me dis pas que tu n'as rien senti pendant ces deux jours. C'était spécial, non ?

— Je ne sais pas…

— Menteuse.

Il lui prit la main. Elle sursauta mais, après un premier réflexe pour se retirer de cette étreinte, elle décida finalement de se laisser aller à ce doux moment. Après tout, ça ne mangeait pas de pain. Laisser ses doigts dans la paume d'un étranger, ça n'était pas tromper Vincent.

— Tu sens, nos peaux ? Comme elles se plaisent ?

— Vous vous laissez aller, monsieur. On n'est pas dans une comédie romantique. T'es hyper cucul, n'empêche !

— C'est tout nouveau, je t'avoue. On ne peut pas dire que ce pan de ma personnalité soit ce qui me caractérise auprès des personnes qui me côtoient. Même ceux qui me connaissent le mieux. Enfin, tu pourras en parler à ma sœur à la machine à café. Bon, tu bois quoi en vrai ?

— Je te l'ai dit, un Perrier.

— Mais t'es enceinte ou quoi ?

Elle n'avait rien répondu. Avait baissé les yeux. C'était plus simple comme ça. Il la lâcherait. Sinon, Dieu sait ce qui pourrait arriver.

Il l'avait fixée, sérieux soudain.

— Tu es enceinte ? Éva, regarde-moi !

— Oui. Ça fait trois mois.

— Vous avez fait votre choix ?

Le serveur, ouvertement méprisant et désagréable, leur avait posé la question sans même les regarder. Un index planté dans son tablier à poches, prêt à dégainer pièces, sous-verres ou décapsuleur, il scrutait un point fixe à l'horizon, en prenant bien soin de leur signifier par son attitude son impatience à ce qu'ils lui répondent enfin.

— Euh… Un Perrier, et une autre bière.

— Bouteille, pression ? Heineken, Kronenbourg, 1664, Blanche ?

— Comme vous voulez, je ne sais pas.

— Ah non, jeune homme, moi je ne veux rien. Bouteille, pression ? Heineken, Kronenbourg, 1664, Blanche ?

— Euh… Une seize en pression.

Le serveur parti en grommelant, le silence s'installa entre eux. Puis Jacques reprit, le premier :

— Je comprends mieux pourquoi tu ne m'as pas rappelé. Félicitations. Tu dois être heureuse. C'est ce que tu voulais, non ?

— Oui.

La bière et le Perrier étaient arrivés, alors qu'elle lui avait dit que c'était peut-être mieux qu'elle s'en aille. Elle avait remis son manteau, son bonnet, et l'avait embrassé sur une joue, passant une main derrière sa nuque, qu'elle avait serrée fort, pour appuyer ce baiser qui lui fit monter les larmes.

— Merci.

— Pourquoi tu me dis merci ?

— Pour le Perrier. Et pour le reste.

Et elle était partie sans se retourner, consciente du ridicule de sa dernière réplique. Elle n'avait pas pleuré. Mais elle avait marché sans réfléchir de Villiers à Anvers, toujours tout droit, une bonne demi-heure, sous la neige qui continuait de tomber, croisant les vitrines illuminées et les « Bonne année » pas encore retirés, se faisant bousculer sans s'en apercevoir, avant de finalement se retrouver devant sa porte. Elle l'avait ouverte et trouvé Vincent, déjà rentré, en train de préparer des escalopes panées dans la cuisine. La télévision diffusait le 20 heures de Pujadas. Il avait ôté son costume. En caleçon et polo Ralph Lauren, il l'avait accueillie, inquiet et soulagé de la voir enfin rentrer.

— Tu étais où ?

— Nulle part. Je prenais un verre avec une vieille copine.

— Ah bon ? Mais j'ai essayé de te joindre dix fois. Tu as pensé au beurre ?

*

— Voilà. C'est la dernière fois que je l'ai vu.

— Putain…

— Ça n'est pas ton genre de jurer.

— Non, mais là… C'est beau n'empêche. Tu n'as pas eu envie de lui dire ?

— Lui dire quoi ? Ah, au fait, c'est ton enfant que je porte. Oui, je sais, on se connaît depuis trente heures à peine, dont douze passées à picoler mais si on l'élevait tous les deux, ce serait top, non ? Je n'aurais qu'à divorcer et on vivrait sur mon salaire de journaliste et le tien de joueur de tambourin.

— Je ne sais pas si l'argent devrait entrer en ligne de compte dans le choix que tu feras pour cet enfant.

— C'est facile pour toi de dire ça. Tu sais combien ça coûte de faire garder un bébé ? Oui, tu le sais. Mais pour quelqu'un comme moi, tu imagines la proportion de mon salaire que ça représente ? Entre la crèche, la nounou en plus quand j'ai des astreintes, la baby-sitter si je veux me faire un ciné, les couches, les biberons, les fringues, le pédiatre, la poussette, les vacances… Ça m'angoisse tellement.

— Mais c'est rien, ça ! Je t'en filerai, des vêtements. Je ne sais plus quoi en faire.

— C'est un garçon.

Lucie poussa un petit cri strident avant de se jeter au cou de son amie, aussi heureuse que si on lui avait annoncé cette nouvelle à elle.

— Fais de moi la marraine de ce petit prince et il ne manquera jamais de rien ! Allez viens, on va faire un tour à la boutique, j'ai reçu plein de petits trucs mignons pour les bébés, et ça me donnera l'occasion de réseauter un peu avant le dîner. Je me laisse aller. (Puis s'adressant à la nounou :) Winnie, vous pouvez ramener les filles à la maison et leur donner leur bain ? Je rentrerai vers 8 heures.

Et les deux amies cheminèrent vers la rue Fontaine tandis que la nuit tombait, offrant au décor une luminosité entre chien et loup, se dirigeant d'un bon pas vers Charlotte et Marguerite. Elles croisèrent sur leur passage quelques courageux qui sirotaient leur apéro en extérieur, malgré le froid de ce mois de mars, pour fumer en même temps qu'ils se racontaient leurs journées de bureau ou de glande pour les heureux étudiants, en faisant des plans pour leurs soirées. Après tout on était mercredi, il était bien temps de lâcher prise avec la réalité pour aller enfin s'enivrer sans se soucier du lendemain.

C'est vraiment fini pour moi tout ça ? songea Éva en les apercevant.

2

Martin, Mathilde et Théo. Tous les trois pelotonnés dans le lit, autrefois conjugal, une grande corbeille à pain remplie de chouquettes posée devant eux et dans laquelle ils plongeaient tour à tour leurs mains, ils regardaient, passionnés, *Cars 2* sur l'écran plat qui leur faisait face. Les garçons étaient venus réveiller leur mère vers 7 heures, la tirant avec difficulté d'un sommeil lourd en ce dimanche glacial, d'autant que la veille, elle était sortie avec une vieille copine de fac jusqu'à 3 heures du matin. Elles avaient bu plus que de raison et cette soirée, qui avait pour objectif de remonter le moral de Mathilde à coup de cocktails et de drague de week-end, lui avait fichu le moral dans les chaussettes.

Elle s'était sentie vieille, décalée, face à ces jeunettes de vingt-cinq ans aux yeux cernés d'eye-liner, aux shorts en jean ras le bonheur et aux mêmes perfectos qu'elle portait elle aussi autrefois, il y a un siècle. Pour l'occasion, elle avait revêtu une jupe crayon et des escarpins sexy qui, en fin de compte, lui avaient rajouté une bonne dizaine d'années au compteur. Il y avait même un trentenaire qui l'avait appelée « Madame » lorsqu'il était venu lui taxer une clope alors qu'elle pensait qu'il l'abordait.

Les deux copines s'étaient contentées d'enchaîner, toutes seules, les vodkas, les Martini et les bières au bar de cette immense salle voutée sous le pont Alexandre III. Même ivres, elles n'avaient pas osé aller se trémousser au milieu de la jeunesse arrogante, lorgnant d'un œil les vieux beaux qui, comme elles, squattaient le comptoir mais n'auraient pour rien au monde frayé avec des *milfs* dans leur genre, préférant aguicher à coups de carte Gold les étudiantes venues s'encanailler en cette fin de semaine.

Grisonnants, la bedaine qu'ils pensaient camouflée sous des pulls en cachemire bien coupés, ils restaient persuadés d'être parvenus à masquer leur grotesque différence d'âge avec le reste de l'assemblée, contrairement à leurs homologues féminines qu'ils toisaient de temps en temps avec mépris. *Vieilles peaux*, c'est ce que put lire Mathilde dans leurs yeux cernés lorsqu'elle croisa leur regard. Ce même regard qui se faisait frétillant devant les petits culs juvéniles qu'ils réussissaient, malgré leurs propres fesses molles de quinqua, à attirer dans leur lit parce que le monde est ainsi fait.

Certes, on parlait bien de ces cougars qui fricotent avec des hommes de dix, voire vingt ans leurs cadets. Mais Mathilde se sentait à mille lieues de ce type de comportement ; non qu'elle les jugeât, mais à la seule idée de se retrouver dans un lit avec un homme de l'âge de ses stagiaires, elle frémissait devant l'incongruité de la chose. En bref, la solution boîte de nuit, discothèque, club, ou *teboi*, autant de termes qui, dans sa bouche, semblaient chaque fois complètement ringards, ne semblait pas correspondre à ce qu'elle recherchait, pour peu qu'elle recherchât quoi que ce soit d'autre qu'un peu de réconfort et de séduction qui l'aurait, pour une soirée du moins, rassurée sur elle-même.

Vers 2 h 30, n'y tenant plus, et compteur de la baby-sitter oblige, Mathilde avait pris congé de sa copine, laquelle lui avait expliqué qu'elle avait de toute façon un « plan cul Tinder » qui devait débarquer chez elle dans la nuit. Alors, elle avait docilement attendu un taxi dans la rue, seule, transie, perchée sur ses escarpins ridicules. Elle avait fait la queue parmi les jeunes femmes hilares qui, dans un langage incompréhensible pour elle, débriefaient visiblement leur soirée. *Il te kiffe grave c'est clair ! Si je te jure t'es une bolosse sérieux il te mate à fond. Attends t'es trop bonne tu vois pas ou quoi. Il t'a filé son 06 envoie-lui un texto.* Et que je glousse, et que je me trémousse et que je te pousse des petits cris stridents insupportables. Hé pardon, madame, vous faites la queue ? Oui. Les personnes âgées, elles ont pas la priorité d'ailleurs ?

De retour chez elle, titubante, elle avait rapidement calculé qu'aux six fois huit euros de l'heure de baby-sitting, il lui fallait ajouter vingt euros supplémentaires pour le taxi de Fanny, puisqu'il n'y avait plus de métro. Elle avait alors péniblement sorti soixante-dix euros en liquide de son portefeuille, auxquels elle avait mentalement ajouté les soixante euros du restau et les quatre fois quinze soit soixante euros de cocktails. Deux cents euros la soirée de merde ! Elle s'était sentie coupable d'avoir jeté par la fenêtre un tel budget pour rien, pour se faire piétiner par des inconnus plutôt que de l'utiliser pour ses garçons, qu'elle était allée couver du regard avant de foncer se démaquiller, désireuse d'en finir au plus vite avec ce cauchemar du samedi soir. Ses fringues sentaient la clope. Elle s'en était enfilé un bon paquet, elle qui avait pourtant arrêté trois ans auparavant, pendant sa seconde grossesse. Depuis le départ de Max, elle avait repris un bon rythme et carburait sec. Elle s'en fichait pas mal. C'était déjà pas facile alors elle n'avait pas envie d'ajouter cette culpabilité-là à toutes les autres. Chacun ses béquilles. Pour certaines c'était la bouffe, pour d'autres l'alcool, elle c'était les Malbak.

Elle s'était démaquillée rapidement, lavé les dents, avait enfoui ses collants, ses sous-vêtements assortis et sa jupe crayon de vieille cloche dans le panier à linge sale, sous les bodys vingt-quatre mois et les slips Gap jour de la semaine pour ne plus les voir. Puis, elle avait enfilé un vieux tee-shirt, privilège du célibat, et avait tenté de lire quelques lignes du *Elle* avant de se rendre compte qu'elle en était bien incapable. Les lettres dansaient devant ses yeux. Le visage triste de Kate Middleton s'était dédoublé à la manière d'un Warhol et elle avait préféré refermer le magazine pour tenter de dormir. Pourtant, dans le noir, elle avait rapidement réouvert les yeux, puis observé le plafond qui dansait en cercles concentriques alors qu'elle essayait en vain de se calmer. Elle allait gerber.

Dans les toilettes, elle avait effectivement vomi les frites du Costes et les vodkas à quinze euros, priant pour que ses petits ne l'entendent pas et n'assistent pas au spectacle pitoyable de leur maman affalée sur le carrelage, les bras en coupe sur la cuvette, dégueulant bruyamment son alcool et son désespoir, les larmes coulant sur son rimmel mal démaquillé. Mais les petits anges avaient continué de dormir, pas encore conscients du tsunami qui grondait depuis plusieurs mois dans leur vie. Il revient quand papa ? Je ne sais pas, chéri. Il a beaucoup de travail avec Diego. Tu sais, pour le restaurant. Oui, maman, mais c'est quand qu'on sera tous les quatre comme avant ? J'aimais bien, moi, quand on était tous les quatre. Et tous les matins : c'est qui qui m'emmène à l'école ? Pourquoi c'est encore toi, maman ? Il dîne à la maison ce soir, papa ? Pourquoi ? Quand ? Pourquoi tu pleures, maman ?

Il fallait que ça cesse, vite, qu'ils prennent une décision et parlent aux enfants. Elle n'en pouvait plus de faire semblant, de porter seule la culpabilité du mensonge parental et de leur faire subir ça, à eux, pauvres petits êtres innocents auxquels on pouvait faire croire n'importe quoi, tant leur propension à oublier vite, à s'enthousiasmer pour une gaufre à la chantilly permet d'esquiver une énième question gênante, de repousser sans cesse le moment de décider s'il faut ou non leur dire que papa et maman ne vivront plus ensemble, tout simplement parce qu'on ne le sait pas soi-même.

Alors elle les gâtait, comme ce dimanche matin. Ils étaient partis tous les trois dévaliser la boulangerie en chouquettes et bonbons interdits, avant de revenir se réfugier sous la couette et répandre plein de miettes de leur trésor parce que papa n'était pas là pour râler non mais c'est quoi ces miettes dans le lit bordel je peux pas dormir dans ces conditions. Et, après avoir gobé un Doliprane salvateur, elle les avait serrés contre elle, savourant le contact de leurs petits corps chauds dont elle humait avec force le parfum familier, écoutant avec émotion leurs rires devant le dessin animé qu'ils connaissaient par cœur, répondant distraitement à leurs questions – Hein ? Pourquoi il est rouge Flash McQueen ? Aucune idée, mon amour, regarde la course mon chéri, ça va commencer –, s'abandonnant avec délectation à un demi-sommeil intermittent.

Plus tard, il lui faudrait rejoindre le monde réel et sortir de ce cocon familial puisque Théo était invité à un goûter d'anniversaire chez son nouveau meilleur copain Arthur, à 15 heures. Il lui faudrait bien, alors, affronter des adultes proprets, en couple et forcément tirés à quatre épingles alors que la vrille dans sa tête aurait repris son travail de sape. Plus tard, oui. Pour le moment, ils étaient là, tous les trois, et elle était bien.

`Tu dors ?`

C'était un texto d'Alice.

3

6 h 30. Le réveil affichait fièrement ses chiffres rouges, éclairant d'une douce lumière l'immense suite parentale aux allures de palace. D'une quarantaine de mètres carrés, le sol de la chambre, aux murs bleu-gris récemment repeints, était recouvert d'une épaisse moquette crème sur laquelle Lucie aimait marcher pieds nus. Une salle de bains presque aussi spacieuse, dans laquelle trônaient une baignoire à griffes, deux vasques espacées d'un bon mètre ainsi qu'une douche « à l'italienne », dont les propriétaires avaient fait venir la mosaïque d'Italie, jouxtait ce lieu de repos. Les murs recelaient un nombre incalculable de placards, un immense dressing, dans lesquels étaient élégamment entreposés les costumes sur mesure de Monsieur d'un côté, et les vêtements, sacs et chaussures des dernières collections de Madame. Les affaires d'été, elles, avaient été pour la plupart données à des associations ou, pour les « belles pièces », étiquetées, pliées, mises sous plastique et emportées à la cave

en attendant de revenir au grand jour, lorsqu'il serait temps d'alterner avec la collection d'hiver. Lucie glissa silencieusement vers la pièce d'eau pour ne pas réveiller Christophe, qui était rentré tard la veille, et entreprit sa toilette matinale. Elle passa de l'eau sur son visage, puis un tonique, avant de l'hydrater avec une crème La Prairie de la valeur d'un quart de SMIC. Elle recourba ensuite ses cils, brossa ses sourcils et appliqua un peu de blush liquide sur ses pommettes. Elle se fit la réflexion qu'elle n'était pas passée chez son dermatologue depuis plusieurs mois. Il lui fallait rapidement quelques injections, au minimum un bon peeling, sans quoi elle ne pourrait bientôt plus croiser son reflet sans se sentir contrariée. Quant à ses sourcils, elle trouvait que l'arc n'était plus aussi bien dessiné qu'il y a quelques mois encore, lorsqu'elle s'était rendue chez le maître du genre, qui calculait au millimètre près votre courbe idéale, épilait, élaguait puis en tatouait les éventuelles brèches afin de redonner au regard toute sa fraîcheur et sa jeunesse.

Lucie approcha son visage du miroir grossissant installé de son côté. Pattes-d'oie, sillons nasogéniens, rides du lion, d'amertume, frontales… elle connaissait leur nom à toutes. Elle les traquait sur sa peau comme sur celle des autres femmes, elle ne pouvait s'empêcher de noter intérieurement que celle-ci avait de sacrées stries qui lui barraient le front ou telle autre des bajoues qui lui avaient filé un vrai coup de vieux en quelques mois à peine. Cependant, elle se retenait toujours de leur en faire la remarque, même si elle aurait tellement aimé les conseiller, leur dire qu'un petit creux comblé, c'est un peu de paisibilité retrouvée !

Christophe ne savait rien de son obsession et se contentait de trouver que son épouse était ravissante et ne vieillissait pas, malgré ses trois maternités et ses trente-huit printemps. Pour rien au monde elle n'aurait partagé ces petits secrets de bonne femme avec son mari. Les épouses se devaient de conserver un peu de mystère, c'était là le secret des mariages à l'ancienne, de ceux qui durent. Quelle erreur commettaient les femmes de leur génération en partageant tout avec leur conjoint, salle de bains, secrets et garde-robe, dévoilant les mystères de la beauté féminine soigneusement gardés depuis des millénaires. Jamais Lucie n'aurait laissé Christophe s'aventurer dans la pièce alors qu'elle laissait poser un masque sur son visage, arrachait un poil malencontreusement oublié par son esthéticienne ou savonnait vigoureusement son intimité, pas plus qu'elle n'aurait pu avoir avec lui une conversation concernant ses selles. Mariée depuis près de quinze ans, elle attendait aujourd'hui encore que celui-ci ait quitté la demeure familiale pour se rendre aux toilettes, quand bien même leur appartement en possédait trois. Imaginer qu'il pût entendre ou sentir qu'une telle immondice sorte du corps parfumé de sa divine épouse l'aurait tout bonnement mortifiée. Souvent, elle avait frôlé l'occlusion intestinale, notamment les rares fois où ils s'étaient retrouvés dans des maisons de vacances plus modestes que les lieux où ils avaient l'habitude de séjourner, et dans lesquelles les seules toilettes de la maison avaient été sujet de discussions et de blagues graveleuses qui ne l'avaient pas du tout amusée. Pour la même raison, Lucie n'avait pas souhaité, contrairement à ce qui se fait de nos jours, que Christophe assistât à ses accouchements. Se donner en spectacle dans cette position déshonorante, proche de la condition animale, le cheveu empli de sueur, le visage crispé par la douleur, elle ne pouvait tout simplement pas l'envisager. Vieille école lui-même, Christophe n'avait que peu insisté pour Marguerite, puis s'était fait à l'idée d'être appelé une fois le bébé nettoyé, habillé et rendu à sa maman pour les naissances suivantes.

Comme chaque matin depuis quinze ans, Lucie s'était levée à 6 h 30 pour se donner un petit coup de frais avant que son mari ne s'éveille, persuadé que la gent féminine ne subissait aucun des désagréments olfactifs dus à une nuit de sommeil. Un petit quart d'heure plus tard, elle se glissa à nouveau sans bruit dans le lit king size au moelleux encore agrémenté par un surmatelas au prix indécent et récemment acquis. Puis elle l'enlaça et glissa une main dans son caleçon. Il bandait. Elle le caressa doucement, se pencha et le prit dans sa bouche. Il émit un grognement de plaisir, et donna le rythme à son mouvement en plaçant une paume sur sa tête. De ses deux mains, elle caressait son torse mince, récemment musclé par les heures de squash et de tennis au Club, puis elle grimpa sur lui. En même temps qu'elle l'embrassait, elle cambrait ses fesses comme elle l'avait vu faire dans les films qu'elle se forçait parfois à regarder sur Internet, pour « rester dans le coup », et donner à son mari le plaisir qu'une professionnelle pourrait lui apporter. À travers la soie de sa nuisette, il lui pétrissait les seins qu'elle avait légèrement « retouchés » après la naissance de sa benjamine. Il vint rapidement, alors qu'elle gémit à son tour pour l'accompagner, et gonfler son ego masculin fier d'avoir donné tant de plaisir à sa femme en quelques coups de reins. Pourtant, elle n'avait pas joui. Mais elle s'en fichait pas mal. Ce qui comptait, c'était que lui ait éjaculé, et qu'il croie lui avoir donné du plaisir. Alors, elle fureta sous l'oreiller d'où elle sortit une petite serviette bleu-gris, le même que celui des murs, et entreprit de l'essuyer ainsi qu'elle-même, ce qu'elle fit évidemment avec la plus grande discrétion, avant de se blottir dans ses bras.

— Bonjour.

— Bonjour, jeune violeuse. Vous n'avez pas honte de profiter du sommeil des hommes comme ça ?

— Si, je suis une vilaine ! Même s'il ne s'agit pas de tous les hommes, mais de toi.

— Coquine !

Et il lui donna une petite tape sur les fesses, qui la fit glousser comme une petite fille.

À travers la lourde porte, ils entendirent des pleurs d'enfant. Lou, qui réclamait son biberon de 7 heures. Lucie soupira.

— Attends-moi, je reviens.

— Laisse faire Winnie, voyons, chérie. Si on a une nounou à plein temps, c'est justement pour nous éviter ce genre de désagréments.

— Non, j'aime bien… Et puis il faut voir ses enfants. Depuis combien de temps tu n'as pas vu Lou ?

Il ne répondit rien, désappointé par ce soudain changement d'attitude.

— Très bien, je t'attends.

Elle l'embrassa voluptueusement et partit en quête de la fillette qui avait arrêté de pleurer, preuve que sa nourrice avait déjà bondi pour la consoler. En effet, elle les trouva toutes deux dans la cuisine rutilante, attendant patiemment devant le chauffe-biberon – Lucie refusait qu'on utilise le micro-ondes, qu'elle suspectait de mille maux.

— Bonjour, Winnie. Je vais la prendre, et lui donner le biberon du matin.

— Mais non, madame. Allez vous recoucher, je vais lui donner.

— Non non. Je préfère que vous prépariez le petit déjeuner des grandes. Je… je peux la prendre ?

Lou était confortablement calée contre l'opulente Philippine, ses petits poings agrippés à ses cheveux et bijoux, manifestement pas prête à quitter ce port familier. Lucie essaya pourtant de la tirer vers elle mais la fillette se mit à pleurer à nouveau, jetant des regards effrayés vers cette génitrice qu'elle connaissait trop peu. Maladroite, Lucie tenta pourtant de la câliner pour la rassurer, se demandant néanmoins comment elle allait réussir à saisir le biberon en même temps que l'enfant.

— Laissez-moi faire, madame.

— Non ! (Lucie cria presque.) Je sais quand même m'occuper de mes enfants ! Donnez-moi juste le biberon et tout va bien se passer.

N'osant insister, et alors que Lou tendait les bras vers sa nourrice, désespérée, celle-ci glissa le biberon dans la poche du peignoir de sa patronne, laquelle partit sans se retourner vers sa chambre à coucher.

Lorsqu'elle parvint sur le seuil, Christophe était encore au lit, le dos calé contre une montagne d'oreillers, occupé à consulter ou envoyer mails ou textos. Cette vision l'agressa aussitôt. Elle se demanda à qui il pouvait bien écrire – une maîtresse ? Sa directrice financière ? Une copine à elle avec laquelle il aurait flirté au club de sport ? Des collègues, tout simplement ? Impossible de le lui demander.

Quelques années auparavant, ils avaient frôlé la rupture. Sa jalousie à elle avait failli faire péricliter leur couple. Légères tout d'abord, puis sournoises et agressives, ses crises s'étaient transformées en véritables scènes de tragédie, au cours desquelles elle criait, pleurait ou s'entendait dire des horreurs dont jamais elle ne se serait crue capable. Elle avait passé des journées entières à traquer le compte Facebook de Christophe, à analyser chaque commentaire féminin, chaque « like », elle était entrée, évidemment, dans sa boîte mail, dont elle avait aisément deviné le mot de passe – la date anniversaire de Marguerite – et ouvert un à un chaque courrier dès qu'il en arrivait, avant de les marquer comme « non lu ». Idem pour son téléphone, dont elle écoutait le répondeur à distance toute la journée jusqu'à épuisement psychologique. Évidemment, puisqu'on finit toujours par trouver ce que l'on cherche, elle avait découvert un embryon de marivaudage électronique avec une vague collègue, dans lequel la jeune femme témoignait plus qu'elle n'aurait dû l'admiration qu'elle avait pour son patron, lequel ne semblait pas insensible à ces compliments et à cette drague épistolaire ouverte. Rien de bien méchant. Pourtant, cette découverte avait donné lieu à une scène apocalyptique au cours de laquelle Lucie avait laissé entrevoir une facette d'elle-même que ni l'un ni l'autre n'aurait pu imaginer qu'elle cohabitât avec la femme élégante, racée et polie que tous connaissaient. Christophe avait compris que la folie l'avait indéniablement gagnée lorsqu'elle s'était précipitée dans la cuisine et avait commencé à scarifier ses avant-bras pour lui signifier sa douleur de femme trompée. Les jours suivants, son époux et ses amies étaient parvenus à la convaincre de se faire interner en clinique. Elle y avait séjourné quelques temps et, depuis, suivait une thérapie avec une psychanalyste dont elle parlait beaucoup trop souvent mais qu'elle dénigrait avec cynisme, ce qui prouvait qu'elle avait repris le dessus. Elle avait également promis à Christophe de ne plus jamais fouiller dans sa vie, et de tenter chaque fois que le démon referait surface de ne pas lui en donner l'occasion. C'est pourquoi elle parvint, ce matin encore, à se raisonner, d'autant qu'ils venaient de faire l'amour et qu'elle lui avait « donné » ce dont tout homme a besoin.

— Viens, ma chérie, on va prendre le biberon avec papa.

Lucie se faufila sous la couette, cala Lou sous son bras et glissa la tétine dans sa bouche, non sans avoir vérifié qu'elle utilisait la vitesse adaptée. Non mais ! Elle savait quand même ces choses-là.

— Les enfants viennent dans notre lit, maintenant ?

— Ce ne sont pas LES enfants, mais seulement Lou, qui a sept mois. Et toutes mes copines font ça. C'est sympa d'être en famille, non ? Regarde comme elle a l'air contente de prendre son petit déjeuner avec son papa et sa maman.

— Du temps de mes parents, jamais on ne serait entré dans leur chambre, et encore moins dans leur lit !

— Oui mais, mon chéri, on n'est plus au temps de tes parents. Et puis ça n'est pas comme si toute la famille se réunissait chaque jour pour sauter sur notre lit. Tu sais que la plupart des couples aujourd'hui gardent leur bébé dans leur chambre plusieurs mois après la naissance ?

— Grand bien leur fasse. Je n'ai pas un appartement de deux cent cinquante mètres carrés pour me coller un nourrisson la nuit sous mon nez.

— Évidemment, et on ne l'a pas gardée plus de trois nuits avec nous comme tu le sais. Mais tu ne peux pas nier qu'un petit câlin sous la couette de temps en temps n'est pas désagréable. Regarde ses yeux. Comme elle a l'air heureuse ! C'est pa-paaa ! Tu veux la prendre ?

Christophe fit la grimace, visiblement mal à l'aise avec ce petit être rose dont il ne savait que faire. Pour lui, un enfant ne devenait intéressant que lorsqu'il pouvait s'exprimer correctement, partager des idées, recevoir un enseignement, apprendre à skier ou à jouer au tennis. Avant cela, il restait une sorte de tube digestif décoratif dont quelques femmes, a priori des domestiques, prenaient soin en attendant qu'il devienne socialement présentable. Pourtant, après qu'elle lui eut déposé dans les bras sa benjamine, il se détendit peu à peu au contact du petit corps posé contre sa poitrine, alors que le bébé s'endormait, écrasé par la digestion. Il ferma les yeux à son tour, une main posée sur le petit pyjama, calant sa respiration sur celle de sa fille. Émue, Lucie se rapprocha d'eux et, à son tour, posa sa tête dans le creux de l'épaule de son époux. Voilà, ils étaient une vraie famille. Pas des *control freaks* sans cœur qui préfèrent alimenter leur réseau professionnel et pseudo-amical plutôt que de donner à leurs enfants toute la tendresse que les parents actuels déversent sur leur progéniture, souvent avec excès certes, mais dont elle se sentait parfois étrangère. Il me faut travailler dans ce sens, songea-t-elle, intégrant en son for intérieur cette nouvelle corde à l'arc de cette femme et mère qu'elle voulait résolument modèle. Puis elle se leva d'un bond, parce qu'il était 7 h 15 et que son coach n'allait pas tarder. Les câlins avaient assez duré, mais elle se promit de les intégrer dorénavant à son planning.

Elle enfila alors rapidement sa tenue, un legging et une brassière qu'elle s'autorisait depuis une semaine seulement, parce qu'elle avait enfin récupéré un semblant de ceinture abdominale depuis son accouchement, et s'empara de son tapis. Puis elle prit la direction de la cuisine pour boire un thé désoxydant, ainsi qu'elle le faisait chaque matin. On sonna à la porte tandis qu'elle passait devant. Elle ouvrit et tomba nez à nez avec Mme Chavez qui déposait *Le Figaro* pour Christophe.

— Bonjour, madame Chavez, vous allez bien ? lui demanda-t-elle machinalement, sans même la regarder mais en se plongeant, déjà, dans les gros titres de la une.

« Violée par son beau-père, la fillette fugue et reste introuvable. Syrie, toujours plus de victimes. Météo : l'hiver persiste et signe. »

Très gai, se dit-elle en se préparant à fermer la porte cependant que la gardienne semblait vouloir engager la conversation.

— Bonjour, madame Chevreux. J'ai vu le coach qui garait son scooter dans la rue, il arrive. Ah ça, vous êtes courageuse ! La gym à 7 heures du matin, avec un bébé, j'en connais pas beaucoup…

— Oui, oui, vous savez c'est une question d'habitude. Bon, je vous laisse, je dois boire mon thé avant qu'il arrive.

— Vous avez vu pour votre amie ?

— Quelle amie ? Vu quoi ?

— Dans le journal !

— Quel journal ? Quelle amie ?

— Eh ben, dans le journal pipole. La chef, là. Votre copine si jolie qui passe à la télé. Elle est dans le journal pipole.

— Alice ? Ah bon ? Qu'est-ce qu'ils peuvent bien raconter sur elle ? Enfin, je veux dire, il y a des photos ? Ils disent quoi ?

— Qu'elle aurait une aventure avec son collègue, l'autre chef. Celui qui a les étoiles.

— Fred ? Pas possible…

— Je sais pas, moi, on les voit collés serrés sur la Seine.

— Sur la scène ? Au théâtre ?

— Non, la Seine. Là où vont les amoureux. Près des bateaux-mouches.

— Ah, sur les quais de Seine !

— Oui !

— Et ils font quoi sur les quais ? Ils… Ils s'embrassent ?

— Ça, on peut pas dire qu'ils s'embrassent complètement mais ils ont l'air proches. Dans le journal, ils disent qu'ils sont ensemble. Enfin, vous voyez, quoi.

— Ça alors ! Vous en avez un exemplaire ?

— Oui, bien sûr, je suis abonnée. Je l'ai reçu hier après-midi mais il sort aujourd'hui en kiosque.

— Madame Chavez, vous voulez bien me rendre un service et me le remonter ?

— Ah, maintenant je peux pas. J'ai le petit déjeuner à préparer et les escaliers à aspirer. Mais je vous le monte en même temps que le courrier à 8 h 30 ?

— Parfait ! Merci beaucoup. À tout de suite.

Elle referma la lourde porte alors que l'interphone sonnait, annonçant l'arrivée de Raph, le coach des stars qui prenait chaque matin son café chez elle avant de la torturer une heure durant afin qu'elle ait des fesses de strip-teaseuse.

— Raph est arrivé ?

Christophe, déjà rasé, parfumé, peigné et vêtu d'un élégant costume s'avançait lui aussi vers la cuisine pour se servir un café.

— Pas encore, chéri, pourquoi ? lui répondit-elle distraitement, plongée dans ses pensées.

Comment n'avait-elle rien vu venir ? Et pourquoi Alice ne lui avait-elle rien dit ? Tout cela était invraisemblable.

— Non, pour rien.

Puis elle s'engouffra elle aussi dans la cuisine pour, enfin, boire son thé tout en se répétant, incrédule :

— Alice ? Avec Fred ? Qu'est-ce que c'est que cette histoire ?

4

Mathilde s'extirpa du lit, laissant à ses fils tout le loisir de saccager les draps avec leurs petites mains pleines de sucre et de chocolat. Elle s'en fichait. Elle alla se servir un nouveau café dans la cuisine et composa le numéro d'Alice qui répondit aussitôt :

— Allô ?

— Tu te lèves bien tôt, dis-moi. Qu'est-ce qui se passe ? Un mec vient de quitter ton appart ?

— …

— Non ! Un mec vient de quitter ton appart ! Alléluia ! Attends, je prends une clope.

— Tu refumes ?

— Ah non, hein ! Bon, raconte, je suis tellement heureuse, j'ai cru que ça n'arriverait jamais ! Ça fait combien de temps ? Plus d'un an ?

— Oui, depuis janvier de l'année dernière. Mais ne te réjouis pas trop vite, j'ai fait une grosse connerie.

— T'as pas mis de capote ?

— Pire. Enfin oui, merci de me le rappeler, je n'ai effectivement pas mis de capote mais ça, c'est vraiment rien à côté de la connerie.

— Quoi ? Bon allez, je t'écoute !

— J'ai couché avec Fred…

— HEIN ?

Mathilde poussa un tel hurlement que les enfants débarquèrent dans la cuisine, affolés.

— Quoi, maman ? Qu'est-ce qu'on a fait ?

— Rien, rien les chéris, retournez au lit ! Maman téléphone.

— On peut prendre des BN à la fraise ?

— Non ! Vous avez déjà eu plein de viennoiseries.

— C'est quoi, des viennoiseries ?

— Les chouquettes, tout ça ! Enfin vous avez mangé plein de sucre, ça suffit !

Ils se mirent à chouiner en chœur si bruyamment qu'il était inenvisageable de continuer une conversation téléphonique dans ces conditions. Alors, lâchement, Mathilde se précipita, le portable toujours collé à l'oreille – Tu ne quittes pas, hein ? –, vers le placard à gâteaux d'où elle tira deux pochettes de mini-BN qu'elle leur lança avec un dédain surjoué.

— Tenez, vermines, vous ne perdez rien pour attendre !

Ils ne se le firent pas dire deux fois et retournèrent aussitôt, en riant, munis de leur butin, se gaver de gluten, d'huile de palme, de sucre modifié et Dieu sait de quels autres poisons.

— Je peux plus les sentir… Je plaisante, bien sûr.

— Oui, bien sûr.

— Bon, attends, je m'installe ! Je veux tout savoir. Raconte !

— Tu as un peu de temps ?

— Celui que me laissera Spider-Man, soit douze minutes. C'est parti !

Et Mathilde s'en fut se caler dans le gros canapé du salon, un vernis Essie rouge à portée de main, le portable en haut-parleur, le paquet de clopes à proximité, posé à côté de son café, prête à entendre le récit croustillant d'Alice. Comme la vie pouvait être douce avec de petits riens, parfois…

*

Le jeudi soir est une grosse soirée pour le restaurant, car comme chacun sait, à Paris, depuis quelques années, le jeudi est le « nouveau vendredi » – c'est ce que prétendent avec snobisme les autochtones de la capitale. Aussi sortent-ils tous de leur tanière en ce quatrième jour de la semaine, non sans avoir au préalable « booké une baby-sitter » pour cet encanaillage dans les règles, entre potes, copines ou en couple, ce qui les laissera sur le carreau le lendemain, le vendredi – et ils devront alors donner le change au bureau malgré la fatigue, la gueule de bois et la perspective d'un week-end ponctué de diverses activités éreintantes tels le parc, le Jardin d'acclimatation, les goûters d'anniversaire ou les courses en famille.

Le jeudi, en revanche, ragaillardis par trois soirées passées à regarder la télévision en grignotant des plats livrés à domicile avec leurs conjoints, parfois après avoir fait l'amour à 21 heures après le coucher des enfants mais avant l'arrivée du livreur, un peu pour se débarrasser, mais aussi parce que, plus tard, ils seraient trop fatigués, nos quadras à fort pouvoir d'achat sont en pleine forme et enclins à faire chauffer la carte bleue, parce que quand même se crever le cul toute la semaine si c'est pas pour se faire un peu plaisir ça ne sert à rien.

Ce jour-là, la salle était comble, et on refusait des clients à l'entrée, dépités ou outrés d'être ainsi refoulés d'un restaurant comme s'il s'était agi d'une boîte de nuit. Certains acceptaient docilement leur sort, se rabattant sur la sympathique brasserie qui jouxtait ce lieu de la *hype*, tandis que d'autres faisaient des pieds et des mains pour décrocher malgré tout le sésame et ne pas avoir à avouer le lendemain à leurs collègues qu'on leur avait refusé l'entrée de chez Fred.

En cuisine, Alice travaillait d'arrache-pied. Malgré le froid hivernal qui régnait encore dans les rues de la capitale, la carte de printemps venait d'être lancée, et ses commis n'étaient pas encore aussi à l'aise que sur les plats de la carte d'hiver – elle avait donc levé le pied sur le management, et les aidait sur ces nouvelles recettes tout en allant saluer les clients en salle. Il est vrai que, depuis que le petit écran lui avait fait les yeux doux et qu'elle avait pris ses marques dans l'émission, la fréquentation du restaurant n'avait fait qu'augmenter. Ils étaient nombreux, désormais, à venir goûter sa cuisine et voir « la fille de la télé », reléguant presque le talentueux chef Fredéric Bardin au second plan, ce dont il ne semblait pas prendre ombrage, trop fier de sa seconde qu'il estimait être largement à la hauteur de ses lauriers. Selon les journaux spécialisés, les téléspectateurs appréciaient beaucoup la douceur d'Alice, son sérieux, et les hommes ne paraissaient pas insensibles à son côté « beauté froide » qui avait fait son succès puisque, selon un récent sondage, elle s'était hissée parmi les cinq femmes « les plus séduisantes du PAF », ce qui n'avait pas manqué de l'étonner. Il faut dire que sa nouvelle coupe de cheveux à la garçonne, rehaussée de jolis reflets miel, lui allait à ravir. Elle avait appris à se maquiller, portait des vêtements « mode » que Laura lui conseillait lors de leurs sorties shopping mère-fille de plus en plus fréquentes, et, bien qu'elle s'en défendît, ce passage dans la lumière semblait lui avoir redonné confiance après l'abandon d'Adrien.

Les femmes en cuisine étaient rares, tant le milieu souffrait d'un machisme ancestral. Et malgré les récents progrès en terme d'égalité entre les sexes dans l'univers professionnel, celui-ci perdurait résolument dans les bien nommées brigades. Si bien que l'exemple d'Alice, belle, célibataire et *successful*, maman indépendante et a priori équilibrée, enthousiasmait les médias qui ne cessaient de solliciter l'attachée de presse de l'émission, réclamant quasi quotidiennement un reportage photo ou une interview, que la jolie cuisinière refusait la plupart du temps, considérant qu'elle n'avait vraiment pas grand-chose à dire d'intéressant sur elle-même.

— Un ris de veau, une truite de Banka, un lieu jaune brocolis et une poulette de la cour d'Armoise rôtie pour la 14. Suivront des fraises au sésame et un mi-cuit chocolat-poire. Tu me feras aussi une côte de bœuf spéciale pour M. Neveu ; il ne savait pas qu'on avait changé la carte.

— Oui, chef !

Frédéric virevoltait entre les habitués, les cuistots et les marmites, affichant le même calme que s'il avait eu à concocter une bonne omelette pour quelques amis venus casser la croûte chez lui.

— Alice, tu fonces en salle, s'il te plaît ! Ton fan-club aimerait te voir !

— Oh non, j'ai la flemme ce soir !

— La rançon de la gloire. Ils me demandent tous si tu es là, et tu sais que je déteste mentir. Allez, je prends le relais, cesse donc de te cacher.

Alice était donc partie saluer les clients, rougissant sous les nombreux regards qui se tournaient vers elle, souvent avec discrétion, parfois avec insistance. Une fois de plus, elle supporta les sempiternelles questions sur le monde des médias, et est-ce que ça n'était pas trop difficile de concilier les deux activités, et est-ce que la présentatrice était gentille en vrai, et Michel Drucker, est-ce qu'il était sympa ? Et ça lui plairait d'avoir sa propre émission ? Son propre restau ? Comme à son habitude, Alice s'était montrée polie, et d'une bienveillante distance, se contentant de sourire lorsque les questions se faisaient trop indiscrètes, impatiente, toutefois, de regagner les coulisses.

Vers 2 heures, il n'y avait plus qu'une seule table encore occupée. Ils allaient enfin pouvoir souffler. Les hommes de la dernière tablée parlaient fort en tapotant des textos sur leur smartphone respectif pour choisir où ils iraient terminer la soirée. Leurs épouses étant sans doute déjà rentrées de leur « sortie entre filles », ils avaient champ libre pour continuer la leur puisque la baby-sitter avait été libérée. Alice s'agaçait régulièrement de cette injuste tradition qui voulait que le mâle ait une sorte de droit préétabli à la beuverie tardive entre copains, contrairement à la femme, qu'on continuait de cantonner à ses tâches maternelles.

Comme ils en avaient l'habitude, elle envoya *un* serveur – une serveuse se serait fait gentiment bousculer par ces pères de famille désinhibés par la meute et l'alcool – leur apporter l'addition, ainsi que la machine à cartes, afin de leur signifier que le restaurant allait fermer ses portes. Oh, on est les derniers, dis donc, j'avais même pas vu, diraient-ils, avant de dégainer chacun leur Gold ou leur Platine pendant que l'un d'entre eux – qu'Alice parvenait toujours à repérer – tendrait une Visa classique ou, pis, une Electron, témoignant ainsi de son échec patenté au combat professionnel auquel se livraient les mâles entre eux.

Le restaurant enfin vidé de ses occupants, la brigade avait pu finir de nettoyer la salle et les cuisines avant de s'en aller, au compte-gouttes. Comme d'ordinaire, Alice et Fred étaient les derniers sur place, témoignant ainsi de leur implication professionnelle. « Le chef, il doit arriver avant tout le monde et partir en dernier pour montrer l'exemple », lui avait souvent répété Frédéric. Et ce dans n'importe quel métier. Alice avait pensé à Mathilde, à la tête de sa petite équipe de quatre personnes au département marketing, qui appliquait à la lettre ce devoir en n'arrivant jamais après 9 heures à la Défense alors qu'elle devait déposer Martin à la crèche, puis Théo à l'école avant de se faire écraser par la foule des travailleurs pour une dizaine de stations de métro. Quel courage il fallait pour assumer tout cela. Contrairement à son habitude, Fred ne lui avait pas proposé de déboucher une bonne bouteille. Mais il était apparu, son casque de moto à la main, vêtu de son éternel blouson de cuir renforcé et lui avait lancé, presque timide :

— Ça te dirait de faire un tour dans Paris ?

D'abord étonnée, et peu encline aux changements de programme, Alice s'était dit qu'après tout ça n'était pas une mauvaise idée. Ça lui rappellerait l'époque où, avec Adrien, ils parcouraient la capitale en Vespa, se laissant porter de quartier en quartier, découvrant la Cité universitaire, un petit troquet perdu dans le XXe ou parcourant le Quartier latin parce que, malgré le cliché, on ne s'en lassait jamais. C'était il y a un siècle, avant la naissance de Laura.

— Pourquoi pas ? Tu me laisses le temps de me changer ?

— J'ai tout mon temps.

L'air était froid mais sec, ce qui n'était pas pour déplaire à Alice, plutôt adepte du confort des saisons hivernales que du déshabillage un peu vulgaire qui accompagnait les grosses chaleurs. Les fenêtres des immeubles ouvriers de ce quartier du centre de Paris de plus en plus convoité par la jeune génération étaient quasiment toutes éteintes. Lorsqu'elle en apercevait une allumée, Alice repensait toujours à cette période où elle se levait pour allaiter Laura. Dans cette ambiance nocturne si spéciale que seuls connaissent bien les insomniaques et les travailleurs de nuit, elle regardait alors par la vitre de la chambre d'enfant le ballet des taxis qui s'arrêtaient au feu rouge en bas de chez elle, et scrutait les façades des autres immeubles pour y repérer des compagnons d'infortune. Depuis, une cuisine allumée dans la nuit était synonyme, pour elle, de bébé récemment mis au monde.

Quelques passants déambulaient sur les pavés, pour la plupart avinés, rigolards ou pressés. Frédéric, debout devant sa moto Triumph dont il était si fier, la regarda d'un drôle d'air, alors qu'elle poussait la porte du restaurant, vêtue d'un slim gris clair, de boots et d'un large manteau ; en gros, de l'intégralité de sa nouvelle garde-robe concoctée par Laura. Maman, on ne met jamais toutes ses fringues neuves le même jour, c'est super plouc ! Elle l'entendait d'ici. Mais assortir les vêtements, c'était au-dessus de ses capacités.

— Tu es ravissante, lui murmura-t-il, ce qui la gêna considérablement.

Elle s'assit derrière lui, tâchant de se tenir au petit dossier chromé, puis elle se dit qu'elle était ridicule de refuser ainsi constamment tout contact physique et finit par passer ses bras autour du large torse de son patron.

Rue Montmartre vers Étienne-Marcel, ils longèrent des bars encore ouverts, devant lesquels se massaient quelques fêtards, Hôtel de Ville, rue de Rivoli, ils bifurquèrent ensuite vers le Pont-Neuf pour rejoindre l'île de la Cité. Toute parisienne pure souche qu'elle était, Alice n'y était pas revenue depuis des années, et elle fut surprise de constater que l'îlot à touristes, qu'elle imaginait aujourd'hui plus proche d'Euro Disney que du Paris historique, avait toutefois conservé ce charme suranné qui avait fait sa renommée.

Fascinée par cette promenade hors du temps et silencieuse, elle ne cessait de tourner la tête, observant une toiture, un vieux mur, un porche chargé de mystères, et guettait la Seine qui luisait sous la pleine lune.

— On va marcher ?

— À cette heure-ci ?

— Oui, il fait bon. J'irais bien marcher sur les quais.

— À vos ordres !

Ils étaient donc descendus, et s'étaient promenés lentement le long de ce fleuve devenu invisible aux habitants de la capitale mais que les touristes savent encore apprécier.

— Frédéric, je peux te poser une question ?

— Ça dépend, je verrai bien si j'ai envie d'y répondre.

— On se connaît depuis près de dix ans maintenant, et je ne sais rien de toi. Là, par exemple, tu es avec moi, mais tu n'as personne à retrouver ? Enfin, je ne veux pas paraître indiscrète mais je ne t'ai jamais connu d'aventure. Pourtant, on ne peut pas dire que tu repousses les femmes.

— C'est l'hôpital qui se fout de la charité ! Tu n'as pas daigné regarder un homme depuis ta séparation.

— Un point pour toi… Mais ça fait à peine un an.

— Écoute, je ne suis pas marié, et sache que je ne vis avec personne, au cas où tu croirais que je t'ai caché ma famille pendant tout ce temps. Je ne suis pas homo non plus, quoique mon côté gros ours à moto puisse parfois le laisser penser, tout comme mon sublime corps musclé, bien sûr. Et je suis un homme normal, il m'arrive de ramener des femmes chez moi, avec lesquelles je passe parfois plusieurs semaines, voire plusieurs mois – rarement. Mais aucune ne m'a suffisamment intéressé pour envisager davantage. Jusqu'ici.

— C'est tout à ton honneur. Aujourd'hui, tant de gens se mettent en couple passé trente ans pour faire comme tout le monde, parce qu'ils se sentent différents, parce qu'ils ont peur de louper le coche, ou de mourir seuls.

— Comment veux-tu que je meure seul en faisant si bien la cuisine ?

Elle lui sourit.

— Vous, les hommes, vous avez de la chance. Vous pouvez vous permettre d'attendre. Attendre la bonne, je précise. C'est con à dire mais pour une femme, aux environs de quarante ans, le contre-la-montre commence si elle veut pouvoir être mère. Il leur reste alors peu de solutions si elles n'ont pas rencontré l'homme de leur vie, si tant est que ce concept existe vraiment : se rabattre sur un type dont elles ne sont pas amoureuses, faire un enfant dans le dos à un inconnu, envisager une insémination ou encore l'adoption. Je me suis souvent demandé si le taux élevé de divorces ne trouvait pas son origine dans ce phénomène. Peut-être que sans cette fichue horloge biologique, chacun se laisserait le temps de faire le bon choix. Les erreurs seraient alors plus rares et les couples resteraient unis jusqu'à leurs vieux jours. D'autant qu'on vit longtemps !

— Quelle idéaliste tu fais…

— Et toi, alors, qui attends ta dulcinée derrière tes marmites !

— Je ne suis pas certain que les couples amoureux aient davantage de chances de durer que les couples fondés sur une sorte d'amitié. Ceci dit, reprit-il, j'ai pas mal d'exemples autour de moi et les plus soudés dans la durée sont souvent ceux qui se contentent d'une tendresse mâtinée de soutien dans l'éducation des enfants et de complicité dans l'organisation du quotidien. Tu déclares les impôts, je paye la cantine, tu descends les poubelles, je nettoie les chiottes et on joue au tarot avec des couples d'amis l'été dans des grandes maisons qu'on loue à plein parce qu'on ne se désire plus assez pour envisager de partir à deux. Tu sais, ces couples qui disent : « On forme une sacrée équipe ! » Ça me fout les jetons. Je ne veux pas de ça. Je crois que je préfère rester seul derrière mes marmites, comme tu dis. Et puis je ne suis pas si seul…

Il la regarda intensément, ce qu'elle ne vit pas, occupée à réfléchir à ces « couples-équipes ». Avec Adrien, ils n'étaient pas ce type de couple, non. Ils étaient amants avant tout, meilleurs amis ensuite, et enfin parents. Mais est-ce que cela les avait mis à l'abri de la rupture ? Fred avait peut-être raison.

Quelques gouttes de pluie, qu'elle prit d'abord pour des embruns venus de la Seine, la tirèrent de ses pensées.

— On a intérêt à se dépêcher. Je ne la sens pas cette giboulée.

— Je te raccompagne ?

— Oui s'il te plaît. En plus, j'ai Laura à la maison demain. Je veux être en forme pour elle, et il est tard.

Il avait fait vite, de sorte qu'ils avaient évité l'orage qui grondait, tout proche. Devant chez elle, Alice lui avait rendu son casque et hésité à lui faire la bise. Elle le voyait tous les jours, et c'était son patron, ils n'avaient plus aucune raison de se claquer chaque matin cette paire de bisous typiquement parisiens que tous deux jugeaient grotesques. Pourtant, ce soir-là, ils étaient hors de leur contexte professionnel habituel, raison pour laquelle elle se posa la question.

— Je ne mords pas. On peut peut-être se faire exceptionnellement la bise.

Elle s'approcha de son visage barbu et put sentir ce parfum que, parfois, elle surprenait derrière son dos alors qu'elle travaillait un produit. Elle eut du mal à cibler ses joues à cause du casque, qu'il n'avait pas retiré, et frôla presque ses lèvres. Horriblement gênée, elle ne le regarda pas dans les yeux et fonça vers sa porte en lui criant : « Bonne nuit ! À demain ! »

Puis elle entendit vrombir le bolide, qu'il conduisait manifestement beaucoup plus vite lorsqu'elle n'en était pas la passagère.

*

— Waouh ! Mais alors vous n'avez pas couché ensemble ? Il n'est pas monté chez toi ?

— Attends, ça c'était le jeudi !

— Mamaaaan, il m'embête !

— Oh non… Attends, excuse-moi. Qu'est-ce qui se passe, encore ? Maman peut téléphoner tranquille, c'est possible ? Pourquoi tu pleures, toi ? Il t'a fait quoi ton frère ?

— Il veut pas regarder Spider-Man, il arrête pas de parler. J'en ai marre !

— Mais il est encore petit, voyons ! Tu dois être gentil avec lui.

— J'en ai marre d'être gentil avec lui, il fait que des bêtises. Il a appuyé sur tous les boutons de la télécommande et il a cassé la télé !

— Nan, a pas cassé la télé ! Pipiiiii !

— Théo, Martin, on se tait ! Martin, tu as vraiment envie de faire pipi ?

— Ouiiiii !

— Putain… Je vais devoir te laisser, Alice. Qu'est-ce que tu en as de la chance de ne plus avoir de bébés…

— Je suis pas un bébé !

— Mais non, tu n'es pas un bébé, je parle de ton frère.

— A pas un bébé !

— Oui oui. Non mais, reviens ! Ne cours pas tout nu dans le couloir, attention à ta salopette tu vas tomber ! Alice, je te rappelle !

5

— Désolé, c'est une soirée privée.

Qu'est-ce qu'il lui avait pris de se laisser embarquer de la sorte, enceinte en plus ? Cela faisait maintenant un bon quart d'heure que, avec Sabine et Enzo, sa *target* du service icono prétendument très introduit dans le milieu dit « de la night », ils poireautaient devant Le Baron pour y boire un dernier cocktail – sans alcool pour elle, quel intérêt ? Pourtant, Sabine avait insisté, arguant que ça ferait vraiment trop con si elle se retrouvait toute seule avec Enzo. Résultat, à présent c'était elle qui se sentait très con avec son gros ventre, malmenée par de grandes gigues perchées sur des talons de douze ou, pis, des *fashionistas* sapées avec tant d'incongruité qu'on devinait qu'il s'agissait là du dernier style à la « mode » – rien à voir avec la chemise de grossesse à carreaux portée sur un legging qu'Éva avait cru bon de revêtir ce soir-là.

— Bak, Bak !

Enzo essaya une nouvelle fois d'attirer l'attention du videur, un grand Black avec d'énormes lunettes teintées ocre, qui souriait autant à certains qu'il en méprisait d'autres, leur souhaitant une bonne soirée tout en les poussant poliment mais fermement du bras pour les écarter de son champ de vision. Il fronça les sourcils en fixant Enzo. Éva retint sa respiration, se forçant à sourire pour augmenter leurs chances de pouvoir entrer dans ce lieu manifestement très privé.

— Souris pas trop !

Sabine lui parlait entre ses dents, feignant de ne pas s'intéresser à la scène.

— Vous êtes combien ? demanda le physio.

— Trois !

Il parcourut à nouveau du regard leur équipée, alors que le temps semblait s'être arrêté. Éva eut soudain l'impression que la foule entière amassée devant cette porte crade et noire, et pour lors fermée, attendait avec eux la divine sentence du gardien du temple. Rentrera ? Rentrera pas ?

— Cache ton ventre, c'est pas très stylé.

Elle en avait de bonnes. À six mois, en réalité sept de grossesse, c'était déjà une chance qu'elle puisse courir les soirées parisiennes. Docilement pourtant, elle ferma discrètement son manteau, autant qu'elle le put en tous cas.

Puis, d'un hochement de tête presque imperceptible, le fameux Bak sembla leur indiquer qu'ils pouvaient s'avancer. Il tendit négligemment la main vers le cordon de velours rouge, qui s'ouvrit comme par miracle pour les laisser entrer. Vite, ils s'engouffrèrent, sous le regard envieux des autres candidats, avant que leur geôlier ne change d'avis.

— Merci, murmura Éva à l'adresse du videur, se rendant compte de l'incongruité de ce mot en même temps qu'elle le prononçait.

Il ne l'avait pas entendue, occupé déjà à repousser les assauts de prétendus habitués qui juraient être attendus par quelque star locale. À l'intérieur, Éva poussa un ouf de soulagement et s'engouffra prestement dans l'étroit couloir rococo décoré de tableaux canaille qui rappelaient le passé pas si lointain du lieu, un ancien « bar à hôtesses ». Puis ils ouvrirent la porte qui les séparait encore de l'antre célèbre et se laissèrent envahir par la musique assourdissante et les conversations de cette foule entassée dans ce qui restait une toute petite boîte de nuit si on la comparait aux Metropolis de province. Rapidement, Éva perdit de vue Sabine et Enzo, qui se précipitèrent vers la piste de danse, ce qui ne la tentait guère. Elle se voyait mal trémousser son gros ventre parmi les hipsters, les stylistes, les producteurs musicaux, les publicitaires, les journaleux, les types de la télé et les parasites déguisés en un peu tout cela, mais qu'on ne pouvait distinguer à cette heure de la nuit. Elle se dirigea donc vers le bar, essayant tant bien que mal de protéger son bébé alors que des barbus en chemise en jean et mèche rebelle vantaient leurs projets professionnels à des connaissances qui faisaient mine de s'y intéresser, attendant avec impatience le moment où ce serait leur tour de briller. Arrivée au comptoir, elle dut ensuite attendre que l'un des barmans veuille bien poser les yeux sur sa petite personne, tellement terne et conformiste à côté des filles ultra lookées qui squattaient le bar. Une chance, elles n'étaient pas jeunes. Au contraire, la moyenne d'âge semblait avoisiner les trente ans, voire quarante si on y regardait de plus près, ce qui était fort appréciable à un âge où il est rare de ne pas se sentir de trop dans les lieux de la nuit.

— Je vous sers quoi ?

— Euh... Vous avez quoi comme cocktail sans alcool ?

— Sans alcool ? T'as un ulcère, cocotte ?

— Non, je suis enceinte.

— Ah, on n'en voit pas souvent des comme toi, ici. Laisse-moi faire, je vais te mixer un truc incroyable avec des framboises, du Perrier, du jus de fruits... Il va kiffer, ton bébé !

— Merci.

Fascinée, elle le regarda jongler avec son shaker, écraser avec fermeté les petites billes rouges qui s'éclatèrent dans le grand verre, jeter les glaçons, mixer le tout dans ce brouhaha assourdissant. Elle se demanda quel pouvait bien être le quotidien de ce type-là, condamné à préparer boisson sur boisson des nuits entières, à se faire draguer par de vieilles donzelles comme ses voisines actuelles tout en restant aimable, à tendre l'oreille pour comprendre les commandes qu'on lui passait avant de regagner, au petit jour, son studio certainement triste et mal rangé, puis de s'effondrer à l'heure où les premiers salariés prenaient leur RER.

— Et voilà, maman !

— Je t'invite ?

Éva tourna la tête.

Max.

Ça devait finir par arriver. Il était bien la dernière personne qu'elle aurait aimé croiser, et pourtant Dieu sait qu'une présence connue était plus que bienvenue.

— Salut, Max. Euh, non, non, c'est gentil.

— Allez, laisse-moi t'inviter.

Et il tendit sa carte bleue au barman, qu'il appela par son prénom.

— Tu viens souvent, on dirait ?

— Tu vas me faire la morale ?

— Non, simple constatation.

Elle ne savait quoi dire. Tous les sujets semblaient tabous : son boulot, ses amis, son appart, Mathilde, surtout… Ce fut finalement lui qui rompit la glace.

— Alors, ce bébé, ça se passe bien ?

— Très bien, oui. C'est pour bientôt, on a hâte.

— Vous avez raison. C'est merveilleux, un premier bébé. C'est que des découvertes. L'accouchement, voir à qui il ressemble, le premier bain, le premier sourire, les premiers pas… Les premières engueulades, aussi. (Il rit avec cynisme, avant de reprendre :) Tu penses que je suis un gros con, non ? Un gros con d'égoïste qui abandonne sa famille pour aller boire des coups au Baron.

— Je ne pense rien. Tu fais ce que tu veux, ça ne me regarde pas.

— Bien sûr que si, tu penses ça. Comme pas mal de monde, d'ailleurs. Mais n'oubliez pas que c'est elle qui m'a fichu dehors. Ensuite, on ne peut jamais savoir ce qui se passe dans un couple, alors ne me jugez pas. Attends d'avoir deux gosses, un crédit immobilier sur le dos, ton salaire qui disparaît et une marâtre qui te fait ressentir quotidiennement que t'es qu'une merde parce que tu ne suis pas à la lettre ses règles d'organisation ménagère. On verra si tu n'as pas envie de te la coller à la nuit tombée tout simplement parce que t'en peux plus des cris, du caca, de la télé et de ta gonzesse qui te raconte ses *meetings*, ses *calls* et ses *PowerPoint* avant d'aller te pieuter bien sagement à 11 heures du soir parce que sinon elle sera crevée le lendemain, et que toi t'as rien à branler.

Sa diction était pâteuse, preuve qu'il n'en était pas à son premier verre de la soirée. Max avait toujours eu l'alcool mauvais, c'était connu. Et il y avait fort à parier qu'avec sa situation actuelle cela ne s'était pas arrangé.

— Ce qui se passe entre vous, ça vous regarde, Max.

— T'inquiète, j'ai bien compris que tu ne voulais pas t'en mêler. Mais laisse-moi juste t'expliquer parce que toi tu viens de commencer dans le milieu. Celui des heureux parents, je veux dire. Bientôt, tu repenseras à ce que je t'ai dit et tu te diras : « Bordel, j'ai voulu cet enfant et cette putain de vie de couple plus que tout et pour quoi ? Pour ça ? C'est ça ma vie ? »

— Elle ne te plaît pas, ta vie ?

— J'ai l'impression de passer à côté. Je vais avoir quarante ans, j'en suis à la moitié. Moins, si on comptabilise les vodkas Get et les paquets de clope que je m'enfile depuis vingt ans déjà. J'ai deux gosses que j'aime à en crever, c'est vrai. Mais, pour moi, ça n'est pas tout. J'ai besoin d'autre chose, de rêver, de me dire que tout est encore possible.

— Mais tout quoi ? Les mecs, vous êtes des insatisfaits chroniques. Un super appart, une chouette famille, des amis et une belle santé, ça ne te suffit pas ? Tu veux quoi, devenir chanteur de rock ou joueur de foot ? C'est trop tard, pour le coup…

— Eh bien, peut-être. Rêver encore, en tout cas. Ne pas avoir comme unique perspective celle de rembourser ce putain de crédit dans vingt ans, peut-être grâce à l'héritage que j'aurai touché quand mes parents seront morts, et de me retrouver seul avec ma bonne femme quand mes fils seront partis vivre leur vie, et que je me demanderai si un voyage en car organisé en Égypte c'est plus ou moins cool qu'une croisière avec des mecs de mon âge. Le troisième.

Éva ne sut que répondre, mordillant avec gêne sa paille puisqu'elle avait bu quasiment d'une traite son cocktail et qu'elle ne savait plus quoi faire de ses mains, d'autant que, bien sûr, on ne pouvait plus fumer.

— Et ton projet de bar à bagels avec ton copain ?

— On a laissé tomber. On n'a pas les fonds, et puis on s'est engueulés.

— Ah bon ? Mais tu n'habitais pas chez lui ?

— Si.

— Et tu vis où maintenant ?

— Chez une copine.

Éva reçut cette réponse avec la même violence que s'il s'était agi de son propre mec. Ainsi Max avait une copine, une fille chez qui il vivait. C'était bien fini alors. Plus grave, en tous cas, que ce qu'elle s'imaginait. Mais comment était-ce possible qu'ils en soient arrivés là ? Si vite ? L'été dernier pourtant, ils affichaient un bonheur sans nuage, lorsqu'ils avaient passé tous ensemble ces quelques jours en Provence. La capitale avait encore broyé une famille de ses crocs acérés. Le boulot, le quotidien, le manque de moyens, de sommeil et les tentations, le cocktail fatal, et bim, ils sautaient tous, les uns après les autres. Pourtant, elle savait qu'elle et Vincent étaient plus solides parce que, justement, plus tièdes. Ils ne s'engueulaient quasiment jamais. Outre la sale période qu'ils avaient traversée quand ils essayaient d'avoir un enfant à tout prix, ils s'étaient toujours plus ou moins comportés l'un avec l'autre comme des amis très proches, davantage dans la tendresse que les grandes effusions. À part peut-être au tout début.

— Et… Mathilde est au courant ?

— Non. Je viens voir les garçons dans l'appart un week-end sur deux – pendant lesquels elle va dormir chez sa sœur – et quelques soirs par semaine. Soit elle s'arrange pour pas être là, soit on ne se retrouve pas dans la même pièce. C'est moche, hein ?

— Plutôt. Et vous allez continuer longtemps ?

— Non, il faut qu'on s'organise. Qu'on parle aux garçons, à Théo surtout. On ne peut pas continuer à lui mentir comme ça. En plus, il a très bien compris. Maintenant que j'ai un appart, je vais demander la garde alternée.

Voilà qui n'allait pas plaire à Mathilde, c'était certain. Surtout si ladite garde se passait chez une inconnue dont, encore une fois, Éva préférait ne rien savoir. Ce pauvre Max était complètement à côté de la plaque. Sa nouvelle proie gagnait certainement bien sa vie, ou bénéficiait, comme c'était le cas de pas mal des filles qui traînaient ici, d'une rente confortable versée chaque mois par ses riches parents, ce qui lui permettrait à lui de continuer à glander à loisir en réfléchissant à cet avenir qu'il souhaitait original. Pour qui se prenait-il, avec ses rêves dont on ne comprenait pas bien en quoi ils consistaient ? Se croyait-il meilleur que les autres parce qu'il ne se « contentait pas » d'une petite vie heureuse faite du plaisir d'aller au marché le dimanche matin, au ciné ou simplement de voir grandir ses enfants ? Pourquoi faudrait-il absolument briller dans un domaine ou faire le tour du monde à la rame pour avoir réussi sa vie ? Si elle avait pu, elle l'aurait giflé pour lui remettre les idées en place. Mais il semblait perdu pour la cause, obnubilé par sa petite personne, dont il n'en finissait plus d'analyser le triste sort à longueur de journée puis de nuits fortement alcoolisées. Elle préféra couper court à cette exaspérante conversation qui, par ailleurs, ne lui apporterait certainement que des ennuis.

— Max, je vais te laisser, je dois retourner avec mes amis.

Il ne l'écoutait déjà plus, concentré sur le verre posé devant lui, qu'il venait de commander sans même lui en proposer un à elle. Il ne lui avait d'ailleurs pas non plus demandé avec qui elle était venue. Elle le laissa donc à ses réflexions autocentrées pour rejoindre Sabine et Enzo. Ou quiconque ne serait pas Max, en fait.

6

— Viens, on va réveiller ton frère, c'est l'heure.

Mathilde avait achevé d'habiller Théo pour son goûter d'anniversaire, après avoir bataillé ferme pour lui faire admettre que s'y rendre en pyjama n'était pas la meilleure idée qui soit. Martin, lui, faisait encore la sieste, une bénédiction, raison pour laquelle cet horaire imposé par les gentils invitants, qui les attendaient à 15 h 30, ne l'arrangeait guère. Eussent-ils été deux, Mathilde aurait laissé le cadet dormir pendant que son père somnolait devant la télé avant de le rejoindre pour une sieste crapuleuse. Tout le monde faisait ça, non ? Comment ne pas profiter de ces subites invitations des samedi et dimanche après-midi qui vous offraient, enfin, gratuitement, quelques heures de liberté pendant le week-end après trois à quatre ans de veille continuelle ? Enfin, gratuitement, si l'on ne comptait pas le prix du cadeau qu'il fallait apporter, dont le montant équivalait à celui de trois heures de baby-sitting – en résumé : la durée exacte de la fameuse fête dite gratuite.

Seule à présent, Mathilde devait donc réveiller Martin, et l'embarquer, bougon, pour accompagner son aîné. Après cela, il faudrait bien l'occuper. Elle se rendrait certainement au manège ou au bac à sable en compagnie de quelques parents désœuvrés, dans cette grisaille dominicale qui poussait à tout sauf aux sorties de plein air. Puis elle reviendrait chercher Théo et se coltinerait alors une bonne dizaine de minutes de discussion surjouée avec les autres parents, une coupe de champagne bon marché à la main, ce qui ne l'enchantait pas plus que le reste de son programme – d'autant que l'idée d'ingurgiter à nouveau de l'alcool réveillait sa nausée. Foutu Max, qui n'avait pas voulu prendre Martin cet après-midi-là. Et pourtant, elle avait ravalé sa fierté et lui avait envoyé un texto pour le lui demander. Elle aurait pu, ainsi, aller au ciné ou du moins se détendre quelques heures après sa semaine à courir partout. Elle en rêvait. Pas possible *sorry*, fut tout ce qu'elle obtint comme réponse. Au prix de douloureux efforts, elle s'était retenue de lui répondre.

Elle se trouvait donc là, sous la bruine, sa poussette à la main, devant le porche d'un appartement a priori peu luxueux, prête à afficher ce sourire de circonstance que les autres parents attendaient d'elle.

— Elle est où l'invitation ? Putain, l'invitation ! Théo, tu l'as ?

— Hein ?

— Fait chier. On l'a oubliée sur le frigo. On n'a même pas le code. C'est quoi son nom de famille à ton copain ?

— Arthur !

— Non, son nom de famille.

— Arthur D.

— D quoi ?

— Quoi D quoi, maman ?

— Chouchou, toi tu t'appelles Théo Marsac. C'est ton nom de famille. Et Arthur c'est Arthur quoi ?

— Quoi ?

— Rien, laisse tomber.

— Maman, on rentre, j'ai froid ! Je veux aller à l'anniversaire.

Théo commençait à pleurnicher.

Respire…

Elle scruta un à un les noms sur l'interphone, à la recherche désespérée d'un patronyme commençant par un D. Devouge, Derobe, Druon. Au moment où elle s'apprêtait à sonner simultanément chez tous les voisins de ses hôtes, une maman et sa fillette déguisée en fée apparurent à leur côté.

— Ah, on va au même endroit on dirait !

— Vous me sauvez, je n'ai pas le code !

— Mais, vous n'avez pas eu l'invitation ?

— Si, mais on l'a oubliée, vous savez ce que c'est…

Manifestement non, vu le regard que ladite maman lui jeta, à mi-chemin entre la consternation la plus totale et le jugement divin. Ils finirent par entrer tous ensemble dans le hall et constatèrent qu'il n'y avait pas d'ascenseur.

— C'est à quel étage ?

— Au sixième.

La maman parfaite de la petite fée avait déjà commencé son ascension, les laissant là, désœuvrés, avec Martin sanglé dans sa poussette qu'il allait falloir porter.

— Connasse, grommela-t-elle.

— Quoi, maman ?

— Rien, rien, chéri. Tiens, prends le cadeau.

Arrivée au sixième, Mathilde se rappela soudain pourquoi elle avait arrêté de fumer. La soirée de la veille restait arrimée à son corps et les vingt cigarettes qu'elle avait enchaînées en quelques heures semblaient s'être constituées en une sangle autour de sa poitrine, prête à l'étouffer. Elle devait avoir une sale gueule, malgré la grosse quantité de fond de teint dont elle s'était recouverte pour masquer ses excès. Les mains sur les côtes, essoufflée, elle n'eut pas le temps de dire à Théo d'attendre avant de sonner. Déjà, la porte ornée de ballons multicolores s'ouvrait alors que des cris d'enfants, a priori nombreux, venaient agresser le crâne de Mathilde.

— Bonjour, et toi tu es… ?

Théo avait déjà investi l'appartement, sans prendre la peine de répondre à son interlocuteur, certainement le père du fêté. Mathilde releva la tête, honteuse d'être surprise dans cette position, et fut étonnée de tomber nez à nez avec un fort bel homme. Jamais elle ne l'avait croisé à l'école, elle en était certaine, elle s'en serait souvenue. La plupart des pères qui hantaient les couloirs colorés de sa maternelle étaient soit vieux avant l'heure, soit ploucs, soit chauves, soit en pantacourt. Soit un peu tout cela à la fois. Ou alors elle ne faisait plus attention depuis bien longtemps et celui-ci était passé entre les mailles de ses radars oculaires, ce qui n'était pas impossible. Le cheveu dru et décoiffé, il était simplement vêtu d'un tee-shirt gris en V, d'un jean usé et de baskets Nike. Elle s'en voulut, soudain, d'avoir pour sa part enfilé les premières frusques qui lui tombaient sous la main. Lucie, Lucie, comme tu vas m'en vouloir de ne pas avoir écouté les préceptes de ta mère. La fameuse rencontre inattendue qui explique qu'il ne faut jamais, jamais sortir débraillée…

— Excusez-le, c'est Théo. Il était très excité de venir. Je suis Mathilde, la maman. Et voilà Martin, le petit frère fatigué.

— Ah, le fameux Théo ! Le nouveau meilleur ami. Arthur nous a beaucoup parlé de lui. Ravi de vous rencontrer. Mais entrez.

— On ne s'est jamais vus, non ? Arthur et Théo sont bien dans la même classe ?

— Je viens pourtant le chercher tous les jours. Mais vous n'avez pas dû me voir le matin, c'est sa mère qui l'emmène.

Heureuse femme qui passe ses nuits avec ce bellâtre.

— Ah, effectivement. Pour ma part, c'est la nounou qui passe le prendre après l'école. Quant au matin, je le jette si rapidement que, quand bien même, j'aurais très bien pu ne pas vous voir.

— Ma femme fait ça aussi je crois. Elle travaille. Enfin, vous travaillez n'est-ce pas, à ce que je comprends ?

— Oui, à la Défense. Si je pars après 8 h 30 ma journée est déjà foutue.

— La Défense, c'est sexy comme quartier…

— Ça, vous pouvez le dire…

— Antoine. Excusez-moi, je ne me suis pas présenté.

On sonna à nouveau. Antoine la laissa dans l'entrée pour aller ouvrir. Martin, lui, s'était sauvé depuis bien longtemps. Merde, où pouvait-il bien être ? Quelle mère indigne elle faisait, décidément, occupée à flirter avec un honnête père de famille, laissant son petit bonhomme sans surveillance. Elle le retrouva près du buffet, un liquide visqueux et multicolore dégoulinant de sa minuscule bouche.

— Zut, Martin, qu'est-ce que tu as mangé ? chuchota-t-elle, jetant des regards à la dérobée.

— Bonbons, pointa-t-il de ses doigts collants.

Elle aperçut un bol de Dragibus qui avait dû être rempli, quelques minutes auparavant, et songea que le bambin pouvait vomir à tout moment sur le joli parquet. La maman parfaite de la fée l'observait du coin de l'œil, manifestement prête à prévenir les services sociaux. Elle saisit un sopalin et força Martin à cracher la boule compacte qui n'allait pas manquer de l'étouffer. Ne sachant que faire de ladite boule enturbannée, elle la glissa dans la poche de son manteau alors qu'Antoine réapparaissait dans le salon, suivi d'un couple de parents que Mathilde avait maintes fois croisé le matin sans jamais dépasser le stade du « bonjour, au revoir ». La mère était vêtue d'un pantalon à pinces beige informe et d'un tee-shirt qui devait appartenir à son mari, tant il était grand. Quant à sa silhouette, il semblait qu'elle soit restée exactement la même qu'au lendemain de son accouchement, qui devait bien remonter à huit mois à en juger par la taille du nourrisson qu'elle portait en écharpe multicolore. Le père, lui, était plus girond encore que son épouse, et semblait avoir abandonné tout rapport avec le sexe quel qu'il soit depuis un temps infini. Pourtant, il couvait son épouse du regard. Et il était là, lui. Mathilde s'en voulut aussitôt de ce jugement hâtif. Si ça se trouve, ils s'éclataient au pieu ou ailleurs. Et puis ils étaient ensemble, unis, et n'avaient certainement pas claqué leur salaire la veille dans de l'alcool bon marché pour finir la tête dans la cuvette. En revanche, malgré ses tentatives pour faire taire ses pensées négatives, la perspective d'engager une conversation scolaire ou éducative avec eux en ce dimanche après-midi était au-dessus de ses forces.

Dommage, elle serait bien restée des heures à parler au père d'Arthur. Que pouvait-il bien faire dans la vie ? Rien dans l'appartement, petit, pas très bien rangé mais plutôt charmant, ne lui permettait de le deviner. Quant à sa femme, où pouvait-elle bien être ? Mathilde n'avait perçu aucune voix féminine adulte provenant de la chambre, elle entendait juste les gloussements bruyants de Théo. Se pouvait-il que cet homme si parfait se soit occupé de tout en proposant à son épouse de se reposer et d'organiser seul cette petite sauterie ? Mathilde soupira. Décidément, elle avait misé sur le mauvais cheval.

Elle repartit donc avec Martin, verdâtre, alors que le couple gentil prenait place, mal à l'aise mais visiblement décidé à prendre racine. Antoine la raccompagna à la porte et lui jeta un coup d'œil complice, signifiant que lui non plus n'était pas enchanté à l'idée de rester seul avec ces braves gens, ce qui acheva de la faire craquer.

— Vers quelle heure est-ce que je repasse ? Vous allez vous en sortir ? Votre femme arrive bientôt, j'espère. Je vois que vous ne faites pas partie de ces parents qui se déchargent sur un clown, un pirate ou un chevalier venus mettre l'ambiance – ce que j'ai moi-même fait l'année dernière, soit dit en passant. Honte sur moi ! Je plaide coupable, mais je fais une piètre animatrice. Euh, par ailleurs, j'ai d'autres qualités.

— Ne vous inquiétez pas, je vais y arriver. On a les bonbons, les bagnoles, la piñata et quelques flingues. Je pense réussir à tenir cinq petits mecs en haleine avec tout ça. Venez vers 18 heures. Plus tard, si ça vous arrange. Arthur et Théo s'adorent, ça ne me dérange pas de les avoir tous les deux, ils se neutralisent.

— C'est vraiment gentil. Bien, je vous envoie un texto dans ces cas-là. Je vais peut-être en profiter pour passer voir une copine.

— Pas de problème.

— À tout à l'heure.

— Vous avez mon numéro ? s'écria-t-il alors qu'elle s'élançait dans l'escalier, impatiente d'aller traquer Alice jusque chez elle pour enfin connaître tous les détails de sa folle nuit d'amour avec Fred.

— Ah non, effectivement. Attendez.

Et elle nota son numéro avant de lui confier à son tour le sien. Cela lui permit, mine de rien, de lui donner au passage son prénom. Ouf, elle n'était plus seulement la « maman de Théo » mais Mathilde, femme de presque quarante ans certes, mais femme quand même.

— Allô, Alice ? Tu es chez toi ?

— Oui, pourquoi ?

— Tu es toute seule ?

— T'es lourde… Évidemment que je suis toute seule. Avec qui veux-tu que je sois ?

— Je ne sais pas. Peut-être un gros ours mal léché qui serait venu t'apporter des croissants trois étoiles.

— Une étoile.

Mathilde éclata de rire comme une gamine. Depuis combien de temps ne s'étaient-elles pas enthousiasmées pour une histoire de cul, de cœur ou même un flirt ? Ça faisait un bien ! Cantonnées à leur rôle de mère de famille, elles s'étaient peu à peu habituées à n'évoquer, lors de leurs conversations, que leurs enfants, les problèmes de garde, de nounou, voire très rarement leur vie de couple, et encore. Car si, au début, il est aisé de raconter les détails d'une nuit passée avec un inconnu ou les prémices d'une histoire d'amour, se répandre sur sa vie sentimentale, en particulier lorsque les sorties « à quatre » ou « à six » se multiplient, cela devient plus difficile avec les années.

— Bon, je peux venir ? S'il te plaît, s'il te plaît !

— Bien sûr, je t'attends !

— Je suis avec Martin, tu as un truc pour son goûter ?

— Évidemment, je suis chef. Tu crois que je vais laisser ton fils mourir de faim ?

— Certes non.

Trois quarts d'heure plus tard, Mathilde était confortablement installée dans le salon d'Alice, rue Condorcet, tandis que Martin regardait sagement un dessin animé. Dans la cheminée crépitait un bon feu, et Mathilde songea que la décoration, de type haussmannien, que Lucie jugeait trop traditionnelle, était parfaite pour un tel après-midi. Alice et Adrien avaient acheté cet appartement bien des années plus tôt et l'avaient meublé à l'ancienne. De lourds rideaux doublés habillaient les larges fenêtres voûtées, le sol était recouvert d'épais tapis et de nombreuses petites lampes aux abat-jour en satin à franges héritées de la mère d'Alice conféraient à la grande pièce un éclairage des plus cosy. La jeune chef avait apporté une assiette de petits cookies maison sans doute préparés sur le pouce juste après son appel, et une adorable théière en argent, deux tasses et un petit pot de lait les attendaient sagement sur la table basse.

— Alors ?

— Alors...

*

Le lendemain de leur escapade sur les quais de Seine, lorsque Alice était retournée au restaurant, Fred n'y était pas. Guère inquiète dans un premier temps, elle s'était par la suite étonnée de cette absence qui s'était prolongée dans l'après-midi. Il était en effet fréquent que le chef ne vienne pas au déjeuner, laissant à sa seconde les rênes de son affaire, mais jamais il n'avait raté une soirée, surtout un vendredi soir. Pourtant, étrangement, se sentant coupable de Dieu sait quoi, elle n'avait rien osé demander à personne. Puis, elle avait fini par interroger Sophie, qui s'occupait des réservations, laquelle, surprise qu'elle ne soit pas mise au courant, lui avait répondu que Frédéric était malade. Ça alors ! Avait-il attrapé froid la veille lors de leur promenade nocturne ? Et pourquoi diable ne l'en avait-il pas informée ? Elle avait donc décidé de lui envoyer un message.

`Tu es malade ?`

Contrairement à son habitude, Fred n'avait pas tout de suite réagi – ce qui l'avait inquiétée davantage. Et la soirée était passée sans qu'elle puisse consulter son téléphone. À la fin du service, elle put enfin constater qu'il lui avait répondu :

`Un peu patraque. Te tiens au courant.`

Alice était rentrée chez elle rassurée, quoique perplexe. Fred, « patraque » ! Cette force de la nature ? En huit ans de collaboration, elle ne l'avait jamais vu ne serait-ce que tripoter un Kleenex.

Le lendemain, elle avait passé la journée avec Laura, à déambuler dans le Marais, et fait l'acquisition d'un pantalon de cuir qu'elle avait mis une bonne demi-heure à choisir. Mais si maman je te jure ça te fait des fesses canon. Tu es sûre que je ne suis pas trop vieille pour porter ça ? Mais non voyons t'es hyper bien foutue. Si je puis me permettre, il vous va vraiment bien, avait évidemment surenchéri la vendeuse. Alice s'était laissé convaincre, complétant son achat d'un petit pull en cachemire au décolleté plongeant et d'une jupe poum Tara Jarmon pour Laura, qui avait une soirée le soir même au cours de laquelle elle comptait bien plaire à un certain Gaspard – elle avait consenti à l'évoquer du bout des lèvres, en rougissant. Alice n'en croyait pas ses oreilles. Mon Dieu, ma fille a quinze ans ! Et dire qu'hier encore… Elle s'était retenue de sortir son laïus sur les relations protégées. Elle avait envoyé sa fille chez sa gynécologue il y a un an déjà et, à l'heure d'Internet et de l'hypersexualisation dans les médias, elle avait estimé que son rôle s'arrêtait là. Excitées comme des puces, elles étaient retournées ensemble à l'appartement pour que la jeune fille se coiffe et se maquille sous l'œil attendri de sa mère.

`Alors le grand malade, ça va mieux j'espère ? Je peux faire quelque chose pour toi ?`

Inquiète, elle s'était enquise de son état. La réponse n'avait pas tardé :

`Tant et si peu.`

Bref, une pirouette comme à son habitude.

`Tu as faim ? Tu veux que je t'apporte un petit quelque chose à manger ? J'ai braqué le restau hier…`

Après tout, elle n'avait rien à faire ce soir-là, et préférait amplement jouer les garde-malades avec cet homme qui avait tant fait pour elle plutôt que de rester seule à bouquiner chez elle.

`Pourquoi pas.`

Alice avait donc préparé un gros panier dans lequel elle avait déposé la plupart des victuailles qu'elle avait effectivement rapportées du restaurant. Pain frais, fromages au lait cru, langoustines, navets nouveaux, asperges et sa fameuse tarte au chocolat amer, il y avait là de quoi ragaillardir n'importe quel homme « patraque ». Elle ajouta à ce panier garni une bouteille de Ruinart qu'Adrien avait reçue en cadeau pour ses quarante ans. Bien fait ! Puis elle était allée enfiler son nouveau pantalon de cuir, qu'elle avait évidemment assorti du pull au décolleté plongeant, avant de se rendre dans la salle de bains pour rafraîchir son make-up du jour.

— Bah, maman, tu vas où ? T'es canon. T'as un rancard ?

Alice avait rougi malgré elle. Bien sûr que non, elle n'avait pas un rancard. C'est vrai, ça, qu'est-ce qu'il lui avait pris de s'habiller de la sorte ? Tout ça pour Fred, qui devait l'attendre en pyjama, la goutte au nez et l'haleine suspecte ? Elle était ridicule.

— Nulle part. Enfin, Fred est malade, je passe lui apporter quelques trucs à manger avant de rejoindre les filles pour boire un verre, avait-elle menti, sans savoir pourquoi.

— Je ne sais pas où vous allez mais tu vas faire craquer tout le monde ! Tu veux que je te fasse un maquillage charbonneux ? Ça irait trop bien avec ta tenue.

— Pourquoi pas ?

Et elle s'était abandonnée aux mains expertes de sa Laura, elle-même carrément sublime dans sa nouvelle jupe. Le joli visage de poupée de sa fille, maquillé avec goût, était à quelques centimètres à peine du sien. Alice se surprit à scruter cette peau sans ride ni défaut. Était-il possible qu'elle aussi ait un jour arboré un tel teint sans aucun pli, aucune lézarde, aucune tache ? Dame nature était bien cruelle, qui froissait sans relâche les visages féminins…

Une heure plus tard, Alice s'était retrouvée dans le XVIe arrondissement, qu'elle abhorrait, où Fred possédait depuis des années un somptueux appartement doté d'une des plus belles terrasses de Paris. Elle y avait maintes fois ripaillé avec toute la brigade, mais n'était jamais venue seule.

Au moment de sonner, elle avait eu brusquement peur : sa fichue timidité adolescente refaisait surface, d'un coup, comme ça lui arrivait encore de temps en temps malgré ses efforts quotidiens pour la combattre. Fred lui avait finalement ouvert la porte sans rien dire. Il n'était pas en pyjama ainsi qu'elle s'y était attendue mais était vêtu d'une belle chemise bleue qui soulignait son large torse entretenu par les heures d'exercices de musculation qu'il s'imposait pour faire face à sa gourmandise, et d'un pantalon fluide de bonne facture, qui laissait apparaître sa virilité, ce qui gêna considérablement Alice lorsque son regard se posa par inadvertance sur cette excroissance. Elle baissa un peu plus les yeux et murmura un « bonsoir » qui n'avait rien de naturel.

Mais qu'est-ce qu'elle fichait là, un samedi soir, en fute de cuir sur le paillasson « Salut la compagnie » de son patron ? Tout cela n'avait aucun sens.

— Entre, avait-il proposé, d'une drôle de voix, pour une fois exempte de toute ironie.

D'une main ferme, il lui avait saisi son panier, et l'avait posé à même le sol de l'entrée, faiblement éclairée. Puis, il l'avait regardée dans les yeux, toujours sans rien dire. Elle tremblait et ne savait que faire de ses mains, ni de son manteau, alors qu'il poussait la porte sans cesser de la fixer.

— Ça va mieux ? avait-elle balbutié.

— Maintenant, oui.

Puis il s'était approché doucement, manifestement inquiet de sa réaction, et avait passé ses mains dans son manteau pour le lui retirer. Son visage s'était alors retrouvé tout près du sien ; elle avait reconnu son parfum et s'était fait la réflexion qu'il ne sentait pas le malade, ainsi qu'elle l'avait redouté.

— Et… tu souffres de quoi ? Enfin… qu'a dit le médecin ?

— Le cœur…

Se pouvait-il ? Non, pas lui. Pas un cliché pareil dans sa bouche à lui. Pourtant, il s'était approché davantage, elle avait senti son corps à elle trembler, et qui s'était immédiatement mis en branle au contact de cette grosse carcasse virile dont elle pouvait presque sentir les battements de cœur. Il avait passé sa main sur sa nuque dégagée puis l'avait embrassée. Avec pudeur d'abord, et de manière plus passionnée ensuite, quand il s'était rendu compte que, loin de le repousser, elle lui rendait ses baisers. Ils étaient restés dans l'entrée à écraser leurs bouches l'une contre l'autre, et les bruits de succion ponctués de leurs halètements avaient peu à peu rempli le silence. Rapidement, ils s'étaient débarrassés de sa chemise à lui, du pull en cachemire pour elle, laissant courir leurs mains sur leurs corps à la fois si familiers et encore inconnus. Elle avait tremblé lorsque les larges paumes de Fred avaient empoigné ses seins menus à travers la fine dentelle du soutien-gorge qu'elle avait choisi avec soin.

Puis, elle avait émis un gémissement quand il l'avait soulevée brusquement pour l'emmener dans sa chambre. Il l'avait alors posée sur le lit, puis s'était attaqué à son pantalon de cuir qui se révélait impossible à retirer, comme elle l'avait déjà constaté quelques heures plus tôt dans la cabine d'essayage. Quelle gourde elle faisait ! Elle s'était attendue à un trait d'humour de Fred pour détendre la tension qui s'était installée mais il était visiblement trop excité pour cela. Il s'était acharné de toutes ses forces sur le vêtement pour, enfin, jeter son visage contre son ventre, qu'il avait couvert de baisers alors qu'elle sentait son sexe dur contre ses jambes. Elle avait préféré fermer les yeux pour écarter toutes les questions qui l'assaillaient. Qu'est-ce qui lui prenait ? C'était son boss ! Et Adrien ? Depuis quand un autre homme n'avait-il pas posé les mains sur elle ? Et que pensait Fred de ce corps vieilli, d'ailleurs ? De son ventre plus si ferme, de ses fesses de quarantenaire, de ses cuisses de flamant rose, comme les appelait son ex-mari ? Était-il déçu ? Il n'en avait pas l'air, mais qu'en serait-il quand toute cette fièvre serait éteinte et que le jour se lèverait ?

Puis elle avait entendu les voix de ses amies lui souffler d'en profiter. La vie était trop courte, surtout la vie sexuelle. Pourquoi ne pas s'abandonner à cette vague de plaisir qui l'emportait et laisser Fred la débarasser de sa culotte tandis qu'elle-même le ferait avec son pantalon de toile ? Elle avait donc rendu les armes et posé ses bras en corolle autour de sa tête, un poignet par-dessus l'autre comme si elle avait porté des menottes, pour lui signifier qu'elle était prête, qu'il pouvait bien faire d'elle ce qu'il voulait. Debout, nu, le sexe dressé, il l'avait fixée longuement et ce silence l'avait forcée à ouvrir les yeux. Leurs regards s'étaient croisés et, malgré la pénombre, elle avait perçu dans le sien autre chose que du désir. De la tristesse ?

— Viens, avait-elle murmuré.

Alors, il avait attrapé fermement ses poignets ainsi qu'elle l'y avait silencieusement invité, et s'était allongé sur elle, la pénétrant avec tant de facilité qu'on eût dit qu'ils avaient fait l'amour ensemble toute leur vie. Mon Dieu, comme c'est bon, avait-elle pensé. Comment ai-je pu passer tant de mois à m'interdire un tel plaisir ? Que de temps perdu ! Ils étaient restés quelques secondes à savourer leur plaisir, sans bouger, puis il avait accéléré la cadence, la pénétrant de plus en plus fort. Ses grognements, qu'il semblait avoir d'abord tenté de réfréner, s'étaient intensifiés à mesure que le plaisir les gagnait. Lorsqu'il s'était redressé, lâchant ses poignets pour agripper ses cuisses, elle avait aperçu son large torse recouvert de poils pleins de sueur qui ondulait au rythme de ses hanches.

— Encore !

Que lui prenait-il, elle qui jamais, au cours de son mariage pourtant fort heureux à tous points de vue, n'était parvenue à prononcer le moindre mot lors de ses rapports sexuels, tant la pudeur et la timidité la bridaient ? Il semblait qu'avec lui elle pouvait se laisser aller. Et puis, le plaisir était tel qu'elle ne s'appartenait plus. Elle ne voyait plus que ce corps solide, aux attaches épaisses, qui bougeait sur le sien, si frêle, si pâle à côté. Et ça l'avait rendue folle.

— Plus fort, plus fort !

Elle avait entendu sa voix lui murmurer ces suppliques à l'oreille, lesquelles, si elles semblaient exciter son partenaire, qui ne pourrait a priori pas se retenir bien longtemps, augmentaient son plaisir à elle aussi. Il ne lui parlait pas, mais accélérait le rythme à chacune de ses paroles à elle, l'intensité et la pression que ses doigts exerçaient sur sa chair, introduisant plus profondément encore son sexe, qui lui semblait énorme, sa langue, et ses cheveux sur son visage. Alors elle avait tout oublié, Adrien, Laura, la télé, ses peurs, ses barrières, et, à son tour, avait agrippé les fesses qui se contractaient sur elle à chaque nouveau coup de boutoir. La sueur coulait dans ses yeux, et sa langue avait entrepris une sorte de combat avec celle de son partenaire, fourrageant sa bouche, se cognant par moments contre ses dents tant il lui devenait impossible de contrôler ses mouvements devenus fous. Ni l'un ni l'autre ne s'appartenaient plus. Il lui avait agrippé les cheveux, les tirant sans aucune douceur et, alors qu'elle aurait dû avoir mal, cette douleur avait au contraire augmenté encore son plaisir qui se faisait presque insupportable.

— Je vais venir. J'en peux plus. Tu es si belle.

Alors qu'il grognait entre ses lèvres, sans cesser de l'embrasser, avait-elle perçu ces dernières paroles avant la jouissance ? Chaque mot était ponctué de râles qui les rendaient presque inaudibles. Comme cette dernière syllabe qu'elle ne fut pas sûre d'avoir entendue quand il déchargea avec force en elle – *t'aime* –, et qu'un son quasi animal s'était échappé de sa gorge pendant que, pour la troisième fois, elle parvenait à un orgasme fulgurant. Secouée de spasmes, elle s'était entendue gémir sans retenue durant de longues secondes, de manière obscène, presque inhumaine. Il avait couvert son cou de baisers et son visage de caresses dont la douceur contrastait tant avec la lutte bestiale qui venait de se dérouler. Il avait fallu de longues minutes pour que leurs soupirs se taisent enfin, que la sueur cesse de couler, et que leurs corps se calment. Puis ils s'étaient endormis, nus, leurs plaisirs chauds mêlés s'écoulant de leur sexe sans qu'ils y fassent attention, laissant le sommeil les envahir pendant que leurs jambes restaient entrelacées, leur torse collé l'un à l'autre et leurs doigts joints.

Il était 21 h 12 sur le réveil à affichage numérique qui, l'espace d'un instant, était passé dans le champ de vision d'Alice avant que les endorphines ne viennent l'emporter tout à fait.

Plus tard, elle l'avait entendu se lever. Il était revenu avec le panier et elle avait perçu le bruit du bouchon de champagne qu'il venait de faire sauter, puis celui des bulles lorsqu'il en avait versé dans deux flûtes. Elle s'était redressée, cherchant fébrilement un vêtement pour couvrir sa nudité. Il lui avait alors tendu sa chemise bleue, pleine de son parfum. Lui était en caleçon, visiblement à l'aise. Seule une petite lampe de chevet éclairait la chambre. Ils avaient alors installé les victuailles par terre, improvisant un pique-nique cocasse dans cette immense chambre à coucher design. Ils avaient grignoté comme si de rien n'était, reprenant une de ces conversations nocturnes dont ils avaient l'habitude, mêlant considérations pratiques – fameux, ce brie, c'est un nouveau fromager ? Tu ne penses pas qu'on devrait remettre les langoustines grillées à la carte ? – à des sujets plus personnels, sans toutefois évoquer ce qui venait de se passer entre eux. Ils se sentaient bien et c'était assez. Puis, tandis qu'Alice se demandait quand et comment elle allait partir, se rhabiller, prendre un taxi dans la rue ou l'appeler, il s'était approché d'elle, à quatre pattes, avait déboutonné un à un les boutons de la chemise et passé ses doigts sur sa peau si réactive qu'elle en eut immédiatement la chair de poule. Cette nuit-là, ils avaient fait l'amour cinq fois, sans parvenir à réfréner ce désir insatiable qu'ils avaient l'un de l'autre.

Vers 6 heures, Alice avait décidé de rentrer. Laura dormait chez une copine, heureusement, mais elle lui avait fait jurer de rentrer avant 10 heures le matin pour qu'elles puissent terminer leur journée à deux avant les quatre jours suivants prévus chez son père. Elle s'était rhabillée sans bruit afin de ne pas réveiller Frédéric, était rapidement passée dans la salle de bains pour constater les dégâts causés par cette folle nuit. Devant son visage intégralement recouvert du fard « charbonneux » que Laura avait pris tant de soin à lui appliquer, elle était partie en quête d'un produit quelconque qui l'en débarrasserait. En fouillant dans les placards, elle avait trouvé des préservatifs et du lubrifiant, et en avait ressenti une pointe de jalousie. Ma pauvre fille qu'est-ce que tu crois, et d'ailleurs ça n'est pas ton mec. Puis elle avait voulu lui laisser un mot sur la table de nuit : « Merci » ? « Je t'appelle » ? « On s'appelle » ? « Bonne journée » ? Tout sonnait faux. Ne sachant que dire, elle était partie comme ça.

Du taxi, elle avait vu Paris émerger, les strip-teaseuses sont rhabillées. Le soleil se levait tout juste quand elle passa sur le parvis du Louvre, pour une fois désert autour de l'imposante pyramide. Son corps était endolori, et c'était bon. Le chauffeur avait eu le bon goût de n'avoir pas cherché à entamer une conversation, et ne l'avait pas non plus assommée avec les nouvelles du matin gueulées à la radio.

Elle avait donc regagné son appartement dans un silence ouaté, pris une douche bien chaude sans parvenir toutefois à éclaircir ses idées, s'était lavé les cheveux et le visage, avait enfilé un peignoir pour finalement se glisser entre ses draps propres alors que les premiers rayons tentaient de percer à travers les rideaux épais. Elle s'était endormie jusqu'au retour de Laura, fort surprise de la trouver encore au lit car il était rare qu'elle se lève après 8 h 30, même le dimanche.

*

— Et voilà.
— J'adore.

— Quoi « j'adore » ?

— Cette *love story* c'est trop beau ! Qu'est-ce que tu as comme chance, tu ne te rends pas compte !

— Quelle *love story*, voyons ? J'ai couché avec mon patron, qui est de surcroît quasiment mon meilleur ami, et tu me dis « quelle chance » ?

— Quel meilleur ami ? Alice, il est fou de toi. Tout le monde le sait, ça crève les yeux !

— N'importe quoi.

— Qu'est-ce que t'es chiante quand tu t'y mets !

— Maman, gros mot !

— Oups, désolée, mon amour. Tu as raison. Maman a dit un gros mot et c'est pas bien ! Qu'est-ce que tu peux être enquiquinante, *he's FUCKING mad about you* !

— Pourquoi tu parles anglais ?

— *For the child not to understand.*

— J'avais oublié cette période, tiens. Profites-en, avec leurs réformes, ils comprendront bientôt ce qu'on dit avant cinq ans. Bref, en tous cas pas moi. Je veux dire, une histoire avec Fred, ça n'a pas de sens. Je l'adore mais je ne vais pas me mettre en couple avec lui. Tu nous imagines, franchement ? Ça fait tellement longtemps que je le connais que je ne le vois pas du tout avec une femme, encore moins si cette femme, c'est moi.

— Ça n'a pas eu l'air de te poser problème, cette nuit…

— Je n'aurais jamais dû te raconter tout ça.

— T'es folle ou quoi ? Tu as dit toi-même qu'au lit c'était incroyable.

— Incroyable, oui…

Elle s'était tue un instant, plissant les yeux. En repensant à ces étreintes extatiques, elle avait senti ses cuisses se serrer machinalement. Elle se reprit :

— Ça se saurait si une bonne entente *in bed* ça faisait une *love story*.

— Bon. Et qu'est-ce que tu comptes faire ?

— Disparaître sous terre. Franchement je ne sais pas mais rien qu'à la perspective de le revoir demain dans un contexte professionnel, je suis mortifiée. Un peu comme si j'y allais à poil. Je vais avoir l'impression que tout le monde remarque qu'on a *fucked* ensemble.

— Ne t'embête pas avec ça. Personne ne se rendra compte de rien. Tu es loin d'être la première à te taper un collègue, et beaucoup ont réussi à garder le secret des années durant. Paraît même que c'est très excitant. Et puis, tu sais quelle proportion de la population a rencontré son conjoint sur son lieu de travail ?

— Ça n'est pas mon conjoint. Mais dis toujours.

— 60 %.

— Encore un sondage à la con d'Éva ?

— Ouais…

— Maman, c'est fini le dessin animé.

— Viens là, mon chaton.

Martin était venu se lover dans les bras de sa mère. Depuis que sa rupture avec Max s'ancrait dans la réalité, et avec elle la perspective de ne plus voir ses petits aussi souvent qu'elle le voudrait, Mathilde affichait avec eux, et en particulier avec Martin, une attitude surprotectrice. Souvent, quand elle leur faisait des câlins ou qu'elle s'adonnait au rituel histoire-bisous du soir, des larmes lui montaient aux yeux. Elle tentait bien de les contenir mais, dès qu'elle avait quitté leur chambre, celles-ci coulaient sans qu'elle ne puisse rien y faire.

— Il est quelle heure… QUOI ? 18 h 30 ?

— Oui pourquoi ?

— J'avais rendez-vous à 18 heures pour aller chercher Théo à son goûter d'anniversaire ! C'est pas vrai, mais c'est pas vrai ! Comme mère, je ne vaux vraiment rien !

— Arrête de te dénigrer comme ça ! Ça n'est pas si grave, ils ne vont pas le jeter dans la rue…

— Non, mais c'est la honte ! Attends, je vais envoyer un texto au mec.

— Quel mec ?

— Le père du fêté.

— Le père ? Tu as son numéro ?

— Oui, je te raconterai. Attends, je lui dis que j'ai été coincée dans les embouteillages, que j'arrive, que je suis désolée. Viens, Martin, on fonce ! Merci, Alice, pour ce voyage hors du temps. Et appelle-moi pour me raconter les retrouvailles entre les amants du Pont-Neuf. Ah, et n'hésite pas à lui envoyer un texto ce soir, le pauvre, je suis sûre qu'il attend comme une âme en peine devant son téléphone. Et Dieu sait qu'on a assez vécu ce calvaire pour ne pas le faire subir aux autres.

— Je veux bien, mais je dis quoi ?

Mathilde avait déjà claqué la porte de l'ascenseur, courant comme une furie. Sur le canapé trônaient une tonne de miettes de biscuits, et une petite voiture que Martin avait oubliée dans la précipitation. Sans prendre la peine d'épousseter, Alice se laissa tomber sur le sofa et saisit son portable, ouvrant la fenêtre « brouillons » déjà remplie de messages tests à l'attention de Frédéric.

7

— Argentine… Argentine…

La voix stridente de la femme du métro annonçant le nom des stations ne parvint pas à extraire Mathilde de sa lecture. Tôt le matin, elle avait reçu un texto de Lucie lui conseillant plus que vivement d'acheter un journal people, ce qui était étonnant car ce domaine était davantage celui d'Éva. Mais elle s'était arrêtée au kiosque et avait docilement accédé à cette injonction avant de grimper dans son wagon. Après quelques pages, elle était tombée sur la fameuse série de photos floues et sombres, manifestement captées au téléobjectif, montrant Fred et Alice durant leur escapade nocturne sur les quais. Lorsque Alice verrait ça, elle serait folle ! Et dire qu'en plus, lorsqu'elles avaient été prises, ils n'avaient même pas encore consommé… Une chose était sûre – et elle l'avait bien dit à Alice –, le regard dont Frédéric la couvait sur les clichés laissait peu de doutes sur ses sentiments envers elle.

« Entre les chefs, la mayonnaise prend ! » C'était le titre de l'article. On peut dire que les journalistes n'étaient pas allés chercher bien loin, multipliant tout au long du papier les calembours culinaires tant ils avaient peu à dire – et pour cause – sur cette promenade durant laquelle leurs protagonistes ne s'étaient même pas embrassés. « Frédéric lui mange dans la main ! » « La séduire, c'est pas de la tarte ! » Chaque photo était légendée de sorte qu'on comprenne bien que ce pauvre Fred en pinçait pour sa seconde, belle animatrice et nouvelle star du petit écran, laquelle ne partageait pas forcément ses sentiments. Et pourtant, on pouvait s'interroger, puisqu'elle vagabondait avec lui, la nuit, lors de balades romantiques. Ils étaient bien renseignés ! Mathilde ferma le magazine qu'elle mit soigneusement dans son sac et plongea la main à la recherche de son portable. Elle avait quatre SMS, à 8 h 43 un lundi matin – voilà qui n'était pas commun. Le premier était de Lucie :

`Alors ? Complètement dingue, non ?`

Le second d'Éva :

`Call me back tout de suite !! Je dois écrire un papier sur Fred et Alice c'est quoi ce délire ?`

Le troisième d'Alice elle-même :

`HELP !!!`

Et le quatrième… d'Antoine :

`Wanted ! JF oublié manteau empli de grosse boule multicolore sucrée` restée collée à canapé. Grosse récompense à qui la retrouvera (la femme, pas la boule collante). Antoine

La honte ! Elle avait effectivement oublié son manteau chez le père d'Arthur, et cela témoignait d'un équilibre psychologique franchement instable. Qui plus est : après qu'elle eut négligemment retiré son manteau avant de s'asseoir dessus, la boule de Dragibus de Martin, qu'elle avait glissée dans sa poche pour la jeter plus tard, avait, semble-t-il, à nouveau fondu pour venir se coller sur le canapé… On ne pouvait pas faire pire. De loin, sa collègue Annie lui adressa un petit signe pour lui signifier sa présence alors qu'elles arrivaient à destination. Alors là, ma cocotte, pas ce matin ! Elle avait quatre personnes à rappeler et avait bien besoin de ses dix minutes de marche seule ! Quant à Annie, qui venait de recevoir, la semaine précédente, son badge récompensant trente années de boîte passées au même poste, ses conversations bateau incluant immanquablement des histoires de neveux et nièces, de tickets-restaurant et de RTT mal calculées étaient bien au-delà de ce que Mathilde pouvait supporter un lundi.

— Coucou, Mathilde ! Alors, bon week-end ? Un peu pluvieux, hein ?

— Bonjour, Annie. Écoute, je suis désolée, mais j'ai plusieurs personnes à rappeler avant d'arriver au bureau. Je te laisse avancer ?

Stupéfaite, Annie ravala sa fierté et feignit de comprendre, avant de foncer d'un petit pas vexé vers La Firme. Peu intéressée par ces simagrées, Mathilde réfléchit : qui allait-elle rappeler en premier ? Certainement pas Antoine, il fallait qu'elle réfléchisse à un texto sympa, voire sexy. Et qu'elle en parle à ses conseillères avant de foncer tête baissée. Lucie ? Éva ? Visiblement, Alice ne leur avait pas encore raconté sa folle nuit, elle ne se sentait donc pas le droit de lui griller la priorité, d'autant qu'aucune n'était assez bonne actrice pour feindre de ne rien savoir par la suite. Elles avaient déjà fait l'essai et ça avait failli se terminer dans le sang et les larmes. Elle choisit donc de répondre à l'appel à l'aide d'Alice, quasiment en pleurs lorsqu'elle décrocha à la première sonnerie. Mais, au moment où elle s'apprêtait à lui glisser quelques paroles réconfortantes pour la calmer, Mathilde vit que l'école cherchait à la joindre. Son cauchemar.

— Je te laisse, Alice, c'est l'école. Allô ?

— Madame Marsac, ici la directrice. On a un petit problème avec Théo. Il vomit beaucoup depuis ce matin. Est-ce que vous avez un moyen de venir le chercher ?

Son petit bonhomme, malade, sans elle ? C'était la première fois que ça arrivait ! Et sa réunion qui commençait dans une demi-heure… Elle devait l'animer devant trente personnes et y avait passé des dizaines d'heures depuis trois semaines, faisant et refaisant sa présentation, qu'elle avait encore relue la veille avant de s'endormir. C'était son grand jour. Max ? Peut-être pourrait-il la relayer le temps qu'elle les rejoigne en fin de matinée ? Elle composa son numéro tout en continuant son chemin vers la Tour, prenant place dans le cortège morne des travailleurs du lundi matin. Comme elle s'y attendait, il ne répondit pas. Elle lui laissa un message. Puis un texto parce qu'elle se doutait que s'il avait jeté un coup d'œil à l'écran en voyant qu'elle cherchait à le joindre, il mettrait des heures avant de se décider à écouter son message, persuadé qu'il s'agirait de remontrances ou d'une liste de tâches à effectuer.

`Help ! Théo est malade. Il faut aller le chercher à l'école. Si tu peux me rendre ce service et l'emmener à la maison je vous rejoins fin de matinée au plus tard. S'il te plaît.`

Et elle s'engouffra dans le tourniquet, une boule au ventre qui n'avait rien à voir avec le fait qu'elle allait devoir exprimer sa « vision marque » devant soixante yeux pas encore bien réveillés dans les minutes qui allaient suivre.

— Salut Mathilde, ça boume ?

— Hello, bon week-end ?

Elle ne put répondre à personne, obnubilée par la vision de son petit garçon en train de vomir, malheureux, apeuré peut-être, sans qu'elle pût être avec lui. Qu'est-ce qu'elle faisait là, d'ailleurs ? Voilà qu'elle hésitait entre des dossiers et son enfant ? Ça n'avait aucun sens. Mais elle ne pouvait pas non plus tous les laisser tomber. Elle s'était battue pour ça, pour cette place, pour avoir le droit de mener cette réunion, pour exercer ce métier qui lui plaisait, quoi qu'elle pût en dire les soirs de déprime devant une caïpirinha. Il fallait que Max rappelle. Vite. Et qu'il lui dise s'il pouvait ou non aller chercher leur fils. Après tout, ils l'avaient fait à deux ! Elle avait besoin de lui.

9 h 10. La réunion était à 9 h 30. Dans cinq minutes, s'il n'avait pas répondu, elle serait obligée d'envoyer un mail à tous les participants pour leur dire que son fils était malade et qu'elle devait malheureusement tout annuler. Un lundi matin, ça la foutait mal. Ah, les mamans ! se diraient certains en recevant son mail. Voilà pourquoi on ne peut pas leur confier de poste à responsabilité ! Il y a toujours un truc. Congé maternité, enfant malade, problème de nounou, réunion parents-professeurs… Et à ceux-là, pour la plupart pères de famille, elle aurait aimé leur demander ce qu'ils faisaient lorsque ça leur arrivait. Bien sûr, ils laissaient faire leur femme… Elle en voyait pas mal, le soir, traîner devant leur ordinateur, surfant certainement sur Facebook ou le site de *L'Équipe*, prétextant une surcharge de travail pour n'avoir pas à se coltiner le tunnel bain-devoirs-dîner-les dents-l'histoire. Vers 20 h 30, ils éteignaient méthodiquement leur PC, en poussant de profonds

soupirs signifiant qu'ils avaient assez donné, pfiou, qu'est-ce que je peux bosser, et rentraient sagement mettre les pieds sous la table après avoir distraitement embrassé leur progéniture, nourrie lavée blanchie, et demandé ce qu'on mangeait ce soir. Pas tous, évidemment. Mais les quelques pères impliqués qu'elle avait pu croiser dans sa carrière restaient cantonnés à des postes dits « féminins », de ceux qui ne dirigeront jamais une réunion ni ne partiront en voyage d'affaires.

— Un problème ?

Romain avait levé la tête de ses dossiers, et la regardait d'un drôle d'air. Allait-elle lui confier son désarroi ? Ne montre jamais tes faiblesses, la vie professionnelle est une jungle. C'est *Koh-Lanta* : alliances, tactiques, mensonges et compagnie. N'aie confiance en personne. Les paroles de son ancienne mentor, partie depuis à la retraite, résonnèrent dans la tête de Mathilde.

9 h 14. Toujours pas de nouvelles de Max.

— Mon fils est malade. Je n'ai personne pour le garder. Mais je vais m'arranger.

— Tu veux que je te remplace pour la réu ? Je connais bien le dossier. Si ça peut te dépanner…

Et puis quoi encore ? Plutôt crever, charogne.

— Non, tu es gentil. Si je dois m'en aller, on reportera.

— Ça, ça m'étonnerait. Le *big boss* est là exceptionnellement pour la journée et j'ai entendu dire qu'il partait ensuite pour un tour des filiales jusqu'à la rentrée prochaine. Vous n'avez pas de chance avec vos gosses, c'est tout le temps malade ces petites bêtes-là on dirait ? Comme des ordis…

Mathilde préféra ne pas relever. Le stress l'envahissait. Elle goba distraitement un quart de Lexomil en se promettant que c'était la dernière fois qu'elle en appelait à la chimie pour résoudre ses problèmes.

9 h 15. Son téléphone sonna. Max, enfin !

— Allô ?

— Max ! Je n'y croyais plus ! Tu as eu mon message ?

— Ouais. C'est bon, je m'habille et je passe le prendre. Après je fais quoi, je l'emmène chez moi ?

— Chez toi ? Tu as la place chez toi ?

Elle tourna la tête et vit que Romain était fort intéressé par sa conversation. Elle partit donc chercher un coin tranquille, ce qui n'était pas chose aisée. La cafète était bondée de débriefeurs de foot matinaux, les couloirs arpentés en tous sens par des salariés stressés au badge bringuebalant et les toilettes trop dangereuses, on ne savait jamais qui s'y cachait. Elle trouva finalement refuge dans les escaliers.

— J'habite plus avec Diego. J'ai déménagé. J'ai un grand appartement, maintenant, place des Ternes.

— Ah bon ? Mais avec quel argent tu peux te payer un grand appartement place des Ternes ?

— T'occupe.

— Excuse-moi d'être indiscrète mais si tu dois emmener mes enfants quelque part, j'ai le droit d'en savoir un peu plus, tu ne crois pas ?

Il soupira, la faisant une fois de plus passer pour une harpie. 9 h 20. Elle n'avait même pas fait les branchements dans la salle de réunion, alors qu'elle y passait toujours un bon quart d'heure pour s'assurer que tout fonctionnait, et que ses fenêtres Skype ne s'ouvriraient pas subrepticement sur le grand écran alors qu'elle devisait parts de marché.

— J'habite chez ma meuf.

Elle reçut cet aveu comme une gifle. Ma meuf. Cela faisait dix ans qu'elle et Max couchaient ensemble de manière exclusive, du moins le pensait-elle. Et lorsqu'elle l'avait rencontré, il était célibataire. Il lui paraissait donc inconcevable que celui-ci pût dire « sa » pour une autre femme qu'elle-même. Et pourtant, elle devait se rendre à l'évidence, ils étaient bel et bien séparés. C'était même elle qui l'avait chassé de l'appartement – non sans raison, certes. La vision, en ce lundi matin, de Max enlaçant, dans son grand appartement de la place des Ternes, une inconnue après lui avoir fait l'amour, présenté leurs amis, ses enfants bientôt, lui donna instantanément envie de vomir. Heureusement qu'elle avait avalé ce Lexomil, en fin de compte. Elle préféra repousser à plus tard l'exploration de ce nouveau continent que serait sa vie après cet aveu pour se concentrer sur le plus urgent : Théo.

— Bon, on reparlera de tout ça plus tard. Si ça ne t'ennuie pas, je préfère que tu le ramènes à la maison, il y a toutes ses affaires. J'ai une réunion à 9 h 30. Elle ne devrait pas durer très longtemps. Je t'appelle dès que c'est fini, et je vous rejoins. Est-ce que tu peux prendre rendez-vous avec le pédiatre en attendant ?

— Je n'ai pas son numéro.

— Je te l'envoie par texto. Tu n'oublies pas, hein ? Le carnet de santé est dans mon classeur à papiers administratifs dans le placard gris de l'entrée. En bas à droite. À l'intercalaire « Santé Théo ». OK ? Max, tu m'entends ?

— Ouais, ouais, j'ai compris, je ne suis pas débile. Bon, je te laisse, tu as ta réunion, n'est-ce pas ? C'est tellement important…

— Quoi ? Tu dis quoi, là, Max ?

Elle devait se calmer. Il ne pouvait pas lui gâcher ce moment, la faire passer pour une mère désintéressée sous prétexte qu'elle avait un boulot, et qu'elle lui demandait simplement de la relayer quelques heures. Mais c'était plus fort qu'elle. Toutes ces frustrations, cette culpabilité et le regard des autres sur son *workaholisme*, ce mal dont souffraient les personnes qui aiment leur travail, resurgissaient en même temps que son stress et son inquiétude pour Théo l'étreignaient. C'était trop injuste.

— Rien, rien. Allez, fais ce que t'as à faire.

— Parfaitement ! À tout à l'heure.

9 h 28. Elle courut aux toilettes se passer de l'eau sur le visage, remettre un peu de Terracotta et faire quelques exercices de respiration. Annie passa sans lui jeter un regard. Puis elle fonça vers la salle de réunion après être allée dans son bureau récupérer la clé USB sur laquelle se trouvait la précieuse présentation et son ordinateur portable.

Elle y pénétra en même temps que ceux qu'on appelle « les cols blancs », à savoir les cadres, pour la plupart des hommes, venus assister à sa performance devant le fameux *big boss* qui terrorisait tout le monde – elle la première – et qui fort heureusement n'était pas arrivé.

On ne leur avait pas encore apporté le plateau de boissons et viennoiseries pour le petit déjeuner. Elle eut le réflexe de s'adresser à Corinne, la seule femme présente dans l'assemblée, et s'en voulut aussitôt. Si elle aussi se mettait à faire preuve de sexisme primaire…

— Romain, ça t'ennuierait de voir avec Annie où en sont les trucs du petit déjeuner ?

Il leva vers elle un œil circonspect.

— Pourquoi moi ?

— Pourquoi pas ? Je dois faire mes branchements. J'ai passé la commande hier, il s'agit juste de les relancer. À moins que tu ne préfères te passer de café ? Oh et puis je ne sais pas, quelqu'un d'autre veut bien s'en charger ?

Tous plongèrent la tête dans leurs dossiers, leurs BlackBerry ou leurs écrans d'ordinateur. Seule Corinne se proposa :

— Je vais l'appeler.

— Comme par hasard… C'est trop vous demander, messieurs, de faire preuve d'un peu de galanterie ? S'occuper du café c'est un truc de femme, c'est ça ?

Le Lexomil ne semblait pas produire l'effet escompté. Elle les aurait bien tous giflés les uns après les autres, avec leurs costumes de marque et leurs chemises bien repassées, pour Max, pour ses emmerdes, pour sa vie si compliquée à gérer.

— Je m'en occupe.

Comme d'habitude, elle avait parlé trop vite et fait des généralités de son propre cas. Matthieu, gentil papa de trois garçons, venait de se lever pour aller voir Annie. Elle souffla, avant de reprendre son travail d'exploration des grandes tables de réunion, cherchant les câbles qui lui permettraient de relier son PC à l'écran. Ainsi penchée, elle offrait à ses collaborateurs une vue plongeante sur son décolleté, ce qui ne semblait pas leur déplaire. En revanche, aucun ne se leva pour l'aider. À la guerre comme à la guerre. Finalement, son fond d'écran apparut sur le mur aux yeux de tous, à savoir une photo de Théo et Martin hilares sur une plage bretonne. Elle vit quelques sourcils se relever. Quelle conne, aussi, de tendre le bâton pour se faire battre. Ses collègues masculins, eux, avaient pour la plupart conservé un fond neutre, ou opté pour un désert ou une plage proposés par le logiciel. Cette incursion de son intimité dans le cadre professionnel ne lui rendait pas service, elle s'en rendait bien compte. Vite, elle brancha la clé et ouvrit son PowerPoint, au moment précis où le *big boss* débarquait, précédé de sa garde rapprochée, à savoir deux jeunes femmes en jupes crayon a priori toutes dévouées à son bien-être pendant son séjour parisien dans la Tour.

— Messieurs… (Puis, jetant un coup d'œil à l'assemblée, et dans un rictus :) Mesdames.

Matthieu entra chargé du plateau des boissons, ce qui surprit le boss, manifestement peu habitué à une telle parité en entreprise. Les deux accompagnatrices se jetèrent ensuite sur les tasses et les thermos pour faire le service afin que les cols blancs puissent travailler en toute quiétude. La nature reprenait ses droits, ouf. Une nouvelle fois, Mathilde se força à ne pas relever. Elle en avait vu d'autres.

Une fenêtre mail s'ouvrit sur l'écran, qu'elle eut tout juste le temps de fermer avant que trop de monde ne s'en aperçoive. « T'es où bordel ? » en était l'objet, Éva l'expéditrice. Et les premières lignes mentionnaient a priori Fred et Alice. Elle ferma tous ses programmes et s'éclaircit la voix :

— Bonjour à tous. Nous sommes réunis ce matin pour statuer sur le plan marketing de notre nouveau shampooing gel spécial fumeuses, adressé aux femmes actives des grandes villes, et dont la sortie est prévue pour septembre prochain…

Le bruit des tasses, les chuchotements – thé ? café ? lait ? sucre ? croissant ? ça va depuis la dernière fois ? on déj ce midi, tu peux ? –, les bruissements des feuilles avaient cessé et l'on n'entendait plus que la voix de Mathilde, peu assurée, vers laquelle tous les regards convergeaient. Dans sa main, elle tenait un petit boîtier grâce auquel elle pouvait faire défiler les slides. Quand elle l'actionna, une maquette produit apparut, celle du flacon prévu pour le fameux shampooing pour fumeuses.

Au même moment, son portable vibra. Un texto. La petite enveloppe paradait sur l'écran…

Et s'il était arrivé quelque chose de grave à Théo ? Elle avait déjà eu des nouvelles d'Alice, d'Éva et de Lucie. Le message ne pouvait venir que de Max. Il avait forcément compris qu'elle était partie en réunion. Donc, s'il cherchait à la joindre, c'était important. Toutefois, les trente paires d'yeux qui la fixaient la faisaient hésiter. De quoi aurait-elle l'air en saisissant son téléphone en pleine présentation ? D'une folle, d'une midinette amoureuse, d'une mère débordée. Bref, pas d'une grande professionnelle, c'était certain. Pourtant, à choisir, il fallait qu'elle en ait le cœur net. Elle ne pouvait décemment pas continuer de parler produit capillaire pendant qu'on emmenait, peut-être, la prunelle de ses yeux aux urgences.

— Veuillez m'excuser.

Le texto était bien de Max : `Je trouve pas le carnet de santé et tu m'as pas envoyé le numéro du pédiatre.` Merde. Quel con aussi, il ne pouvait pas s'intéresser à tout ça avant aujourd'hui ? S'il ne lui avait pas laissé tout prendre en main depuis des années, ils n'en seraient pas là.

— Excusez-moi un instant. J'ai une petite urgence. Je dois juste envoyer un contact à quelqu'un… Voilà. Pardon…

Elle fit défiler les numéros aussi vite que possible alors qu'un silence de plomb tombait sur la salle, et que certains prenaient cette récréation pour une autorisation à plonger, eux aussi, le nez dans leurs smartphones. Enfin ! M. Louma, pédiatre. Envoyer la fiche. Envoyer.

— Voilà. Excusez-moi, nous pouvons reprendre :

» Les premières études consommateurs ont montré qu'il y avait une réelle demande de la femme active, urbaine et connectée pour un shampooing qu'elle puisse utiliser quotidiennement sans qu'il abîme ses cheveux. D'autre part, ces femmes recherchent la douceur du produit, la promesse du naturel, voire de la tradition, d'où le retour aux œufs, produit capillaire *seventies* mais dont le côté « remède de grand-mère » connaît un retour en force dans les attentes consommateurs, ce phénomène étant évidemment accompagné d'une appétence pour le bio ou en tous cas l'*eco-friendly*. C'est pourquoi nous avons opté, avec la créa, pour un *packaging* en accord avec toutes ces valeurs, incarnées par les tons vert et ocre…

Son portable vibrait à nouveau. Elle y jeta un coup d'œil, espérant apercevoir le nom du destinataire et les premières lignes du message afin de décider quelle attitude adopter. C'était Max, encore. Il disait que le pédiatre ne consultait pas le lundi. Non mais quelle plaie. Avait-il vraiment besoin d'elle pour prendre une décision ? Du Doliprane pour commencer et un coup de fil à SOS Médecins. Elle décida qu'il pouvait trouver la clé de l'énigme tout seul. Et que ça lui ferait du bien, après tout, qu'elle ne le materne pas cette fois-ci. Comment agirait-il, lorsqu'ils devraient se partager la garde ? L'appellerait-il toutes les trois minutes pour qu'elle lui dise quoi leur faire à manger ou quelle histoire leur lire le soir ? Elle devait absolument se reconcentrer sur son exposé. Ce qu'elle fit. Une demi-heure plus tard, elle avait bien avancé, et trouvé son rythme. Son discours était fluide, et son auditoire concentré. Même le boss n'avait pas pincé les lèvres ni sorti quelque remarque assassine dont il avait le secret, et dont les salariés s'échangeaient les meilleures à la cantine comme autant de légendes urbaines. Alors qu'elle allait conclure, quelqu'un frappa à la porte. Devait-elle répondre ? Ou était-ce au boss de le faire ?

Il semblait considérer que cette tâche toute domestique ne lui incombait pas.

— Entrez ! fit-elle alors timidement.

C'était Annie, toute rouge, qui parcourut l'assemblée du regard avant de chuchoter à l'adresse de Mathilde :

— Excusez-moi. Mathilde, téléphone. C'est ton mari. Je crois que c'est urgent. Ça concerne le petit.

— Encore une fois, je vous prie de m'excuser. Je reviens, je… je ne serai pas longue. Excusez-moi.

Arrête de t'excuser tout le temps !

— Oui, Max ? Qu'est-ce qui se passe ?

— Tu m'as pas répondu, je fais quoi avec le médecin ?

— Tu es sérieux, là ? Tu me déranges en pleine réunion pour ça ?

— C'est toi qui es sérieuse ? Ton fils est malade et tu me parles de ta réunion ? T'en as rien à foutre ou quoi ? Ma pauvre fille !

Respire…

Entre ses dents, parce qu'Annie la fixait et qu'elle devait garder un semblant de calme pour aller finir son travail, elle parvint à articuler :

— Je ne t'ai pas répondu parce que je suis en pleine présentation devant trente personnes. Présentation que je prépare jour et nuit depuis trois semaines tout en m'occupant des enfants, OK ? Je t'interdis de dire que je n'en ai rien à foutre. Quant au pédiatre, s'il n'est pas dispo, appelle un autre médecin, ça paraît logique, non ? Donc tu prends tes petits doigts, tu vas sur Internet, tu adores ça, et tu cherches le numéro de SOS Médecins ou SOS Pédiatres. Tu leur dis que ton fils de quatre ans vomit, tu leur donnes l'adresse, le code et tu raccroches. Pour le carnet de santé, je reste persuadée qu'il est EXACTEMENT à l'endroit que je t'ai indiqué tout à l'heure mais je ne suis malheureusement pas encore à côté de toi pour te le prouver. Quoi qu'il en soit, je pense que le médecin pourra se débrouiller sans que la Terre s'arrête de tourner. Maintenant, je vais aller terminer ce que j'ai à faire, comme tu me le rappelles si bien, ce qui, soit dit en passant, va nous permettre de payer ce putain de docteur que tu vas appeler. Et je rentre à la maison tout de suite après. Tu vas t'en sortir ?

— Comment ça, ton salaire va nous permettre de payer le médecin ? Sur quel salaire on a vécu pendant des années ? Pas le mien peut-être ?

— Max… À tout à l'heure.

Elle raccrocha. Annie la fixait toujours, ahurie. Eh ouais, c'est ça les couples modernes, on s'aime, on fait des gosses, on explose son mariage et après on se jette des monstruosités au visage en plein open space. Ça te défrise, hein ? Elle se faisait horreur. Pourtant, elle courut vers la salle de réunion avant de se rendre compte qu'il n'y restait plus que quelques personnes occupées à répondre à leurs mails ou ranger leurs affaires.

— Tout le monde est parti ?

— Oui, *big boss* avait d'autres réunions je crois. Mais il a dit que c'était très intéressant, et que tu lui fasses envoyer la fin de ton doc par mail.

Corinne la regardait avec compassion. Puis, en lui touchant l'avant-bras, elle chuchota :

— C'était très bien, franchement.

Et voilà. C'était tout. Pour un peu, elle en aurait pleuré. Mais elle n'avait pas le temps, elle devait rejoindre Théo. Elle passa rapidement prévenir Romain :

— Je rentre chez moi. Mon fils est malade. Bien entendu, je reste joignable. S'il y a le moindre truc, envoie-moi un mail ou téléphone-moi. J'essaierai d'être de retour cet après-midi. Je vais trouver une solution.

Il la regarda avec ce qu'elle crut être une pointe d'amusement. Et elle partit en trombe vers les ascenseurs.

— A-t-il mangé quelque chose de spécial hier ?

— Je ne sais pas. Je n'habite plus ici, nous sommes séparés avec la maman.

Elle les entendit de l'entrée. À nouveau, le fait qu'il évoque leur séparation comme quelque chose d'acquis lui fit l'effet d'une bombe. Elle parvint néanmoins à entrer dans le salon, et se précipita vers Théo, qui semblait aller mieux.

— Ça va, mon poussin ? Maman est là. Bonjour, docteur.

— Madame.

— Alors ? C'est une gastro ? Une crise de foie ? Il y a pas mal de gastros en ce moment, non ? À moins que ce ne soit autre chose ?

— Calme-toi.

Elle le fusilla du regard. Le médecin, lui, fit semblant de ne rien remarquer et s'avança vers le petit garçon.

— Je vais l'ausculter. Vous avez son carnet de santé ?

Mathilde se précipita dans l'entrée, où elle trouva son fameux classeur sens dessus dessous. En revanche, le carnet n'y était effectivement pas. Elle aurait volontiers tué Max pour avoir tout laissé en vrac comme ça, par terre. Les enfants avaient certainement joué avec. Elle se dirigea vers leur chambre pour vérifier et le trouva, après quelques minutes d'exploration, sous une pile de cahiers et de prospectus publicitaires ramassés çà et là. En l'ouvrant, elle se rendit compte qu'il leur avait servi de cahier de coloriage.

Dans le salon, le médecin avait terminé et Théo était pelotonné dans les bras de Max, qui lui caressait doucement les cheveux. Comme il l'aimait, son père ! Et Max aussi aimait son fils, malgré tout ce qu'elle pouvait lui reprocher. Comment pouvait-elle faire ça à ses enfants, les priver de leur papa et de leur maman en même temps ? C'était inhumain. Ils étaient si petits. Comment comprendre ? Et que comprendre ? Que les adultes ne font plus l'effort de dépasser les cinq ans de leurs enfants avant de prendre la poudre d'escampette et d'établir un planning de partage d'êtres humains pour vivre sereinement leur vie d'adulte épanoui ? Ils devaient réessayer. C'était inconcevable, de balader ces deux bébés d'appartement en appartement à seulement deux et quatre ans. Ils devaient prendre sur eux, et vivre à nouveau ensemble. Peut-être même parviendraient-ils, avec des efforts, à relancer la machine ? Elle devait mettre de l'eau dans son vin, être moins stricte, plus aimante, plus « cool », plus à son écoute. Quant à lui, s'il retrouvait un boulot, tout s'arrangerait, elle en était certaine.

— Et voilà. Une bonne gastro !

Elle fut soulagée, craignant toujours une maladie orpheline ou quelque mal incurable venant frapper sa famille – sa propre hypocondrie s'étant reportée sur sa progéniture lorsqu'elle était devenue mère.

— Merci, docteur ! Une bonne gastro ! Génial ! On le garde quelques jours à la maison alors, j'imagine ?

Théo sourit, malgré ses yeux fermés. Elle l'entendit même murmurer : « Spider-Man. »

— Oui, au moins deux, voire trois. Le temps qu'il se remette.

Après l'avoir payé avec le chéquier du compte commun, Mathilde raccompagna le médecin à la porte et se tourna vers Max.

— Tu peux rester un peu ? J'aimerais te parler.

Il acquiesça. Puis il transporta Théo dans son lit pendant que Mathilde descendait à la pharmacie lui acheter ses médicaments. Lorsqu'elle revint, Max était planté devant la télé, les pieds sur la table, zappant de chaînes info en émissions du câble. Elle se planta devant lui.

— Tu peux éteindre, s'il te plaît ?

Ce qu'il fit. Une semi-obscurité lugubre les enveloppa alors, ajoutant à l'incongruité de la scène d'eux deux au milieu de ce salon habituellement désert à cette heure. Mathilde ne savait par où commencer.

— Ça va ? Je veux dire, tu t'en sors ?

— Ouais, grave. J'attends quelques réponses pour des boulots. J'ai des pistes sérieuses.

— Génial ! Tu as passé des entretiens ?

— Des entretiens… Ce que tu peux être tradi. Non, j'ai des potes qui m'ont présenté à un type qui cherche un comptable pour sa start-up. J'ai dîné avec le mec un soir, il doit me recontacter s'il a le budget pour m'embaucher. C'est une start-up de jeux vidéo.

— Ah… Super, super. Plus de bagels, donc ?

Il ne lui répondit pas, ce qui eut le don de l'exaspérer. Depuis toujours, lorsque le sujet le gênait, qu'il le trouvait idiot ou avait simplement la flemme de l'aborder, il l'esquivait carrément, sans complexe pour le mépris exprimé à l'égard de son interlocuteur – en l'occurrence elle, souvent.

— Et… cet appart, donc ?

Un silence lourd plana une bonne minute avant que, dans un soupir, il se décide :

— C'est place des Ternes, comme je te l'ai dit. J'habite chez une copine, enfin ma copine, quoi. C'est grand. Je vais pouvoir aménager une chambre pour les garçons. Comme ça, je pourrai les prendre genre une semaine sur deux, en attendant que le juge nous dise quoi faire. Comme c'est pas super loin de l'école, ils pourront terminer l'année scolaire tranquille. Pour l'an prochain, je ne sais pas. Mais il faudra bien vendre celui-là j'imagine, si on veut répartir équitablement les apports. Le truc, c'est qu'on devra forcément prendre chacun un appartement pas loin, rapport à l'école et tout. Enfin, c'est pas pour tout de suite, pour septembre, quoi.

Elle eut du mal à respirer, et se rendit compte que ses doigts crispés manquaient d'oxygénation tant elle appuyait sur leurs jointures. Max avait bien avancé dans la rupture, davantage qu'elle-même qui, à l'instant, envisageait une réconciliation. C'était un cauchemar. Elle avait trente-huit ans, deux enfants en bas âge et discutait divorce avec leur père dans ce salon qui abritait il y a quelques mois encore leur petite famille lambda. Pas parfaite, certes, mais somme toute banale et plutôt heureuse, du moins le croyait-elle. Quand est-ce que tout avait commencé à déraper ? Elle tenta de se passer rapidement le film à l'envers. Elle avait rencontré Max, ils s'étaient aimés, avaient multiplié les vacances à deux, les soirées alcoolisées entre copains et les grasses matinées crapuleuses dans son deux-pièces à elle avant de rapidement – trop peut-être ? – décider de vivre ensemble puis de faire un enfant.

C'était elle qui avait insisté, considérant qu'ayant largement dépassé la trentaine, il était plus que temps qu'elle monte dans ce train que la plupart de ses copines avaient déjà pris. En avait-elle réellement envie ? À ce moment-là ? Est-ce que ça avait été le bon moment pour eux ? Peu lui importait. Elle avait tapé du pied, multiplié les suppliques jusqu'à ce que Max craque et accepte de « s'y mettre ». Tu sais, ça peut prendre des mois, lui avait-elle dit. Pourtant, quelques semaines plus tard, elle était enceinte de Théo. Est-ce que le bonheur d'avoir un enfant signifiait forcément dégoupiller une première grenade qui viendrait exploser tout un pan de la vie d'un couple ? Et le deuxième, était-ce une seconde attaque à laquelle peu survivraient ? Pourquoi faisait-on des enfants ? Outre le bonheur incomparable qu'ils apportaient, et cet amour viscéral qui vous liait ensuite à eux à jamais, ne constituaient-ils pas une fatalité qui mènerait tous parents amoureux à se déchirer tout à fait ? Que leur serait-il arrivé s'ils avaient décidé de repousser ce projet de famille, voire de l'abandonner complètement ? Seraient-ils restés passionnément attachés l'un à l'autre ? Pour toujours ? Jamais elle ne le saurait. Pourtant, sans les caprices, les maladies, les réveils nocturnes et les soucis logistiques que Mathilde avait toujours eu l'impression de gérer seule, peut-être auraient-ils coulé des jours heureux, enchaînant les soirées légères, les vacances sans prise de tête, surpoids de bagages, poussette dans la soute et vomi dans la voiture ? L'amour maternel venait-il fatalement prendre la place de l'attachement amoureux ? Elle tenta de trouver des exemples dans son entourage. Alice ? Quittée pour une jeunette. Lucie ? Ne faisait-elle pas, justement, passer la maternité au second plan, tentant désespérément de conserver cette flamme fragile du désir conjugal au détriment de ses enfants ? Et puis, les facilités matérielles dont elle et Christophe disposaient les mettaient davantage à l'abri de certaines obligations que les autres couples. Ceux-là n'avaient pas le choix et devaient bien réduire leur train de vie à mesure qu'ils accueillaient dans leur foyer ces bambins qui allaient les obliger à raréfier, peu à peu, leurs sorties à deux, faisant bientôt d'un ciné en semaine l'une des activités les plus extravagantes de ces parents trop épuisés pour en profiter tout à fait.

Non, elle voyait tout en noir. Bientôt, Martin serait propre, plus indépendant, et ils pourraient envisager à nouveau l'avenir avec sérénité.

Ils venaient de traverser une sale période mais devaient faire le dos rond. La tempête allait bientôt s'éloigner. Lorsqu'ils auraient quatre et six ans, les garçons pourraient se débrouiller seuls les matins de week-end, et eux retrouver le plaisir des grasses matinées coquines. Idem pour les sorties, les vacances scolaires et les goûters d'anniversaire, auxquels ils seraient bientôt invités par des copains. Alors, elle et Max pourraient à nouveau se donner rendez-vous après le boulot pour des apéros en amoureux. Elle passerait chez le coiffeur le midi pour lui faire la surprise, et ils baiseraient dans n'importe quelle pièce de l'appartement quand ils rentreraient, un peu ivres, après être allés voir un concert ou dîné sur le pouce en terrasse dans un nouveau restaurant du quartier. Oui, tout s'arrangerait. Pour le meilleur et pour le pire. Le prêtre leur avait bien dit que le chemin ne serait pas sans embûche. Qu'est-ce qu'il en sait, le prêtre, avait assez justement relevé Max, cynique déjà, pendant leur préparation au mariage. Mathilde avait déjà conscience qu'il faudrait faire des efforts. Mais pas si vite. Ni de tels efforts. Mais elle les ferait. Elle le devait aux garçons, ainsi qu'à elle-même, qui s'était promis de ne pas faire partie de ces couples sur deux qui se séparent.

— Et si on réessayait ? chuchota-t-elle, n'osant le regarder dans les yeux.

Il prit une cigarette. Une vraie. Il avait visiblement abandonné la clope électronique. Elle lui tendit le cendrier « Vive les Maldives et les amoureux », qu'ils avaient volé dans un petit restaurant de plage lors de leur voyage de noces il y a plus d'une décennie. Il n'y fit pas attention, et tira nerveusement sur sa clope, avant de prendre une grande inspiration.

— Ariane, euh, ma meuf…

— Quoi ? Tu l'aimes ? Déjà ? En trois mois à peine ? Enfin je ne sais pas, ça fait peut-être plus longtemps ? Ça fait plus longtemps ? Tu ne me le diras pas…

— Non, ça ne fait pas plus longtemps. Je ne t'ai jamais trompée, Mathilde, malgré tout le mal que tu peux penser de moi.

Alors seulement, il releva la tête et la fixa. Son regard avait perdu cette agressivité qu'elle lui connaissait depuis la rentrée. Et lorsqu'elle croisa ces yeux qui étaient les mêmes que ceux dont elle était tombée amoureuse, ceux auxquels elle avait elle-même juré fidélité, ceux qu'elle avait regardés avec une telle reconnaissance quand on lui avait déposé Théo sur son ventre, elle sentit les larmes affluer et tout son courage l'abandonner. Elle en avait marre d'être forte. Tu es forte, Mathilde, courageuse, lui répétait-il souvent, sans admiration toutefois, plutôt comme un reproche, en fait. Elle faillit se lever pour aller poser sa tête contre son épaule, se recroqueviller contre lui et sortir le drapeau blanc, enfin. Mais il avait déjà repris :

— Ariane, voilà. Ça n'était pas voulu. Elle m'avait dit qu'elle ne pouvait pas. Qu'elle ne pouvait pas en avoir. Alors, j'ai pas fait gaffe.

Non.

Pas ça.

Tout mais pas ça.

Il s'était tu, avait écrasé sa cigarette et faisait maintenant rouler le mégot entre ses doigts pour en extraire le reste de tabac. Elle ne l'aiderait pas à terminer sa phrase. Qu'il parte. Tout ça n'était qu'un mauvais rêve. Elle allait se réveiller en vacances l'été dernier et la vie reprendrait comme avant. Pourtant, la tête baissée maintenant, dans un murmure quasi inaudible, qu'elle parvint toutefois à distinguer, elle l'entendit prononcer :

— Voilà, bon. Elle est enceinte. (Puis il ajouta :) De moi.

8

Théo endormi dans la poussette, tenant Martin par la main, Mathilde retirait nerveusement les abominables charlottes de pieds jetables que la crèche mettait à la disposition des individus a priori couverts de microbes qui s'aventuraient dans les aires de jeux des enfants. Comme une automate, elle était parvenue à achever cette ignoble journée uniquement grâce à la perspective de la soirée qui allait la clôturer. Profitant de ce demi-congé « enfant malade », elle avait couvé son aîné à la maison avant de passer prendre le cadet, tout heureux de voir sa maman et son frère débarquer en lieu et place de sa nounou.

Après le départ de Max, Mathilde avait eu Lucie au téléphone qui, comprenant rapidement la gravité de la situation, avait pris les choses en main.

— Je rameute les filles et on débarque chez toi pour le dîner, lui avait-elle proposé, pragmatique.

Malgré son éternelle crainte d'embêter les autres, elle avait aussitôt accepté. Et Alice ?

Elle bossait le lundi soir… Le coup des photos semblait lui avoir porté un coup fatal, elle préférait donc elle aussi se faire réconforter par ses copines et avait décidé de sécher exceptionnellement. Elle ne se sentait de toute façon pas encore prête à passer la soirée avec Fred.

— Madame Marsac, je peux vous voir cinq minutes ?

Oh non, la directrice de la crèche !

Mathilde eut l'impression de retourner à ces sombres années de lycée où elle avait toujours oublié de rendre une circulaire ou de remplir un papier, se faisant régulièrement convoquer et avertir sur son carnet de correspondance.

— Sauf erreur de notre part, vous n'avez pas réglé le trimestre écoulé.

Les factures étant au nom de Max, elle n'avait pas dû faire attention. Elle avait certainement posé l'enveloppe sur le tas de courrier qui lui était destiné – et qu'il venait d'ailleurs d'emporter cet après-midi.

— Oh, excusez-moi. Mon mari devait s'en occuper, mais il est… absent en ce moment. En voyage. Mille excuses, vraiment. Vous serait-il possible de m'en envoyer une autre ? Que je puisse régulariser la situation rapidement ?

La directrice n'était pas dupe, Mathilde le sentit. Pourquoi diable était-elle allée raconter cette histoire de voyage ? La honte, sans doute. Celle de l'échec de son mariage. Son échec à elle.

— Bien sûr. Si vous le souhaitez, je peux éventuellement les éditer à vos deux noms dorénavant, afin qu'il n'y ait plus de problème.

— Avec plaisir, c'est très gentil. Merci.

La directrice lui sourit avec compassion, puis regarda tristement les garçons. Elle avait compris. Elle en avait vu d'autres, et en verrait encore.

Mathilde tenta de caler Martin auprès de son frère endormi.

— Nan, veux pas être avec lui ! Veux aller sur la marche !

Elle n'eut même pas la force de lui répondre, trop épuisée par les crises de sanglots qui avaient suivi le départ de Max, pendant que Théo dormait. Elle prit silencieusement Martin dans ses bras et le plaça devant elle, déposant au passage un baiser dans son cou qui fit à nouveau monter ses larmes. Désormais, ces petits gars étaient les seuls qui comptaient dans sa vie.

Mais, en avait-il jamais été autrement depuis leur naissance ?

Dans la rue, Mathilde croisa de nombreuses femmes qui, comme elle, poussaient vaillamment leur poussette à la nuit tombée avant d'aller faire le plein de début de semaine au supermarché du coin. Elle remarqua des hommes en costume, aussi, concentrés sur leur mission. S'agissait-il de pères qui partageaient équitablement leurs rôles de parents ou bien de divorcés en semaine « papa » ? Comment le savoir ? Elle n'irait pas faire les courses, en tous cas. Les filles apportaient tout, ainsi qu'elles l'avaient proposé. Théo, lui, ne mangerait sûrement pas grand-chose. Quant à Martin, un petit pot et un yaourt feraient bien l'affaire. Il y avait de toute façon fort à parier qu'il attraperait la gastro de son frère dans les heures qui allaient venir, tout comme elle d'ailleurs. Heureusement que la directrice n'avait rien vu, elle lui aurait interdit l'entrée de la crèche.

— Il dîne à la maison papa, ce soir ?

Théo avait ouvert un œil.

— Non, mon chaton. Ne t'inquiète pas, on est bientôt arrivés.

Lucie, Mathilde, Alice et Éva, avec son gros ventre, étaient réunies toutes les quatre autour de la table basse du salon. Depuis quand n'était-ce pas arrivé ? Entre les impératifs professionnels ou familiaux des unes et des autres, il leur était devenu quasiment impossible de trouver une date à laquelle elles étaient toutes disponibles. Il avait fallu cette tragédie pour que chacune y mette du sien, et c'était tant mieux. Plusieurs bouteilles de vin étaient ouvertes et déjà largement entamées. Quant aux petits plats Lenôtre que Lucie avait rapportés – truite fumée, blinis, œufs de saumon, gambas poêlées, fromages divers et pâtisseries individuelles en tous genres –, seule Éva y avait vraiment fait honneur. Lucie faisait attention à sa ligne et s'était contentée de picorer le riz des gambas, Alice avait consciencieusement effrité un blini dans son assiette et Mathilde enchaîné les verres d'alcool à jeun. Elle était ivre et parlait fort, mais elle affirmait avoir besoin de relâcher la pression engendrée par les douloureux événements de l'après-midi. Aucune d'entre elles n'aurait par ailleurs songé à lui faire la morale.

— Mais c'est qui cette fille ? On la connaît ? C'est Ariane comment ?

— Aucune idée. Il ne m'a rien dit.

— Tu es allée voir dans son Facebook ?

Mathilde se leva d'un bond, en transe, fonça vers sa chambre pour aller y chercher son PC.

— T'es con ou quoi ? Maintenant elle va y passer des heures, baragouina Éva, la bouche encore pleine de comté affiné. Il est pasteurisé ?

Fébrilement, Mathilde avait effectivement fondu sur le profil de Max et passait maintenant en revue tous ses amis, à la recherche de la fameuse Ariane.

— Ah ! Je l'ai ! Ariane Maitte. Trente-six ans. Moche ! Super moche ! Regardez… C'est elle, c'est sûr ! Il y a une seule Ariane, et je ne l'avais jamais vue.

Mathilde fit pivoter l'écran vers ses amies, dépitées. Qu'est-ce qui avait pris à Lucie de lui donner cette idée de jouer les agents secrets sur Facebook ? Elle y serait venue tôt ou tard mais le plus tard eût été le mieux.

— Mmm, très moche, déclarèrent-elles en signe de solidarité.

— Je vais me faire toutes ses photos !

— Mathilde… Arrête, ça ne sert à rien.

Alors qu'Alice tentait de calmer son amie, Mathilde semblait gagnée par la folie, n'écoutant plus rien, concentrée sur ce profil sur lequel, elles le savaient toutes, elle irait tous les jours, voire plusieurs fois par jour, vérifier si ladite Ariane avait posté de nouvelles photos, changé son statut ou fait une quelconque référence, plus ou moins masquée, à Max ou au bébé à venir. La conversation sérieuse qu'elles devraient fatalement avoir avec Mathilde – à savoir ce qu'elle comptait faire, prévenir les enfants, comment elle allait s'organiser – viendrait plus tard, c'était clair. Pour l'heure, elles se devaient d'être présentes et de limiter les dégâts, c'est-à-dire lui interdire de contacter Max ou Ariane, et lui tenir compagnie dans l'épreuve jusqu'à ce qu'elle s'effondre de fatigue ou de chagrin. C'était tout.

Lucie les emmena donc sur un autre terrain :

— Bon, à toi maintenant, Messaline. Tu vas faire quoi avec Frédéric ?

— Je ne sais pas. Je n'y comprends plus rien. Qu'est-ce qui m'a pris ? C'est complètement fou. C'est mon *boss*. Si vous saviez le nombre de coups de fil, de mails ou de textos que j'ai eus après la parution de l'article. Les gens disent toujours qu'ils lisent ce genre de presse chez le coiffeur. Si c'est vrai, ils sont pas mal à être allés se faire couper les cheveux justement aujourd'hui… Le pire, c'est vis-à-vis de la brigade. Pauvre Fred, je l'ai laissé affronter seul les employés mais c'était au-dessus de mes forces.

— Vous vous êtes appelés pour en parler ?

— Rapidement. Je lui ai dit que je ne me sentais pas bien et que je ne viendrais pas au restaurant ce soir. Et aussi que Mathilde avait besoin de moi. Il a été réglo, il n'a rien dit.

— D'accord, mais vous avez parlé de vous ? Enfin, de ce qui s'est passé ?

— Évidemment non…

— Évidemment.

— Adrien m'a appelée aussi.

Toutes, elles sursautèrent. Même Mathilde qui, l'espace d'un instant, suspendit son exploration.

— Il était fou de rage. Il voulait savoir si c'était vrai, si je sortais vraiment avec Fred, depuis quand ça durait, si ça faisait des années, bref si ça remontait à l'époque où on était ensemble. Ça faisait bien longtemps qu'il n'avait pas paru aussi intéressé par ma vie amoureuse. Ou par ma vie tout court. Bien sûr, il a essayé de me dire que c'était terrible pour Laura, et tu te rends compte, blabla. Tu parles ! Laura, elle est comme une folle, elle trouve ça « trop marrant ». J'ai eu un mal fou à la calmer, pour un peu elle allait acheter tout le kiosque et faire encadrer les photos… Mais je dois avouer que cette crise de jalousie m'a pas mal flattée. Il m'a aussi parlé de la télé, m'a dit qu'il me regardait souvent et que ma nouvelle coupe m'allait bien.

— Ouais, c'est ça. Il regrette parce que t'as un mec et que t'es devenue une star. C'est bien tous les mêmes.

Cette réflexion, que toutes validaient intérieurement, était heureusement sortie de la bouche de Mathilde, à laquelle il était évidemment bon de tout pardonner ce soir-là.

Alice resta un instant silencieuse avant d'annoncer :

— Je dîne avec lui samedi soir prochain.

Un ange passa. Mathilde se resservit un verre, et remplit à nouveau ceux de Lucie et Alice. Quant à Éva, elle plongea la main vers un mini éclair au chocolat en levant imperceptiblement un sourcil en signe de désapprobation.

— Super. Enfin, si c'est ce qui te rend heureuse, on est contentes pour toi. On verra bien ce qu'il te dit. On n'y est pas encore, fit remarquer Lucie.

Cet accueil froid face à son éventuelle réconciliation avec le père de sa fille ôta toute envie à Alice de continuer à parler d'elle. Elle se tourna donc vers Éva.

— Et toi ?

— Quoi, moi ? fit celle-ci sur la défensive.

— La grossesse, Vincent, Jacques Brel… Tu en es où ?

— Jacques Brel, on n'en parle plus, OK ? Tout ça reste entre nous pour l'éternité. Concernant ma grossesse, comme vous le voyez j'ai déjà pris quinze kilos, et ça ne risque pas de s'arranger. Comme tout le monde pense que je suis enceinte de six mois, personne ne se gêne d'ailleurs pour me dire que je suis « énorme », ce qui fait toujours plaisir. En revanche, allez comprendre, pas un connard ne me laisse sa place dans les transports le matin. Aux heures de pointe, on dirait que mon ventre rétrécit et que plus personne ne le voit. Au boulot, c'est pareil. Tout le monde se contrefiche de mon état, à part ces fameuses personnes qui me font « ouah, c'est impressionnant ! », et auxquelles j'ai envie de répondre la même chose concernant leur cul. Quant à mes soirées, j'en passe la plupart sur mon canapé à boulotter les Oreo ou les oursons en guimauve que Vincent m'achète par containers pour se faire pardonner ses horaires de dingue. Il se sent par ailleurs tellement coupable qu'il m'appelle toutes les dix minutes pour savoir comment je vais, ce qui m'horripile évidemment puisque ça m'empêche de me concentrer sur mon film ou mon émission.

» Quant à mes nuits, si vous voulez tout savoir, elles démarrent tôt puisque je ne perds pas de temps avec de quelconques rapports sexuels, Vincent refusant catégoriquement de souiller une femme enceinte. En revanche, elles sont entrecoupées de deux à trois réveils pipi minimum. À ces réveils s'ajoutent parfois ceux dus à des cauchemars récurrents dans lesquels le bébé aurait une tête totalement différente de celle à laquelle on pourrait s'attendre, ou même carrément déformée. Une nuit, j'ai même rêvé que j'accouchais d'un sandwich.

Lucie pouffa.

— Oh moi aussi, je faisais des cauchemars, dit-elle. Dans l'un d'eux, récurrent, ma fille naissait rousse. Et elle est née rousse…

— Mais tu es un monstre ! Elle est adorable !

— Évidemment qu'elle est adorable, c'est ma fille. Mais elle est rousse. Et la vie est plus difficile pour une rousse. Quant aux choix de couleur pour les vêtements, disons qu'il faut aimer le vert et le orange… Il est comment Jacques Brel ?

Éva se prit à sourire à l'évocation de Jacques.

— Grand, une très belle peau pleine de taches de rousseur, un sourire incroyable et de beaux cheveux bouclés.

— Tu es sûre que tu ne regrettes pas ? osa Lucie. Quand tu en parles, on pourrait presque croire que c'est plus qu'une erreur d'un soir…

— Bien sûr ! Mon mari, c'est Vincent ! Il est attentionné, déjà fou du bébé, il fera un père merveilleux. Il a acheté tout le trousseau, préparé ma valise de maternité et m'accompagne même aux cours de préparation à l'accouchement chez la sage-femme. Qu'est-ce que je peux espérer de mieux pour mon enfant ?

— Pour ton enfant oui, mais pour toi…

Silence. Toutes, elles se prirent à réfléchir à cet éternel dilemme. Bon père, bon mari, bonne épouse, bonne maman, tous ces paramètres pouvaient-ils être conciliés ? Et si c'était impossible, lesquels choisir ? Lesquels piocher dans la mallette à souhaits pour que le mariage tienne ? Aucune d'entre elles ne semblait avoir trouvé la solution idéale.

— Non, mais quelle salope ! hurla Mathilde, les sortant de leur réflexion.

— Quoi ?

— La Ariane. Elle vient de passer de « célibataire » à « en couple »… Vous voulez jouer à ça ? OK, déjà je Facebook-divorce de Max. Et ensuite, je me crée un nouveau profil pour l'ajouter en amie et lui pourrir la vie.

— Mathilde…

— Quoi ?

— Arrête ! Laisse-les. En plus, tu te fais du mal. Tu ne vas pas passer tes journées à la regarder, même virtuellement. C'est hyper malsain ! Imagine il y a dix ans, quand les réseaux n'existaient pas. C'est comme si tu avais décidé de passer toutes tes soirées en bas de chez elle pour regarder par sa fenêtre. Est-ce qu'elle sort ce soir ? Est-ce que Max est avec elle ? Et qu'est-ce qu'ils font ? Est-ce qu'ils voient nos potes ? Est-ce que son ventre grossit… ?

— Stop !

Les larmes coulaient, enfin, sur le visage de Mathilde, qui referma violemment le PC. Alice s'approcha et la prit dans ses bras. Elle savait combien ça faisait mal. Toutes ces années balayées du jour au lendemain, ces projets à deux, envolés, et cette nouvelle vie de l'autre à laquelle il était possible de se connecter à tout moment pour la suivre sur un écran, comme une mauvaise sitcom diffusée rien que pour vous. Elle savait aussi ce par quoi Mathilde allait passer. Les nuits sans sommeil, les soirées à regarder éternellement les mêmes photos du temps du bonheur, ou à relire les mails ou les lettres qu'ils s'étaient envoyés quand ils étaient heureux. Mais je ne comprends pas, on s'aimait. On y croyait.

— Putain… il va avoir un enfant.

Et elle éclata en sanglots.

LE TEMPS DES KERMESSES

1

— Un Earl Grey au lait, s'il vous plaît.

— Tout de suite, madame !

Lucie chaussa ses lunettes de soleil. Il était à peine 9 heures et elle avait réussi à déposer Charlotte et Marguerite sans encombre. Ce matin-là, dans leur école à 6 000 euros l'année, les filles allaient préparer leur propre pain, qu'elles mangeraient à l'heure du déjeuner. Déjeuner qui leur serait livré dans des « box », ainsi que l'avait décidé l'association des parents d'élèves en début d'année. Cette perspective la ravissait, autant que les sourires que lui offrait Lou, dans sa poussette à côté d'elle. Depuis quelques semaines, elle avait pris l'habitude d'emmener sa petite dernière à la boutique le matin. Cette fillette avait fendu l'armure de Lucie et Christophe, ce qui ne cessait d'étonner leurs proches, plus habitués à les voir mener leur famille en brigade disciplinée qu'à se montrer gaga devant les gazouillis d'un nourrisson. Pourtant, il semblait que ce troisième enfant ait apporté plus de douceur dans leur foyer, et d'élans maternels chez l'auteur de ses jours. Certes, Lou était toujours rousse – Lucie insistait pour qu'on dise « auburn » – mais ce qu'elle avait tout d'abord pris comme une tragédie paraissait l'enchanter maintenant qu'on la complimentait chaque jour davantage sur la bouille de sa fille.

Plus tard, elle monterait la rue jusqu'au magasin rejoindre Marion mais, pour l'heure, elle comptait bien savourer ce café en compagnie de sa benjamine. Sa vendeuse et elle devaient préparer ensemble les soldes privés, et s'occuper des cartons d'invitation destinés aux heureuses privilégiées qui assisteraient au cocktail donné pour le coup d'envoi. Une dure journée l'attendait, et elle profitait de ce petit moment de bonheur simple sous le soleil printanier avant la tornade. Un petit groupe de mamans vint s'asseoir à la table à côté d'elle. Afin d'épier tranquillement leur conversation, elle fit semblant de se plonger dans le *Elle* du jour. On était vendredi.

— Enfin ! J'ai cru qu'il n'allait jamais se calmer ! Son frère n'était pas comme ça au même âge, je ne sais pas de qui il tient. De son père, sûrement ! Six fois que la maîtresse me convoque depuis le début de l'année, il ne s'est jamais fait à cette école. Peut-être est-ce que je devrais le mettre dans le privé ?

— Non, tu ne vas pas faire ça ! J'ai une copine qui a ses enfants à Montessori ; ils en font des assistés. Et puis c'est reculer pour mieux sauter.

Cette idée de leur faire faire uniquement ce qu'ils veulent, s'ils croient que c'est comme ça, la vie. Inscris-le plutôt à des activités périscolaires, ça devrait lui faire du bien.

— On avait essayé le karaté mais il pleurait non-stop, on a dû arrêter au bout de deux cours…

— Tu le maternes trop. C'est toujours comme ça, avec les petits deuxièmes. On n'arrive pas à être aussi fermes que pour les aînés. Résultat : ils en profitent. Moi, pour Capucine, c'était pareil. Et avec son père je ne vous dis pas, elle en fait ce qu'elle veut !

— Vivement que l'année se termine. Vous allez tenir un stand pour la kermesse ?

— Possible… J'ai proposé de faire une vente de gâteaux comme l'année dernière. Et toi ?

— Au départ, j'avais la flemme. Mais on m'a dit que le père d'Arthur avait besoin d'un binôme pour son stand de barbes à papa.

Elles se mirent à glousser toutes trois.

— Ah, alors moi aussi, je veux bien postuler.

— Prem's, je suis déjà inscrite !

— Mais il est célibataire, ou pas ?

— Évidemment ! Sa femme s'est barrée avec son patron. Il a la garde exclusive du petit mais la mère l'emmène tous les matins. Je crois qu'ils habitent dans le même immeuble, ou en face. Quand tu as de l'argent, c'est quand même plus simple, une séparation. Limite pratique. Ça te fait un baby-sitter de confiance gratuit et dispo un peu quand tu veux. Vive le divorce !

— Mais il n'était pas plus ou moins avec la mère de Théo, le bel Antoine ?

Lucie tiqua, mais parvint à masquer son étonnement pour ne pas perdre une miette de ces informations de la plus haute importance.

— Mais non. Je ne suis même pas sûre qu'elle soit vraiment divorcée d'avec son mari. Toujours est-il qu'elle a l'air au bout du rouleau, la pauvre. Au début de l'année, elle se la pétait avec ses talons et ses tailleurs de *working girl* et au fur et à mesure, ça a été la dégringolade. Elle a bien perdu dix kilos – ce qui, soit dit en passant, ne me déplairait pas – mais surtout elle ne se maquille plus, se coiffe à peine et a une de ces gueules de déterrée ! Il paraît que le papa a une nouvelle poule qu'il aurait mise enceinte direct après la rupture.

— Quelle horreur ! Dieu m'en préserve.

— Lui, en tous cas, on ne le voit pratiquement jamais. Nouvelle famille, nouvelle vie, hop. Ce ne sera pas la première fois. Mais pour en revenir au papa d'Arthur, pourquoi tu pensais qu'il était avec la mère de Théo ?

— Je ne sais pas. Je les ai déjà vus au café du coin tous les deux. Il n'avait pas l'air de la trouver si repoussante.

— Au café ? Tous les deux ? Tu m'intrigues. Je vais enquêter sur ce dossier dès ce soir…

— Mesdames, ce sera quoi, ce matin ? Café crème pour tout le monde ?

— Oui ! Merci, Henri.

— Et pour moi, ce sera l'addition, dit Lucie, trop impatiente d'arriver à la boutique pour appeler Mathilde, et enquêter elle aussi, de son côté, sur cette affaire croustillante du bel Antoine dont elle n'avait jamais entendu parler.

Pourquoi diable fallait-il que ses copines ne lui racontent que les pans les plus sombres et sinistres de leur existence et taisent ceux qui redonnent le sourire ? Un beau papa célibataire avec Mathilde, voilà qui lui plaisait bien après ces mois de pain noir…

Depuis l'annonce de la grossesse de ladite Ariane, Mathilde avait traversé une très mauvaise passe, durant laquelle elles avaient essayé de la soutenir sans toutefois parvenir à la soulager de la douleur de cette séparation, notamment concernant les enfants, qui en pâtissaient plus encore que leurs parents. Il avait fallu leur parler, leur expliquer que papa et maman n'allaient plus vivre dans la même maison mais continueraient à les aimer fort fort pour toujours. Bref, le refrain classique qu'elles-mêmes avaient connu pendant leur adolescence mais que, en l'occurrence, leur génération faisait subir à des gamins qui savaient à peine parler. Était-ce mieux ? Pire ?

Certainement pas optimal, en tous cas. Comme on disait en médecine, on n'avait pas encore le recul nécessaire pour juger.

Max était passé prendre le plus gros de ses affaires pendant les vacances d'hiver, que Mathilde et les garçons avaient passées à Courchevel dans le chalet de Lucie et Christophe. À leur retour, il manquait quelques livres dans la bibliothèque, le rasoir dans la salle de bains et ses baskets dans l'entrée, mais rien de vraiment perceptible, ce dont Mathilde lui fut reconnaissante. Il leur avait tout laissé. Par flemme ou volonté de ne pas perturber immédiatement le quotidien des garçons, peu importait, Mathilde en avait été soulagée. Son armoire, en revanche, avait été entièrement vidée de son contenu. Cette fameuse armoire dont il ne fermait jamais la porte ; ce qui avait tant exaspéré Mathilde. Elle avait passé de longues minutes à l'observer, quand les petits avaient été couchés, et ce vide l'avait laissée totalement hébétée. Elle n'avait pas encore pris la mesure du changement qui allait s'opérer dans leurs vies avant de se retrouver face à ce demi-placard vide.

Puis il avait bien fallu « se partager » les enfants, comme disent les divorcés sans plus se rendre compte de la monstruosité de ce terme et du concept en lui-même. Elle avait donc accepté qu'ils aillent une première fois place des Ternes parce qu'Ariane, partie pour Val-d'Isère dans l'appartement familial, n'y était pas. Elle avait préparé leurs petits sacs le vendredi soir, y avait glissé quelques couches, des slips, des pyjamas propres, les brosses à dents, plusieurs pulls parce qu'on ne sait jamais, plusieurs tee-shirts pour la même raison, des petites voitures, des livres et leurs doudous. Puis elle les avait accompagnés au bas de l'immeuble, puisque Max devait passer les prendre en voiture, et que ni elle ni lui ne souhaitaient une confrontation dans l'appartement. Sur le trottoir, elle leur avait pris la main, chacun d'un côté, et réuni tout son courage pour ne pas pleurer. Ils étaient si mignons, avec leurs petites doudounes et leurs capuches sur la tête, parce qu'il « pluvieute, maman ». Oui mes amours, il pluvieute, couvrez-vous bien. Leurs nez minuscules et leurs petits yeux innocents sortaient à peine des blousons. On aurait dit des oursons. Et elle s'était jetée sur eux pour les embrasser. Arrête, maman, tu nous fais mal. On t'aime, maman. Moi aussi, mes bébés. On n'est pas des bébés. Oui je sais, mes grands garçons. Et tu viendras nous voir demain ? Non, mes chéris, papa vous ramènera dimanche. On passera la journée tous les trois. On pourra aller au Jardin d'icclamation ? Bien sûr, mes amours, on ira au Jardin d'icclamation, qu'il pleuvieute ou qu'il vente, je vous le jure. On mangera les plus grosses glaces et on fera tous les manèges. Ouais, génial ! Tu es la meilleure des mamans.

Il était arrivé et les garçons lui avaient sauté dans les bras. Ils ne l'avaient pas vu depuis près de dix jours. Papa, papa ! Maman va nous emmener au Jardin d'icclamation on va manger toutes les glaces. Et moi vous savez où je vous emmène demain ? Non ? Où papa ? Où ? À la Villette ! Ouais, à la Villette !

— Salut.

— Salut.

— Alors tu me les ramènes dimanche matin ? Tu m'envoies un texto pour me dire à quelle heure ?

— OK.

— Martin a un peu le nez qui coule. J'ai mis son spray dans le sac. Il faut le moucher avec la poire tu sais ? Souvent, sinon ça va continuer. Ah, et puis Théo a repris la tétine. Je n'ai pas eu le cœur de l'en empêcher. Elle est dans la poche extérieure de son sac à dos, avec quelques biscuits et son produit pour l'asthme, au cas où. Tu m'appelles s'il y a le moindre problème, d'accord ? Hein, tu n'hésites pas ?

— T'inquiète… Allez, les mecs, en voiture ! On dit au revoir à maman !

— 'voir maman !

Elle les avait regardés s'éloigner. Ils étaient si petits à côté de la grande silhouette de Max.

Puis elle avait poussé la lourde porte de l'entrée de l'immeuble, celle de l'interphone, appelé l'ascenseur, pressé le bouton, cherché sa clé nerveusement, ouvert la porte de l'appartement vide et silencieux, marché sur un Lego et fondu en larmes. Le premier soir sans eux. Elle avait pris un somnifère prescrit par son généraliste pour « surmonter cette petite passe difficile » et s'était glissée là entre les draps, la nuit pas encore tombée, pour sombrer tout à fait et oublier l'absence insupportable.

Le lendemain matin, elle s'était trouvée désœuvrée. Après toutes ces années à rêver d'une grasse matinée, et alors qu'elle aurait pu dormir jusqu'à 11 heures, traîner au lit et envisager n'importe quelle activité, elle avait ouvert un œil à 7 heures, par habitude, et n'était pas parvenue à se rendormir. Le silence, profond, l'angoissait. La chambre des enfants et ses lits vides lui avaient fait l'effet d'une tragédie. Comme s'ils avaient disparu à tout jamais. Elle avait avalé un café, pris une douche et était partie se promener en Vélib' dans un Paris encore désert. Elle était descendue jusqu'à la Madeleine, puis avait continué vers la place de la Concorde. Le froid était vif, et ses doigts lui faisaient mal, mais cet effort matinal et cette douleur l'avaient paradoxalement rassérénée. Elle s'était arrêtée près de la Seine, sur laquelle se reflétait un soleil encore timide, et cette vision l'avait apaisée, enfin. Puis elle avait longé les quais et s'était trouvé un petit bistrot près de chez Gibert Joseph à Saint-Michel. Les garçons de café étaient occupés à sortir quelques chaises en terrasse pour les courageux et les fumeurs, tandis qu'elle investissait une table près d'une fenêtre, d'où elle pourrait observer le manège des Parisiens s'éveillant les uns après les autres en ce premier jour de week-end. Elle avait commandé un café crème et un croissant, et plongé dans la lecture du journal au milieu de ces odeurs et ces bruits rassurants qui lui avaient rappelé ses années de fac, lorsqu'elle séchait les premiers cours de la journée pour aller fumer des Chesterfield avec d'autres étudiants. À cette époque, quand on fumait encore dans les cafés, le sort des mamans divorcées ne les intéressait guère. Pourtant, il devait bien y en avoir autour d'eux. Mais ils s'en foutaient pas mal. Et elle la première, qui ne voyait alors pas plus loin que le bout de sa semaine, ce qui lui convenait bien, et c'était tant mieux.

Plus tard dans la matinée, quand Lucie avait jugé que l'heure était décente, elle avait failli appeler Alice avant de se rappeler qu'elle et Adrien s'étaient donné une « seconde chance », comme on dit dans les séries B et les magazines féminins. Devait-elle se réjouir ? Il était encore trop tôt pour le dire, mais Alice semblait heureuse – contrairement à Laura qui, contre toute attente, avait jugé ce rapprochement « trop chelou ». Ses rapports avec Fred, en revanche, s'en étaient considérablement ressentis. Après leur folle nuit, ils avaient timidement repris le boulot ensemble, sans oser évoquer « la chose », le tout sous les regards curieux de leurs employés.

Peu de temps après, Adrien avait invité Alice à son fameux dîner. Il lui avait sorti le grand jeu – Guy Savoy, regards énamourés, promesses et déclarations d'amour – et Alice était évidemment retombée dans les bras de cet homme qu'elle n'avait jamais cessé d'aimer malgré la trahison, sa jeune maîtresse et les messages Facebook. D'ailleurs, où était la briseuse de ménages ? Nul ne le savait. Toujours est-il qu'Adrien avait réintégré le domicile familial dès leur première nuit passée ensemble – celle qui avait suivi le dîner trois étoiles. Depuis, ils avaient repris leur train-train, pour leur plus grand bonheur, disait Alice, trop heureuse de retrouver sa « vie d'avant ». Pourtant, sans qu'elle sût dire pourquoi, Lucie estimait que cette image lisse de couple ressoudé comportait comme un léger défaut. Était-ce parce que pour elle, incorrigible romantique malgré l'image qu'elle pouvait donner, un coup de canif dans le contrat n'est jamais anodin, et abîme toute union fondée sur la fidélité ? Elle l'espérait. Pourtant, il lui semblait que le nouveau statut de son amie, aujourd'hui reconnue dans la rue, sollicitée par les médias et prise davantage encore par ses obligations professionnelles, agaçait quelque peu son époux. Mais ça n'était pas ses affaires, après tout, et si Alice était heureuse, elle l'était aussi.

Éva, elle, était sur le point d'accoucher, officieusement en tous cas, d'un enfant qu'on qualifierait de « très gros pour son âge ». Elle comptait les jours, et semblait s'ennuyer ferme pendant ce congé maternité qu'elle avait pourtant anticipé en posant son « patho » pour « emmerder son boss », ainsi qu'elle leur avait élégamment déclaré. Elle passait ses journées devant la télévision à manger plus que de raison, ou à la boutique pour tromper l'ennui et compléter encore son trousseau, qui devait être l'un des plus garnis de la capitale. D'ailleurs, celle-ci devait passer ce matin-là pour les aider à préparer les ventes privées, ainsi que le cocktail. Lucie pressa le pas, craignant de faire attendre Éva, seule avec Marion, dont elle ne goûtait que peu la conversation qu'elle jugeait dénuée d'intérêt. Et puis, elle mourait d'envie de lui raconter ce qu'elle venait d'entendre, et d'en savoir davantage sur ce bellâtre des cours de récré.

Tandis qu'elle poussa la porte de chez Charlotte et Marguerite, à 9 h 45, elle constata que, outre Éva, affalée sur un mignon petit siège de boudoir rose qu'elle adorait, et Marion, une cliente était déjà en train de fureter dans les rayons.

— Bonjour ! s'écria-t-elle gaiement, heureuse de cette agréable journée printanière.

Bizarrement, Éva ne lui répondit pas, mais fit une grimace suspecte en direction du dos de la cliente, visiblement enceinte de cinq à six mois. Lucie s'avança vers la caisse pour l'apercevoir de face sans pour autant se montrer indiscrète. Blonde, une petite quarantaine, la jeune femme lui rappelait en effet quelqu'un sans qu'elle parvienne toutefois à se souvenir de qui. Plus les années passaient, plus ça lui arrivait souvent, surtout avec toutes les clientes qui défilaient chaque jour à la boutique. Sans compter les épouses des connaissances de Christophe. S'agissait-il de l'une d'elles ? Non, Éva ne la connaîtrait pas.

— Je peux vous aider ? proposa-t-elle poliment à la future maman, ce qui provoqua l'indignation d'Éva.

— Oui, je cherche une… gigoteuse. Je vous avoue que je ne sais pas ce que c'est. C'est la honte, non ? Mais je suis en pleine préparation de la valise de maternité et je ne connais pas la moitié des trucs qu'il faut y mettre.

— Oh, mais c'est normal ! On est toutes pareilles la première fois. Et puis, entre les nouveaux termes, les trucs que votre mère va appeler « babygros », ou « pyjama » plutôt que « grenouillère », les « turbulettes », les « nids d'ange », c'est difficile de s'y retrouver. Tenez, voici les gigoteuses, qui ne sont ni plus ni moins que des couettes à bretelles. Je vous laisse regarder. N'hésitez pas si vous avez besoin d'autre chose. C'est pour bientôt ?

— Trois mois et demi.

— Merveilleux. C'est votre premier ? Vous savez ce que c'est ?

— Oui, c'est mon premier, et c'est une petite fille. Le papa avait tellement envie d'une fille, et moi aussi, nous sommes aux anges. D'autant que je n'espérais plus avoir d'enfant. À mon âge.

Disons que j'ai eu une vie assez dissolue. Un peu fêtarde, et globe-trotteuse. Mais voilà, je me suis enfin posée.

— Ça, vous allez y être obligée. Un nourrisson, ça bouleverse un quotidien, renchérit Lucie en couvant du regard Lou, que Marion avait extraite de sa poussette pour la poser délicatement dans un superbe transat design en bois clair.

— C'est votre fille ?

— Oui, ma petite dernière. J'en ai deux autres.

— Bravo, je suis impressionnée ! Vous avez une ligne incroyable, après trois enfants, j'espère que vous me donnerez votre secret. Je suis désespérée par ce nouveau corps de baleine. Je ne sais même plus comment m'habiller. Vive les leggings et les grands tee-shirts.

— Ah non, pas de laisser-aller ! Je suis personnellement partisane du sexy à tout prix. Ce n'est pas parce qu'on est enceinte qu'il faut s'oublier en tant que femme. Le futur papa ne doit pas être affolé avant même d'avoir eu le nourrisson devant les yeux.

— Vous avez raison. Tenez, je vais prendre cette… gigoteuse en Liberty, c'est ravissant.

— Parfait. Très bon choix. Seriez-vous intéressée par nos ventes privées ? Elles commencent la semaine prochaine. Nous donnons d'ailleurs un cocktail mardi soir pour le lancement, mais aussi pour fêter le printemps et les cinq ans de la boutique.

— Avec plaisir !

— Parfait, je vais prendre votre nom…

— Maitte. Ariane. Ma mère habite le quartier, je viendrai sans faute.

Lucie emballa la gigoteuse dans du joli papier de soie, ravie de cette vente plein pot à quelques heures des rabais obligatoires de fin de saison, mais aussi de cette nouvelle recrue visiblement pas près de ses sous parmi ses bonnes clientes.

— Eh bien, à mardi ! Bonne journée !

La petite cloche de la porte retentit et alors seulement, Lucie se tourna vers Éva, horrifiée.

— Quoi ? Qu'est-ce que tu as ?

— T'es con ou quoi ?

— Qu'est-ce qu'il te prend de me parler comme ça ? Qu'est-ce que j'ai fait ?

— La nana, là. Ta super copine, ta nouvelle cliente tellement sympa qu'on l'invite direct au cocktail de mardi, t'as pas vu qui c'était ?

— Non, justement, impossible de me le rappeler. Je sais que je l'ai déjà vue, et que son nom ne m'est pas inconnu mais c'est le trou noir. Une copine à toi ?

— Ariane. LA Ariane. Celle de Max.

Lucie plaqua sa belle main fraîchement manucurée sur sa bouche en écarquillant les yeux vers la vitrine, d'où elle aperçut la silhouette de ladite Ariane s'éloigner lentement.

— Oh merde…

— Tu l'as dit.

2

— Allez, petit chou ! On fonce !

Mathilde courait dans la rue, tirant Théo par le bras, affolée comme chaque matin à l'idée d'arriver en retard à l'école et de devoir laisser son fils seul avec la directrice sans pouvoir l'accompagner en classe comme les autres mamans. Ça n'était encore jamais arrivé mais c'était sa hantise, d'autant que c'eût signifié son retard à elle aussi au bureau. Ils parvinrent heureusement à s'engouffrer de justesse dans le hall alors qu'une grosse maman à poussette double captait l'attention des geôlières. Ils s'arrêtèrent rapidement devant le tableau des menus de la cantine. Salade de champignons mayonnaise, gratin de chou-fleur, rôti de porc et poire.

— C'est quoi alors, maman ?

— Rien, mon amour ! Tu verras bien.

Mathilde nota mentalement que son fils reviendrait à jeun ce soir. Elle lui ferait des pâtes pour compenser, mais se demandait décidément pourquoi elle déboursait une telle somme chaque jour pour qu'il se nourrisse exclusivement de pain. Ils montèrent les escaliers, bousculant au passage quelque bambin malhabile, petit frère ou petite section pas encore bien assuré, et parvinrent devant les patères dont certaines restaient ornées, à l'année, du même gilet manifestement oublié là pour l'éternité.

— Allez, chéri, donne-moi ton sac à dos. Je fais un petit coucou à la maîtresse et je file.

Alors qu'ils s'avançaient vers la classe et que Théo était déjà parti aimanter son nom parmi les « présents », Mathilde fut surprise de voir qu'Antoine déposait son fils ce jour-là. Il était très rare que ce ne soit pas sa mère qui le fasse. Chaque fois qu'elles se croisaient, elles se disaient bonjour du bout des lèvres. Toujours tirée à quatre épingles, très mince et bien coiffée, la maman d'Arthur faisait partie de ces femmes qui vous font vous sentir souillon même lorsque vous avez revêtu vos plus beaux atours. Et, malgré ses efforts, Mathilde avait toujours un truc qui clochait. Une tache de chocolat gracieusement déposée par l'un de ses fils venu lui faire un câlin, sa manucure qui fichait le camp, son rimmel qui coulait ou ses talons érodés par le bitume. C'était comme ça depuis l'adolescence et ça ne s'arrangeait guère ; bien au contraire. Voilà pourquoi cette femme parfaite, souriante et brillante l'irritait au plus haut point, mais aussi parce qu'elle avait partagé avec le bel Antoine une intimité qui, même si elle ne la concernait pas vraiment, puisque bien sûr il ne se passait rien entre eux, l'agaçait un peu sans qu'elle se l'expliquât vraiment. En apercevant Antoine ce matin-là, elle s'en voulut d'avoir encore une fois sauté dans le premier tailleur pantalon venu, sans faire plus d'effort que de poser un peu de blush liquide sur ses joues pour ne pas effrayer ses collègues. Lui était renversant, comme toujours, privilège tout masculin qui veut que, vêtu d'un jean et le cheveu en pétard, un homme soit désirable même à quarante ans ; ce qui était plus rarement le cas des femmes.

— Hello ! Content de te voir.

— Moi aussi. Tu prends le relais ce matin ?

— Oui, la maman est en voyage à Kiev pour une semaine. Depuis qu'elle a été promue, ça n'arrête pas.

— Elle a de la chance de t'avoir. Moi, je ne m'en sors pas. On ne peut pas dire que le papa m'aide autant que tu le fais. Et pourtant, il n'est pas précisément à Kiev, il habite à quelques stations de métro…

— Laisse-moi Théo un soir, je te l'ai déjà proposé. Les garçons s'adorent et ça te fera du bien. Je peux même te prendre Martin, si tu veux. Plus on est de mecs… plus on est de mecs. Bref, si tu veux te faire un ciné ou une soirée entre filles n'hésite pas, je serai ton baby-sitter. À charge de revanche, bien sûr.

— Fais attention, je peux te prendre au mot.

— Mais je suis très sérieux.

Ils furent interrompus par le son du tambourin, fièrement agité par une fillette aux yeux bleus pour laquelle Théo en pinçait sans que cela fût réciproque. Mathilde eut envie de lui tirer la langue mais elle se retint.

— Au revoir, mon Théo ! À tout à l'heure.

L'enfant ne lui répondit même pas, tout concentré sur un jeu de construction fait de petits bouts de bois percés, de vis et de boulons de plastique colorés, avec cinq autres petits bonshommes, concentrés tels des ingénieurs en plein *brainstorming*.

Ils se retrouvèrent seuls dans le couloir orné d'immenses et étranges dessins faits de verticales, d'arabesques multicolores ou de collages plus ou moins esthétiques, et se dirigèrent vers la sortie.

— Mais si tu préfères, tu peux venir à la maison avec les garçons et on se fait une dînette ?

— Tous les deux ?

Elle s'en voulut aussitôt d'avoir prononcé cette phrase, ridicule, qui lui rappelait une vieille pub des années quatre-vingt.

— Oui tous tous, tous les deux.

Elle sourit parce qu'il avait lui aussi les mêmes références.

— Pourquoi pas ? J'ai plein de boulot en ce moment mais je te dis ça dès que je peux.

— Pas de problème.

— Et toi, le boulot, ça se passe bien ? Tu as des contrats en ce moment ?

— Je ne suis pas à plaindre. Le free-lance, c'est quand même peinard quand tu as des enfants. Je vais chez le client une à deux fois par semaine faire le point et montrer mes maquettes, sinon je fonctionne par Skype, mail ou téléphone. Tu ne voulais pas demander à être en télétravail deux jours par semaine, d'ailleurs ?

— Si, mais je n'ai toujours pas osé. Malgré tout ce qu'on lit dans les journaux, ça n'est pas encore très bien accepté dans les entreprises, en tous cas dans la mienne. Ton boss a toujours l'impression que tu vas moins travailler de chez toi. Quant à tes enfants, comme ils te voient à la maison, ils ne comprennent pas que tu es en train de bosser. Et c'est l'enfer. Non, j'avais un temps envisagé le 4/5e mais avec la rupture et Max qui n'a toujours pas retrouvé de boulot, je ne peux vraiment pas me permettre de gagner moins. Au contraire, je me défonce pour obtenir ce nouveau poste de chef de produit qui se libère, mais ils me mettent une pression pas croyable en insinuant qu'avec les enfants je ne serai pas assez disponible. Qu'est-ce qu'ils en savent ? J'en ai marre de devoir prouver deux fois plus qu'un mec. Jamais on ne laisserait entendre à un homme, même en instance de séparation, que sa vie perso pourrait l'empêcher de mener à bien ses missions. C'est clair qu'avec ce poste j'aurais plus de boulot ! Mais j'en ai déjà tellement : je reçois en permanence des mails sur le joli smartphone fourni par la boîte, et grâce auquel je peux être contactée à tout moment.

Il paraît qu'on appelle ça le « temps de travail numérique ». Tu te rends compte ? Quand on a commencé à travailler et qu'il n'y avait ni Internet ni mails, on était tranquilles une fois rentrés chez nous. Et c'était très rare qu'un collègue t'appelle sur ta ligne fixe pour te demander de valider l'ordre du jour d'une réunion qu'il t'aurait fait livrer par coursier. Et tout le monde ne s'en portait pas plus mal…

— Pas faux. Mais à cette époque, je n'aurais pas pu travailler comme je le fais aujourd'hui. Toi, en revanche, il faudrait que tu déconnectes. Éteins ton portable au moins le week-end. Sinon tu vas devenir folle. Ne compte pas sur ta hiérarchie pour poser elle-même les limites. Si tu ne le fais pas toi, ils en profiteront. Et ce sera tes enfants qui en pâtiront. Je suis sûr que dans ton équipe, il doit y avoir une ou deux jeunes recrues aux dents longues et sans enfants qui pavoisent en envoyant des mails à 22 heures ou le week-end pour prouver que, eux, ils assurent à tout moment et peuvent bien faire l'affaire par rapport à toi.

— Comment tu le sais ?

— Un vieux classique… Ce poste, tu dois le décrocher. Et quand ils te le proposeront, je compte sur toi pour imposer tes conditions et donner les bonnes directives à ton équipe pour qu'elle prenne le relais quand tu es avec tes gosses. Et tes parents, ils ne peuvent pas te décharger de temps en temps ?

— Mon père habite dans les îles avec une jeune vahiné qu'il a rencontrée il y a cinq ans. Quant à ma mère, on s'est brouillées avant la naissance de Théo. Elle habite à Clermont-Ferrand dans un petit appartement qui n'a pas été refait depuis dix ans, regarde *Motus* et *Les Feux de l'amour* tous les jours que Dieu fait et se couche invariablement à 20 h 30 après le journal. Elle déteste le changement. Elle détestait Max, aussi.

— Vous vous êtes engueulées à cause de lui ?

— Plus ou moins…

— Et ta sœur, elle la voit ?

— De temps en temps. J'ai de ses nouvelles par elle. Mais ma mère ne garde pas ses enfants non plus, donc sans regrets…

— Ne te fais pas plus dure que tu n'es.

Arrivés devant la bouche de métro, ils avaient chacun tendu la main pour attraper distraitement un journal gratuit.

— Tu as le temps de prendre un café ?

Elle hésita un instant. C'était tentant. Il leur était déjà arrivé une fois de s'arrêter une petite heure dans ce même bistrot – elle avait alors prétexté un rendez-vous à l'extérieur. Elle avait passé un excellent moment et abordé ainsi sa journée sous de meilleurs auspices, mais elle ne pouvait pas se permettre d'arriver une nouvelle fois après tout le monde.

— Désolée, pas ce matin.

— Comme tu voudras. J'attends ton « retour » pour notre « meeting » avec les garçons alors, la taquina-t-il, en même temps qu'il lui faisait un de ces clins d'œil presque imperceptibles dont il avait le secret.

Elle rougit, et lui assura qu'elle allait « checker ses dispos » dans son planning pour qu'ils calent ensemble une date. Puis, ne sachant si elle devait l'embrasser sur les deux joues, habitude toute parisienne qu'elle abhorrait à l'instar d'Alice, ou lui tendre la main, ce qui eût été ridicule, elle lui fit un petit signe avant de foncer dans le couloir du métro sans se retourner, le sourire aux lèvres, légère comme elle ne l'avait pas été depuis si longtemps. Avant la vie de couple, les grossesses, les nounous, les plannings, les listes et les PowerPoint.

20 Minutes titrait : « Familles recomposées : 1,5 million d'enfants concernés. »

3

Dans son ventre, elle sentait l'enfant qui bougeait. Puis des ondes qui l'envahissaient du pubis à la poitrine, étranges, inhabituelles, mais pas douloureuses. S'agissait-il des contractions qu'elle traquait depuis des mois, alors qu'on lui avait répété que « toutes les femmes enceintes en ont » ? Elle regarda sa montre. 0 h 10. Vincent n'était pas rentré. Retenu par une affaire importante sur laquelle il travaillait depuis des semaines, il passait ses soirées et ses nuits au cabinet pendant qu'elle se morfondait à la maison, consciente qu'elle pouvait accoucher d'un jour à l'autre alors que lui ne l'envisageait pas avant un mois. Les mains sur son abdomen proéminent, tendu, qui l'empêchait maintenant de dormir, du moins sur les côtés, de courir ou de lacer ses chaussures, elle sentait le bébé se débattre dans son habitacle devenu si étroit. De temps à autre, un bras ou un mollet semblaient vouloir transpercer sa peau. Comme il était étrange d'imaginer ce petit être vivant blotti dans son corps, la tête en bas, nageant pour quelques heures encore dans un liquide chaud avant de se frotter à un monde hostile, froid, et de croiser enfin le regard de celle qui l'avait abrité durant ces longs mois. Elle pensait à la tête du bébé, calée contre son bassin, poussant pour la rejoindre, bientôt, et elle reçut une nouvelle décharge, plus intense, plus longue aussi. 0 h 25. Peut-être s'agissait-il d'un « faux travail », ainsi que l'avait prévenue sa sage-femme ?

Quelques semaines auparavant, dans le petit cabinet étroit et sombre de la praticienne, simplement décoré d'un vieux poster montrant un bébé au sein, elle et quatre autres femmes enceintes s'étaient entassées, se dévisageant curieusement, comparant en silence leur nombre de kilos pris, calculant mentalement leurs termes respectifs. La sage-femme leur avait expliqué que, le jour J, elles le sentiraient, mais qu'elles devraient attendre d'en être sûres, surtout pour une première grossesse, pour ne pas encombrer le personnel hospitalier déjà bien assez occupé avec les femmes qui accouchaient vraiment. Il leur faudrait alors respirer calmement, avait-elle recommandé, et calculer la fréquence des contractions. Étaient-elles régulières, douloureuses ? Allait-elle perdre les eaux, comme dans les films ? Il allait falloir prendre un bain, pour stopper le faux travail si c'en était un.

Éva pensa à son boulot, à ce terme de « faux travail », et sourit.

Elle se leva donc avec difficulté, les mains sur le ventre, anxieuse à l'idée de sentir à nouveau l'une de ces étranges déflagrations, et se rendit à la salle de bains où elle fit couler l'eau. Pas aujourd'hui, non, c'était trop tôt. Elle devait faire cesser ce remue-ménage. Dans le miroir, elle vit le reflet de son corps nu, déformé par ces neuf mois de gestation. Elle avait finalement pris peu de poids, ce qui rendait plus étrange encore cette silhouette comme rembourrée d'un corps étranger. Ses seins ne ressemblaient plus à ceux qu'elle connaissait, gonflés jusqu'à l'obscène, barrés de veines bleutées, le téton large, bleui lui aussi. Et son sexe, masqué par la protubérance ? On lui avait dit qu'il fallait être parfaitement épilée, grandes lèvres comprises, pour accoucher, sans quoi les médecins la raseraient sans délicatesse, la condamnant à une douloureuse repousse laquelle, ajoutée à une éventuelle épisiotomie, empoisonnerait plus encore ses « suites de couche ».

Lorsqu'elle se glissa dans l'eau tiède, elle éprouva très vite un certain réconfort. Pourtant, après quelques minutes qui la rassurèrent – ouf, elle allait pouvoir se remettre au lit, et repousser la date d'accouchement qui se rapprocherait du même coup du terme officiel –, elle fut surprise par une nouvelle contraction, douloureuse cette fois, et très longue. Pendant une trentaine de secondes qui lui parurent durer dix fois plus longtemps, elle respira ainsi qu'on le lui avait appris, sans toutefois pouvoir réprimer des gémissements. 0 h 37. Elle devait attendre, encore. Alors elle attrapa un livre qui traînait, *Tendre et violente Élisabeth*, un vieux Troyat qu'elle avait récupéré dans la bibliothèque familiale, et tenta de se concentrer sur la bluette. Quelque dix minutes plus tard, alors qu'elle se pensait sortie d'affaire, la douleur resurgit violemment. Il n'y avait plus de doute possible. Elle était bel et bien en train d'accoucher. On était le 24 mai, il était 0 h 50, et elle allait mettre au monde son enfant.

Elle sortit avec difficulté de la baignoire, non sans avoir laissé passer une nouvelle contraction, et pouvoir ainsi profiter de la dizaine de minutes pour s'habiller sans hurler de douleur. Enfin, elle saisit son téléphone pour appeler Vincent.

Au bout de quelques sonneries, elle tomba sur son répondeur et laissa un message qu'elle s'efforça de ne pas rendre alarmiste. Elle pria pour qu'il l'écoute néanmoins rapidement afin de ne pas avoir à appeler un taxi – d'après ce qu'on disait, ceux-ci rechignaient à prendre à leur bord des femmes sur le point d'accoucher pour ne pas salir leurs belles banquettes. Par mesure de sécurité, Éva lui envoya un texto. S'il était en réunion ou en « meeting », Vincent pourrait sans problème jeter un coup d'œil à ce message.

Vêtue d'un legging de grossesse qui enserrait son énorme ventre, de vieilles espadrilles, puisque ses pieds étaient devenus si énormes qu'elle ne pouvait plus se chausser normalement, et d'une blouse froncée qui lui donnait dix ans de plus, elle attendait, assise sur son lit, devant sa « valise de maternité », préparée depuis des mois. Celle-ci n'était en fait qu'un vieux sac de voyage, ce qui la chagrinait car, depuis toujours, elle s'était représenté cette fameuse valise en carton bleu et rectangulaire, semblable à celle des albums de Martine qu'elle lisait et relisait chaque été en Provence. Huit pyjamas, six à huit bodys, un bonnet, une turbulette, un ours, des langes, un sèche-cheveux, des tétines, des soutiens-gorge d'allaitement et des culottes en plastique. Elle avait suivi à la lettre la liste fournie par sa sage-femme et avait entassé ces étranges objets dont elle ignorait l'utilité, jugeant leur nombre assez extravagant pour trois jours passés à l'hôpital avec un nourrisson.

Vingt minutes plus tard, et malgré cinq appels réitérés à Vincent, elle se résolut à appeler une compagnie de taxis. Elle aurait pu joindre ses parents, mais la seule vision du visage éternellement inquiet de sa mère, plissé par ces soucis imaginaires ou réels qui hantaient son quotidien depuis une décennie, lui en ôta immédiatement l'envie. Quant à la mère de Vincent, pour rien au monde elle n'aurait inquiété cette sainte femme en lui révélant que la prunelle de ses yeux était injoignable à l'heure où son petit-fils allait voir le jour. Elle l'aurait imaginé, comme toujours, sous les roues d'une voiture, et aurait perdu un temps précieux à contacter un à un les hôpitaux parisiens pour vérifier qu'ils n'avaient pas enregistré son admission en urgence dans la soirée. Non, elle les appellerait demain. Elle préférait être seule.

— Votre véhicule, une Peugeot blanche, sera chez vous dans cinq à sept minutes.

Éva empoigna son paquetage volumineux et se dirigea vers l'ascenseur. Foutu taf de merde, qui retenait Vincent chaque soir plus tard au cabinet. Lui qui semblait attendre la naissance du Messie, qui avait passé ces longs mois à veiller sur ce bébé comme s'il avait été en cristal, allant jusqu'à refuser toute relation sexuelle afin de ne pas le traumatiser, ni prendre le risque de lui « donner des coups de bite », comme il semblait le penser, n'allait même pas être là pour la naissance. Et tout ça pour quoi ? Un bonus avant les fêtes, la gratitude toute relative de sa hiérarchie et quelques années en moins, puisque ces heures de sommeil perdues auraient forcément un impact sur son capital santé. Pouvait-elle se plaindre, elle qui gagnait à peine plus que le SMIC après de brillantes études et qui avait choisi un secteur sinistré bien que supposé glamour ? Sans Vincent et son salaire, il leur serait impossible d'élever cet enfant dans de bonnes conditions. Leur loyer s'élevait à 1 600 euros mensuels, sans compter l'électricité, les courses hebdomadaires au supermarché du coin, jamais en dessous de la centaine d'euros, qu'ils s'amusaient à deviner en même temps que la caissière bipait la montagne de victuailles qu'ils entasseraient dans leur Frigidaire. Et maintenant il allait y avoir ce bébé qu'il faudrait nourrir, vêtir, faire garder puis éduquer, envoyer en colonie, au centre sportif et aux goûters d'anniversaire des petits richards du quartier auxquels il faudrait bien offrir des cadeaux dignes de ce nom. Non, décemment, ça n'était pas avec son seul salaire qu'elle aurait pu envisager sereinement cette naissance.

Quant à la maternité qu'ils avaient choisie sur les conseils de Lucie, maîtresse ès grossesse, qui avait eu l'élégance de ne pas les orienter vers l'Hôpital américain et ses dix mille euros le pack naissance, elle allait leur en coûter tout de même plusieurs milliers – jamais ils n'avaient dépensé autant pour des vacances, ni même pour leur voyage de noces. Mais Vincent avait insisté. Sa grossesse ne présentant a priori aucun danger, rien ne l'obligeait à supporter l'hôpital public. Elle serait bien mieux, chouchoutée par un personnel tout dévoué à son bien-être, dans une jolie maternité avec une spacieuse chambre individuelle.

— À la maternité Sainte-Thérèse, s'il vous plaît !

Le chauffeur la scruta l'œil inquiet.

— Vous allez accoucher ?

— Rien n'est certain. Mais ne vous inquiétez pas, cela devrait prendre plusieurs heures. Aucun risque pour votre taxi. Et puis c'est à cinq minutes d'ici.

L'homme, franchement contrarié, ne prit même pas la peine de répondre, et grogna des propos incompréhensibles dans sa barbe. Il écoutait RMC, ce qui n'étonna pas Éva et lui permit de ne pas penser à cette douleur sourde qui, hors contractions, avait maintenant gagné son corps tout entier. Elle jeta un dernier coup d'œil à son téléphone avant d'atteindre l'établissement d'où, si tout se passait bien, elle ressortirait mère.

Aucun appel entrant.

Connard.

Alors que la rue de ce quartier résidentiel du XVIIe arrondissement était plongée dans une obscurité inquiétante, l'accueil de la maternité était largement éclairé, ce qui rassura Éva. Elle sonna puis se dirigea vers le comptoir d'accueil. Dans les films, les femmes hurlantes sont immédiatement prises en charge, jetées sur des brancards et emmenées en salle d'accouchement pendant que leur époux, affolé, halète comme un petit chien pour aider la future mère avant de s'évanouir, écrasé par le poids de toute cette émotion. La réalité n'avait décidément rien à voir. Elle était là, seule, dans ce silence incongru, face à un personnel administratif qui lui demanda, comme à la Sécu un matin de semaine : c'est pour quoi ? Pour un accouchement. Vous avez votre dossier ? Oui, le voilà. Aïe. Et l'indifférence de la femme qui en a vu tant d'autres pour sa douleur. Éva ne serait pas étonnée si on lui demandait de patienter là, sur une chaise, qu'un docteur vienne la chercher. Mais non. Allez au cinquième. Ouf, on allait la recevoir, elle et son bébé, dont la tête bute vers la sortie. Boum. Boum.

Au cinquième étage, elle rangea sa valise dans un casier et on la dirigea vers la salle de travail. Au centre trônait un fauteuil comme celui du dentiste, pas encore customisé de ses étriers. À sa droite, une table sur laquelle serait déposé le bébé à sa naissance, ainsi qu'on le leur avait expliqué lors de leur atelier « visite de la maternité », avec Vincent, il y avait plusieurs semaines. La table, chauffante, permettrait au nourrisson de moins souffrir du choc thermique quand il quitterait les 37° qui l'environnent depuis des mois pour les quelques 20° de la pièce. On aurait dit une plancha.

— Le papa n'est pas là ? s'enquit la sage-femme, occupée à disposer plein de petits objets qu'elle extrayait de sachets stériles et qu'Éva ne parvenait pas à distinguer.

— Pas encore.

Elle eut honte. Elle avait l'impression d'être une fille-mère, ainsi qu'on les qualifiait tout bas dans sa famille quand elle était petite. Leur fille au pair était tombée enceinte d'un inconnu. Elle avait choisi de « garder le bébé ». Une fille-mère, tu te rends compte, avait chuchoté, indignée, sa grand-mère, sans qu'Éva eût compris en quoi être à la fois fille et mère pouvait être un problème.

Aujourd'hui, quelques petites années plus tard, personne ne s'offusquait des femmes qui choisissaient d'avoir un « bébé toute seule », voire optaient pour une insémination par donneur anonyme à l'approche de la ménopause parce que le prince charmant n'avait toujours pas débarqué dans leur vie.

Son téléphone étant resté dans le casier, elle ne pouvait plus appeler Vincent. Heureusement, il savait qu'elle était là. Pourvu qu'il voie ses messages à temps. S'il ratait cette naissance, leur existence risquait d'en être modifiée à jamais.

— Je vais vous examiner.

La sage-femme coiffa ses doigts d'un gant de plastique lâche et en introduisit deux dans son vagin d'un air inspiré. Elle trifouilla de longues secondes en fronçant les sourcils avant de déclarer :

— Vous êtes dilatée à trois.

— Il faut attendre cinq pour la péridurale ?

— Non, on peut la poser maintenant, si vous voulez.

Vincent aurait refusé, arguant certainement qu'il était bien meilleur pour elle, et pour le bébé, de ressentir cette délicieuse douleur de l'enfant forçant ses entrailles pour naître au monde, ainsi que l'enseignaient les blogs de maternage qu'il avait explorés durant toute sa grossesse. Qu'il aille se faire foutre ! Son absence aurait finalement du bon, puisqu'elle choisit de faire immédiatement appel à l'anesthésiste. À trois.

Alors que les contractions devenaient déjà insupportables, on la fit asseoir sur le lit de torture et courber le dos. Nous allons faire une anesthésie, annonça le médecin. Tout ce que vous voulez pourvu que cette douleur cesse. Ensuite, je vais introduire l'aiguille de la péridurale ; il ne faudra pas bouger surtout. La sensation sera bizarre, mais pas douloureuse. Voilà. Ne bougez plus. Soufflez. Soufflez bien.

La sage-femme lui serre la main, et ça lui donne envie de chialer, cette tendresse de la part d'une inconnue. Parce qu'elle est seule, parce qu'elle a peur, si peur, de cet enfant qui va naître, et de ce corps qui va devoir forcer le sien pour s'en extraire. Ses jambes tremblent. Mettez-vous sur le côté. Là, soufflez, le produit va faire effet ne vous inquiétez pas. Je vous laisse. On vous laisse. À tout à l'heure. Et elle reste seule dans la salle aux néons glacés, devant l'horloge digitale qui indique 1 h 47.

Il est 2 h 12, la douleur a totalement disparu quand Vincent surgit, hagard, vêtu de la blouse turquoise et des chaussons ridicules réglementaires.

— Chérie ! Oh, ma chérie, je suis désolé ! J'ai vu tes messages trop tard ! Tu vas bien ? Le bébé va bien ? Tu es folle d'avoir pris le taxi toute seule, tu aurais dû appeler une copine, ma mère, une ambulance. Et le bébé, ça va ? Ce graphique, là, c'est son rythme cardiaque ? Il a l'air rapide, non ? Ils ont dit quelque chose ? Il paraît irrégulier, c'est grave ?

— C'est mes contractions, chuchota-t-elle d'un air las. C'est pour ça que c'est irrégulier. Quand la courbe monte tout là-haut, tu vois, c'est que ça me déchire les entrailles. Sinon, ça va. Quant au bébé, il va bien. L'autre courbe c'est celle de son cœur, si c'est tout ce qui t'intéresse.

— Comment ça « tout ce qui m'intéresse » ? Parce que toi, ça ne t'intéresse pas, de savoir comment va notre petit ?

Fallait-il vraiment qu'il lui prenne la tête en plein accouchement, comme il le faisait depuis des mois ? Elle eut presque envie, à ce moment précis, comme ça lui était déjà arrivé parfois quand ils se disputaient sur une énième question d'éducation de ce marmot même pas encore né, de tout lui balancer. Que ce bébé n'était même pas le sien. Alors, on fait moins le malin ? Éva avait envie d'être méchante, elle sentait l'odeur entêtante du fiel, de la parole blessante envahir son corps. Elle aurait voulu lui dire qu'est-ce que tu crois ? Que c'est arrivé comme ça, par l'opération du Saint-Esprit ? Que le seul soir où tu as daigné me sauter mollement deux minutes trente en trémoussant ton petit cul sur moi entre deux déplacements aura suffi à me mettre en cloque alors qu'on essayait depuis un an ? Tu es aveugle, mon pauvre ! Et qu'est-ce que tu imagines ? Que c'est en honorant (mal) ta femme une fois l'an que tu vas la garder ? Et mes besoins, à moi ? Et mon envie d'être désirée, de vibrer, de frissonner sous les doigts d'un homme qui me regarderait avec envie sans zieuter le foot en même temps, tu en fais quoi ? Je n'ai même pas quarante ans. Je veux jouir encore. Jouir par ce trou dilaté à huit, par lequel va sortir l'enfant qui nous a réunis autant qu'il nous aura éloignés, finalement. Mais elle se tut. Elle se concentra sur sa douleur, sur cet être qui allait en quelques secondes bouleverser leurs destins, quoi qu'il advienne. Et elle repoussa une dernière fois l'image de Jacques qui s'imposait à elle, ainsi que *La Valse à mille temps* qui venait la tourmenter quand son visage disparaissait, parce qu'il aimait Brel.

Au premier temps de la valse
Toute seule tu souris déjà
Au premier temps de la valse
Je suis seul, mais je t´aperçois
Et Paris qui bat la mesure
Paris qui mesure notre émoi
Et Paris qui bat la mesure
Me murmure murmure tout bas

— Pourquoi tu souris ?
— Parce que je suis heureuse.
— Tu n'as pas mal ?
— Plus maintenant. La péridurale a bien pris. Je ne sens plus rien. Que l'impatience de le voir enfin.

— Pourquoi « le » ? Ils t'ont donné le sexe ? On avait bien dit qu'on ne voulait pas savoir.

— Non TU avais bien dit. Mais ne t'inquiète pas, non, je ne sais rien et je n'ai d'ailleurs rien demandé. Je dis « le » pour « le bébé ».

— Et... pour la péridurale, on n'avait pas dit qu'on allait y réfléchir ? Non parce que, tu sais, certains spécialistes soutiennent que ça n'est pas forcément bon pour le bébé. Ça reste une sorte de drogue. Ni pour toi, d'ailleurs. Tu ne préférerais pas le sentir naître ?

Elle le fusilla du regard et ne prit même pas la peine de lui répondre.

La sage-femme revint, interrompant sans ménagement leur joute visuelle :

— On va voir où ça en est.

Elle poussa Vincent qui, vexé, s'assit sur la petite chaise prévue pour « les papas ».

— On est à dix.

Vincent bondit alors, bousculant la praticienne qui le rabroua :

— Monsieur, s'il vous plaît ! Veuillez rester au côté de votre épouse ou quitter la salle. Madame, je vais appeler le médecin, on va pouvoir y aller.

Y aller...

Les jambes d'Éva se mirent à trembler de plus belle, sans qu'elle pût rien y faire. Elle les regardait, comme deux corps étrangers au sien ; deux têtes de serpents qu'on viendrait de guillotiner et qui tressailliraient encore.

Une valse à trois temps
Qui s'offre encore le temps
Qui s'offre encore le temps
De s'offrir des détours
Du côté de l'amour
Comme c'est charmant

— J'ai peur.

— Mais voyons, de quoi ? Il ne faut pas.

Comme chaque fois qu'Éva lui confiait ses états d'âme et, fait rare, semblait en état de faiblesse, Vincent était gêné et ne savait que dire pour la réconforter. L'intimité le mettait mal à l'aise. Son langage était logistique, professionnel, cartésien. Et cette fois encore, Éva fut déçue de leur manque de complicité, ce qui accentua son sentiment de solitude.

— Alors, ça y est ! C'est le grand moment !

Lunaire, coiffé d'épaisses lunettes qui lui faisaient des yeux en cul de bouteille, le docteur Wizman fit son entrée dans la salle d'accouchement tel un acteur entrant en scène. Fébrile, la sage-femme, qui avait pourtant tout organisé avant son arrivée, s'était occupée avec professionnalisme et patience d'Éva durant ses longues heures de travail, s'effaça devant le praticien comme si de rien n'était. Éva en fut indignée. Celui-ci se pencha vers elle et parut fouiller dans sa mémoire à la recherche de son nom. Elle avait pourtant vu cet homme tous les mois, pendant huit mois, chaque fois pour se faire tripoter les organes génitaux, ce qui aurait dû lui laisser un petit souvenir considérait-elle, d'autant qu'elle avait dû le mettre dans la confidence de son adultère. Mais non. Il jeta un coup d'œil discret à son dossier avant de lui lancer avec davantage d'assurance :

— Madame ! On va y aller. Monsieur, vous êtes prêt ? Vous voulez assister à l'accouchement ?

— Évidemment ! s'exclama Vincent, outré qu'on lui posât une telle question.

— Très bien. Alors, placez-vous à droite de votre épouse. Marie-Ange, vous pouvez installer les étriers et le sac. Madame Nunes, vous avez assisté aux cours de préparation à l'accouchement ?

— Euh… oui. Enfin, quelques-uns.

— Vous savez respirer ?

— Respirer ?

— Oui, on vous a bien appris à respirer, et à pousser ?

— Oui, oui. Nous nous sommes même entraînés à la maison !

Comme souvent, Vincent avait répondu à sa place, l'infantilisant encore davantage. Le docteur sembla surpris par cette espèce nouvelle de papas très impliqués. Âgé d'une bonne soixantaine d'années, le vieux praticien était davantage habitué aux pères à l'ancienne, de ceux qui partaient se taper un gueuleton au bistrot d'en face en attendant qu'on les prévienne lorsque leur progéniture aurait poussé leur premier cri

– celle-ci ayant été préalablement lavée, habillée et rendue présentable au mâle peu enclin à tâter du nouveau-né violacé et gluant.

Il devait bien se l'avouer, le docteur Wizman était nostalgique de cette époque où l'on n'était pas emmerdé en salle d'accouchement par un époux fébrile, nauséeux ou surmotivé comme celui du jour, et où, seul mâle dominant de la scène, il pouvait tranquillement effectuer son boulot avec sa parturiente et ses sages-femmes dévouées. Depuis quelques années, les pères voulaient tous assister à la naissance et compliquaient ainsi cet exercice qui, selon lui, devait être épargné aux hommes souvent traumatisés par le spectacle de leur femme écartelée, et de ce que leur intimité était capable d'engloutir ou d'expulser. Un spectacle qui réduisait à néant le sentiment de toute-puissance d'un pénis qu'ils ne verraient désormais plus que comme un minable bâtonnet de sucette s'introduisant dans un pot de pataprout.

Il y avait cependant une autre mouvance qui le mettait hors de lui : celle des mamans nature qui, de plus en plus nombreuses, exigeaient un accouchement des plus farfelus. Dans l'eau, sur un ballon, sur le flanc, en musique, filmées, en chanson, avec toute leur famille… Le docteur Wizman refusait ces doléances tout net. C'était les pieds dans les étriers ou sans lui ! Comme ce jour-là, où il était bien décidé à expédier cette naissance anonyme – la patiente ne faisant pas partie d'une famille dont il aurait accouché la mère, les filles, ou partagé les parties de golf du père, comme c'était souvent le cas. Il devait bien se l'avouer, il n'avait aucun souvenir de cette Éva Nunes, ni de sa mauviette de mari. Il était néanmoins sûr d'une chose : leur couple ne survivrait pas à cette naissance. Après plus de quarante ans de pratique, de milliers d'enfants mis au monde, de couples passés devant ses yeux, de premières, de secondes naissances, de premiers, deuxièmes et même troisièmes lits, il avait appris à les repérer, ceux qui exploseraient dès les premières semaines de pleurs inconsolables et de coliques nocturnes du nourrisson, ou ceux qui parviendraient bon an mal an à repousser l'inéluctable érosion du temps. En l'occurrence, à en juger par le regard las et dépourvu de passion que cette jeune maman adressait à son conjoint, ceux-ci semblaient mal partis. Quant au père, il était totalement absorbé par cet enfant qui prendrait rapidement la place qu'occupait naguère dans sa vie son épouse, place qu'elle avait a priori déjà en partie abandonnée.

La sage-femme se plaça à gauche d'Éva, une paume sur son ventre proéminent, énorme et palpitant. Le docteur, les mains tendues vers son vagin dont elle n'osait imaginer l'aspect, attendait comme un gardien de but. Quant à Vincent, il lui broyait les doigts de la main droite.

— Attention, voilà une contraction. Quand je vous le dirai, il faudra pousser fort et longtemps. Allez-y !

Alors Éva poussa, à s'en faire exploser les vaisseaux du visage. Pourvu que je ne chie pas, pensa-t-elle subrepticement, sans toutefois pouvoir rien y faire.

— Encore, encore ! Si vous pouvez encore pousser, c'est super ! l'encouragea la sage-femme.

— Bravo, madame ! Encore ! Je vois sa tête ! C'est bien, allez-y. C'est bien. Reprenez votre souffle. On va attendre la prochaine.

Bizarrement, alors qu'Éva s'était attendue à une scène apocalyptique où tout le monde hurlerait, où ses cheveux seraient collés par la sueur, où ses cris à elle empliraient l'espace sans jamais le quitter, le silence qui suivit cette première poussée lui parut saugrenu. Tous attendaient sans rien dire la prochaine contraction, conscients du miracle qui était en train de se produire mais aussi de l'effort de concentration que nécessitait ce prodige.

— En voilà une nouvelle ! Vous êtes prête ?

— Oui.

— Allez, chérie, il faut pousser !

Ta gueule.

Et elle poussa, se recroquevillant vers ses cuisses prisonnières des étriers antédiluviens qu'ils avaient scellés à son lit de torture.

— Oui, oui, c'est ça ! Encore, encore, je vois ses cheveux ! Regardez, madame !

Tout à la tâche qu'on lui avait assignée, et qu'elle tenait à accomplir avec discipline, Éva ne comprit pas immédiatement. Puis elle se pencha en avant et ce qu'elle vit lui fit l'effet d'une gifle. Une toute petite sphère coiffée de cheveux noirs, si nombreux, sortait d'elle tandis que le médecin la tirait doucement vers lui en la faisant légèrement pivoter afin que le reste du corps puisse lui aussi sortir.

— C'est bon, vous pouvez arrêter de pousser.

En silence encore, il continua son travail de désincarcération, puis le bébé entier glissa, tel un étron, plus rapidement lorsque les épaules furent passées. Et le médecin posa sans délicatesse ce corps violacé, palpitant, inconnu, sur son ventre.

Cinq secondes plus tard, ce même corps violacé émit son premier son.

Tremblante, sonnée, comme étrangère à la scène qui se déroulait devant ses yeux, Éva saisit timidement les minuscules mains de ce qui s'apparentait davantage à une sorte de têtard qu'à un bébé tel qu'on a l'habitude de les voir dans les publicités. Elle fit basculer son crâne pour, enfin, voir son visage. Et lorsqu'elle croisa enfin le regard de ce petit bonhomme, car c'était un garçon – ce qu'elle savait déjà pour ne pas avoir attendu « la surprise » –, elle eut le choc de sa vie. Malgré toutes les grandes théories qu'elle avait développées, arguant que l'amour maternel se construisait plus qu'il ne s'imposait comme par magie, elle aima cet enfant dans l'instant, plus fort qu'elle n'avait jamais aimé, comprenant soudain que cet être qui venait de quitter son ventre serait désormais sa raison de vivre, sa douleur, son fil à la patte mais aussi la plus grande justification de sa venue sur terre à elle. Elle l'aima dans l'instant parce qu'il clignait doucement des yeux pour l'apercevoir elle, lui sembla-t-il, bien que tous lui jurèrent qu'il ne « voyait rien » car n'avait pas encore un mois. Elle l'aima dans l'instant parce qu'il était parfait, beau comme c'est pas permis malgré le liquide visqueux qui le recouvrait, l'aspect grisâtre de ses pieds et de ses mains, encore mal irrigués, ses yeux mi-clos, son minuscule menton rentré, son ventre gonflé et ses jambes malingres. Elle l'aima dans l'instant parce que c'était son portrait craché.

— Et comment il va s'appeler, ce petit bonhomme ?

Alors que Vincent prenait sa respiration pour répondre, elle lui grilla la politesse et répondit d'une voix claire :

— Jef. Il s'appelle Jef.

4

La terrasse se vidait peu à peu, les derniers clients s'en allaient boire un dernier verre dans les établissements servant de l'alcool après 2 heures.

Adrien devait passer la chercher après son dîner avec Juliette. Alice avait réussi à ne pas y penser pendant le coup de feu mais, depuis que le rythme était retombé, la vision de son mari avec son ex, avec ses cheveux de blés et ses seins juvéniles revenait la hanter. Je lui dois bien ça, avait-il expliqué. Je l'ai quittée si brutalement. Elle veut qu'on se voie. J'en ai le droit, non ? Tu vas me l'interdire ? Un dîner ça ne signifie rien. On a vécu ensemble. La pauvre, elle n'a pas mérité ça. Ça te semble aberrant qu'on puisse se faire un petit dîner ? C'est toi qui es folle, à voir le mal partout.

Ben voyons. Était-elle excessive, vraiment ? Toujours est-il que ce dîner la rendait malade ; il avait été le sujet de maintes prises de bec depuis une semaine. Malgré le succès, les articles dans les journaux et les commentaires élogieux des clients, sa confiance en elle, acquise pendant leur rupture, s'était peu à peu étiolée. Depuis le retour d'Adrien, elle était redevenue cette Alice qui doute. D'elle-même, de son physique, de sa légitimité. Et le projet de cette escapade avec sa jeune rivale avait définitivement emporté avec elle ses dernières certitudes. Dans le miroir des toilettes du restaurant, ce soir, elle avait contemplé le reflet d'une femme entre deux âges, aigrie et terne, alors qu'il y avait seulement quelques mois elle se trouvait jolie.

— Tu peux y aller si tu veux, je terminerai.

Fred. Il s'était adressé à elle avec ce ton neutre qu'il adoptait depuis qu'elle était retournée dans les bras d'Adrien après leur folle nuit. Les deux événements s'étant produits quasi simultanément, Alice ne parvenait pas à savoir comment il aurait réagi sans le come-back de l'époux prodigue. Toujours est-il que, après quelques jours de silences gênés durant lesquels elle avait repoussé le moment de lui parler alors qu'il réclamait une explication, elle avait fini par lui avouer du bout des lèvres, tête baissée et les joues rosies par la honte, qu'elle n'était plus libre. Elle n'avait plus jamais fait référence à cette nuit où ils avaient franchi l'interdit. À quoi bon ? Tout était rentré dans l'ordre, maintenant. Il ne leur restait plus qu'à oublier. Et puis, ça n'avait aucun sens, non ? Bien sûr, avait-il fini par lâcher, en lui souhaitant beaucoup de bonheur dans sa nouvelle ancienne vie. Depuis, ils évoluaient parallèlement, en toute courtoisie. Seulement, l'agréable complicité qui les liait auparavant et faisait le bonheur de leur brigade avait totalement disparu. Bonjour, au revoir, pour la table 8, tu bosses lundi ? Tu peux y aller. Ils étaient devenus des étrangers. Fred avait maigri, sans qu'elle s'en aperçoive, trop préoccupée par l'attitude d'Adrien à son égard. Me trouve-t-il jolie ? Que pense-t-il de ma nouvelle coiffure ? Aime-t-il mes prestations à la télé ? Et ma peau ? La compare-t-il avec celle de l'autre femme ? Et mes fesses ? Peuvent-elles égaler celles d'une post-adolescente qui n'a pas connu la grossesse ? Ce soir-là, pourtant, quand il lui parla, tandis qu'elle était absorbée par ses noires pensées, elle releva la tête et le regarda vraiment. Elle fut surprise de se trouver face à un homme dont il lui sembla alors tout ignorer, et qu'elle ne reconnaissait pas.

— Non, c'est gentil, répondit-elle. Adrien doit venir me chercher.

— Comme tu voudras.

Elle comprit soudain qu'elle avait besoin de parler. À un ami. À quelqu'un de proche. Il lui manquait, elle s'en rendit compte alors que ce besoin d'intimité s'imposait à elle.

Fred était déjà en train de faire demi-tour pour se replonger dans ses comptes quand elle le retint :

— Ça va, toi ?

Il sembla surpris, manqua presque se retourner pour vérifier qu'elle ne s'adressait pas à quelqu'un d'autre.

— Moi ? Oui. Pourquoi ?

— Je ne sais pas. J'ai l'impression qu'on ne se parle plus. Tu as maigri. Tu n'as pas de problème au moins ?

— Non, non, ne t'inquiète pas. Je vais bien. Et ne lorgne pas sur ma place de chef, je ne t'ai pas couchée sur mon testament – à défaut d'autre chose.

Elle rougit. Toujours, il avait aimé la bousculer, la mettre mal à l'aise. Elle aimait ça, chez lui, ce côté bourru.

— Ça te va bien.

— Quoi ?

— Ces kilos en moins. Il y a une raison particulière à ce nouveau style, chef Bardin ?

— Peut-être bien…

— Une femme ?

— Pas impossible…

Cette réponse la surprit. Non que savoir Fred amoureux, ou en couple, lui posât un problème, mais elle avait tellement l'habitude de lui en célibataire que cette nouveauté – elle avait horreur de ça – lui déplut immédiatement. Elle n'avait pas envie d'en savoir plus. Pourtant, si elle était réellement son amie, et c'est ce qu'elle prétendait être, elle allait devoir poser quelques questions, et même se réjouir.

— Je la connais ?

— Oui, tu as dû la croiser. C'est la jeune femme qui va éditer mon prochain livre de recettes. Marion. On sort ensemble depuis quelques semaines.

— Ah, super. Top. Elle a l'air très… très sympa. Elle a quel âge ?

— Vingt-huit ans. Une vieille !

Alice ne rit pas. Elle l'imagina avec la jolie éditrice, qu'elle avait effectivement croisée plusieurs fois dans son bureau, prenant des notes, compilant les photos, et le suivant fébrilement avec son dictaphone. Brune, les cheveux soyeux, mincissime, la jeune femme était absolument parfaite. Toujours vêtue de pulls en cachemire pastel qu'elle portait sur des jeans ultra slims, elle gambadait en stilettos comme d'autres en charentaises, sans que jamais cela parût laborieux. Alors comme ça, miss Éric Bompard et Frédéric se roulaient dans la fange ? Pourquoi pas, après tout. Il avait bien droit au bonheur lui aussi. Et cette fille avait l'air intelligente, n'avait pas dix-huit ans et bouffait littéralement son patron des yeux. S'ils avaient consommé, ça se comprenait. Car s'il est bien un fait qu'Alice ne pouvait contester, c'est que Fred était vraiment un bon amant. Non qu'elle eût connu de multiples expériences mais le seul souvenir de leurs étreintes l'excitait tant qu'il lui était plusieurs fois arrivé de se jeter sans ménagement sur Adrien lorsqu'il était là, ou de se caresser avec violence afin de taire la tempête qui grondait en elle.

Ce serait donc maintenant la belle Marion qui profiterait des mains expertes de Fred. Génial, tout allait donc rentrer dans l'ordre puisque le souvenir de leurs ébats allait cesser de tourmenter leur amitié. Peut-être pourraient-ils même dîner tous les quatre, elle, Adrien, Fred et Marion. Quoique.

Perdue dans ses pensées, Alice ne s'était pas rendu compte que l'heure avait tourné. Adrien n'était toujours pas venu la chercher et, malgré trois textos et un message laissé sur son répondeur, il restait injoignable. 2 heures passées. Elle n'était pas idiote, ça n'était pas une heure pour dîner avec son ex, n'est-ce pas ? Qu'est-ce que cela signifiait ? Qu'il n'avait aucun respect pour elle, c'était certain. Ou qu'il était mort, écrasé par un camion, au sortir de ce dîner maudit. Quelle histoire ce serait ! Adrien a eu un accident, raconterait-elle, endeuillée aussi superbe que les top-models aux funérailles de Gianni Versace. Il s'est fait écraser après être allé avouer à son ex que c'est moi qu'il aimait depuis toujours. Dans sa poche, on aurait retrouvé une bague de fiançailles grosse comme le poing. Il avait prévu de me redemander en mariage. Il voulait qu'on prenne une année sabbatique pour profiter de nos retrouvailles, loin, dans quelque île paradisiaque. Oui, je l'ai vu dans son historique Internet…

Comme d'habitude, son imagination l'entraînait trop loin. Non, la réalité était certainement beaucoup plus banale, humiliante et d'une tristesse infinie. Adrien était simplement allé rejoindre cette fille quittée trop vite, ils avaient bu, n'avaient pas vu le temps passer et le souvenir d'Alice s'était peu à peu estompé à tel point qu'Adrien, une fois plongé dans le décolleté de son amoureuse transie, n'avait même pas pensé à la prévenir de son retard. *Lol. Like. Mdr.*

— Mon Fred, tu bois un verre ?

— Il est tard. Et puis ton mari ne devait pas passer te prendre ?

— S'il te plaît…

Il s'interrompit et l'observa avec cette infinie tendresse qui prouvait que, malgré tout, il lui conservait cette amitié à laquelle elle tenait tant.

— Cheval Blanc ?

— Tequila !

— Ah, ouais, carrément ! Concours ? Tu tiens encore la route, petite joueuse ?

— C'est à toi que je devrais poser la question. Avec tous ces kilos en moins, tu vas tomber raide en trois shots.

— Oh ça, ma belle, c'est ce qu'on va voir.

Et il passa derrière l'élégant bar en zinc, saisit une bouteille neuve de tequila, quelques citrons, du sel et une planche en bois avant de s'asseoir sur l'un des confortables tabourets de bar en cuir vieilli à dossier qu'il avait cherchés dans tout Paris avant qu'Alice ne les lui déniche un jour aux Puces et lui en fasse cadeau pour Noël. Ils posèrent chacun un coude sur le comptoir, calèrent leurs genoux les uns contre les autres, placèrent leurs petits verres dans une main, un citron dans l'autre et commencèrent ce jeu puéril auquel ils s'adonnaient quand l'un d'entre eux avait le cafard, et qui consistait à savoir lequel tenait le mieux l'alcool. En l'occurrence, un concours de tequila paf. Tour à tour, ils se léchaient la main, y jetaient un peu de sel, avalaient d'un trait le contenu de leur verre avant de gober le monticule et de sucer avidement le citron pour faire glisser dans leur gorge le liquide amer.

Après quelques verres à ce rythme et moult gémissements à la fois orgiaques ou effrayés, ils étaient l'un et l'autre déjà très ivres.

— Alors, miss chouchoute des médias, on se lâche ? Imagine un peu que ton public de ménagères de moins de cinquante ans te voie en train de boire comme un marin avec ton boss au milieu de la nuit agrippée au comptoir ! Attends, je te prends en photo pour te faire chanter.

— Salaud… Plus de photos, tu veux ?

— J'avais oublié ça, dis donc. Tu l'as encore le magazine ?

— Tu imagines bien. Laura en a acheté des dizaines. Elle les entrepose dans sa chambre. Heureusement, parce qu'elle en avait même collé dans les toilettes. Mais depuis qu'Adrien revit avec nous, elle a eu le bon goût de les faire disparaître…

— Pourquoi, il est jaloux ?

— Non… Enfin si, un peu. Disons que ça n'est pas très délicat.

— Ça dépend. Il sait ce qui s'est passé ?

Même si son inhibition était anesthésiée par l'alcool, Alice fut gênée par le tour que prenait la conversation. Et pourtant, elle ne pouvait nier la petite excitation déclenchée par ce badinage.

— Non.

— Ah bon ? Pourquoi le lui avoir caché ? Vous n'étiez plus ensemble quand c'est arrivé.

— Je sais. Mais à quoi bon…

Visiblement vexé, Fred marqua un temps d'arrêt, avant de se resservir un verre, et de la pousser du coude à en faire autant.

— Ça a eu si peu d'importance que ça ne servait à rien d'en parler, c'est ça ?

— Non ! Enfin, il ne s'est agi que d'une nuit. C'était n'importe quoi. On était seuls, toi et moi. On n'aurait pas dû. On est amis, et je tiens tellement à toi.

— Moi aussi. Mais contrairement à toi, je ne considère pas qu'on n'aurait pas dû. Ça ne t'a pas plu ?

— Ressers-moi un verre, fit-elle sans parvenir à masquer un rictus coquin.

Un, deux…

— Ouch, ce que c'est fort ! Mais si, ça m'a plu. On peut même dire que tu t'y prends plutôt pas mal.

— Alice…

— Quoi, ça te gêne que je parle de tes talents sous la couette ?

À présent totalement désinhibée, elle minaudait avec entrain, alors que lui semblait peu enclin à glisser sur ce terrain.

— Alice… Il faut que je te dise…

— Quoi ? T'avais pris du Viagra ?

Elle pouffa, tandis que son portable annonçait l'arrivée d'un SMS. Elle n'entendit pas le bip. Fred jeta un coup d'œil discret à l'écran. Un message d'Adrien.

`J'arrive. Biz.`

— Je te raccompagne en taxi ? proposa Fred. On est trop soûls pour prendre la moto.

— C'est ça que tu voulais me dire ? Qu'on prend un taxi ? Et pour aller où ? Chez toi ? On joue les timides, monsieur le chef sexy ?

Elle s'approcha de lui, et se mit à lui caresser le torse, tâtant ces muscles nouveaux qui ne cessaient d'attirer son regard depuis qu'ils avaient commencé à boire.

— Mmm, ça marche bien la muscu.

— Arrête !

— Pourquoi ? C'est cette Marion ?

— Non. Mais pour le coup ce serait vraiment n'importe quoi. Alice, tu ne sais plus ce que tu fais, tu es trop soûle. Allez, je te raccompagne.

Et, alors qu'il lui saisissait doucement l'avant-bras pour l'aider à descendre de son tabouret, Alice lui agrippa la nuque et plaqua ses lèvres contre les siennes. D'abord hésitant, il ne put ensuite se retenir de lui rendre son baiser, et de glisser sa langue dans sa bouche brûlante au goût de sel. Bientôt, il n'y eut plus que leur souffle, leurs râles et les petits grognements qui jaillissaient malgré eux de leur gorge, ponctuant le ronronnement du lave-vaisselle au fond du restaurant. Elle le serrait fort, si fort, envahie soudain par un sentiment de plénitude et gagnée par la conscience d'être en sécurité devant ce corps-là, solide, aimant. Fred, quant à lui, se mit à la couvrir de baisers légers et délicats. Ses paupières, ses joues, son cou, il semblait vouloir en envelopper toutes les surfaces de son visage avec douceur malgré son excitation, comme un mort de faim s'efforcerait de grignoter le premier morceau de pain pour calmer un trop grand appétit.

Devant la vitrine, une ombre les observait. Adrien, lui-même passablement aviné, n'avait pas reconnu les formes qui s'agitaient dans le restaurant. Il avait d'abord trouvé très amusant de mater ce gros cuistot qui troussait une quelconque serveuse, avant de se rendre compte qu'il s'agissait d'Alice.

Au bout de quelques secondes passées à les observer, après avoir hésité à se précipiter sur ce Frédéric de mes fesses qu'il ne pouvait pas sentir, Adrien décida de faire demi-tour. Une centaine de mètres plus loin, il prit son téléphone et composa le numéro d'Alice, qui décrocha après quatre sonneries.

— Allô, chérie, je suis vraiment désolé ! Une tuile pas possible avec la voiture, je te raconterai. Le dîner ? Oh, pas terrible. Oui, bien sûr, ça s'est fini tôt, mais je suis passé voir Vincent ensuite, et ma batterie m'a lâché. Tu es toujours au restaurant ? Parfait, j'arrive. Je suis là dans une minute. On rentrera tous les deux en taxi. Je t'embrasse.

Puis il sélectionna l'icône « message », et « nouveau message ». Destinataire : Juliette.

`J'ai passé une soirée merveilleuse. Laisse-moi un tout petit peu de temps pour te revenir, Petite Poupée. Tu m'as manqué.`

5

— Martin ! Martin, viens par là, remonte dans le Caddie !

Après un bon quart d'heure passé à tenter sans succès d'introduire la clé de fer du Caddie dans son propre trou, Martin avait exigé d'être libéré de sa prison d'acier pour pouvoir gambader, avec son frère, dans les allées du Carrefour Market. Si, à presque cinq ans, Théo savait se tenir relativement tranquille, Martin, lui, attrapait tout ce qui était fragile et à sa portée, et jetait dans le chariot maints produits choisis au hasard, que Mathilde découvrait avec effroi sur le tapis lors du passage en caisse. Les garçons ayant tous deux disparu depuis une bonne minute, Mathilde fonça vers l'un de leurs rayons favoris. Et en effet, elle trouva ses deux bambins occupés à décoller consciencieusement les gommettes d'un album en vente au rayon jouets pour les replacer ensuite sur des livres hors de prix. Elle retint un cri afin de ne pas alerter les vigiles ou les caméras de surveillance et se précipita sur ces vandales en culotte courte.

— Non mais vous êtes pas bien ?! Qui vous a permis de vous enfuir comme ça ? Et qu'est-ce que vous fabriquez, là ?

— Mais maman, on colle des super-héros dans les livres de princesses pour les défendre !

— Arrêtez tout de suite ! Ils ne sont pas à nous ces livres, c'est interdit ce que vous faites. Si la police le voit, elle va vous emmener en prison !

Elle avait toujours eu honte de raconter de tels mensonges à ses enfants mais elle savait qu'ils fonctionnaient à tous les coups. Comme le fameux « allez, je compte jusqu'à trois », dont elle constatait chaque fois qu'il restait, de génération en génération, la menace la plus efficace qui soit, malgré son flou manifeste. Qu'arriverait-il à trois ? Elle-même ne le savait pas.

— Oh non, pas la prison, maman ! Naaaan !

— Chut, ne pleurez pas ! On va se faire repérer. D'accord, je ne dirai rien. Mais, maintenant, vous me suivez. Et je ne veux plus vous entendre !

— D'accord.

— Martin, hop ! On remonte dans le chariot.

Il avait déjà filé. Elle avait oublié qu'il était quasiment impossible de déambuler sereinement dans un lieu public avec un enfant de cet âge. Les premiers mois ? C'était une cure de repos comparé aux deux ans d'un gamin, incapable de rester assis quelque part ou de se tenir tranquille dans la rue.

— Martin !

— Martiiiiiiin !

Théo lui emboîta le pas, hurlant si fort que les rares clients présents en ce samedi matin 9 heures avaient certainement tous entendu. Tant mieux, ça leur éviterait un énième appel au micro.

— Aux gâteaux, maman.

— Tu as raison. Viens, on va le chercher.

Et en effet, ils retrouvèrent Martin au rayon biscuits, qui désignait un paquet tout en haut de la dernière étagère et cherchait l'assistance d'un adulte serviable. En l'occurrence, Lucie ! Qu'est-ce que sa richissime amie pouvait bien faire dans une supérette de quartier un matin de week-end ?

— Salut, tout le monde ! Alors, on a perdu quelque chose ? Il semblerait que votre petit compagnon soit en hypoglycémie ?

— Tu parles, j'en peux plus… Martin, les gâteaux c'est non, tu m'entends ! On en a déjà plein à la maison !

— Mais papa y dit oui les gâteaux.

— Voilà ce que je dois supporter, maintenant. Papa il a dit oui, papa aime ci, papa il fait comme ça. C'est d'un gavant, je te jure. Mais qu'est-ce que tu fabriques là, au fait ? Je ne savais pas que tu faisais les courses. Ni qu'un petit panier te suffisait à entasser assez de produits pour nourrir une famille de cinq personnes cela dit.

— Mais non, c'est pour ma fête de mardi prochain. Je ne me voyais pas envoyer Winnie, avec tout ce qu'elle a à faire à la maison. Bon, j'ai déjà fait une commande à La Grande Épicerie, et des caisses de champagne vont m'être livrées mais je voulais acheter quelques bonbons et des décorations pour la boutique. Après, je passerai commander une pyramide de ces petits choux de la rue des Martyrs que tu aimes tant. On pourrait aller se prendre un petit café si ça te dit ?

— J'adorerais, mais j'ai mes courses de la semaine à faire et je viens juste de commencer. Malheureusement, avec ces deux terreurs, ça me prend une bonne heure et demie.

— Comme tu voudras, mais c'est dommage. Allez, lâche du lest, pour une fois. Fais comme ton connard d'ex, commande des pizzas ce soir et tu aviseras demain.

Cette proposition lui paraissant d'abord aberrante – c'est vrai quoi, qu'allait-elle devenir sans Pom'Potes, pâtes papillon, lait de croissance, steaks hachés et petits-suisses –, elle y réfléchit et se dit qu'après tout elle avait de quoi tenir jusqu'au mardi suivant. Et puis, maintenant qu'elle n'avait ses petits qu'une semaine sur deux, est-ce que ça n'était pas idiot de s'infliger cette mission matinale qui les énervait tous plutôt que de profiter pleinement du bonheur d'être ensemble ? Elle n'aurait qu'à faire une commande sur Internet et ce serait réglé. C'était l'une des premières belles journées de cette foutue année et la perspective de profiter de ses premières heures dans cette jolie rue du IXe arrondissement avec ses garçons s'ébrouant joyeusement en short, tout cela en compagnie d'une de ses meilleures amies, eut raison de ses hésitations. Elle délivra Martin, gara discrètement son Caddie sur le côté d'une allée non sans avoir replacé les produits frais, dans le mauvais rayon certes mais au frais quand même, et déclara fièrement :

— Venez, les enfants, on va manger des petits choux !

Dehors, le soleil brillait timidement mais il faisait déjà 25 °C. C'était une de ces journées de fin mai où certains vont bronzer à Roland-Garros tandis que d'autres se dénudent dans les parcs municipaux, ravis de ces premiers rayons après les longs mois de grisaille hivernale passés à occuper les enfants en intérieur, à sculpter des bonshommes en pâte à modeler, à cuire de la pâte à sel, à habiller et coiffer des Barbie, à empiler des Kapla. Et à ranger inlassablement des chambres mises sens dessus dessous par une marmaille surexcitée de n'avoir pu s'ébrouer en extérieur.

Enfin, les beaux jours revenaient, et avec eux la perspective de siroter tranquillement son apéro en même temps que les têtes blondes enchaînent les tours de manège, les allées et venues en trottinette et les parties de cache-cache derrière les arbres sans craindre la pluie, le froid ou de rapporter chez soi gastro, rhino et autres réjouissances de mères de famille.

Lucie prit Théo par la main et Mathilde prit Martin dans ses bras. Ce dernier tirait joyeusement sur ses colliers. La rue des Martyrs s'éveillait. Poissonneries, boulangeries aux vitrines alléchantes, fleuristes, chocolatiers, tous attendaient le flot des familles bobos qui allaient bientôt dévaliser leurs étals, remplir leurs chariots pour nourrir les nombreux amis invités aux brunchs très chics du week-end, ou encore aux pique-niques du bois de Boulogne pour les plus courageux. Aux terrasses des cafés flemmardaient quelques papas matinaux, accompagnés de leurs aînés, exceptionnellement autorisés à jouer à la DS en buvant leur chocolat chaud, espérant ainsi avoir la paix pendant qu'ils noyaient leurs gueules de bois dans plusieurs cafés noirs tout en déchiffrant *L'Équipe*. D'autres clients, visiblement tout droit sortis d'after, encore soûls, ou enfin fatigués, le rimmel baveux et la bouche pâteuse, reculant encore et toujours le moment d'aller se coucher, regardaient, effarés, déambuler ces familles proprettes, coiffées et dynamiques qui traînaient leurs Caddie.

Lucie, Mathilde, Théo et Martin entrèrent tous ensemble chez Popelini, écarquillant les yeux devant les jolies friandises colorées. Lucie commanda sa centaine de choux pour mardi, ce qui fit le bonheur de la serveuse réquisitionnée ce matin-là. Quant à Mathilde et les garçons, ils choisirent quelques choux au miel et au chocolat qu'ils emportèrent au café pour aller les déguster. Pendant qu'ils étalaient consciencieusement la crème sur leurs charmants visages, Mathilde et Lucie demandèrent chacune un cappuccino en terrasse. Mathilde admira en silence la pédicure parfaite de son amie et jeta un coup d'œil à ses propres ongles qui dévoilaient piteusement leur teinte bicolore.

— Ça te dit d'aller chez Septime ce soir ? proposa-t-elle.

— Dîner ? Je ne sais pas, tu me prends un peu au dépourvu. Ça n'est pas ton style de décider comme ça au dernier moment. Et puis, comment tu comptes avoir une table dans la journée ? Je croyais qu'il fallait poireauter des mois.

— Je préréserve partout des semaines à l'avance au cas où. Et oui, c'est mon nouveau style. Lorsque tu es séparé, ton rythme change. Quand j'ai les enfants, c'est ceinture, je ne sors pas et je ne suis là que pour eux. Mais quand ils sont avec Max, je m'efforce de ne pas rester seule. Du coup, toute sortie est bonne à prendre. Tu n'as pas remarqué que les boîtes et les restaurants étaient remplis de divorcés ? Quand ils se séparent, les trentenaires redeviennent des étudiants. Ils se la collent d'abord pour oublier qu'ils ne voient plus leurs enfants qu'à mi-temps, mais aussi parce qu'ils n'ont pas à dépenser des centaines d'euros en baby-sitting pour aller guincher jusqu'à pas d'heure. Au début, j'ai bien essayé de profiter de mes soirées en solitaire pour faire tous ces trucs qu'on n'a jamais le temps de faire à cause de sa famille. Ranger mes placards, trier les papiers, regarder enfin ce film sur Canal dont tout le monde parle plutôt que de mater pour la dixième fois *Rio 2*, vendre mes fringues sur Le Bon Coin, tenir un blog, appeler tous ces gens à qui je ne réponds jamais faute de temps… Pourtant, après quelques jours à ce rythme, j'ai eu un de ces cafards ! Certes, mes placards sont rangés, mais je n'ai aucun talent d'écriture, bien trop la flemme de prendre mes vieux vêtements en photo, de répondre à des mails et de me taper la poste pour trente euros reçus en virement PayPal. Et puis, regarder la télé toute seule, c'est vraiment pas drôle, sauf en fumant des pétards, mais à ce rythme j'aurais pris dix kilos en trois mois tellement ça donne faim. Bref, depuis, je bourre mon planning pour n'avoir jamais de trou sauf quand les garçons sont à la maison. Là, c'est l'inverse, je les pourrisgâte. Tous les spectacles pour gosse, les films, les derniers bouquins, déguisements ou gadgets à la mode, je les leur achète. Pareil pour leurs yaourts ou gâteaux préférés, dont je ne peux m'empêcher de les gaver comme pour mieux leur prouver que je les aime. Comme ça, on n'a que des bons moments pendant les quelques jours où nous sommes ensemble. J'imagine que, du côté de Max, c'est la même chose, voire pire. Il doit les emmener à la pizzeria ou au McDo le plus souvent possible et les trimballer à tous les anniversaires des enfants de ses copains pleins de fric. Tu sais quoi ? Ça n'est pas sûr qu'ils soient perdants, ces enfants de divorcés nouvelle génération. Ils sont élevés par des parents qui ne s'engueulent pas, qui sont presque toujours détendus en leur présence, car déchargés la moitié du temps, et gavés d'activités par des géniteurs désireux de se faire pardonner.

— Et le bébé, ils en parlent ?

Lucie avait conscience de poser la question qui fâche. Elle voulait en savoir plus sur la grossesse de cette Ariane, mais anticipait le fait qu'il lui faudrait rapidement avouer sa gaffe à son amie.

— Pas vraiment, non, répondit Mathilde en se renfrognant. Je ne pense pas qu'ils aient réellement conscience de ce qui va arriver. Quand elle aura accouché, ce sera une autre histoire. Quelle horreur, mon Dieu, tu te rends compte ? Le père de mes enfants va avoir un enfant. Avec une femme qui s'occupe de mes enfants quand je ne suis pas là. Si tu savais comme ça me rend malade. Passe encore qu'il m'ait quittée. Ça ne marchait plus de toute façon. Et pour être vraiment sincère, je dois dire que je me sens plutôt mieux sans lui. Mais la présence de cette femme auprès de Théo et Martin, c'est vraiment la double peine.

— Mathilde, il faut que je te dise quelque chose. J'ai fait une connerie…

Et elle lui raconta comment elle avait sans le vouloir convié son ennemie à la grande fiesta Charlotte et Marguerite.

— Tu rigoles, j'espère ! Et tu comptes faire quoi ? Quand même pas gaver cette pétasse avec tes petits choux de milliardaire ?

— Mais qu'est-ce que tu veux que je fasse ? Que je lui dise que c'est reporté *sine die* ? Ou que tu seras là et que, donc, j'annule mon invitation ?

— Oui, pourquoi pas ? Tu as tant besoin d'argent que ça ? Tu ne peux pas te passer des achats de cette pouf ?

Lucie sembla affectée par cette énième référence à son niveau de vie. Mathilde s'en voulut aussitôt, car elle savait qu'elle en parlait tout le temps, certainement avec un fond de jalousie pour tout ce que cette aisance financière pouvait lui ôter comme désagréments quotidiens.

— Pardon. Je ne voulais pas dire ça.

— Non, toi, excuse-moi. J'aurais dû la décommander directement. C'est bête de ma part. Mais je voulais avoir ton avis. Peut-être que tu ne tiens pas à ce que je lui dise que sa présence te dérange ? Mais d'ailleurs, ce couillon, il va bien la mettre au courant, lui dire que nous sommes amies, quand elle va annoncer à Max qu'elle vient, tu ne crois pas ?

— Penses-tu, si tu imagines qu'il s'intéresse au fait que sa nana va à une fête de quartier dans une boutique de puériculture. À moins qu'il n'ait radicalement changé… Mais, tu as raison, ne lui dis rien. Peut-être que de la croiser en vrai me permettra d'arrêter de me scotcher sur son profil Facebook. Et rencontrer la femme qui torche mes bébés, ça n'est pas si fou après tout.

— Tu es sûre ?

— Oui, oui, je préfère. En revanche, je vais me prendre un rendez-vous chez le coiffeur. Je dois être à mon top.

— N'oublie pas qu'elle est enceinte. Elle aura l'air d'une grosse vache à côté de toi qui es divine quoi qu'il arrive.

— Flatteuse…

— Non, c'est vrai, je te trouve particulièrement en forme en ce moment. C'est la séparation qui se consomme ou il y aurait quelque chose, ou quelqu'un, dont tu voudrais me parler ?

Mathilde piqua un fard inattendu, et se tourna rapidement vers les garçons pour vérifier qu'ils n'avaient pas entendu. Ce qui n'était pas le cas puisque, après avoir mangé l'intégralité des petits choux, pourtant prévus pour quatre, ils avaient maintenant entrepris de déchirer des petits bouts de l'emballage en carton maculé, qu'ils collaient consciencieusement avec un reste de crème pâtissière sous les chaises du bar. Lasse, Mathilde préféra ne rien dire tant qu'ils ne criaient pas ni ne réclamaient de rentrer à la maison, aller au manège, manger, dormir ou commander une autre grenadine.

— *In English ! The children can understand !*

— Ah, c'est *in English* chez vous ? Nous, c'est en espagnol, puisque les filles apprennent l'anglais, qu'elles comprennent déjà très bien.

Mathilde leva les yeux aux ciel avec ostentation.

— Oui, bon. *There is a man, called* Antoine, *a father of the school.* On a dîné ensemble la semaine dernière chez lui. *But with the children*, hein. *His son is a friend of* Théo.

— Génial ! Et alors il est comment ? Il fait quoi ? Il a quel âge ? Il n'est ni fou, ni gay, ni chômeur, ni bipolaire, ni impuissant ?

— Impuissant, je ne sais pas. Pour le reste, on dirait bien que non. Mais, tu connais les mecs, c'est comme les appartements, ils n'insistent pas tout de suite sur leurs vices cachés.

— Pas faux… Tu as dormi chez lui ?

— Mais, ça va pas ! Tu imagines ce que ça fait d'envisager un autre homme dans mon lit après avoir couché avec le même pendant quinze ans ?

— Je n'avais pas pensé à ça, non. Effectivement…

— Bien sûr, pour eux, c'est différent. Et puis, il y avait les garçons avec nous mais, alors qu'ils regardaient un Disney dans leur chambre et que la conversation prenait un tour un peu moins école/square/petits pots, je me suis rendu compte qu'il m'était aujourd'hui impossible, malgré tout ce qu'il m'a infligé, et le fait que je ne pense pas une seconde me remettre avec lui, de coucher avec un autre homme que Max. Toucher un nouveau torse, déshabiller un nouveau corps, découvrir des sous-vêtements inconnus, une bite nouvelle… Et, le pire, c'est moi. J'ai tellement peur de me montrer après deux grossesses. La dernière fois qu'un inconnu a tâté ma chair, c'était sur une plage corse. J'avais vingt-trois ans, le cuissot ferme, le sein haut et l'entrain d'une étudiante qui dort douze heures par nuit après avoir descendu une bouteille de vodka et dansé jusqu'à l'aube. Qu'est-ce qu'il va penser, ce mec pas encore quarantenaire et super sexy, d'une maman défraîchie ? Mes seins tombent un peu, j'ai zappé la gym toute l'année dernière, et même mon maillot n'est pas impec.

— Tu te poses trop de questions. Qu'est-ce que tu crois ? Que sa femme n'a pas connu le même sort que toi ? Et puis tu es dure. Il a l'air de te trouver à son goût. Peut-être que lui aussi a peur de sa brioche de papa. Peut-être qu'il a des problèmes érectiles. Tu savais que plein de mecs, même jeunes, prenaient du Cialis pour assurer ?

— C'est quoi, du Cialis ?

— Du Viagra mais ils trouvent ça plus chic de prendre du Cialis, ça fait « expérience tantrique » et moins papy désespéré.

— Ah, et tu penses qu'Antoine a besoin de Cialis pour se donner de l'entrain avec moi, c'est ça ? Je pourrais lui en apporter pour éviter une grosse cata…

— Mathilde, tu es impossible !

— Je sais…

— Bon, et les *next steps* de cette folle relation de grabataires, c'est quoi ?

— Tu vas te foutre de moi…

— Vous avez programmé un Jardin d'acclimatation en famille ? Le spectacle de T'choupi ? Un Hippopotamus ? C'est ça ?

— Pire… Il m'a proposé d'être sa binôme de kermesse.

— Mazette, si c'est pas de la déclaration d'amour, ça ! Et il vend quoi, votre stand, les amoureux ? Maquillage ? Jus de fruits ? Parts de quatre-quarts ?

— Barbe à papa…

— Je ferai comme si je n'avais rien entendu. En attendant votre première sortie officielle débridée, je t'ordonne de l'inviter à la fête de mardi. Ça te passera l'envie d'aller étouffer notre amie Ariane avec mes porte-bébés. Et fais-moi le plaisir de passer chez l'esthéticienne pour débroussailler ce corps endormi. Tu sais ce que dit toujours ma mère…

— Oui, on ne sait jamais ce qui peut arriver et sur qui on peut tomber.

— Parfaitement !

— Regarde, maman, c'est Adrien !

Théo avait délaissé ses collages culinaires et pointait de son index sale vers le trottoir d'en face sur lequel cheminait le mari d'Alice.

— Tiens, qu'est-ce qu'il fout là tout seul un samedi matin ? Alice ne bosse pas ce jour-là, ils devraient être ensemble.

— Il est peut-être descendu lui acheter des croissants. Tu sais, avec ces couples qui remettent le couvert, tout peut arriver. Attends, on va l'appeler.

Lucie sortit son iPhone 5 blanc customisé à deux mille euros de son sac Céline bi-matière et, au moment où elle s'apprêtait à appuyer sur le petit téléphone vert, Mathilde l'arrêta d'un geste. Une nymphette, les cheveux hirsutes et l'œil pétillant de la femme comblée, surgit d'une superbe copropriété et lui pinça les poignées d'amour d'un air mutin avant de lui tendre son téléphone. Il venait de l'oublier, semblait-il. Si Lucie et Mathilde avaient pu un instant se convaincre qu'Adrien sortait ce matin-là d'un rendez-vous chez sa kiné, sa coach sportive ou qu'il avait déposé Laura chez une copine à peine plus âgée qu'elle, elles n'en auraient pas le temps puisque la jeune femme lui claqua un baiser passionné sur les lèvres. Gêné, Adrien la repoussa avec douceur, redoutant visiblement d'être aperçu en sa compagnie ; il tourna la tête à droite et à gauche pour vérifier qu'aucun passant n'appartenait à ses connaissances. Puis, il lui murmura à l'oreille quelque chose qui provoqua l'hilarité de la blonde, laquelle secoua ses cheveux et bomba le torse, exagérant son mouvement comme seules savent le faire les femmes amoureuses, désirées et désirantes. Elle finit par faire demi-tour, poussant péniblement la lourde porte de fer qui donnait sur l'immense cour, sise rue des Martyrs, situation très enviée par les habitants du quartier, alors que le quadra émoustillé lui passait rapidement une main sous la jupe, la gratifiant d'une petite claque d'au revoir bonne journée je te textote tout à l'heure.

Lucie et Mathilde se regardèrent tristement, avec une moue lasse. L'air de dire : encore, bah oui qu'est-ce que tu crois ? Que les hommes sont monogames ? L'air de dire, aussi : on lui dit ou on lui dit pas ? L'air de dire…

— L'enculé.

— Ouais…

Puis :

— L'addition, s'il vous plaît.

Et Théo qui n'en avait pas perdu une miette :

— C'est qui maman la copine de parrain ?

— C'est personne, mon cœur. Viens, on va au manège.

6

Le serveur finissait de disposer les coupes sur l'élégante pyramide – des coupes, pas des flûtes, car Madame trouvait ça « plouc » – pendant que Marion accrochait de jolies guirlandes de papier pastel à la devanture de chez Charlotte et Marguerite. Lucie, elle, n'allait pas tarder à revenir de chez son coiffeur. Il était 16 heures. C'était le grand jour. Dans la rue, quelques mamans qui se dirigeaient, poussette ou trottinette à la main, vers l'école, ralentissaient, faisaient un petit coucou et s'enquéraient de toute cette agitation. Quant aux quelques papas qui grossissaient le cortège, rares étaient ceux qui jetaient un coup d'œil à ce boudoir urbain. « C'est une petite fête privée », répondait-on à certaines ; « Passez tout à l'heure ! » proposait-on à d'autres. Il faisait très chaud cet après-midi-là. On avait sorti les spartiates, les petites robes Tara Jarmon et les lunettes de soleil oversize cache-misère qui faisaient le bonheur des jeunes parents en manque de sommeil et qui n'en pouvaient plus de se tartiner d'anticernes pour retrouver apparence humaine avant d'aller parader dans la cour. Les fillettes, habillées comme leur mère, gambadaient joyeusement en vérifiant leur reflet dans les vitrines, et poussaient de petits cris en passant devant la boutique, réclamant à cor et à cri les magnifiques chaussons pailletés, le tutu à étoiles ou les serre-têtes faits main qui ornaient la devanture. À cette période de l'année, Lucie créait judicieusement des vitrines essentiellement féminines, parce qu'elle savait que ses meilleurs rabatteurs étaient les petites filles. Les garçons, eux, ralentissaient plus rarement devant les vêtements, ils se contentaient d'apprécier mollement chemisettes ou slims hors de prix que leurs parents leur achetaient pour briller devant leurs amis. En revanche, Lucie mettait le paquet sur les baskets, qu'elle choisissait avec soin et faisait venir des États-Unis. Le magasin disposait d'une des plus belles collections de baby sneakers de Paris. Ainsi, les papas pouvaient-ils affubler leurs bambins des modèles qu'eux-mêmes portaient, et ne regardaient alors pas à la dépense. Pour ses Air Max, ses Jordan et ses Converse, les bobos de la capitale n'hésitaient pas à traverser les arrondissements. Plus récemment, elle avait testé les baskets lumineuses mais aussi celles à petites roues et s'était rapidement retrouvée en rupture de stock.

À l'intérieur de la boutique, Marion avait suivi les consignes de Lucie et disposé bien en évidence les produits saisonniers qu'elle espérait écouler en nombre avant la fermeture annuelle du mois d'août. Maillots de bain à bande multicolore à soixante euros pièce, skate-board rétro fluo, trousseau de plage vintage, petites robes Zef... Lucie le savait, ce soir-là, poussée par l'ambiance joyeuse, les premiers rayons et les bulles du champagne, sa clientèle n'hésiterait pas à casser sa tirelire pour habiller ses enfants-rois.

— Alors, où en est-on ?

Vêtue d'une blouse fluide et immaculée, d'un slim en cuir qui mettait en valeur sa silhouette parfaite et de sandales compensées Giuzeppe Zanotti, Lucie envoyait du lourd. Son coiffeur avait suivi à la lettre ses desiderata du jour, qui consistaient en un brushing souple mais pas raide ni bouclé, simplement ondulé sur le devant comme celui que portait Marion Cotillard sur une photo qu'elle avait trouvée dans son iPad. Après plus de deux heures de travail, elle arborait cette épaisse chevelure « naturelle » qu'elle feignait, en public, d'avoir laissée sécher au vent.

— On attend encore les choux, la pièce montée de macarons Ladurée et les animateurs.

— Qu'est-ce qu'ils font, ceux-là ? Les premiers enfants ne devraient pas tarder et je refuse de les avoir dans les pattes au magasin. Surtout avec cette nourriture, il ne manquerait plus qu'ils en collent sur tous les vêtements. Vous voulez bien appeler l'agence, Marion ? (Puis, s'adressant au serveur :) Vous avez réceptionné les caisses de

Laurent Perrier, les mini Mumm et celles de champagne à la rose sans alcool que Le Bon Marché devait faire livrer aujourd'hui ?

— Oui, madame.

— Parfait.

— Vous n'avez pas de Champomy ?

Elle le toisa, le regardant comme s'il lui avait demandé où étaient le Banga et les rillettes.

— Non, pas de Champomy. Pour les enfants, ce sera des jus de fruits frais servis dans la cour. L'équipe d'animation ne devrait pas tarder. Dieu merci, il fait beau.

Elle alla jeter un coup d'œil à la courette typique du quartier, pavée, fleurie et assez spacieuse pour accueillir les cris et les saletés de la dizaine d'enfants qui investirait bientôt ce lieu habituellement calme où, souvent, elle venait siroter une tasse de thé, passer un coup de fil ou, plus rarement, fumer une Vogue pour calmer ses nerfs. Tous les voisins avaient été prévenus, et naturellement invités à la fête, notamment les employés de l'agence d'architecte dont les vitres de l'atelier, au rez-de-chaussée, donnaient directement sur les réjouissances. Des tables à tréteaux avaient été posées près du banc parisien pour lequel les copropriétaires s'étaient cotisés l'année précédente, et attendaient d'être garnies de bonbons, biscuits, gâteaux et autres cochonneries sucrées que, après avoir juré leurs grands dieux que jamais leurs enfants n'en ingurgiteraient, les parents mettaient à disposition de leur progéniture une fois qu'ils avaient constaté leur pouvoir de neutralisation.

— Lucie, les animateurs sont arrivés.

Marion était accompagnée d'un homme et une femme d'une vingtaine d'années, que, dans un premier temps, Lucie plaignit de tout son cœur. Elle se reprit néanmoins très vite : au prix où elle les payait, ils pouvaient bien supporter hurlements, caprices, déguisements ridicules, gonflage de ballons, pleurs et questions radotées jusqu'à l'épuisement. Ce soir, les adultes devaient être tranquilles, c'était elle qui offrait ces quelques heures de détente volées au quotidien. Pour cette raison, les gens venaient en nombre à ses fêtes, au magasin comme chez elle, parce qu'ils savaient qu'ils économiseraient une baby-sitter et qu'ils pourraient boire et manger à l'œil tout en étoffant leur réseau.

— Je vous laisse installer. Nous vous enverrons les enfants petit à petit. Quant à mes filles, elles viendront avec leur nounou à 17 heures et rentreront pour le bain à 18 heures. Vous resterez jusqu'à ce que le dernier s'en aille, c'est ce qui a été convenu avec l'agence.

— Parfait, madame.

Qu'il était bon d'avoir assez d'argent pour se décharger ainsi, songea Lucie. Certes, ça n'était pas très politiquement correct de raisonner de la sorte mais elle défiait quiconque de lui dire le contraire. Et ça n'empêchait certainement pas d'aimer ses enfants.

Elle retourna dans la boutique alors que le DJ, débauché d'une boîte à la mode, installait ses platines. Tout devait être parfait. Et tout le serait. Au moins ce qu'elle pouvait maîtriser. Contrairement à Christophe, qui avait promis d'essayer de se libérer. Mais « essayer » seulement. Pourtant, la date de la fête avait été arrêtée il y avait des mois. Comment se pouvait-il que son mari fasse si peu cas de ses activités professionnelles ? Pourquoi n'avait-il pas accordé ne serait-ce que la même importance à cet événement qu'à ceux qui le retenaient chaque jour au bureau ? Lucie le savait, Christophe continuait de considérer son travail comme un passe-temps pour poule de luxe, et la regardait souvent avec condescendance quand elle lui parlait du magasin. Comme elle aurait aimé qu'il vienne ce soir, et puisse constater l'ouvrage abattu en cinq ans, les clients, nombreux et fidèles, la boutique, encensée par les magazines les plus prestigieux – quelques rédactrices de journaux féminins et spécialisés dans le monde des enfants devaient d'ailleurs faire le déplacement pour la fête. S'il venait, il l'admirerait, enfin, pour autre chose que sa beauté, son sens du contact ou de la déco d'intérieur. Non, il la verrait enfin, maîtresse de cette réception où l'on venait cette fois pour elle, telle une femme active à part entière.

— Salut belle gosse !

— Chérie, tu as pu venir, c'est génial !

Éva était sortie de la clinique quelques jours auparavant, et avait fait l'effort de venir malgré sa fatigue. Lucie jeta un rapide coup d'œil à son amie et tenta de masquer son jugement. C'était peu dire qu'Éva était cernée, puisque deux immenses disques gris lui mangeaient littéralement le visage. On aurait dit un panda. Un panda moche, en fait. Fort heureusement, le porte-bébé masquait son ventre pas encore dégonflé, que Lucie, en professionnelle de la grossesse, aperçut néanmoins en zieutant sur les côtés. Quant à son jean, il s'agissait du vieux pantalon de grossesse qu'Éva avait porté tous ces derniers jours et que Lucie espérait ne plus jamais revoir. Éva, qui connaissait son amie depuis une bonne décennie, anticipa les possibles remarques que celle-ci s'apprêtait à lui adresser :

— Ne t'inquiète pas, je ne reste pas. Je suis crevée de toute façon. Et je ne tiens pas à montrer à tout Paris mon abjecte déchéance physique. Non mais comment tu fais, chaque fois, pour être pimpante au bout de huit jours ?

— Les efforts, chérie. Beaucoup d'efforts. C'est ton premier, je te pardonne. Mais laisse-moi t'offrir un coach pour les prochains mois. Et surtout suis mon conseil : malgré les nuits sans sommeil, le caca, les pleurs, le ventre mou et l'exaspération, ne néglige pas ton couple au profit du nouveau-né. La plupart des parents que j'ai vus se séparer rapidement après une naissance se sont laissés aller.

— Oh, tu sais…

— Quoi ? Ça ne va pas, avec Vincent ?

Sans qu'elle pût le contrôler, les larmes d'Éva se mirent à couler comme d'un robinet. Énormes, régulières et silencieuses.

— Désolée, je ne sais pas ce qui m'arrive, parvint-elle à articuler entre deux sanglots.

— Ne t'inquiète pas, c'est la chute d'hormones. Toujours mieux qu'une chute d'organes par ailleurs. Bon, raconte…

— Je ne sais pas. Je… Je crois que je ne l'aime plus. Vincent. Je n'ai aucune animosité contre lui. Mais aucun élan non plus. Je ne ressens rien. Plus rien. Comme si on était des colocataires. Même pas proches, d'ailleurs. On se relaie pour s'occuper de Jef. Un biberon sur deux la nuit, le soir on dîne rapidement ensemble devant la télé, sans se parler, avant de s'effondrer sur le canapé. Oh, ça n'est pas depuis l'accouchement, ça a commencé avant. Je pensais que c'était une phase, la grossesse, son job, l'hiver. Enfin j'ai cherché mille raisons mais rien n'a changé depuis. Ça va s'arranger, dis ? Ça se passe toujours comme ça, une naissance ?

Devait-elle lui mentir, la rassurer ? songea Lucie. Pas son genre.

— Non, chérie, ça ne se passe pas toujours comme ça, une naissance. C'est plutôt un moment de bonheur, de partage avec son conjoint. On fabrique un petit être ensemble, on fait des projets. On trouve enfin une justification à tout ça. Non, je ne pense pas que vos problèmes de couple aient quoi que ce soit à voir avec ce magnifique petit bébé qui… Oh, il se réveille. Tu me le donnes ?

— Dis-moi, je te trouve bien maternelle, en ce moment.

— Que veux-tu, mon grand âge, peut-être.

Lucie saisit avec dextérité le minuscule nourrisson, recroquevillé sur lui-même comme une coquillette, les yeux fermés, sourcils froncés et poings serrés comme s'il était plongé dans d'intenses réflexions kantiennes.

— Il régurgite ?

— Beaucoup.

— Désolée, je vais te le laisser en fait. J'aurais adoré le câliner mais s'il gerbe sur ma tunique toute neuve juste avant l'arrivée des invités, je risquerais de lui en vouloir pour de nombreuses années, ce qui serait dommage, tu en conviendras.

Éva s'assit alors sur son fauteuil préféré et cala l'enfant sur son bras avant de se remettre à pleurer. Tout en essayant de ne pas penser à l'heure qui tournait, et à tout ce qui lui restait à faire, Lucie se pencha vers son amie, non sans avoir fusillé du regard le serveur qui les observait avec curiosité.

— Il y a autre chose ?

— Je crois. Enfin, je pense à lui tout le temps.

— Qui ça ?

— Jacques. Le père.

C'était la première fois qu'Éva évoquait si ouvertement Jacques, et c'était surtout la première fois qu'elle énonçait clairement qu'il était bel et bien le père. Elle leva ses yeux embués vers Lucie, l'implorant du regard. Lucie savait ce que contenait ce regard. Dis-moi quoi faire, toi qui es toujours si sûre de toi. Quitter Vincent ? On s'est mariés, il y a deux ans à peine. Tous ces efforts pour devenir parents. On est ensemble depuis la fac. Est-ce que je ne vais pas être perdue, sans lui ? Et ce Jacques, je ne le connais pas après tout. Pourtant, il faut que je le voie. Il s'est passé quelque chose, je le sais. Mais débarquer dans la vie d'un inconnu, comme ça, et lui dire « Tiens, voilà ton gosse, il s'appelle Jef », ça ne se fait pas. On n'est pas dans *Les Feux de l'amour*. Dis-moi quoi faire, toi qui es toujours si sûre de tout.

La sonnette de la porte retentit et Alice entra dans la boutique. Alors Lucie glissa à l'oreille d'Éva :

— On n'a qu'une vie.

7

Souvent, les filles se retrouvaient en fin de semaine chez Pizzetta, un petit italien de quartier, notamment l'été puisqu'il disposait d'une terrasse dont les quelques tables étaient rapidement prises d'assaut par les habitants de South Pigalle dont c'était le QG. Clientes de la première heure, Mathilde, Alice, Lucie et Éva étaient parvenues à obtenir que les propriétaires leur gardent une table chaque dimanche à 20 heures, privilège qu'ils refusaient même aux plus fidèles. Ce soir-là, elles s'étaient retrouvées sans Éva, qui pouponnait. C'était une semaine après ce fameux jour où Mathilde et Lucie avaient surpris Adrien sortant de l'immeuble de la blondasse. Elles avaient ensuite passé des heures au téléphone afin de décider, ensemble, si elles devaient ou non mettre Alice au courant. À quoi bon ? Après tout, un petit coup de canif dans le contrat constituait-il réellement un crime de lèse-fidélité ? C'est vrai, quoi, à une époque où on vivait quatre-vingt-cinq ans en moyenne, pouvait-on décemment rester fidèle au même corps six décennies durant ? Vingt et un mille neuf cents jours ? Cette fille, ça n'était peut-être rien. Une pauvre gourdasse croisée au Raspoutine, vite troussée et vite oubliée. Qui étaient-elles pour briser un couple à peine reformé pour des broutilles ? Après tout, savait-on jamais vraiment ce qui se passait entre deux personnes ? Peut-être étaient-ils d'accord pour ce genre de sorties de route ? Peut-être avaient-ils décidé qu'ils étaient certes bien ensemble, complices, amoureux, et tout, mais qu'après toutes ces années ils s'accordaient le droit d'aller s'épanouir physiquement ailleurs ? Qu'entre eux la passion était morte mais pas le reste, dont ils ne pouvaient se passer ni priver leur enfant. Plein de gens faisaient cela, chacun s'arrangeait comme il pouvait avec le quotidien et le désir.

— Non, avait objecté Mathilde. On est ses amies, on doit lui dire. Tu te vois garder ça pour toi ? Garder son secret à lui ? Tu te vois le protéger alors qu'on était avec elle lorsqu'il l'a quittée du jour au lendemain ? Franchement, Lucie, on n'a pas le choix. On n'a qu'une vie, non ?

Et là, Lucie avait cédé. En partie parce qu'elle avait repensé à cette horrible remarque qu'elle avait entendue un jour prononcée par une connaissance de Christophe dans un dîner mondain. Le ventre gras, dégarni mais fort riche, son abject voisin de table narrait avec suffisance sa séparation d'avec sa femme, qu'il jugeait alors trop vieille pour le mettre aujourd'hui suffisamment en valeur en société. Mais il avait, selon lui, fait preuve d'une grande mansuétude en choisissant de la remettre à temps sur le marché. « J'ai quitté ma femme à un âge où elle a encore une chance de refaire sa vie », avait-il asséné, fier de lui, grand seigneur. Si elle avait d'abord cru vomir en entendant cette abomination sexiste, elle avait dû se rendre à l'évidence. Aussi injuste que cela puisse paraître, il était clair qu'il n'avait pas foncièrement tort. À quarante ans, une femme pouvait « refaire sa vie », ainsi que l'expression l'envisageait, c'est-à-dire « retrouver quelqu'un » et, éventuellement, avoir un nouvel enfant, alors qu'à cinquante, si elle pouvait espérer trouver un compagnon, elle ne pourrait en revanche plus construire de nouvelle famille.

Pourtant, combien en avait-elle vu passer des quinqua, des sexa, et même des septuagénaires fats, aisés et ventripotents, accompagnés de leur seconde, voire troisième épouse avec lesquelles, chaque fois, l'écart d'âge se creusait ! C'était bien simple, lorsque leur compagne atteignait une date qu'ils semblaient considérer comme de péremption – a priori aux alentours de la quarantaine –, ils se mettaient en quête d'une nouvelle jeunesse qui leur ferait à nouveau quelques belles têtes blondes de l'âge de leurs premiers petits-enfants – et auxquelles ils accorderaient bien plus d'intérêt qu'ils n'en avaient montré pour leurs aînés. Aujourd'hui, ces mêmes hommes qu'elle recevait dans son salon mais qu'elle croisait également chaque matin à l'école ne rechignaient plus à partager avec elle leurs angoisses éducatives ou leurs anecdotes familiales sans intérêt. Était-elle contente de la maîtresse ? Ah, elle avait un bon pédiatre, merveilleux ! Pouvaient-ils avoir ses coordonnées ? Et la gastro, est-ce qu'il y avait toujours une épidémie de gastro ? demandaient fébrilement ces papas deuxième âge qui avaient repoussé à peu de frais leur angoisse de la mort.

Alice aurait bientôt quarante ans. Pourquoi la laisser végéter pour quelques années encore dans cette relation réchauffée ? Que pouvait-elle espérer de ce nouveau départ avec Adrien si lui-même y croyait assez peu pour la tromper à peine le couvert remis ? Lucie croyait en la fidélité, c'était même sa seule religion. Mathilde avait raison, elles devaient le lui dire. Ce serait à Alice, ensuite, de décider de ce qu'elle ferait de leur révélation.

Elles s'étaient donc retrouvées un dimanche soir de juin. Mathilde venait de déposer les garçons chez Max, et avait bien besoin de se changer les idées. Lucie avait assisté au dîner des petites qu'elle avait ensuite confiées à Winnie. L'après-midi, elle avait accompagné Christophe à Roland-Garros pour la finale. Il y recevait chaque année ses plus gros clients dans une loge qu'il louait sur le central. Ils avaient déjeuné au Village, ce carré VIP où ils avaient croisé le Tout-Paris. Cette année, Christophe avait été plus fier encore d'y parader avec sa belle épouse. Depuis qu'il lui avait fait la surprise de débarquer à la soirée d'anniversaire de la boutique en fin de soirée, alors que la fête battait encore son plein jusque dans la rue, et qu'il s'était rendu compte, étonné, de l'importance que celle-ci avait prise dans la vie de sa femme, et du succès qu'elle rencontrait, il l'avait redécouverte. C'était peu dire qu'il était déjà très attaché à Lucie, que jamais il n'avait envisagé de tromper contrairement à nombre de ses collaborateurs abonnés aux call-girls, ces « troisième oreiller », comme on les appelait pudiquement dans les hôtels de luxe. Mais depuis que la réussite de son épouse était de jour en jour plus reconnue – Lucie avait multiplié les interviews, les articles dans les journaux les plus prestigieux et, bien souvent, des clients lui avaient timidement avoué que leurs épouses étaient de fidèles clientes du magasin –, Christophe éprouvait pour elle une admiration nouvelle. Dès lors, Lucie roucoulait et leur bonheur conjugal ainsi que familial ne cessait d'attendrir leur entourage autant qu'il pouvait provoquer quelques jalousies.

C'est donc une Lucie particulièrement épanouie qui avait ce soir-là débarqué en Mini avenue Trudaine alors qu'Alice et Mathilde étaient déjà attablées, savourant cette douce soirée qui fleurait bon l'été tout proche. La terrasse était pleine, et beaucoup attendaient déjà que des tables se libèrent. Les oiseaux chantonnaient encore et leurs gazouillis, conjugués aux joyeux tintements des verres, au brouhaha et aux éclats de rire conféraient à la scène une atmosphère chaleureuse, de celles qui vous font penser que l'avenir ne pourra être que radieux. Elles avaient commandé des antipastis de légumes et charcuteries pour elles trois, puis des pâtes à la truffe. Déjà, une nouvelle bouteille de vin trônait dans son seau à champagne à côté de la petite bougie qui éclairait leurs visages si juvéniles encore lorsqu'elles se retrouvaient entre filles, sans eux, sans les enfants et sans les rides du souci inévitablement creusées par leur seule présence et l'angoisse que leur venue au monde avait à jamais éveillée.

Elles avaient beaucoup ri en évoquant la soirée loupée de Mathilde avec le bel Antoine.

— Non, tu es sûre ? Une minute ? Ça n'existe pas, pas à quarante berges !

— Je te jure ! Et encore, je pense que je suis gentille.

— Pauvre homme…

— Pauvre moi, tu veux dire !

— Et toi qui avais peur qu'il ne te désire pas. On peut dire que tu lui fais de l'effet.

— Oui, eh bien, lui m'en fait beaucoup moins, depuis.

— Mais vous n'avez pas réessayé ?

— Non, j'ai préféré éviter et garder une pointe d'espoir avant de tirer définitivement le rideau sur cette amourette de réunion parents-professeurs. Je n'aimerais pas que ça s'arrête. Le matin, je me maquille, je me coiffe, je m'habille, je me pomponne en me disant que je vais peut-être le croiser à l'école, vous savez, comme on faisait au collège lorsqu'on se forçait un peu à être amoureuse d'un garçon de la classe juste pour se donner le courage, chaque jour, d'endurer toutes ces heures de cours et de copies doubles grand format ? Je ne voudrais pas que ça s'arrête. Je l'aime bien, en plus. Il me fait rire. Et il me fait du bien.

— Ça te change…

— Oh oui ! Et puis n'oublions pas notre stand de barbe à papa…

— Ah oui ! Ne fais pas ça aux filles, elles m'en parlent tous les jours, de ton stand. Moi je l'ai trouvé très beau gosse, cet Antoine. Et prévenant avec ça. Il ne t'a pas lâchée des yeux à la soirée de Charlotte et Marguerite. Tu aurais vu la gueule de Max ! Toujours aussi perdu avec son Ariane qui le traîne derrière ce ventre qu'il semble regarder avec inquiétude. Franchement, Mathilde, je ne devrais pas te dire ça mais bon débarras ! Max restera à jamais un enfant. Tu en as assez de deux, non ? Sans compter qu'à la fin ça n'était même plus un enfant attentionné.

— Je sais. Je devrais presque te remercier de les avoir invités lui et sa greluche en cloque. J'étais terrifiée de les voir et, pourtant, ça m'a fait un bien fou. De la voir elle, engoncée dans ses kilos de grossesse, perdue, le cheveu filasse, à mille lieues de la fille sûre d'elle que j'imaginais.

Et lui… Je ne l'aime plus. Ce soir-là, il est venu me voir quand j'étais dehors. Il s'est approché et m'a dit qu'il me trouvait très belle. Qu'est-ce que je n'aurais pas donné pendant toutes ces années de lessive, de ramassage de chaussettes et de week-ends au supermarché, pour qu'il me dise ça, le soir, plutôt que de rester scotché à sa télé, l'ordinateur sur les genoux, à côté de moi comme auprès d'un animal domestique dont on ne se souvient même plus pourquoi on l'a adopté. Pourtant, ça ne m'a rien fait. Du bien à l'ego, c'est clair. Mais je l'ai regardé, avec sa vieille chemise en jean élimée, la même qu'il y a dix ans parce que chaque jour il repousse celui où il ira s'en acheter une nouvelle, sa moustache ridicule et son air perdu. Et j'ai compris. Que tout ce que j'aimais chez lui, sa jeunesse, nos fous rires, nos projets, nos rêves, tout ça c'était fini. On n'a tout simplement pas vieilli dans la même direction. Aujourd'hui, on n'a plus rien à faire ensemble. Rien, si ce n'est élever nos petits garçons du mieux qu'on pourra, sans se déchirer, sans leur faire de mal.

Elles avaient gardé le silence, un peu, laissant planer le parfum triste de cette séparation consommée que chacune redoutait depuis qu'elles étaient devenues mères. Que se passerait-il si un jour elles ne s'entendaient plus avec le papa ? Se séparer, elles l'avaient déjà fait mille fois, mais là ? Elles étaient liées pour l'éternité.

Puis était venu le moment de parler d'Adrien. Mathilde et Lucie évitaient de se regarder, mais savaient qu'elles allaient devoir casser cette joyeuse ambiance pour lâcher leur bombe. Pouvaient-elles faire machine arrière ? Il avait été décidé que ce serait Mathilde qui s'y collerait parce que c'était la moins heureuse en amour à ce moment de leur vie.

Elle avait pris une cigarette et avait dit : Alice. Quoi ? On doit te dire. Et puis elle lui avait raconté. Adrien, la blonde – oh non quand même pas si jeune, Lucie tu exagères – et les gros yeux pour signifier : non mais la pauvre, n'en rajoute pas. Et Alice, bizarrement très calme, qui avait demandé : mais vous êtes sûres ? Ça n'était pas juste une copine, une patiente, une ex ? Ah… Sur la bouche, avec la langue. D'accord.

— Comment ça, d'accord ? C'est tout ? Mais tu ne nous en veux pas ? Pourquoi tu ne dis rien ? Alice. Qu'est-ce que tu vas faire ?

— Lui demander de partir. Donne-moi une cigarette.

— Comme ça, direct ? Tu es sûre ? Non attends, ça n'est peut-être rien. Ne prends pas de décision hâtive.

— Comment ça, hâtive ? Il sortait de chez une fille le jour où il m'a dit qu'il partait chez sa mère à Saumur. Alors quoi, hâtive ? Je ne comprends pas.

— Non, tu as raison. Mais tu l'aimes tellement. Oh, Alice, je suis désolée ! Tellement désolée. Je sais combien ça fait mal. File-moi une Vogue, Lucie, j'ai plus de vraies clopes. (Puis, elle reprit :) Mais tu nous en veux ?

— Vous m'auriez dit ça il y a cinq ans, peut-être que je vous en aurais voulu. Je ne souhaitais pas savoir. Ne rien voir, ne rien savoir, c'était ça mon bonheur. Vivre heureuse dans l'ignorance plutôt que de me confronter à la nature humaine. Et puis je trouvais déjà merveilleux d'avoir réussi à garder un homme pareil, ou même un homme tout court. Aujourd'hui, tout est différent. Je suis davantage sûre de moi. Bien sûr, j'aurais aimé que ça marche, qu'on soit l'un de ces rares couples qui surmontent les enfants, les tentations, les premières rides et le cul qui s'en va. J'aurais aimé qu'on fasse mentir ceux qui prétendent que le réchauffé ça ne marche jamais. J'aurais aimé qu'on se tienne la main, à quatre-vingts ans, dans notre appartement en lisant des romans qu'on se serait échangés. J'aurais aimé n'avoir eu qu'un seul grand amour. Mais j'étais sans doute trop idéaliste. Peut-être qu'avoir plusieurs grands amours, c'est ça, la vie. Et peut-être que j'y ai droit.

Elle fit une pause avant de poursuivre :

— Oui, tout est vraiment différent.

Et, alors que Lucie et Mathilde restaient silencieuses, Alice avait souri, et répété doucement :

— Vraiment différent.

Elles avaient commandé des limoncellos, flirté avec leurs voisins de table, tapé avec gourmandise dans des tiramisus et évoqué leurs souvenirs de jeunesse comme elles aimaient le faire durant ces soirées où elles se le promettaient : on ne parle pas d'enfants ! Elles s'étaient remémoré leurs premières boums, les bacs blancs, les mercredis après-midi passés devant le gros téléphone fixe de l'appartement familial à attendre le coup de fil d'un puceau idéalisé parce qu'on n'avait pas de portable. Non mais, tu imagines ? Comme tout est différent aujourd'hui ? Tu te souviens combien nos mères nous engueulaient quand arrivait la note de France Télécom à la fin du mois ? Et elles mimaient leurs mères : non mais Alice tu es folle ou quoi ? 1 200 francs, tu te rends compte ! Non, elle ne s'en rendait pas compte. Tout ce qui lui importait, c'était que cette conversation prenne vite fin pour qu'elle puisse appeler ses copines qu'elle avait quittées depuis trop longtemps, plus d'une heure depuis qu'elles s'étaient mutuellement raccompagnées après l'école, marchant le plus lentement possible pour décortiquer, encore et encore, le clin d'œil que le beau Terminale lui avait lancé devant la porte du lycée. Je suis sûre qu'il t'aime bien ! Mais si, Alice, il n'arrête pas de te regarder. Tu crois ?

Alice avait repensé à sa mère, et à ces heures passées au téléphone plutôt qu'à lui parler. Plutôt qu'à lui demander : Et toi maman, tu es heureuse ? Avec papa, c'est la vie dont tu rêvais ? Et moi, je suis impossible, c'est vrai, mais je t'aime, tu sais. Oh comme je t'aime ! Je ne te le dis pas parce que j'ai quinze ans, parce qu'à cet âge-là on est bête et que seuls comptent les garçons. Mais toi, maman, tu n'as jamais eu envie de partir ? Et papa, il est gentil avec toi ? Dis, maman.

Mais elle était morte, cet été-là en voiture sur une petite route de la Côte d'Azur. Comme ça, une disparition dans le quotidien. Un jour elle était là, immuable, maman, posée dans le salon comme son sac US. Et puis le lendemain c'était fini. Et Alice n'avait jamais pu lui poser toutes ces questions, ni lui dire combien elle l'aimait. Ni échanger avec elle son expérience de la maternité. Moi aussi, je suis maman aujourd'hui, maman. Je sais maintenant. Je sais les angoisses, les joies inexprimables, les jours qui filent si vite que son nourrisson se mue en adolescente en quelques semaines si vite envolées. Je sais la peur de la mort qui s'approche, et celle de la fin de l'amour aussi, avec le corps qui s'abîme chaque jour inexorablement et la jeunesse qui s'en va. Tout ça, elle n'avait pas pu lui dire.

Depuis, il ne se passait pas une journée sans qu'elle repense à ces portes claquées, à ces colères et ces morgues adolescentes qui vous opposent à vos parents mais qui, lorsqu'elle y songeait aujourd'hui, la plongeaient dans une tristesse que les années ne parvenaient pas à taire.

— Je vais vous laisser. Lucie, tu payes pour moi ?

— Mais pourquoi ?

— Je dois y aller. Tout de suite.

Ses deux amies l'avaient regardée genre t'es complètement folle ma pauvre. Mais, déjà, elle arrêtait un taxi et leur faisait coucou par la vitre baissée, le sourire aux lèvres mais les yeux embués.

— Rue Jean-Jacques-Rousseau, s'il vous plaît !

Elle avait demandé au chauffeur de s'arrêter un peu plus haut. Pour se calmer, marcher un peu avant d'arriver au restaurant. D'où elle était, elle voyait les clients, heureux, enfin, de pouvoir fumer sans se geler les doigts, debout, un verre à la main. Des filles parlaient, entre elles, d'hommes ou d'enfants. Des hommes parlaient foot, boulot ou immobilier. Des couples se découvraient, se séparaient ou s'observaient, surpris d'avoir pu voler ces quelques heures à leurs obligations familiales pour aller dîner en amoureux. Comme avant. Elle s'était placée sur le trottoir d'en face pour observer la scène en spectateur. Pourtant, ce cadre chaleureux, ces façades vieillies, cette rue pavée qui avaient été sa planche de salut, son quotidien depuis si longtemps, elle semblait les découvrir ce soir-là, pour la première fois.

Comme lui. Frédéric. Depuis combien de temps faisait-il partie du décor ? Elle ne s'en souvenait même plus, tant elle avait considéré que sa présence lui était due, et que son dévouement envers elle ne changerait jamais. Comme pour sa mère.

Elle l'aperçut enfin, dans le fond de la salle, grand, large, ses épais cheveux toujours un peu hirsutes encadrant ce visage dont elle ne pourrait se passer. Elle le vit éclater de ce rire sonore qu'elle ne pouvait entendre de la rue mais qu'elle aurait reconnu entre mille autres. Elle repensa au titre de ce roman que sa mère était en train de lire au moment de l'accident, et qu'ils avaient retrouvé sur sa table de nuit quand il avait bien fallu ranger les affaires, les trier.

Et monter lentement dans un immense amour. L'avant-dernière page était cornée. Elle n'avait pas pu le finir.

Il avait tourné la tête et il l'avait vue. Entre, lui avait-il dit avec la main. Elle avait juste souri, sans bouger, continuant à le fixer, tremblante. Alors il était sorti et elle avait senti son cœur qui s'était remis à battre comme lorsque le Terminale lui avait adressé un clin d'œil.

— Qu'est-ce que tu fais là, toute seule, dehors ?

— Je t'attendais.

— Qu'est-ce qui se passe, ma belle ? avait-il demandé, toujours inquiet pour elle.

Elle avait rougi. Comme quand elle avait quinze ans. Fichue télé qui ne lui avait servi à rien, en tous cas pas à surmonter cette timidité qui la coupait des autres. De lui. Elle n'allait quand même pas lui dire « Je t'aime », comme dans un navet du dimanche soir. Et d'ailleurs, est-ce que lui l'aimait ? Est-ce qu'il n'était pas heureux avec son éditrice tirée à quatre épingles ? Est-ce qu'elle n'allait pas foutre en l'air des années d'amitié ?

Tout se bousculait dans sa tête. Sa mère. Ce livre, cet immense amour vers lequel on monte lentement. Adrien, Laura. Son cœur qui bat et son corps à lui, Fred, contre lequel elle veut se blottir, enfin. Contre lequel il lui faut se blottir. Et tant pis si on les voit, s'il la repousse ou qu'elle doit tout gâcher. Elle n'a plus de temps à perdre.

Elle s'approche de ce poitrail imposant qui lui arrive au front, de cette chemise blanche dans laquelle il a sué et elle y enfouit son visage, place ses bras maigrichons autour de son ventre et serre, serre à s'en faire mal. Serre à s'en exploser le cœur.

— Oh, Alice. Mon Alice.

Épilogue

— Tu fais chier avec ta fête du boulot, ça tombe le jour de la kermesse ! Mais pourquoi tu y vas, franchement ? Tu les détestes. En plus, tu es en congé maternité.

— C'est en fin d'après-midi. J'y fais un saut et après, promis, je vous retrouve pour dîner.

— Et mon stand de barbe à papa ?

— Je compte sur toi pour Instagramer tout ça.

Après tout, c'était vrai, qu'elle était en congé maternité et que voir leurs sales têtes à tous ne l'enthousiasmait pas plus que ça. Pourtant, elle avait répondu. Comptez sur moi. Elle avait même cliqué sur « répondre à tous », dans le mail commun, pour faire la fille motivée. Pas celle qui s'est perdue pour toujours, le nez dans les couches, mais la dynamique sur laquelle on peut compter.

On veut voir le petit ! ils avaient dit. On a un cadeau de naissance. Elle n'avait personne pour le garder. Elle viendrait avec Jef, ça ferait diversion et lui éviterait les conversations trop professionnelles du type : On t'a parlé de la nouvelle orga ? Faut qu'on se fasse un point sur les *next steps* et toutes ces conneries.

Dans l'appartement de la place de Clichy, elle avait savouré ces quelques instants pendant lesquels Jef ne pleurait pas, le matin. Car après quelques semaines plutôt calmes – « le bon côté des prématurés », avaient-ils dit, sans savoir –, le nouveau-né s'était révélé difficile. Jour et nuit, il pleurait, épuisant ses parents déjà à bout. En un mois, Éva avait perdu plus que ses kilos de grossesse, et gagné ce teint gris qui avait tant effrayé Lucie, laquelle lui avait aussitôt offert quelques nuits de sa nurse pour qu'elle récupère. Le « meilleur cadeau de naissance au monde » selon Éva, qui lui en serait éternellement reconnaissante. Mary Poppins était d'ailleurs encore là pendant qu'elle tentait de camoufler les outrages provoqués par ces heures de sommeil à jamais perdues.

Vincent était parti depuis cinq jours. Pourtant, elle ne ressentait pas de manque. La séparation s'était faite sans cris ni bris d'assiettes, à l'image de leur histoire – tiède de bout en bout. Un soir qu'ils dînaient devant la télé, chacun la tête dans son plateau, sans se parler, ça l'avait pris d'un coup. Sur l'écran, Cyril Lignac léchait ses doigts avec gourmandise avant de décider quel candidat quitterait l'aventure. Éva avait alors regardé Vincent, en pyjama et chemise de boulot, aveugle à son épouse et même à cette émission qu'ils étaient censés partager, dernier vestige d'une complicité érodée par les ans. Il enfournait mécaniquement de grosses bouchées qu'il ne regardait même pas, trop occupé à lire les résultats du football sur son iPad ostensiblement posé sur la table. Par la fenêtre, elle avait vu un autre couple, en face de chez eux, affalé sur son canapé Ikea. La fille pianotait mollement sur son ordinateur, en jogging distendu et tee-shirt publicitaire pendant que lui sélectionnait des filles sur Tinder, une nouvelle application permettant de géolocaliser des maîtresses, et qui faisait un tabac chez ses contemporains. L'adultère 2.0 avait de beaux jours devant lui. Elle s'était vue en eux, ce couple minable qu'elle observait avec pitié quand elle fumait sa clope, le soir, après avoir laissé le petit hurler dans sa chambre pour se reposer cinq minutes.

Était-ce la vie qu'elle voulait ? Ce ménage, en face, et eux, si semblables, était-ce une fatalité ? Est-ce que s'aimer, emménager, vivre ensemble, subir ronflements et pets nocturnes, hystérie et coups de cafard, poils mal rasés et mauvaise haleine du petit matin, c'était le seul chemin qui les mènerait tous au même désamour ? Voulait-elle retourner au boulot quand Jef aurait à peine trois mois, trouver une nounou, ou une crèche, partir pondre des kilomètres de merde payés une misère et rentrer le soir pour décongeler des plats Picard qu'elle mangerait seule ou assise à côté de ce colocataire même pas complice, en attendant que la vie se déroule comme les slides d'une présentation bêtement enchaînées ? Est-ce qu'elle voulait passer ses week-ends derrière une poussette avec lui, en silence, parce qu'il faut bien « sortir le petit » ou ménager son couple en allant se poser au restaurant. Et là, regarder la carte, triste, et se poser des questions convenues : Tu prends le burger ? Non, plutôt léger ce midi, peut-être la salade. Et ne plus savoir quoi dire, ensuite. Alors parler du petit. Tu crois qu'on passe à 180 ml les biberons ? Tu as pensé à appeler la Caf ? Et penser tiens, ce soir, on est samedi soir. Merde, j'ai oublié de booker une baby-sitter, on devra sortir séparément. La dernière fois, c'était moi, là c'est son tour. Il y a qui chez Ruquier ?

Non, elle ne le voulait pas. Elle voulait vivre. Ne pas attendre d'être trop vieille pour intéresser qui que ce soit sur le marché de l'emploi – tu sais, après quarante ans, on est senior, aujourd'hui. Et pour une femme en plus, tu imagines ? Non, elle ne voulait pas être enterrée vivante dans son grand open space, ni fêter son départ en retraite après vingt ans de bons et loyaux services, rendre son badge et dire au revoir une dernière fois avant de regagner sa petite vie triste, chargée des trois bouquins que quelques collègues devenus amis lui auraient offerts. Et alors tu vas faire quoi maintenant que tu es libre ? Voyager, faire de l'anglais, te remettre enfin au piano ?

Non. Elle ferait un bilan de compétence, enverrait des CV, monterait sa boîte, se formerait. Tout n'était pas fini. Jef était un moteur, pas un frein, comme ils semblaient tous vouloir l'insinuer. Tu sais, maintenant que tu as un enfant, rien ne sera jamais plus pareil. Non, rien ne sera plus pareil parce que tout sera mieux.

Alors, elle lui avait demandé : Vincent, tu nous aimes encore, toi ? Il n'avait pas compris tout de suite. Quoi ? Tu veux du Côte d'Or ? Est-ce que tu nous aimes encore ? Est-ce que tu t'amuses ici, avec moi ? Est-ce que tu penses à moi, la journée, au boulot ? Est-ce que tu trépignes pour qu'enfin le week-end arrive et qu'on puisse se retrouver tous les deux, tous les trois, maintenant ? Il n'avait pas su quoi répondre. Il ne savait pas mentir, elle le connaissait si bien. C'est comme ça qu'elle avait découvert que, le soir de son accouchement, alors qu'elle n'avait pas réussi à le joindre, il était dans un de ces salons de massage qui pratiquent la « finition », et qui faisaient alors office d'exutoire à ce père de famille trop froussard pour quitter sa femme ou se payer une prostituée mais pas assez courageux pour se poser les bonnes questions et essayer de comprendre pourquoi il n'avait plus envie d'elle, et besoin qu'une inconnue exploitée lui fasse des branlettes rapides et *low-cost* dans des arrière-boutiques.

Ils avaient peu parlé. Comme tu veux, avait-il déclaré, pour se dédouaner de cette décision dont il pourrait dire plus tard « c'est elle qui a fait ce choix ».

Tu pourras voir le bébé quand tu veux. Je ne t'imposerai pas de système de garde. On l'a tellement voulu. Merci. Merci, Vincent, je t'ai aimé tu sais. Elle n'avait pas ajouté « d'une certaine façon » parce que ça ne servait à rien et puis qu'après tout c'était vrai, elle l'avait aimé.

Le lendemain, alors qu'elle savourait le plaisir d'étendre ses jambes de ce côté du lit auquel elle n'avait pas touché depuis si longtemps puisqu'elle ne se blottissait même plus contre lui, elle avait reçu un message sur Skype. C'était Sabine.

`Tiens, y'a une fille du marketing qui m'a demandé si tu venais à la fête. Elle a parlé de son frère ou je ne sais pas quoi.`

L'air qui lui avait alors manqué.

`C'est qui cette nana, tu la connais ? Et elle te veut quoi ?`

Alors Éva avait aussitôt compris. Qu'il serait là pour elle. Jacques. Qu'il n'avait pas abandonné parce que, contrairement à elle, il avait choisi d'y croire.

Ce soir, elle le verrait. Ce soir, elle laisserait parler son cœur libre à nouveau, impatient de se laisser entraîner sur ces chemins pleins de dangers qu'elle avait préféré, un jour, de ne plus emprunter.

Ils n'y arriveraient probablement pas. Ils s'aimeraient peut-être quelques jours seulement ; ou pour toute leur vie qui sait ?

Tout n'était pas fini, non.

Sa nouvelle vie commençait aujourd'hui. Et dans sa tête elle entendait ce refrain qui, depuis qu'elle avait rencontré Jacques, ne l'avait plus quittée...

Au troisième temps de la valse
Nous valsons enfin tous les trois
Au troisième temps de la valse
Il y a toi, y a l'amour et y a moi
Et Paris qui bat la mesure
Paris qui mesure notre émoi
Et Paris qui bat la mesure
Laisse enfin éclater sa joie.
Lalala la la lala. Lalala lala...

Pendant ce temps,
les hommes rêvent aussi…

— Allô ? Non, ma belle, je fais un squash. Je te rappelle dans une heure.

Vincent avait raccroché précipitamment. Son cours commençait dans quelques minutes, et au prix de l'abonnement de ce club où il lui fallait être vu s'il voulait progresser rapidement dans sa carrière, il ne comptait pas rater une seule de ces onéreuses minutes.

Éva l'avait quitté depuis un mois maintenant. S'il s'était d'abord senti perdu, comme un petit garçon égaré dans une fête foraine, il n'avait pas tardé à profiter des attractions alentour. Entre Éva et lui, l'amour était mort depuis longtemps, il devait bien se l'avouer. Était-ce le mariage qui, après toutes ces années ensemble, avait finalement clos pour toujours leur belle histoire de jeunesse, leur signifiant de manière ostensible qu'à présent ils étaient adultes, et n'avaient pas grand-chose à partager dans la vie « des grands » ? Lorsqu'ils s'étaient rencontrés par l'entremise d'Adrien, il avait été immédiatement fasciné par cette fille de riche, cette bourgeoise honteuse qui roulait ses clopes et gambadait en Doc Martens le bras orné de la Rolex de ses dix-huit ans. Lui, Vincent, le fils de concierge, il n'en avait pas cru ses yeux quand cette bien née, lettrée, biberonnée aux classiques dévorés en secret dans la maison familiale, l'avait regardé. Ils avaient passé des heures dans les cafés, n'osant se toucher, se projetant pourtant ensemble dans un avenir radieux où Vincent défendrait la veuve et l'orphelin pendant qu'Éva investiguerait, déterrant les secrets enfouis du pouvoir corrompu, faisant justice aux citoyens en enquêtant avec pugnacité et talent pour de prestigieux journaux indépendants. Ils avaient marché dans le Quartier latin, bouquiné des livres d'occasion sur les quais de Seine, s'étaient effleuré les doigts dans des cinémas d'art et d'essai, avaient siroté de mauvais kirs payés avec les quelques francs qui traînaient dans les poches de leurs vestes à col mao, s'étaient embrassés un soir, à en perdre haleine, devant les Beaux-Arts et s'étaient jetés avec voracité l'un sur l'autre dans la chambre de bonne qu'Éva occupait rue de Seine, sur un matelas jeté au sol recouvert de vieux vêtements, de cendriers pleins et de calepins gribouillés de romans jamais achevés. Puis ils ne s'étaient plus quittés. Ils étaient si jeunes. Dix-neuf ans. La moitié de leur âge aujourd'hui. Pourtant, ils pensaient tout savoir alors, en ce temps béni où ils n'avaient même pas idée de ce que pouvait être un numéro d'allocataire. Ils découvraient la Mnef, la Smerep, la Sécu et le restau U, et c'était bien assez de formalités pour encombrer leur petit quotidien de couple bohème et heureux qui avait fini par grandir ensemble, parcourant ce long chemin qui les séparait de leur vie professionnelle, puis parentale.

Jef était né. Et ils s'étaient presque aussitôt séparés.

À l'évocation de son fils, Vincent sentit son cœur se serrer. Il l'aimait tellement, ce petit bonhomme encore lové dans l'ignorance de ce qui l'attendait. Sur son portable, un cliché du nourrisson endormi avait désormais remplacé la photo qu'il avait prise d'Éva, enceinte de quelques mois seulement, ce matin d'hiver où ils avaient fait escale place de Clichy, et où ils s'étaient sentis si proches qu'ils avaient bien cru pouvoir recommencer. Ouvrir un nouveau chapitre. Différent certes, mais néanmoins vierge des accrocs qui avaient émaillé le premier volume de leur vie à deux.

Pourtant, il était là, aujourd'hui. Dans ce vestiaire luxueux, entouré de casiers en bois flambant neufs, d'hommes fiers, riches, déjà parvenus ou Rastignac aux dents longues, qui venaient moins pour entretenir leur silhouette que pour étoffer leur réseau. Amasser les réussites, les cartes de visite, les billets. Changer de garde-robe, porter des costumes sur mesure, des pompes à deux mille euros, des chemises siglées, rouler en Aston Martin, changer de femme, et faire profiter la nouvelle de cette fortune laborieusement acquise sur le dos de la précédente qui aura enduré les absences, les dîners professionnels et les soirées squash pour qu'une plus jeune puisse ensuite jouir de ce compte en banque désormais bien rempli et de la présence d'un conjoint plus disponible.

— Salut, mec ! Alors ça y est, te voilà des nôtres ?

Christophe. Il avait parrainé Vincent pour qu'il soit accepté dans ce cercle très fermé où, pour avoir le droit de payer le fameux abonnement annuel au prix exorbitant, il fallait montrer patte blanche, prouver qu'on méritait de poser son séant sur les mêmes bancs que le top 100 de *Challenges* et voir leur ventre flasque dans ces vestiaires de la taille d'un stade de foot.

— Tiens ! Je ne savais pas que tu venais aussi en semaine ! Tu n'as pas déjà ton coach tous les matins ?

Depuis quelques mois, Christophe, déjà très appliqué dans les soins qu'il consacrait à son corps, avait radicalement changé son alimentation. Il suivait un régime très strict imposé par Raph, le coach qu'il partageait avec Lucie, et avait retrouvé bien plus que sa silhouette de jeune homme. Les abdos fermes, la taille bien dessinée, il arborait une ligne que bien des mâles de ce vestiaire devaient secrètement jalouser. De plus, les exploits financiers de Chevreux, comme l'appelaient les autres, à la manière des gamins de cour d'école, n'étaient un secret pour personne. Il était l'homme que tous rêvaient d'être, sans compter que beaucoup d'entre eux roulaient des yeux pas possible lorsque débarquait avec lui la sublime Lucie, corps de liane, seins fermes et pommettes hautes, sans parler de sa réussite professionnelle inattendue qui faisait bisquer les épouses autant que son indécente beauté.

— Je suis à fond. Dès que j'ai cinq minutes, je viens ici. Mais ce midi c'est relâche. Massage. J'ai de ces courbatures ! Ça va toi, sinon ? Le célibat, pas trop dur ?

— Presque agréable. À part l'absence de mon fils, je commence à m'y faire. J'ai pris un appartement rue de Lisbonne, pas loin de chez Éva. Un grand haussmannien un peu impersonnel, pas très meublé, mais dans lequel je pourrai recevoir Jef facilement. Je ne voulais pas traîner à l'hôtel, ni chez ma mère, qui aurait pourtant été ravie.

— Ah c'est vrai, vous êtes très proches, non ?

— Très…

Et Vincent resta silencieux un instant, laissant l'image de sa maman chérie flotter au milieu de cet antre viril. Puis il reprit :

— Bref, j'ai passé quelques jours là-bas. Enfin, tu sais… Et j'ai mis un agent sur le coup. Il m'a trouvé l'appart en une semaine. Depuis, je sors, je drague sur Tinder, je reste tard au boulot.

Et je me suis remis au sport. Une nouvelle vie s'ouvre à moi !

— Super ! Je suis content pour toi si tout se passe bien. Vraiment.

Christophe lui donna une petite tape amicale sur l'épaule, visiblement soulagé de n'avoir pas à lui donner des nouvelles d'Éva. Il avait beau refuser de se mêler de ces histoires de bonnes femmes, il était fatalement au courant de ce qui se passait à propos des amies de son épouse et, les imbroglios amoureux se multipliant, il lui était de plus en plus difficile d'éviter des situations comme celle d'aujourd'hui, lesquelles le mettaient terriblement mal à l'aise. Heureusement, Vincent avait fini de lacer ses baskets et s'apprêtait à rejoindre son cours. Quant à Christophe, il était nu maintenant, enroulé dans une épaisse serviette blanche fournie par le club, le torse bronzé par ce que Vincent soupçonna être des séances d'UV.

— On essaye de se faire une bouffe un de ces jours ? Ou une partie ?

— Avec plaisir !

Christophe ferma son casier, consulta son BlackBerry l'air soucieux, et tapota un message. Dans le vestiaire, silencieux en cet après-midi où beaucoup des membres avaient rejoint bureaux, salles de réunion, des marchés ou d'audience, on n'entendait guère que le bruit discret d'une douche, atténué par le verre épais des cabines vitrées.

Christophe se dirigeait vers les salles de massage quand Vincent revint dans le vestiaire. Il avait oublié son pass pour accéder aux terrains. Pressé, il s'approcha de son casier, fit tourner la roue de son verrou à code et, alors qu'il s'apprêtait à rejoindre son professeur, son attention fut attirée par ce qu'il perçut comme une plainte. Se pouvait-il qu'un vieillard se croyant trop fringant ait fait une attaque ? C'était arrivé le mois précédent. Avec ces riches qui se croient toujours jeunes, il fallait s'y attendre.

Par acquit de conscience, il s'avança vers le râle. L'humidité voilant sa vision, il ne distingua pas tout de suite les deux silhouettes qui se faisaient face, près des douches, à l'entrée des salles de massage.

Brusquement, il comprit. Sursauta. Puis recula sans quitter des yeux la scène qui se déroulait devant lui. Lui qui pensait qu'à son âge, il avait tout vu. Abasourdi, il courut presque vers la lourde porte. Se prit les doigts dans la feuille scotchée sous le panneau sortie.

LE CLUB OUVRIRA
EXCEPTIONNELLEMENT SES PORTES
LE 15 AOÛT DE 8 H À 22 H.

Il fonça, tremblant, vers son professeur, hilare, occupé à narrer ses exploits nocturnes avec quelque plouquette fascinée comme lui à ses débuts par Paris, les boîtes des Champs-Élysées, les bars des hôtels de luxe et les billets d'un prof de squash, donc.

— Alors Ronaldo, prêt pour ta séance de torture ? s'esclaffa-t-il avant de demander : Vincent, ça va ? On dirait que tu as vu un fantôme.

Mais Vincent, muet, la raquette pathétique pendant au bout de son bras, ne pouvait s'empêcher de penser : *Lui* !

Retrouvez-les dans
Les Jeux de garçons *(saison 2)*

REMERCIEMENTS

Pour cette belle grosse statuette de papier, je voudrais remercier mes fils, qui ont changé ma vie, et leur père pour les mêmes raisons – mais aussi pour ses plats et ses bisous chinois. Mes parents que j'aime tant. Ma sœur, évidemment. Et puis Éric et Dominique. Véronique, qui m'a fait confiance. Anne Pidoux qui m'a poussée à écrire (puis à réécrire). Et Karina Hocine qui a permis à ces héroïnes d'avoir leur écrin.

Merci aussi à toutes celles qui m'ont débriefé leurs expériences heureuses et malheureuses : les copines, les copines de copines, les anonymes et les très proches qui, comme moi, sont passées sans comprendre comment (ni pourquoi d'ailleurs) des cours de récré au bonheur chronométré. *Thank you love, thank you life. It's true : there are some angels in this city !* Clap clap clap.

Spéciale dédicace à mon Kimy qui a su se faire si petit pendant ce congé maternité qu'il m'a permis d'entrer, enfin, dans la Cour des grandes.

Table

Du même auteur :

Je dis ça, je dis rien… et 200 autres expressions insupportables, Leduc, 2013.

La Cour des grandes, vol. 2 : *Les jeux de garçons*, Lattès, 2015.

Vive la vie de bureau ! Petit guide hilarant du monde de l'entreprise, avec la rédaction de Terrafemina, First éditions, 2015.

PAPIER À BASE DE
FIBRES CERTIFIÉES

Le Livre de Poche s'engage pour
l'environnement en réduisant
l'empreinte carbone de ses livres.
Celle de cet exemplaire est de :
600 g éq. CO_2
Rendez-vous sur
www.livredepoche-durable.fr

Composition réalisée par PCA

Achevé d'imprimer en juin 2016 en Espagne par
CPI
Dépôt légal 1re publication : mai 2016
Édition 02 - juin 2016
LIBRAIRIE GÉNÉRALE FRANÇAISE – 31, rue de Fleurus – 75278 Paris Cedex 06

14/1188/6